sonhos

ALYSON NOËL

sonhos

Tradução
Marcia Blasques

LeYa

Título original: *Fated*

Diretor editorial: Pascoal Soto
Coordenação editorial: Tainã Bispo
Produtora editorial: Sonnini Ruiz
Assistente editorial: Carolina Pereira da Rocha

Coordenação editorial: Estúdio Sabiá
Preparação de texto: Letícia Carniello
Revisão: Bruno S. R. e Olga Sérvulo
Diagramação: Nobreart Comunicação
Adaptação de capa: Gabinete de Artes – Axel Sande

Dados Internacionais de Catalogação na Publicação (CIP)
(Câmara Brasileira do Livro, SP, Brasil)

Noel, Alyson
Sonhos / Alyson Noel ; tradução Marcia Blasques. – São Paulo : Leya, 2012.

Título original: Fated
ISBN 978-85-8044-575-6

1. Literatura fantástica norte-americana I. Título. II. Série.

12-08132 CDD-810.08015

Índices para catálogo sistemático:
1. Literatura fantástica : Literatura norte-americana 810.08015

Texto Editores Ltda.
[Uma editora do grupo LeYa]
Rua Desembargador Paulo Passalaqua, 86
01248-010 – Pacaembu – São Paulo – SP
www.leya.com

À memória da minha *Abuela*.

Apresentação

Um imenso e brilhante agradecimento vai para as seguintes pessoas que – sabendo ou não – contribuíram para a criação deste livro:

Alicia Gates, por me guiar por uma surpreendente jornada ao Mundo Inferior.

Daniel e Emily, em Taos, pela vontade de partilhar suas histórias e me dar um vislumbre de suas vidas.

Javin, em Santa Fé, que conseguiu tempo em sua agenda ocupada para conversar comigo sobre a vida na reserva.

A gentil e generosa equipe da incrível Inn of the Five Graces – se eu pudesse, viveria ali!

Mary Castillo, pela amizade, pelas risadas e pelo livro sobre as *curanderas*.

Marlene Perez, Debby Garfinkle e Stacia Deutsch – talentosas escritoras e boas amigas, nossas "conversas no café" significam mais do que vocês imaginam!

O pessoal incrível da editora St. Martin's Press: Matthew Shear, Rose Hilliard, AnneMarie Tallberg, Rachel Ekstrom, Elsie Lyons e todo mundo que ajudou a transformar meus manuscritos em livros.

O meu maravilhoso agente, Bill Contardi, e a minha maravilhosa agente para direitos internacionais, Marianne Merola – vocês são demais!

O meu marido, Sandy, praticamente por tudo. A minha família – vocês sabem quem são e sabem que são incríveis!

E, por último, mas não menos importante, os meus leitores – obrigada por me permitir viver este sonho maravilhoso!

Guia dos espíritos animais

Corvo

O Corvo representa o mistério, a magia e uma mudança de consciência. Ele nos ensina a dar forma ao que é disforme. Ajudando-nos a confrontar nossas imperfeições, o Corvo nos lembra que temos o poder de transformar tudo o que temos coragem de encarar. Um metamorfo natural, o espírito do Corvo permite que usemos o disfarce necessário para cada situação, chegando ao ponto de nos tornarmos invisíveis para os demais. O Corvo nos ajuda a trabalhar a magia das leis espirituais para manifestar o que precisamos e para trazer a luz da escuridão.

Coiote

O Coiote representa o humor, a velhacaria e o reverso da fortuna. Ele nos ensina a atingir o equilíbrio entre a sabedoria e a loucura. Como adversário astuto, o Coiote nos recorda que devemos entender completamente as circunstâncias antes de fazer planos para atingir nossos objetivos, mas, como sobrevivente, o Coiote adotará medidas extremas para garantir o bem-estar de sua linhagem. Matreiro, o espírito do Coiote nos mostra como nos adaptar e encontrar prazer em praticamente qualquer circunstância. Ainda que o uso da magia do Coiote nem sempre funcione como esperado, ele sempre serve a um propósito.

Cavalo

O Cavalo representa a liberdade, o poder e a iluminação. Ele nos ensina os benefícios da paciência e da amabilidade, e traz a lição de que os relacionamentos positivos são os que envolvem cooperação. De grande resistência e velocidade, o Cavalo nos encoraja a despertar o poder para resistir e alcançar nosso potencial completo. Forte e poderoso, o espírito do Cavalo nos lembra nossa força interior, e nos dá a coragem para seguir adiante e encarar novas direções. O Cavalo nos exorta a carregar os fardos da vida com dignidade, enquanto permanecemos firmemente fundamentados em nossa busca espiritual.

Lobo

O Lobo representa proteção, lealdade e espírito. Ele nos ensina a equilibrar nossas necessidades com as da comunidade, ao mesmo tempo em que nos informa da importância do ritual para estabelecer ordem mostrando harmonia, e que a verdadeira liberdade exige disciplina. Animal inteligente, com sentidos aguçados, o Lobo nos encoraja a sair do caminho para evitar problemas e lutar apenas quando necessário. Um grande professor, o espírito do Lobo nos faz ouvir nossos pensamentos internos para encontrar os níveis mais profundos do ser e da intuição. O Lobo nos protege enquanto nos empurra para assumir o controle de nossas vidas, encontrar uma nova trilha e honrar as forças da espiritualidade.

Águia

A Águia representa iluminação, cura e criação. Ela nos ensina que, ao mesmo tempo em que somos livres para escolher nossa trilha, devemos respeitar a liberdade dos outros de fazer o mesmo. Com sua habilidade de sobrevoar e inspecionar em todas as direções, a Águia nos lembra de ver a vida de uma perspectiva mais ampla. Como símbolo de grande poder, o espírito da Águia significa assumir uma responsabilidade maior do que si mesmo e usar o dom da clareza para ajudar os outros em tempos sombrios. Com asas e pernas fortes, a Águia transcende mundos, incentivando-nos a subir até alturas espirituais enquanto permanecemos bem firmes na realidade, e a cumprir nosso potencial pleno como força criativa.

"Nós não recebemos sabedoria; temos que descobri-la por nós mesmos, após uma jornada que ninguém pode fazer por nós nem nos poupar dela."

– Marcel Proust

Antes

Primeiro vieram os corvos.

Um bando inteiro deles.

Circulando o cemitério em formação austera, os olhos escuros redondos observando, observando incansavelmente, os corpos negros lustrosos fustigados pelo vento. Alheios ao forte calor seco e à falta de oxigênio no ar – resultado dos furiosos incêndios florestais que deixavam o céu escarlate e faziam chover cinzas sobre as carpideiras abaixo.

Para aqueles que eram sintonizados com essas coisas, era um sinal que não podia ser ignorado. E Paloma Santos, certa de que a morte súbita de seu filho não fora um acidente, viu nos corvos o que eles realmente eram: não apenas um presságio, mas arautos da sorte – sinalizando que o próximo da fila chegara. Isso era um fato, bem ali naquele cemitério.

Suas suspeitas se confirmaram no instante em que deslizou o braço reconfortante em torno da aflita namorada de seu filho e sentiu uma forma de vida crescendo dentro da moça.

A última dos Santos.

A neta cujo destino fora predito.

Mas, se os corvos estavam cientes, outros também deviam saber. Aqueles que gostariam de destruir a criança por nascer – e, assim, assegurar-se de que ela jamais tivesse chance de reivindicar seu direito de nascimento.

Com a segurança da neta em mente, Paloma abandonou o enterro muito antes que o primeiro punhado de terra fosse jogado sobre o caixão. Jurando ficar em silêncio, fora de vista, até o décimo sexto aniversário da criança, quando ela finalmente tivesse necessidade do conselho que apenas Paloma podia oferecer.

Dezesseis anos para se preparar.

Dezesseis anos para recuperar seus próprios escassos poderes e manter o legado vivo – até que fosse o momento de passá-lo adiante.

Ela esperava conseguir durar até lá. A morte de seu filho cobrara um preço muito além do sofrimento.

Se falhasse em sobreviver, se falhasse em chegar até a neta a tempo, a vida da criança terminaria de modo trágico e prematuro, exatamente como a de seu pai. Era um risco que não podia correr.

Não havia ninguém para seguir.

Havia muito em jogo.

A criança por nascer tinha o destino do mundo nas mãos.

Agora

um

Há momentos na vida em que tudo para.

A Terra hesita, a atmosfera se aquieta, o tempo encolhe e se dobra sobre si mesmo até desabar em uma grande pilha exausta.

Quando abri a pequena porta de madeira da *riad*, a pousada onde Jennika e eu nos hospedamos nas últimas semanas, trocando o silêncio do pátio com cheiro de rosa e madressilva pelo caos do labirinto serpenteante da medina, a parte velha da cidade, aconteceu novamente.

Mas, em vez de mimetizar a quietude, como normalmente costumo fazer, decido seguir com ela e tentar algo divertido. Seguindo o caminho ao longo de paredes cor de salmão ligadas umas às outras, passo por um homem pequeno e magro, estático na meia passada, pressiono os dedos contra o suave algodão branco de sua túnica longa, a *gandora*, e giro seu corpo gentilmente até deixá-lo de frente para o outro lado. Então, depois de me esquivar por baixo de um gato sarnento preto que, parado no pulo, parecia estar voando, paro na esquina onde levo um momento para rearranjar o mostruário de lanternas de latão que um velho está vendendo, antes de seguir até a barraca seguinte, onde coloco um brilhante par azul do típico calçado marroquino, as pontudas *babouches*, decido que gosto delas e deixo minhas velhas sandálias de couro juntamente com um punhado de notas amassadas do dinheiro local, o *dirham*, como pagamento.

Meus olhos queimam com o esforço de mantê-los abertos, sabendo que, no instante em que piscar, o homem vestido com a *gandora* estará um passo mais distante de seu destino, que o gato aterrissará em seu alvo e que os dois vendedores olharão seus produtos em total confusão – a cena retornará ao seu perpétuo caos.

Mas, quando noto as pessoas brilhantes pairando na periferia, me estudando do jeito cuidadoso que elas fazem, fecho os olhos com força e bloqueio a visão delas. Espero que desta vez, bem como em todas as outras, elas desapareçam também. Que voltem para onde quer que ficam quando não estão me observando.

Eu costumava pensar que todo mundo experimentava momentos assim, até que um dia confidenciei para Jennika, que me voltou com um olhar cético e culpou o desconforto causado pela diferença de fuso horário, o *jet lag*.

Jennika culpava o *jet lag* por tudo. Insistiu que o tempo não para pra ninguém – que é nosso trabalho seguir sua marcha frenética. Mas, mesmo então, eu sabia que não era assim – passara minha vida inteira cruzando zonas temporais, e o que eu experimentava não tinha nada a ver com um relógio biológico maluco.

Mesmo assim, tomei cuidado em não mencionar isso novamente. Apenas esperei calma e pacientemente, desejando que o momento retornasse logo.

E retornou.

Nos últimos anos, eles aumentaram de maneira lenta, até que ultimamente, desde que chegamos ao Marrocos, estou tendo uma média de três por semana.

Um rapaz da minha idade passa, o ombro batendo de propósito no meu, os olhos escuros me olhando de soslaio, de um modo que me faz lembrar de arrumar o lenço de seda azul para cobrir melhor os cabelos. Dobro uma esquina, ansiosa para chegar bem antes de Vane e apreciar a Jemaa-el-Fna ao anoitecer. Chegando à praça, sou confrontada por uma longa fileira de grelhas a céu aberto, assando cabras, pombos e outras carnes desconhecidas, as peles tostadas rodando em espetos, soltando nuvens de fumaça temperada no ar... A calma hipnótica do encantador de serpentes emana de um homem sentado com as pernas cruzadas sobre grossos tapetes de lã, tocando seu *pungi* enquanto cobras com o olhar vidrado se erguem diante dele... Tudo isso acompanhado pelo pulsar fascinante dos tambores *gnaoua*, que tocam continuamente ao fundo – a trilha sonora da ressurreição noturna de uma praça encantada que retorna à vida.

Respiro profundamente, saboreando a inebriante mistura de óleos exóticos e jasmim, lanço um derradeiro olhar ao redor, sabendo que esta será uma das últimas vezes que verei a praça dessa maneira. As gravações vão acabar em breve, e Jennika e eu estaremos livres para qualquer filme e qualquer locação que exija os serviços de uma maquiadora premiada. Quem sabe se voltaremos algum dia?

Sigo meu caminho em direção ao primeiro carrinho de comida, aquele ao lado do encantador de serpentes, onde Vane espera, e roubo um punhado de segundos vitais para esmagar aquela pontada chata de fraqueza que acerta minhas entranhas toda vez que o vejo – toda vez que reparo em seu cabelo loiro cor de areia desgrenhado, em seus profundos olhos azuis e nos lábios suavemente curvados.

Otária!, penso, sacudindo a cabeça, e completo: *Tonta!*

Como se eu já não soubesse. Como se não conhecesse as regras.

A chave é nunca se envolver – nunca permitir me importar. Apenas focar no divertimento, e nunca olhar para trás quando for hora de seguir em frente.

O belo rosto de Vane, como todos os outros belos rostos antes dele, pertence à sua legião de fãs. Ninguém com aquele rosto jamais me pertenceu – e nunca pertencerá.

Tendo crescido em *sets* de filmagem desde que tinha idade bastante para Jennika me carregar nas costas num porta-bebê, desempenhei o papel de filha de um membro da equipe vezes sem fim: fique quieta, fique fora do caminho, dê uma ajuda quando pedirem e nunca confunda relacionamentos do *set* de filmagem com coisas reais.

O fato de ter lidado com celebridades a vida inteira me deixou pouco impressionável, o que, provavelmente, é a razão número um para que elas gostem de mim tão rápido. Quero dizer, apesar de eu ser agradável de se olhar – alta, magra, longos cabelos escuros, pele bonita e brilhantes olhos verdes sobre os quais as pessoas gostam de comentar –, sou bonita o suficiente para uma garota-padrão. Mas nunca me descomponho quando encontro alguém famoso. Nunca fico corada, sentimental ou insegura. E a questão é que eles estão tão pouco acostumados com isso que, em geral, terminam se aproximando de mim.

Meu primeiro beijo foi em uma praia no Rio de Janeiro, com um garoto que acabara de ganhar o prêmio da MTV de "melhor beijo" (é evidente que nenhum daqueles que votaram o beijou realmente). Meu segundo foi na Pont Neuf, em Paris, com um garoto que acabara de ser capa da *Vanity Fair*. E, apesar de serem mais ricos, mais famosos e mais perseguidos pelos *paparazzi*, nossas vidas não são tão diferentes assim.

Em geral são transitórios – passando por suas próprias vidas, como estou passando pela minha. Mudando de um lugar para outro, de amizade em amizade, de relacionamento em relacionamento – esta é a única vida que conheço.

É difícil formar uma conexão duradoura quando seu endereço fixo é uma caixa postal de vinte centímetros na agência dos correios.

Mesmo assim, conforme me aproximo centímetro após centímetro, não posso evitar o jeito com que minha respiração falha, ou o jeito com que meu íntimo palpita e se agita. E, quando ele se vira, me iluminando com aquele sorriso lento e lânguido que o tornou mundialmente famoso, seus olhos se encontrando com os meus quando diz "Ei, Daire. Feliz dezesseis anos", não posso deixar de pensar nos milhares de garotas que fariam qualquer coisa para estar em minhas pontudas *babouches* azuis.

Devolvo o sorriso, faço um breve aceno com a mão e a enterro no bolso lateral da jaqueta militar verde-oliva que sempre visto. Finjo não notar o jeito como o olhar dele perambula sobre mim, desviando dos meus cabelos castanhos, que saem pelo lenço e chegam à cintura, para a blusa manchada sob a jaqueta, passando pelo jeans apertado escuro, descendo até as novas sandálias que tenho nos pés.

– Bonitas. – Coloca o pé ao lado do meu, fornecendo uma visão do mesmo sapato na versão ele-e-ela. Ri quando completa: – Talvez possamos começar um novo negócio quando voltarmos para os Estados Unidos. O que você acha?

Nós.

Não há um *nós*.

Eu sei. Ele sabe. E me incomoda que ele tente fingir outra coisa.

As câmaras pararam de funcionar há horas, e ele ainda está aqui, ainda desempenhando um papel. Atuando como se nosso breve envolvimento significasse algo mais.

Atuando como se o *nós* realmente não fosse terminar antes mesmo que nossos passaportes recebessem o carimbo de retorno.

E isso é o suficiente para que aqueles irritantes e suaves sentimentos femininos desapareçam tão rapidamente quanto uma chama na chuva. Permitindo que a Daire que conheço, a Daire que me aperfeiçoara em ser, se colocasse em seu lugar.

– Duvido. – Sorrio maliciosamente, chutando o sapato dele com o meu. Com um pouco mais de força do que seria necessário, mas chuto novamente, ele merece por pensar que sou tonta o bastante para cair naquele teatrinho. – Então, o que me diz? Vamos comer? Estou morrendo de vontade de comer um daqueles espetinhos de carne, talvez um de linguiça também. Ah, e algumas fritas seria bom.

Me viro para as barracas de comida, mas Vane tem outra ideia. Sua mão alcança a minha, nossos dedos se entrelaçam até ficarem bem apertados.

– Em um minuto – ele diz, puxando-me tão perto que meu quadril se choca contra o dele. – Pensei que pudéssemos fazer algo especial... para comemorar seu aniversário e tudo o mais. O que acha de fazermos tatuagens combinando?

Fico de boca aberta. Certamente ele está brincando.

– Tá, você sabe, *mehndi*. Nada permanente. Mesmo assim, pensei que pudesse ser legal. – Ele levanta a sobrancelha, marca registrada de Vane Wick, e tenho que lutar para não franzir o cenho em resposta.

Nada permanente. Essa é minha canção tema – meu lema de vida, se preferir. Mesmo assim, *mehndi* não é o mesmo que siga em frente. Tem seu próprio tempo de vida. Algo que durará muito depois que o jato particular, pago pelo estúdio, levar Vane bem alto no céu e para fora da minha vida.

Mas não menciono nada disso, e apenas digo:

– Você sabe que o diretor o matará se aparecer no *set* amanhã coberto de hena.

Vane deu de ombros. Deu de ombros de um jeito que já vi muitas vezes, em muitos jovens atores antes dele. Ele está totalmente no modo "estrela poderosa". Pensa ser indispensável. Acha que é o único cara de dezessete anos com um toque de talento, pele dourada, cabelo loiro ondulado e olhos azuis penetrantes que conseguem iluminar uma tela e fazer garotas (e a maioria das mães delas) desmaiarem. É um jeito perigoso de ver a si mesmo – especialmente quando sua vida é em Hollywood. É o tipo de pensamento que leva direto para passagens múltiplas por reabilitações, *reality shows* inúteis de TV, memórias desesperadas escritas por outras pessoas e filmes de baixo orçamento que saem direto em DVD.

Mesmo assim, quando ele puxou meu braço, não cheguei a protestar. Segui-o até a velha vestida de negro sentada em uma esteira de tecido bege com uma pilha de sacos de hena no colo.

Vane negocia o preço, enquanto me sento diante dela e ofereço as mãos. Observo-a cortar o canto de um dos sacos e espremer uma série de linhas onduladas sobre minha pele, sem nem pensar em me consultar sobre o tipo de desenho que posso querer. Mas eu não tinha nada em mente mesmo. Apenas me inclino sobre Vane, que está ajoelhado ao meu lado, e a deixo fazer seu trabalho.

– Você deve deixar a cor agir o máximo de tempo possível. Quanto mais escura é a mancha, mais ele ama você – ela diz, tentando falar no nosso idioma de um jeito travado, mas a mensagem é clara. E enfatizada pelo olhar significativo que dá para Vane e para mim.

– Ah, não estamos... – Começo a dizer *Não estamos apaixonados!*, mas Vane me interrompe rapidamente.

Deslizando um braço ao redor dos meus ombros, ele pressiona os lábios contra meu rosto, dando à velha o tipo de sorriso que a encoraja a sorrir de volta, em uma impressionante exibição de alguns dentes cinzentos e outros faltando. As ações dele me deixam atônita; fico sentada muda, com o rosto quente, as mãos sujas e uma jovem estrela em ascensão apoiada em minhas costas.

Sem nunca ter me apaixonado, admito que definitivamente não sou experiente no assunto. Não tenho ideia de como deve ser.

Mas tenho certeza de que não é assim.

Tenho certeza absoluta de que Vane apenas assumiu outro papel principal – atuando como meu amante arrojado, apenas para agradar esta marroquina estranha que nunca veremos novamente.

Ainda assim, Vane é um ator, e audiência é audiência – não importa quão pequena seja.

Assim que minhas mãos estão cobertas com arabescos elaborados, a velha me lembra de deixar a tinta se fixar enquanto começa a trabalhar no pé de Vane. Mas, quando ela volta a atenção para ele, uso a ponta da unha para raspar pequenos pedaços. É impossível deixar de sorrir quando vejo a pasta se soltar em um pó que cai e se mistura com a terra.

É bobagem, eu sei, mas não posso correr o risco de que a menor parte do que ela disse se torne verdade. O filme logo estará terminado, Vane e eu seguiremos caminhos separados, e me apaixonar não é uma opção que posso encarar.

Com as mãos e pés totalmente desenhados, seguimos pelo comprido caminho de grelhas, devorando cinco espetinhos de carne e linguiça, uma pilha de fritas e duas Fantas, antes de vagar sem rumo pelo circo noturno da praça, que inclui encantadores de serpentes, acrobatas, malabaristas, adivinhos, curandeiros, treinadores de macacos e músicos. Há até mesmo uma mulher que remove os dentes negros apodrecidos de uma velha, espetáculo que assistimos com horrorizado fascínio.

Com os braços um ao redor da cintura do outro, quadris se tocando a cada passo, a respiração de Vane brinca com a curva de minha orelha quando ele tira uma minigarrafa de vodca do bolso e me oferece um gole.

Balanço a cabeça. Afasto a garrafa. Em outro lugar, talvez entrasse no jogo, mas Marrakesh é diferente, misteriosa e até um pouco assustadora. Sem mencionar que não tenho ideia de como são as leis locais e, embora esteja apenas supondo que sejam restritas, a última coisa que preciso é terminar em uma cadeia marroquina por beber sem ter idade mínima para tanto.

É a última coisa de que Vane precisa também, mas ele não parece se importar. Apenas sorri, tira a tampa e toma alguns goles antes de guardar a garrafa no bolso novamente e me puxar para um escuro beco abandonado.

Tropeço. Olho de soslaio. Seguro a parede enquanto luto para achar o caminho. Firmada pelo calor das mãos dele em minha cintura, e pela reconfortante frase que vem à minha mente – aquela que Jennika usava para me fazer desistir da luz noturna quando eu era criança:

– *Você precisa se ajustar à escuridão para que a luz possa encontrá-la.*

Ele empurra o lenço da minha cabeça, deixando-o cair ao redor do meu pescoço, enquanto seu rosto se aproxima tanto que tudo o que realmente consigo ver são seus profundos olhos azuis, e os lábios mais perfeitos que se separam e rapidamente procuram os meus.

Mergulho no beijo, provando ligeiros traços de vodca em sua língua, enquanto minhas mãos exploram seu peito musculoso, a curva tensa de seus ombros, a mandíbula macia. Meus dedos se entranham em seus cabelos sedosos, enquanto ele desliza a mão sob minha jaqueta – sob minha blusa –, buscando, descobrindo, levantando cada vez mais o tecido enquanto faz seu caminho para cima.

Nossos corpos se fundem, quadris emaranhados, lábios esmagados. O beijo se torna tão quente, tão urgente, que minha respiração fica irregular, muito rápida, enquanto meu corpo se incendeia como um fósforo recém-riscado.

Delirante com a sensação dele, com o calor dele, com a promessa dele, me rendo ao movimento de seus dedos dentro do meu sutiã – circulando, puxando, enquanto meus próprios dedos seguem para baixo. Vasculho seu abdômen bem definido, cada vez mais para baixo, até a linha da cintura. Pronta para me aventurar por lugares que ainda tenho que explorar, quando ele se afasta, sua voz não mais do que um sussurro, e diz:

– Vem, eu conheço um lugar. – As palavras saem com dificuldade, os olhos úmidos, enquanto lutamos para recuperar o fôlego, lutamos para continuar apertados e reivindicamos mais um beijo. – É sério. Não posso acreditar que não pensei nisso antes. Vai ser épico. Vem comigo! – Ele pega minha mão e me puxa para fora da escuridão, de volta à praça vivamente brilhante.

No começo, vou de boa vontade, preparada para segui-lo a qualquer lugar. Mas não demora muito até que seja seduzida pelo som ritmado que pulsa incessante – a batida atraente, que quase leva ao transe, do tambor *gnaoua.*

– Daire, vem, é por *aqui*. O que foi? – Ele franze o cenho, as sobrancelhas erguidas em confusão, quando solto sua mão e sigo em frente, sem me importar em verificar se ele está me seguindo, sem me importar com nada mais que não seja localizar a fonte daquela batida.

Me espremo através da multidão compacta até que chego diante dele – minha cabeça repleta do ritmo hipnótico daquele tambor de couro vermelho, meus olhos nadando no brilho da seda carmesim, das moedas de ouro e em um rosto cuidadosamente coberto, que não revela nada além de um intenso par de olhos escuros circundado de cajal.

– É um cara... um travesti! – Vane se coloca ao meu lado, hipnotizado pela visão do homem vestido de túnica; com as mãos para cima com címbalos dourados que tilintam, o corpo se contorcendo de modo selvagem.

Mas isso é tudo o que Vane vê.

Ele não vê o que eu vejo.

Não vê o jeito como tudo para.

Não vê o jeito como a atmosfera muda – ficando mais reluzente, nebulosa, como se estivesse olhando através de vidro iridescente.

Não vê o jeito como os brilhantes aparecem – pairando ao longo do perímetro.

Não vê o jeito como eles acenam para mim – pedindo que me junte a eles. Apenas eu posso ver isso.

Mesmo depois de piscar várias vezes, tentando fazer a cena voltar ao normal, não adianta. Não são apenas eles que estão ali, mas agora trouxeram amigos.

Corvos.

Milhares e milhares de corvos que lotam a praça. Pousam no tambor, na dançarina do ventre travestida – subindo, mergulhando e pousando ao seu bel-prazer –, transformando a praça outrora vibrante em um campo de olhos escuros e redondos que me observam implacavelmente.

As pessoas brilhantes rastejam para a frente – braços estendidos, dedos tentando agarrar algo –, pisando nos corvos até transformá-los em uma confusão de pedaços negros ensanguentados.

E não há nada que eu possa fazer para deter o avanço deles – nada que eu possa fazer para convencer o tempo a seguir adiante novamente.

Então, faço a única coisa que posso fazer – eu corro.

Penetrando na multidão, empurrando, berrando, pressionando, gritando para qualquer um que saia do meu caminho. Vagamente consciente de Vane correndo atrás de mim – seus dedos me agarrando, me puxando contra seu peito, pedindo que eu pare, que me vire, que não tenha medo.

Meu corpo relaxa aliviado quando levanto o rosto para encará-lo. Me pergunto como explicar o súbito ataque de loucura, agora que tudo voltou ao normal novamente, mas olho de relance sobre seu ombro e descubro que os corvos foram substituídos por algo muito pior – milhares de cabeças cortadas e ensanguentadas, enfiadas em espetos que enchem a praça.

Suas horríveis bocas estão escancaradas em um coro terrível que chama meu nome – instando-me a ouvir, a escutar sua advertência, antes que seja tarde demais.

Uma voz em particular se ergue no meio das demais, a terrível face maltratada estranhamente semelhante a uma antiga foto amassada que conheço muito bem.

dois

A luz se aproxima de mim, brilhante e inesperada – me obrigando a apertar os olhos e tentar cobrir o rosto com as mãos, apenas para descobrir que não posso erguer o braço. Quando me esforço para sentar, caio de costas novamente.

Mas que...?

Meus braços jazem inúteis, esticados ao lado do corpo. Depois de erguer a cabeça, tentando obter algum controle sobre a situação, descubro que alguém me amarrou.

– Ela acordou! – uma voz feminina grita, com um sotaque tão pesado que não posso dizer se o tom é de medo ou de alívio. – Dona Jennika, por favor, venha rápido! É sua filha, Daire. Ela está desperta!

Jennika! Então minha mãe está metida nisso?

Viro a cabeça para o lado e olho as paredes desbotadas azuis, o chão de piso frio terracota, e a mesa octogonal ornamentada que serve como um conveniente depósito para meu potinho de Rosebud Salve, para meu iPod prateado com fones de ouvido e para o livro de bolso deformado pela água que ando carregando por todo lado. Observo uma velha vestida com a tradicional *djellaba* longa negra e encapuzada sair correndo do quarto que serve como minha casa por mais de um mês. Ela volta com uma frenética Jennika, que senta ao meu lado e coloca a palma fria da mão na minha testa. Seus olhos verdes familiares, réplicas quase exatas dos meus, parecem perdidos, à deriva, entre a massa de cabelo loiro platinado e o rosto pálido e preocupado.

– Ah, Daire! Daire... você está bem? Fiquei tão preocupada com você! Está com dor? Está com sede? Quer que eu traga algo... quer que eu faça algo? Me diga, e é seu! – Ela se aproxima mais, me perscruta ansiosamente, enquanto suas mãos ajeitam os travesseiros sob minha cabeça.

Meus lábios estão tão rachados, minha garganta tão inflamada, minha língua tão seca que, quando abro a boca para falar, para dizer algumas palavras, vem um som distorcido e sem sentido até mesmo para mim.

– Não se apresse – Jennika diz em um tom afetuoso, batendo no meu ombro e me presenteando com um olhar encorajador. – Você passou por muita coisa. Não há necessidade de se apressar. Não vou a lugar nenhum. Ficaremos aqui o tempo necessário para você se sentir melhor.

Engulo em seco. Faço todo o esforço possível para reunir alguma saliva e acelerar as coisas, mas minha fonte é tão escassa que a segunda tentativa não é muito melhor.

– Me solte – grasno, puxando as cordas que me prendem, esperando que o gesto transmita o que as palavras não conseguem.

Mas, se Jennika entende (e tenho quase certeza que sim), prefere ignorar e, em vez disso, pega uma garrafa de água.

– Aqui. Beba isso. – Coloca um canudo vermelho na garrafa e enterra-o profundamente entre meus lábios. – Você esteve dormindo por muito tempo. Deve estar desidratada.

Apesar da minha frustração crescente, apesar de querer afastar o rosto e me negar a beber até que ela me solte, não posso deixar de consumir o líquido com avidez. Minha boca se fecha ao redor do canudo, as bochechas sugam o máximo que podem, e me sinto aliviada quando a água molha minha língua e encharca a garganta seca e arranhada.

No momento em que a garrafa está vazia, eu a empurro para longe e aperto os olhos para dizer:

– Jennika, que diabos está fazendo comigo? Sério! – Meus braços e pernas se sacodem loucamente conforme tento, em vão, me libertar.

Observo frustrada quando ela se vira e me abandona para ir ao outro lado do quarto, onde perde tempo consultando a velha marroquina, murmurando algo que não consigo imaginar o que seja, e depois escutando atentamente a mulher, que balança a cabeça e murmura algo como resposta.

Finalmente Jennika volta para meu lado, e toma muito cuidado em evitar meu olhar ao dizer:

– Sinto muito, Daire. De verdade, sinto muito, mas não posso permitir isso. – Passa a mão nervosamente pela frente de sua regata preta (correção, minha regata preta, e não me lembro de ter dito que ela podia usá-la). – Recebi ordens estritas de não desamarrar você, não importa o quanto você implore.

– O quê? – Balanço a cabeça. Certamente perdi alguma coisa. – Mas *quem*? Quem mandou você me prender assim? Ela? – Aceno com a cabeça em direção à velha. Com sua túnica negra simples e o lenço de cabeça combinando que cobria todo o cabelo e grande parte do rosto, é como qualquer outra com quem cruzei no *souk*. Não parece ter poder suficiente para ditar leis. – Sério, Jennika, desde quando você segue ordens de alguém fora do trabalho? É algum tipo de brincadeira? Porque se é isso, estou falando, não tem graça... não tem graça nenhuma!

Jennika franze o cenho e mexe inquieta no anel de prata entalhado que usa no polegar – o que eu lhe dei no último Dia das Mães, em uma locação no Peru.

– Você tem alguma ideia de como chegou aqui? – pergunta, e o colchão afunda quando se senta do meu lado. – Você se lembra de alguma coisa? – Sua longa saia de seda se move quando ela cruza as pernas e seu olhar se encontra com o meu.

Fecho os olhos e suspiro, fingindo desistir da luta, enquanto forço o corpo para me ajeitar no casulo de travesseiros que ela fez ao meu redor. Não tenho ideia do que ela está falando – não sei o que está acontecendo –, nem como terminei sendo prisioneira em meu próprio quarto de hotel, cativa da minha própria mãe. Tudo o que sei é que quero que isso acabe. Quero que ela me desamarre. Quero minha liberdade de volta. E quero agora.

– Preciso ir ao banheiro. – Arregalo um olho e dou uma olhadela rápida, confiante em que ela jamais me negaria uma cortesia tão simples. – Pode me desamarrar para isso? Ou prefere que eu faça na cama? – Abro o outro olho e lhe dou um olhar desafiador, apenas para vê-la morder o lábio, olhar de soslaio a mulher de guarda no canto, então sacudir a cabeça com firmeza, recusando-se a me atender.

– Sinto muito, mas não posso fazer isso. Você pode segurar ou usar a comadre – ela diz, e mal posso acreditar em meus ouvidos. – Não estou autorizada a desamarrar você até que o médico volte. Mas não se preocupe, não deve demorar. – Ela acena em direção à cruel sentinela no canto. – Fátima ligou para ele assim que você acordou. Ele está a caminho.

– Médico? O que...? – Tento me sentar, é um reflexo, não posso evitar... mas, assim como da outra vez, caio de costas novamente.

Estou tão frustrada, tão incrédula com essa situação insana, que me pego pronta para fazer algo drástico: gritar, chorar, exigir que ela me solte, ou então... De repente minha memória acende e pequenos fragmentos centelham em minha mente.

Imagens de Vane... a praça... a dançarina do ventre travesti... o bater incessante dos tambores *gnaoua*... tudo isso vem em flashes pulsantes... Instantâneos estonteantes piscam dentro e fora da minha cabeça.

– Me solte – digo, com a voz cheia de raiva. – Me solte agora, ou então me ajude, Jennika, eu vou...

Ela se curva sobre mim, a faixa rosa em seus cabelos caindo sobre minhas bochechas, e pressiona meus lábios com o dedo. Seu olhar é um aviso, e sua voz trai a extensão total de seu medo, quando diz:

– Você não pode se dar ao luxo de dizer coisas como essas. – Seus olhos se voltam para Fátima enquanto seu tom de voz se torna quase um sussurro. – É exatamente o tipo de coisa que a fez ficar nessa situação. Estão convencidos de que você é um perigo para si mesma e para os demais. Queriam interná-la em um hospital, mas eu não podia permitir isso. Mas, se você insistir em falar desse jeito, não terei escolha. Por favor, Daire, se quer sair deste lugar, tem que aprender a se conter.

Eu? Um perigo? Uma ameaça para a sociedade? Faço cara de zombaria, giro os olhos, certa de que estou presa em algum tipo de pesadelo – um que parece assustadoramente real.

– Oooook.... – Encomprido a palavra, enquanto meus olhos encontram os dela. – E o que fiz exatamente para merecer esse veredito?

Mas, antes que ela responda, o restante das lembranças volta. Mais imagens tremeluzentes de pessoas brilhantes, milhares de corvos, e uma praça cheia de cabeças cortadas, enfiadas em estacas e falantes...

Uma em particular...

E, então, Vane.

Algo aconteceu com Vane.

Ele me agarrou. Tentou me convencer de que estava tudo bem. Mas ele não podia ver o que eu via. Não podia compreender minimamente o que eu sabia ser verdade. Insistiu em me acalmar, em me subjugar... me deixando sem outra alternativa que não fazer o necessário para me libertar, para ir o mais longe possível daquela cena enquanto eu era capaz...

– Você fez uma bela confusão. – A voz de Jennika falhou quando tentou segurar um soluço. – Arranhou bastante os braços e o rosto de Vane. Tiveram que adiar o resto da filmagem até que ele fique completamente curado, já que não dá para esconder as feridas com maquiagem... E eu tentei, acredite. Sem mencionar o estrago que você fez em si mesma. – Ela passa o dedo gentilmente pelo comprimento do meu braço até chegar a um ponto em que eu não posso mais sentir. É quando percebo que estou enfaixada. Dos cotovelos para baixo, meus dois braços estão cobertos de gaze. As pontas dos meus dedos, expostas, mostram apenas traços leves da tatuagem *mehndi*.

Bem como pensei... ele não me ama.

Afundo a cabeça no travesseiro, sem querer ver mais do que já vi.

– Daire, sua doidinha de pedra – ela continua, no jeito típico de Jennika. Sua expressão é triste, mas não mede palavras. – Você teve uma crise, um colapso total. Uma ruptura total com a realidade, de acordo com o médico que tratou de você. Foi necessária a intervenção de um grupo de pessoas que estavam no local para separar você de Vane e, quando conseguiram, você tentou atacá-los também. Por sorte, ninguém prestou queixa, e a relações-públicas de Vane está trabalhando para apagar o incidente e mantê-lo longe da imprensa. Mas você sabe como essas coisas correm na era da internet. – Levantou os ombros, e seus olhos estavam caídos nas laterais. – Temo que, a esta altura, o controle de danos seja o melhor que podemos esperar. – Baixa a voz até que eu mal possa ouvir, falando como uma companheira de conspiração. – Vane afirma que não há drogas ou bebida envolvida, mas, Daire, você sabe que pode me dizer a verdade. Conhece nosso trato. Você permanece limpa, independente do que faça, e prometo que não estará em apuros. – Ela se inclina mais para perto. Tão perto que posso ver como o branco de seus olhos está marcado com uma teia de linhas vermelhas... evidência de choro recente. – Onde vocês estavam? Quero dizer, era seu aniversário, e tudo o mais. Talvez você quisesse apenas celebrar em grande estilo?

Sua voz se ergue no final, provavelmente pela súbita urgência da esperança. Está procurando uma explicação rápida e fácil – algo sólido em que pôr a culpa. Um episódio de loucura adolescente que foi longe demais seria preferível à verdade horrível e difícil de engolir: que depois que ataquei Vane, um grupo de pessoas inocentes e a mim mesma, balbuciei como uma louca, falando sem parar sobre corvos, cabeças cortadas penduradas em espetos e sobre uma tribo de pessoas brilhantes assustadoras que queriam me capturar com objetivos desconhecidos. Continuei a lutar, chutar e gritar até que fui finalmente subjugada, levada para casa, amarrada na cama e injetada com algo que queimou e ardeu enquanto percorreu minhas veias antes de me afundar em um profundo sono sem sonhos.

A lembrança volta completa agora. Me lembro de tudo.

Meus olhos se viram para Jennika, vendo o medo em seu rosto, implorando-me para lhe dar o que ela quer, para confessar algo que não fiz... que não faria.

Mas não confessarei. Não posso. Temos um trato. Ela confiará em mim até que eu lhe dê uma razão para não fazê-lo mais, e até agora não quebrei essa confiança. Vane foi o único que bebeu; eu me recusei. Quanto às drogas, já me ofereceram muitas vezes ao longo dos anos, mas eu sempre disse não.

O que vi não foi imaginação. Eu estava totalmente sóbria. Não estava alucinada. Preciso que pelo menos outra pessoa acredite nisso – e, se não posso convencer minha própria mãe, então quem?

Balanço a cabeça, a voz baixa e cansada quando digo:

– Não estava festejando. – Dou-lhe um olhar significativo, desesperada para convencê-la da verdade. – Não faltei ao nosso acordo.

Ela acena com a cabeça, aperta os lábios até que as bordas fiquem brancas. E, apesar de bater no meu braço de um modo que pretende ser reconfortante, posso ver que está desapontada. Ela preferiria que eu tivesse rompido nosso pacto a ter que lidar com uma verdade que não consegue compreender.

O silêncio paira sobre nós muito pesado e carregado. Estou prestes a quebrá-lo, desesperada por encontrar um jeito de convencê-la de que as coisas doidas que vi realmente existiram – que não eram fantasias de uma mente pirada –, quando há uma batida na porta, uma conversa abafada, e um homem atarracado aparece na soleira que leva ao meu quarto, com a sempre presente Fátima espreitando por trás.

Meu olhar desliza por toda a altura dele, começando pelos sapatos lustrosos, o terno recém-passado, a camisa branca engomada e a tediosa gravata azul. Noto o jeito como seus olhos não brilham, como seus lábios praticamente desaparecem em sua pele, e como seus cachos bem controlados repelem a luz que reflete em sua cabeça.

– Daire, é bom ver que está acordada. – O médico se vira para Fátima, acenando para que ela pegue a cadeira perto da mesa e coloque-a ao lado da minha cama, deposita sua pesada bolsa de couro e se senta. Cutucando Jennika para que se afaste, coloca um estetoscópio no pescoço, segura-o e tenta baixar meu lençol para que possa auscultar meu peito.

Mas, antes que prossiga, começo a me contorcer e fazer o possível para afastá-lo, encarando-o enquanto digo:

– Não pode pelo menos se apresentar antes? Quero dizer, só por educação, não acha?

Ele se inclina para trás, seus olhos escuros encontram os meus, e um clarão insincero de lábios e bochechas esticadas imita um sorriso.

– Minhas desculpas – diz. – Está mais do que certa. Esqueci os bons modos. Sou o Dr. Ziati. Tenho cuidado de você desde a noite do... incidente.

– O incidente? É assim que você chama? – Minha voz tem um esgar que combina com o que está em meu rosto.

– Há outro nome que prefira? – Ele cruza as pernas, passa as mãos com as unhas bem cuidadas pelo vinco acentuado da calça, ajeitando-se como se não tivesse nada melhor para fazer do que se sentar e discutir isso.

Jennika balança a cabeça em aviso, instando-me a deixar para lá, a não brincar com a sorte. Enquanto decido se faço isso, ela não pode me impedir de dizer:

– Como você fala tão bem meu idioma?

Olho para ele com desconfiança, notando o jeito como a risada súbita enruga a pele ao redor de seus olhos e como seus dentes brilham alinhados e brancos, de um modo que não é visto com frequência por esses lados. Pistas que fazem com que não me surpreenda nem um pouco quando ele responde:

– Estudei medicina nos Estados Unidos. Na Universidade da Pensilvânia, para ser mais exato. Embora a verdade seja que nasci aqui em Marrakesh. Então, depois de vários anos de residência no exterior, voltei para casa. Espero que isso vá ao encontro de sua aprovação. – Ele balança a cabeça, espera pela minha resposta, mas apenas dou de ombros e afasto o olhar. – Há algo mais que queira saber antes que eu cheque seus sinais vitais? – Agita o estetoscópio para mim.

Interpretando meu suspiro como consentimento, abaixa meu lençol, e eu me encolho sob a pressão do metal frio que passeia pela minha regata enquanto ele me manda respirar profundamente várias vezes. Depois de olhar dentro dos meus olhos com um instrumento duramente iluminado e de encarar minha boca e pressionar minha língua com um palito de madeira enquanto digo "aaaaaaaaa", coloca dois dedos do lado do meu pescoço, sob o queixo, localiza meu pulso e acompanha com o olhar fixo no caro relógio de ouro na outra mão.

– Excelente – diz, acenando com a cabeça ao completar: – Acredito que tenha dormido bem. – Guarda o estetoscópio na mala e se ocupa em inspecionar meus curativos, virando meu braço de um lado para o outro sem se incomodar em desamarrá-los, o que realmente me irrita.

– Quer saber se dormi bem? – Ergo a cabeça e franzo o cenho. – Me solte. Me solte agora, e direi tudo o que quer saber.

O sorriso falso que parecia colado ao seu rosto desaparece rapidamente, e Jennika corre para meu lado e esfrega a mão no meu ombro em uma tentativa fracassada de me subjugar.

– Você não pode me manter assim! Tenho direitos, e você sabe disso! – Grito, mas minhas palavras caem em ouvidos surdos.

Dr. Ziati apenas olha para mim e diz:

– Minha jovem, você tem alguma ideia do que a fez ficar nesta situação?

Sim! Pessoas brilhantes, cabeças decapitadas e corvos – milhares e milhares deles. Por isso, não tive outra escolha se não espancar uma estrela de cinema em ascensão, para que pudesse me libertar. E daí?

Mas é claro que não digo isso; é uma verdade na qual ninguém quer acreditar, muito menos escutar.

– Você se lembra das coisas que fez? Das coisas que disse?

Dou de ombros em resposta. Não adianta seguir com isso. Um olhar para a expressão de desaprovação dele me diz que jamais o terei como aliado, não adianta nem esperar por isso.

– Você teve todos os sintomas de quem estava sob influência de drogas... um alucinógeno de algum tipo. Já testemunhei esse tipo de comportamento antes.

Sempre com turistas. – Seu tom destilava o mesmo desdém que refletia seus olhos. – Só que, no seu caso, foi confirmado que a amostra de sangue que coletamos estava limpa. O que me leva à próxima pergunta: você já experimentou esse tipo de delírio antes?

Olho para ele e para Jennika – o rosto dela está acometido de preocupação, o dele vincado com curiosidade mórbida –, e então viro o rosto para o outro lado, preferindo a vista do elaborado azulejo azul do banheiro a qualquer um deles. Não há sentido em me defender de quem se recusa a me ouvir.

– Você falou de pessoas brilhantes perseguindo você, de grandes corvos negros que a provocavam, juntamente com milhares de cabeças decepadas e ensanguentadas que enchiam a praça e acenavam para você.

Um arquejo toma o quarto, fazendo-me virar bem a tempo de ver Fátima agarrando a pequena *Hamsá* dourada que leva pendurada no pescoço, a cabeça baixa em uma oração fervorosa e urgente, até que uma palavra ríspida do médico a faz parar.

– Temo que isso possa facilmente ser classificado como delírios de natureza paranoica. – Ele se vira para mim. – E, enquanto não tiver ideia do que pode provocar os episódios, já que não há álcool ou drogas envolvidos, eu diria que não é incomum que um desequilíbrio genético ou químico comece a mostrar seus sinais no final da adolescência. – Suas palavras agora se dirigem para Jennika, quando ele completa: – Eu entendi que Daire acaba de fazer dezesseis anos. É isso?

Jennika assente com a cabeça, leva uma mão à boca e começa a roer uma unha pintada de púrpura.

– Bem, desculpe-me perguntar, mas há algum histórico de doença mental na família?

Deslizo o olhar na direção de Jennika, vendo o jeito com que ela contrai o rosto. Seus olhos se enchem de lágrimas quando ela gagueja:

– O quê? Não! Não. Ou pelo menos não... não que eu saiba... nada que eu possa pensar... pelo menos não de supetão...

Seu olhar se torna distante e ela sacode a cabeça – dois sinais certos de que está mentindo –, guardando algum pedaço pertinente de informação que se recusa a compartilhar. Uma suspeita tão horrível que não está disposta a admitir nem a si mesma, muito menos para um médico, o que me deixa ainda mais curiosa. Não tenho ideia do que ela possa estar cogitando.

Jennika é filha única que está por conta própria há muito tempo. Só percebeu que estava grávida depois que meu pai morreu. E levou um tempo até que os pais dela se acostumassem com a ideia de que sua filha de dezessete anos daria à luz quando deveria estar estudando para seus exames de admissão. Mas se aproximaram com o tempo. Ajudaram-na a conseguir o diploma, cuidando de mim enquanto ela obtinha a licença em cosmetologia na escola noturna. Ela mal conseguira seu primeiro emprego como maquiadora de set quando eles faleceram na queda do pequeno avião que os levava para um muito adiado final de semana no vale do Napa.

Depois de vender a casa e quase tudo o que não coubesse em uma mochila, Jennika e eu pegamos a estrada, pulando de um set para o outro, ficando em casas alugadas por temporadas ou sendo hospedadas por amigos eventuais. Ela me matriculou em uma escola a distância assim que tive idade para isso – assegurando-se de que nunca parássemos, que nunca nos comprometêssemos com nada de que pudéssemos sentir falta se perdêssemos.

– A vida é transitória – ela costuma dizer. Afirma que a maioria das pessoas passa grande parte da vida tentando escapar de todos os sinais de mudança, apenas para descobrir que não dá para fazer isso. Pelo que ela sabe, podemos abraçar a mudança – podemos também buscar a mudança antes que ela busque por nós.

Sou a única ligação duradoura que ela se permite ter. Desde que me lembro, nossa família é formada por ela e por mim, e por um monte de pessoas aleatórias que entram e saem de nossas vidas.

Em algum lugar há uma avó que nunca conheci – a mãe do meu pai. Mas Jennika se recusa a falar dela. Pelo pouco que sei, minha avó desapareceu logo depois de perder seu único filho. Praticamente não deixou rastro sobre a terra, como Jennika diz, e como minha mãe não tinha como encontrá-la, minha avó nem sabe que existo.

Tudo isso me leva a... nada. Não tenho ideia de quem na família poderia ter sido psicótico. Quem poderia, por alguma ligação genética, fazer que eu fosse psicótica também. Jennika é a única família que conheço. E, embora certamente ela tenha seu quinhão de loucura, é loucura normal, não loucura clínica.

Como qualquer outra mãe, seu único objetivo sempre foi me proteger, mas, pelo ar perdido em seu rosto, vejo que ela começa a duvidar se pode.

Dr. Ziati olha de relance para nós duas, a voz calma, o rosto plácido, como se passasse seu tempo dando exatamente esse tipo de notícia que muda a vida das pessoas:

– Temo que sua filha precise urgentemente de ajuda. Sem tratamento, esse tipo de coisa só vai piorar. Nós a estabilizamos por enquanto, mas não vai durar. É imperativo que vocês voltem para os Estados Unidos o quanto antes. E, uma vez lá, você deve fazê-la se consultar com algum profissional de saúde mental, de preferência um psiquiatra, sem demora. As drogas psiquiátricas tiveram grandes avanços nos últimos anos. Muitas pessoas com desequilíbrios como o de Daire levam vidas normais e saudáveis. Com o tipo certo de tratamento, consultas regulares e uso correto da medicação prescrita, não vejo razão para que ela não possa seguir adiante de modo produtivo e positivo.

Jennika assente, seus olhos tão lacrimejantes, o rosto tão exausto, que me parece estar prestes a desmoronar.

Então, antes que qualquer uma de nós possa dar algum tipo de resposta, o médico pega sua bolsa, tira uma seringa, vira de lado, espirra um pouco de líquido para tirar o ar e espeta a curva do meu braço. Meu corpo cede, minha língua fica pesada e mole e minhas pálpebras caem até que já não possa mais erguê-las.

As instruções do Dr. Ziati para Jennika são a última coisa que escuto:

– Isso deve durar o suficiente para você empacotar suas coisas e fazer os preparativos para partir. Quando ela acordar, dê uma dessas pílulas a cada quatro horas para ajudar a contê-la durante o voo. Depois, você deve procurar o tipo de ajuda que ela precisa tão desesperadamente. Se não, temo que os delírios fiquem piores.

Três

Aconteceu novamente durante o voo.

A um quarto do caminho pelo Atlântico, a pobre Jennika desabou em um sono que a impediu de ouvir o alarme que programara no relógio.

Passou muito do intervalo de quatro horas entre as doses prescritas pelo Dr. Ziati.

Foi acordada por uma comissária de bordo furiosa, que logo a deixou a par do meu colapso. Contou como foram necessários cinco membros da tripulação e três passageiros para me conter – para impedir que eu gritasse, me enfurecesse e tentasse abrir a porta do meio do avião –, até que conseguissem me colocar em um assento e prender meus braços e pernas com o mesmo tipo de fecho plástico usado em sacos de lixo.

E, ainda que eu não me lembrasse de nada daquilo, me disseram que, por causa dos meus atos, os pilotos foram consultados, ligações foram feitas e quase fomos desviados para a Groenlândia.

Só me recordo de ter sido recebida por uma equipe muito zangada, com aparência de autoridades oficiais, que nos jogou em uma sala sem janelas, onde caí sobre uma mesa em completo estupor causado pelas drogas, enquanto uma chorosa Jennika lutava para dar explicações. A coisa toda terminou com meus privilégios de voo sendo revogados por vários anos, juntamente com uma pesada multa, pela qual nos disseram para ser gratos. Pelo jeito, poderia ter sido muito pior.

Um surto psicótico – era como chamavam. Foi a isso que uma bateria de testes e entrevistas em profundidade me reduziram. Outra história triste entre muitas – outra adolescente refém de seus próprios delírios paranoicos.

Essas coisas acontecem.

Não é culpa de ninguém.

Mas basta dar uma olhada em Jennika para saber que ela se culpa.

Sentamos em silêncio, enquanto ela dá a partida no carro emprestado, acionando a ignição uma, duas vezes, até que o Karmann Ghia azul-celeste recém-restaurado volta à vida.

Olho para fora da janela, observando o feio bloco cinzento do hospital ficar cada vez menor e menor, enquanto trocamos o asfalto negro do estacionamento pelo asfalto negro das ruas que nos levam à casa de Harlan – o namorado fotógrafo de Jennika (na maior parte das vezes ex), que foi gentil o suficiente para nos emprestar o carro e o teto enquanto faz fotos para uma peça editorial em algum lugar na Tailândia.

– O que você disse para eles? – Jennika olhava alternadamente para a estrada e para mim, enquanto apertava todos os botões do velho rádio FM. Finalmente sintonizou Janis Joplin cantando "Me and Bobby McGee" (uma canção que eu conhecia bem, porque Jennika sempre a cantava para mim quando eu era bebê, ainda que fosse uma canção bem mais antiga do que nós duas).

Dou de ombros em resposta. Obrigo-me a me concentrar no horizonte, esperando que de algum modo isso me estabilize, me faça aterrissar. A última dose das pílulas deixou minha cabeça tão leve e arejada que temo sair voando pela janela, flutuar até as nuvens e não voltar nunca mais.

Jennika para no semáforo e vira-se no assento até me encarar completamente.

– Sério, Daire. – Usa sua voz determinada, aquela que me diz que não descansará enquanto eu não conversar com ela. – Que diabos você disse para eles lá?

Afundo no assento, protegendo meu olhar do dela.

– Nada. – Suspiro, afundando o queixo no peito e permitindo que meu cabelo caia em uma longa e grossa camada sobre meu rosto. – Acredite, eu mal disse alguma coisa. Quero dizer, para que me defender quando todo mundo já tem sua opinião, e está convencido do pior?

Espreito através do cabelo, vendo como ela aperta os lábios e agarra o volante com tanta força que o sangue deixa o nó de seus dedos, que ficam cor de osso. Dois sinais que indicam que ela está pensando se acredita ou não em mim, o que é tudo de que preciso para voltar a encarar a janela. Vejo a laje de estuque de uma galeria, com uma lavanderia, um salão de manicure, um estúdio de tatuagem e uma loja de bebidas com uma promoção especial de cerveja para o fim de semana.

– Bem, você deve ter dito alguma coisa. Ela se irrita, a voz competindo com a de Janis até que a canção termina e ela abaixa o volume. – Porque agora eles querem internar você em uma *instituição*. – Ela me encara, pronunciando a palavra como se a notícia fosse nova. Como se eu não estivesse sentada ao lado dela quando o médico mencionou a ideia pela primeira vez.

Engulo em seco. Trinco os dentes. Estou consciente do jeito como a respiração dela falha, e ela bate com as costas da mão sob cada olho para se impedir de desabar.

– Você entende o significado disso? – A voz dela se ergue ao ponto da histeria. – *Nenhum* dos remédios está funcionando! E não sei o que fazer por você. Não sei como ajudá-la, como chegar até você, e não tenho mais certeza de ser capaz disso. Mas se você continuar a insistir... – Faz uma pausa e suspira. – Se você continuar a insistir que esses delírios são reais, então não terei outra opção, a não ser...

– *Não* são delírios! – Giro no assento até ficar totalmente de frente para ela, encarando de modo fixo aquele par de olhos verdes que se parecem incrivelmente com os meus, exceto que os dela estão marcados com delineador roxo brilhante, enquanto os meus estão marcados por meias-luas azul-escuras induzidas pelas drogas e que se espalham até minhas bochechas. – As pessoas brilhantes são *reais*. Os corvos são reais também. Não é minha culpa se sou a única que consegue vê-los!

O rosto de Jennika se contrai. Sua expressão me diz que falhei em fazê-la entender.

– Bem, de acordo com os médicos, é exatamente isso que todo mundo na sua condição afirma.

– Todo mundo *na minha condição*? – Reviro os olhos, balanço a cabeça, me afundo no assento até encarar a janela novamente. Vejo uma loja de móveis importados, um café vegano e um vidente de neon com um olho piscando na janela entre as ofertas locais.

– Você sabe o que quero dizer – ela fala.

E alguma coisa no tom de voz dela – um tom que imita perfeitamente cada médico presunçoso que teve o prazer de revisar meu caso – me faz desistir. Me faz deixar de segurar o que havia contido até agora.

– Não, Jennika, não sei o que você quer dizer. De verdade, não sei. E mesmo que eu perceba o quanto isso é difícil para você... acredite, não é nenhuma brincadeira para mim! Quando seus amigos médicos não me deixam entorpecida com as drogas, sou aterrorizada por imagens que também são reais, apesar de ninguém vê-las. E, ainda que você se negue a acreditar, estou aqui para dizer que o tempo para de verdade! Há momentos em que tudo fica em suspenso. E, só para registro, não estou sofrendo de alguma súbita loucura induzida pela adolescência. Isso já acontece há muito tempo. Antes até que eu mencionasse naquela vez em que estávamos na locação na Nova Zelândia, quando você se recusou a acreditar em mim, do mesmo jeito que se recusa a acreditar agora. Mas não é porque parei de mencionar que significa que parou de acontecer. Quero dizer, você já parou para considerar que, talvez, apenas talvez, você esteja errada? Que possa haver mais neste mundo do que você e a tão-inteligente-equipe-de-jalecos-brancos queiram acreditar? Vocês são tão ansiosos para enquadrar tudo em bases científicas, em conclusões lógicas... para me reduzir a algum diagnóstico conveniente de livro... Mas *não podem*. Não é tão fácil. E eu gostaria... – Faço uma pausa, fecho as mãos que estão paradas inúteis em meu colo, enquanto luto para retomar o fôlego. – Eu gostaria que só desta vez você me ouvisse, em vez de ouvi-los! Eu queria que só desta vez você acreditasse no que digo!

Minha voz termina em uma nota alta e frenética, que parece estranhamente fora de lugar nesta tranquila vizinhança de Venice Beach. E, quando Jennika embica o carro na garagem, ela mal para, eu já abro a porta e saio correndo para dentro de casa.

– Estou exausta – digo, usando a chave que Harlan me deu. – Os medicamentos estão começando a fazer efeito e...

Nem bem ultrapasso a porta quando meus joelhos se dobram, Jennika corre por trás, evita minha queda apoiando-me pelos braços e, meio me arrastando, meio me carregando, me coloca no sofá, me acomoda num lençol amarelo macio, coloca um travesseiro sob minha cabeça e, cuidadosamente, estende um cobertor, enquanto deslizo para uma profunda piscina de nada.

Acordo com o toque do telefone de Jennika – Lady Gaga nem bem está no segundo verso quando ela sai correndo da cozinha e agarra o aparelho em cima da mesa de vidro reciclado.

Com cuidado para manter a voz abafada e baixa no primeiro *alô*, ela checa como estou, vê que acordei, e repete o *alô* em tom normal, seguido por:

– Sim, aqui é Jennika. – E um incrédulo: – *Quem?*

Aperta os olhos, confusa, e se joga na cadeira mais próxima. A mão livre alcança a Coca Diet que deixara na mesa ao lado, levando-a aos lábios, mas abandona-a novamente antes de dar o primeiro gole. E, embora eu me esforce para ouvir a voz do outro lado, tudo o que posso perceber é que soa como uma mulher.

Talvez.

Não tenho certeza.

– Sinto muito, mas... – Ela abana a cabeça, a voz ficando mais nervosa, os dedos agarrando o comprido colar de prata que usa essa semana. – Não entendo. Se você é realmente quem diz ser, por que agora? Onde esteve todos esses anos? Eu tentei encontrar você, entende? Mas você não estava em lugar algum. É como se tivesse sumido da face da Terra!

Quando ela me pega encarando, rapidamente abandona seu posto e vai para a cozinha, dando-me um olhar de relance que me adverte a nem pensar em segui-la.

Fico deitada, fingindo obedecer. Mas, na verdade, estou apenas esperando ouvir o som familiar de Jennika se sentando – a cadeira sendo arrastada ao lado da mesa do desjejum – para ir até a porta e pressionar meu corpo contra a parede em um esforço de ouvir sem ser vista.

Tento me lembrar quando ela usou aquela frase antes. Tantas pessoas haviam saído de nossas vidas – Jennika se assegurou disso –, mas havia apenas uma que ela descrevia deste jeito, como tendo desaparecido da face da Terra.

Havia apenas uma pessoa que provara ser ainda mais esquiva do que Jennika e eu: a mãe de meu pai. Minha avó há muito perdida, que, de acordo com Jennika, nem mesmo esperara o funeral do filho.

Paloma Santos era o nome dela e, no momento seguinte, Jennika confirma isso.

– Muito bem. Vamos dizer que você é Paloma. Ainda não respondeu minha pergunta, que é: por que agora? Por que quase dezessete anos mais tarde? Qual poderia ser o objetivo de tudo isso? Você tem ideia do quanto perdeu?

Não tenho ideia do que Paloma poderia responder, já que de onde estou o diálogo é unilateral, mas sei que o que quer que ela tenha dito foi o suficiente para silenciar Jennika. Com exceção de um soluço em sua respiração, leva um tempo até que ela fale novamente.

– Como... como você sabe? – pergunta, a voz ficando esganiçada. As palavras são logo seguidas por: – Bem, não, temo que você não possa falar com ela. Não é... não é uma boa hora.

Pressiono o corpo contra a parede e ouso espiar pela porta. Vislumbro Jennika apoiada na mesa, uma mão segurando a cabeça, a outra agarrando o telefone ao ouvido. Suas palavras saem rápidas, difíceis de seguir, quando diz:

– Ela é uma garota esperta e linda. Parece muito com o pai. Tem meus olhos verdes e minha pele clara, mas o resto é todo dele. Sinto que você tenha perdido isso, Paloma, realmente sinto. Mas não é um bom momento. Estamos passando por uma fase difícil. Houve um... incidente. E enquanto eu... *o quê?* – Endireita as costas enquanto aperta o telefone com mais força. – Como é possível que você saiba disso?

Ela se vira em direção à porta, mais por precaução do que por ter percebido minha presença. Mas sou rápida em sair de vista, esperando um tempo até que ela se vire novamente e ouso dar uma espiada.

Ela apoia a cadeira em duas pernas, distraída, mexe na barra da camiseta *vintage* do concerto da Blondie, balança a cabeça. O queixo apertado enquanto acena, ouve, acena novamente. Continua assim até que eu praticamente estou explodindo de curiosidade, louca para saber o que minha avó desaparecida há tanto tempo estaria confidenciando.

– Sim, eu me lembro – Jennika diz, finalmente, apoiando a cadeira no chão novamente e encarando fixamente o intrincado padrão de zebra da madeira da mesa. – Ele amava você profundamente. Respeitava você imensamente. Mas queria que a vida dele fosse só dele, do jeito dele. Ele queria uma vida fora do Novo México. E agora, depois de falhar com ele, você acha que pode ter uma segunda chance com Daire? Certamente, está brincando...

Ainda que as palavras soem fortes, Jennika não parece assim. E posso me lembrar de uma única vez em nossas vidas que a vi tão perdida e derrotada.

– Ela está sendo tratada. Sedada. O primeiro médico, no Marrocos, a manteve fortemente medicada, mas não durou. Nada resolve. Eles ficam só ajustando as doses, tentando encontrar algo que encaixe. Estão tratando-a como uma cobaia, e agora me dizem que estão ficando sem opções. Afirmam que terão que... – Ela perde a voz e cobre o rosto com as mãos. Leva um momento para se recompor antes de endireitar a coluna e dizer: – Querem interná-la. Mantê-la trancada e sob vigilância pesada. E, para ser honesta, estou perdendo o juízo. Não sei o que fazer. Tirei uma folga do trabalho, mas logo terei que voltar. Tenho contas a pagar, uma vida para tocar e não posso arrastá-la comigo como costumava fazer. Ela não pode voar e, mesmo que pudesse, não posso mantê-la constantemente drogada e amarrada. E agora você liga. A última pessoa que eu esperava encontrar. Totalmente inesperado. Como acontece essa coincidência? – Ela ri, mas não é um riso verdadeiro, é mais como o desejo de uma risada.

Seus ombros caem, enquanto ela retorna ao modo de ouvinte, seu silêncio quebrado por comentários ocasionais como:

– Ervas? Sério? Você acha que isso pode funcionar? – seguido por: – Paloma, com todo o respeito, você não viu o que eu vi... não tem ideia do que ela é capaz. – E depois: – Então essas são minhas opções? De verdade? Dezesseis anos cuidando dela, e é só isso que me resta? E, desculpe-me perguntar, mas como pode ter certeza? Odeio dizer isso, mas Django tinha apenas dezessete anos quando você o perdeu!

Quando ela fica quieta novamente, estou prestes a interrompê-la – apenas para que ela saiba que ouvi cada palavra (ou, pelo menos, as partes de Jennika) e que não estou nem um pouco contente com isso. Estão decidindo meu futuro sem meu consentimento. Sem parar para pensar que eu possa querer opinar.

Estico o braço para segurá-la pelo ombro, para que realmente me note, quando ela se vira e seus olhos manchados e avermelhados encontram os meus, nem um pouco surpresa em me encontrar espiando pelas costas.

Com o telefone preso entre os longos dedos com as unhas roídas, o sorriso derrotado, a voz embargada por lágrimas não derramadas, ela me diz:

– Daire, é sua avó. Ela precisa muito falar com você.

quatro

– Feche a janela para que eu possa aumentar a temperatura. Está frio lá fora.

Olho por sobre o ombro tempo suficiente para encarar Jennika com mordacidade, mas já fiz isso tantas vezes nos últimos dias que ela nem liga. Está ficando imune às minhas caras feias, tanto quanto aos meus protestos.

Trago os joelhos de encontro ao peito, permitindo que meus calcanhares balancem na beirada do banco, enquanto meu indicador brinca com o pequeno interruptor quadrado no apoio de braço da porta.

Aperto e depois solto.

Aperto até que esteja quase lá – então tiro o dedo e vejo parar.

A janela sobe e para em curtos intervalos irritantes, mas ela ignora isso também. Prefere dirigir sua atenção para coisas mais agradáveis, como dirigir nas linhas e brincar com o rádio do carro alugado – presumindo acertadamente que sua recusa em participar do meu jogo me fará cansar e obedecê-la.

Fecho totalmente a janela e me viro em direção à porta, até que não possa mais ver Jennika. Meus ombros encurvados, os braços apertando os joelhos, tentando me encolher, ficar mais distante, fingindo que não estou realmente ali.

Não quero estar ali.

Aperto a testa contra a janela e formo pequenos círculos de névoa no vidro quando digo:

– Não acredito que está fazendo isso comigo.

Deve ser a centésima vez que falo isso. A centésima vez que lanço um olhar depreciativo com as palavras. Mas Jennika apenas me olha de lado e diz:

– Saiba que eu também não acredito. Mas, já que nenhuma de nós conseguiu uma solução melhor, é o que nos restou.

– Percebe que está me abandonando? – Ranjo os dentes, luto para manter o controle (e o medo que não consigo afastar, não importa quantas vezes repita a mesma conversa). – Sabe disso, certo? – Viro-me no assento, encaro seu perfil com dureza, mas ela apenas mantém as mãos uma em cada lado do volante e os olhos na longa faixa de estrada que serpenteia adiante. – Você vai me deixar sob os cuidados de uma velha louca, vou viver com uma velha louca que você só viu uma vez. Uma vez! E, mesmo assim, só por uns dez segundos no funeral do meu pai. Quero dizer, que tipo de mulher abandona o funeral do próprio filho? – Olho para ela, desafiando-a a explicar, mas deixo passar apenas alguns segundos antes de prosseguir. – E mesmo assim, aqui está você, atravessando o estado para me despejar e se ver livre de mim de uma vez por todas. Bom trabalho, Jennika. Sério. Bela mãe. – Minhas mãos se fecham com tanta força que enfio as unhas nas palmas, deixando profundas marcas vermelhas que levam um tempo para desaparecer.

É isso, digo para mim mesma. *Não diga mais uma palavra. É desperdício de tempo. A mente dela está fechada.*

Mas não posso me arriscar. Estou muito enrolada e tudo só fica pior. Ainda que realmente não importe o que eu diga ou faça a essa altura – nada faz a menor diferença de qualquer jeito. Agradável, mesquinha, calma, pirada – o resultado é o mesmo. Desde que Paloma ligou, tentei todos eles, e o veredito não mudou.

– Não tenho exatamente muita escolha – Jennika olha para mim, estreitando os olhos de um jeito que conheço muito bem. – Eu podia tanto mandar você ficar com sua avó quanto trancá-la em alguma instituição mental, por tempo indeterminado, onde aqueles médicos que você tanto odeia prometeram mantê-la em estado permanentemente drogado, até que consigam bolar um plano melhor. E, sim, talvez você esteja certa, talvez eu mal conheça Paloma, mas, como disse a você, seu pai a amava muito, nunca disse uma palavra contra ela e, pelo menos por enquanto, temo que o endosso dele tenha que ser o suficiente. Se ela não puder ajudá-la, então pensaremos em um plano B. Mas, enquanto isso, todos concordamos que era o melhor a fazer. Além disso, Paloma prometeu me dizer de imediato se pode ou não ajudá-la.

– E você confia nela? – Meus lábios se curvaram em escárnio. – Você confia em uma mulher que nem conhece? Acredita que ela vai falar a verdade, não vai me drogar nem... fazer algo pior? E esse cara que ela mandou para nos encontrar? Você vai me entregar a algum velho assustador que nunca viu? E se ele for um pervertido ou um assassino em série? Ou *ambos*?

A acusação paira pesada sobre nós, uma barreira que não pode ser quebrada – ou pelo menos é o que penso até que ela diga:

– Acredito em você – e, quando olha para mim, minha garganta trava, não consigo falar. – Acredito que o que vê e experimenta é tudo real para você, mesmo que eu não possa ver ou entender. Mas, Daire, nos foi dada uma chance, uma oportunidade, de ajudá-la de maneira não clínica, de um jeito totalmente natural, e sinto que temos que tentar pelo menos. Me mata ficar sentada e vê-la sofrer deste jeito. Como sua mãe, eu devia ser capaz de ajudá-la, de poupá-la da dor que você está passando, e até agora tudo o que fiz, toda decisão que tomei, parece apenas fazer você se sentir pior do que antes. Então, sim, eu acho que devemos ao menos dar uma chance a Paloma... ver o que ela pode fazer. Você pode não conhecê-la, mas ela é sua avó. E, você sabe bem disso, eu nunca seria capaz de entregá-la para algum velho assustador, assassino em série ou pervertido, como você diz. Ele é o amigo mais próximo e confiável de Paloma. Também é um veterinário muito respeitado e muito procurado. Fiz uma busca no Google, você sabe.

– Ah, então você *procurou no Google*? Ah, bem, isso muda tudo, não é? Como eu poderia me preocupar depois que você fez uma pesquisa tão minuciosa na internet? – Reviro os olhos, balanço a cabeça e olho pela janela novamente, acrescentando: – E quanto ao meu pai... se minha avó é tão bacana, então por que ele saiu de casa aos dezesseis anos? Hein? – Franzo o cenho. Deslizo um dedo sob o curativo, encontro uma trilha de escaras em meu braço, esperando para ver como ela vai se safar dessa.

– Para sua informação, Django não estava fugindo dela... Estava fugindo do que considerava uma vida sufocante em uma cidade muito pequena.

– *Uma vida sufocante em uma cidade muito pequena?* – Repito as palavras depois dela, com a voz carregada de sarcasmo. – Encantador, Jennika, realmente encantador. – Bufo de raiva e afasto o cabelo do rosto. – Você por acaso escuta as coisas que diz? Você realmente parece contente em me condenar a viver na mesma Sibéria sufocante da qual meu pai mal podia esperar para fugir.

– Então você prefere a instituição? É isso o que está dizendo? – Ela olha direto para mim, seus olhos verdes se estreitando de encontro aos meus, mas me recuso a responder. – Além disso – prossegue, tirando a mecha de cabelo rosa da testa e prendendo-a atrás da orelha cheia de *piercings* – pelo que você diz, Paloma já ajudou. Pelo que diz, você tem se sentido muito melhor depois que parou com as drogas e começou a tomar as ervas, e você realmente parece melhor, pelo que posso ver.

– Que seja – resmungo, sem querer confessar que, na melhor das hipóteses, o efeito é temporário. Por menos que queira ir para a casa de Paloma, quero menos ainda ir para uma instituição mental. – Mas você já parou para pensar que talvez haja uma terceira opção? Uma que você nunca considerou? Agora que estou muito melhor, não vejo por que não posso simplesmente continuar com as ervas e acompanhar você ao Chile.

– Não – Jennika diz, embora seu tom não tenha nenhum sinal da dureza que a palavra implica. – Essa não é uma opção. O fato de você estar se sentindo melhor apenas me faz pensar que Paloma possa ser capaz de ajudá-la a se livrar disso. Além do mais, não vou desaparecer. Ligarei todos os dias... e escreverei para você também! E, antes que perceba, estarei a caminho. Assim que tudo se desenrolar, pegarei o primeiro avião, juro.

Ela tira a mão do volante, estende o mindinho para mim, o anel de prata captando a luz, acena e espera que eu enrosque meu mindinho no dela. Mas não faço isso. Apenas digo:

– Então está resolvido. Não há espaço para discussão. Viverei com alguma velha bruxa médica, que tem um veterinário assustador, velho, pervertido, assassino em série, entre seus amigos. Ótimo. – Aceno com a cabeça, agraciando-a com um sorriso que é tudo menos genuíno. – Se eu sobreviver a isso, vou me assegurar de incluir em minhas memórias. Se não, você pode incluir nas suas.

Jennika balança a cabeça de um modo que me diz que ultrapassei todos os limites.

– Ela não é uma velha bruxa médica, e você sabe disso. – Contorce o nariz, no esforço de manter a voz firme, e o movimento faz brilhar os pequenos diamantes em sua narina direita. – Ela é uma curandeira muito respeitada e, honestamente, Daire, entendo que você esteja chateada. Entendo que se sinta abandonada e prefira expressar seus medos agindo dessa maneira. E, ainda que eu sinta muito por tudo o que você está passando, por tudo o que aconteceu até nos trazer a esse ponto... não posso deixar de me perguntar se você, por um único momento, parou para pensar o que todo esse cenário significa para mim? – Faz uma pausa, me dá a chance de responder, mas como ambas sabemos que não pensei nisso, ela prossegue rapidamente. – Se acha que isso é fácil, se acha que me sinto bem com isso... se você acha que não pensei e repensei nisso em todos os momentos, pense novamente. Você é tudo o que tenho. É a única coisa com a qual me importo realmente. Se alguma coisa acontecer com você... – Sua respiração falha, enquanto seus olhos ficam tão turvos que posso dizer que ela está imaginando como seria a vida sem mim e não gosta do que vê. – Bem, vamos dizer que nunca me perdoaria. E, mesmo assim, não há dúvida de que essa coisa é maior do que eu, maior do que nós duas. O que me deixa com duas opções, e nenhuma delas me agrada. Embora ache que você concorda que ficar com sua avó é, de longe, a menos ruim.

Sacudo a cabeça em resposta. Reviro os olhos, também. Mas a raiva está se esvaindo de mim e isso é tudo o que consigo expressar agora.

A conversa desaparece tão rapidamente quanto a estrada que passa sob as rodas do carro. Olho para fora da janela, sem desejar olhar para trás, e assustada demais para olhar para a frente, na direção da vastidão desconhecida.

Fecho os olhos com força e me esforço para me agarrar ao que resta de minha sanidade. Não quero que Jennika saiba que Paloma está certa – as ervas seguram por um tempo e, depois que o efeito passa, as pessoas brilhantes aparecem novamente.

Não quero admitir que, embora não queira ir – embora tema o momento em que Jennika vai me deixar aos cuidados do amigo de minha avó que vai me levar ao Novo México, enquanto Jennika se dirige para o aeroporto de Phoenix, onde trocará o carro alugado por um avião para o Chile –, não posso deixar de cultivar uma pequena semente de esperança de que Paloma não seja realmente uma feiticeira louca. Que ela seja capaz de me salvar – de me poupar de um futuro de homens de rostos estéreis e jalecos brancos, com suas agulhas longas e afiadas e seus receituários. Afinal, ela foi a única que não me acusou de ter ficado louca e delirante.

– Me acorde quando chegarmos – resmungo, me arrumando como se fosse dormir, quando, na verdade, apenas faço o possível para afastar as pessoas brilhantes, que já estão aparecendo ao longo da estrada. Os olhos penetrantes delas me seguem, me observam, fazendo-me saber que, gostando ou não, não partirão até que eu faça o que me pedem.

cinco

Nos encontramos na clareira.

Sempre começa na clareira.

E, embora não tenha ideia de como chego ali, não há outro lugar em que gostaria de estar.

Levanto o rosto em direção às árvores, observo as folhas brilharem e dançarem na esteira de uma brisa suave, enquanto um grande corvo de olhos púrpura me encara de cima – nossos olhares se encontram e se sustentam, até que o garoto aparece bem atrás de mim.

Sua simples presença me faz perder o fôlego, minhas bochechas ficam coradas – e quando me viro e olho a beleza sombria e assustadora dele, é tudo de que preciso para que meu coração bata mais rápido e meus joelhos amoleçam.

– Daire – ele diz.

Ou apenas pensa? Não vi seus lábios se moverem, então não há como ter certeza. Tudo o que sei é que o som de sua voz causa o sorriso que se alarga em meu rosto, enquanto meu olhar passeia por ele. Para nos olhos azuis-gelo que irradiam uma auréola dourada e refletem minha imagem milhares de vezes, no brilhante cabelo negro que cai pelas costas, na suave pele sedosa, nas pernas longas e delgadas, nas mãos pendentes ao lado do corpo, sem nenhuma indicação do prazer que sei que elas podem dar.

Aquelas mesmas mãos prendem as minhas, quando ele me leva para fora da clareira, descendo até a fonte borbulhante de águas quentes onde indica que eu entre. Meu vestido fica molhado, transparente, grudando como uma segunda pele; sigo até o outro lado e ansiosamente espero por ele.

Antecipo a sensação de seus lábios sobre os meus, o calor de seus dedos passando pela minha carne. Seus dentes roçando em meu pescoço, na minha clavícula e então ainda mais baixo, enquanto ele desabotoa meu vestido, desliza-o pelos meus ombros e me olha com admiração...

– Ei – Jennika esfrega as unhas azuis com *glitter* no meu ombro, recusando-se a parar até ter certeza de que estou desperta. – Daire, acorde, estamos quase lá.

Desdobro as pernas e endireito a coluna, usando as costas do assento como guia para me erguer. Levo um momento para me orientar, pisco para afastar a névoa dos olhos e encontrar o rumo – fazendo a transição do estado de sonho para o acordado, apesar do jeito como as imagens se agarram a mim.

É um sonho que já tive antes – um pelo qual realmente anseio – e estou aliviada em saber que a medicação não o fez desaparecer. Estico os braços sobre a cabeça, apoio as palmas das mãos contra o teto do carro – tentando manter a imagem da suave pele morena do garoto, dos brilhantes cabelos negros e daqueles atraentes olhos azuis-gelo.

Não tenho ideia de seu nome, apesar do fato de ele saber o meu. Mesmo assim, gosto de pensar nele como meu namorado dos sonhos. Ele tem me visitado nos últimos seis meses, mais ou menos, o que o torna meu relacionamento mais duradouro até o momento.

Jennika estaciona ao lado da lanchonete, relanceia entre o relógio e mim, e diz:

– Este é o lugar. Parece que estamos adiantadas.

Balanço a cabeça, fazendo a imagem do meu garoto dos sonhos se desintegrar como um desenho da lousa mágica que eu levava para todo lado quando era criança. Faço o máximo para parecer estoica, corajosa, apesar do jeito que meu estômago se contrai, meu coração pula e minhas mãos estão suadas e trêmulas.

– Mas parece que ele está mais adiantado ainda. – Ela acena com a cabeça na direção de um vulto estranho, alto, de constituição sólida, saindo de uma caminhonete velha, cuja velha pintura azul brilha opacamente ao sol da tarde.

– Como sabe que é ele? – Aperto os olhos, tentando conseguir uma visão melhor, enquanto ele cruza o estacionamento e entra pela porta de vidro manchada. Tento conseguir alguma informação sobre seu caráter, o quanto pode ser confiável, se é ou não realmente o sinistro assassino em série e pervertido que temo, dando uma olhada em seu jeans Wrangler escuro, nas botas de cowboy pretas, na camisa branca de algodão bem passada e no brilhante rabo de cavalo negro que cai tímido em seus ombros.

– Combina com a descrição – diz Jennika, e quando olho para ela, e vejo o jeito como está olhando para ele, sei que está tão nervosa quanto eu. – Então, o que me diz? Vamos lá dentro, nos certificar? – Segura minha mão, aperta com força, ainda que rapidamente, em seguida abre a porta, desliza para fora do assento e me faz sinal para fazer o mesmo.

Enfio as mãos nos bolsos e caminho atrás dela. Arrasto os pés em um morno piso bege, minha cabeça inclinada de um jeito que faz meu cabelo cair para a frente, obscurecendo meu rosto. Estou determinada a ter uma visão melhor dele, do que ele de mim, notando cuidadosamente os pequenos detalhes que perdi na primeira olhada: a gravata turquesa de bolinhas que cai na frente de sua camisa cuidadosamente passada e engomada, as maçãs do rosto altas, o nariz amplo e os surpreendentes olhos escuros que transbordam tanta bondade que meus ombros afundam de alívio.

Você está em boas mãos.

O pensamento passa por mim, embora seja rápida em descartá-lo. Não posso acreditar nas coisas que ouço mais do que nas coisas que vejo. Além disso, não pode ser tão fácil: ele precisa merecer meu respeito.

Vamos em direção ao fundo da lanchonete, até a última mesa, onde ele está sentado. Observo-o se levantar quando nos vê, movendo-se de um modo surpreendentemente ágil para alguém de sua idade. E, por mais que esteja preparada para odiá-lo, por mais que esteja determinada a encontrar alguma falha gritante que faça Jennika mudar de ideia e dar um voto final contra ele, o sorriso com o qual ele nos recebe é um dos mais genuínos que já vi em muito tempo.

Ele estica o braço, oferece a mão e se apresenta como Chayton – Chay, para os mais próximos – e fico feliz em notar que seu aperto de mão é ao mesmo tempo firme e sincero. Ele não me dá um aperto fraco só porque sou uma garota.

Deslizo no banco oposto ao dele, indo até a parede, enquanto Jennika senta-se ao meu lado. E, quando Chay cruza as mãos na mesa, inclinando-se para a frente ao falar, não posso deixar de gostar ainda mais dele por não falar sobre esportes, o clima ou outra bobagem que ignora a realidade preocupante que nos trouxe até ali.

Vai direto ao ponto quando olha para mim e diz:

– Não vou fingir imaginar como você se sente agora. Apenas você sabe isso. E, quaisquer que sejam os sentimentos que está experimentando, quaisquer que sejam os pensamentos que possa ter, não tenho dúvida de que são justificáveis. O que posso dizer é que a viagem até Albuquerque leva cerca de sete horas. E, então, são outras três até Encantamento, onde sua avó vive. Temos um longo percurso pela frente, mas podemos fazer isso da maneira que você escolher. Podemos conversar se você quiser, e se não quiser também está tudo bem. Se ficar com fome, paramos.

Se precisar sair e esticar as pernas um pouco, paramos para isso também. Se quiser apenas seguir em frente, só paramos quando for necessário encher o tanque. Não tenho expectativas. Não peço nada a você. O que quer que torne a viagem confortável para você, me diga, e farei o melhor para providenciar. Alguma pergunta? Algo que gostaria que eu soubesse a seu respeito?

Faço uma pausa, incerta do que responder. O discurso que eu preparara – aquele no qual deixaria claro que não era alguém com quem se pudesse brincar – não era mais apropriado. Em vez disso, balanço a cabeça e encaro o menu. Estudo as figuras laminadas de hambúrgueres, sanduíches, saladas e tortas, como se uma prova surpresa estivesse por acontecer. Mesmo assim, quando a garçonete vem pegar nosso pedido, peço para ser a última, para ganhar mais tempo para escolher algo que provavelmente não comerei.

Jennika pede um café com creme, diz que seu estômago está muito nervoso – pedirá algo no aeroporto, ou comerá no avião – enquanto Chay deixa de lado todas as noções de nutrição e pede uma fatia de torta de nozes com uma bola de sorvete de baunilha – uma atitude que, ao meu ver, conta mais pontos a seu favor. Embora fique tentada a pedir o mesmo, escolho *cheeseburger*, fritas e uma Coca-Cola. Digo a mim mesma que pelo menos isso me dará uma distração, algo com que brincar, se a conversa se tornar tão insuportável quanto espero.

– Então, como está Paloma? – Jennika pergunta, assim que a garçonete se afasta.

– Bem. – Chay assente com a cabeça, apoiando as mãos abertas na toalha de papel diante dele de um jeito que mostra seu intrincado anel de prata. De onde estou, o anel parece ter a cabeça de uma águia, com pedras douradas incrustradas no lugar dos olhos.

– Como ela anda ultimamente? Ainda cultiva ervas, eu sei, mas o que mais? Está ainda no mesmo lugar? O que faz para viver? Vive só como curandeira? Você sabe, eu não a vejo há anos. Desde o funeral de Django, e assim mesmo ela foi embora mais cedo... Estranho, não acha?

Lanço um olhar nervoso para Chay, me perguntando como ele reagirá à abordagem-metralhadora de Jennika. Assim que dispara o jato de perguntas em direção a uma pessoa, ela senta e espera para ver qual delas – se é que alguma – será respondida.

Mas Chay continua calmo, se não metódico, e dá a cada uma a melhor resposta que pode. Diz:

– Ela continua na mesma casinha de adobe de sempre. E é verdade que seu jardim cresce tão abundante que é capaz de se sustentar com o dinheiro que vem das curas e das ervas. Dezessete anos é um longo tempo para sumir sem uma palavra, mas suponho que as pessoas tenham maneiras distintas de lidar com o luto.

Jennika contrai o rosto. Morde o lábio inferior. Está furiosamente carregando uma nova bateria de questões, posso afirmar só de olhar para ela, mas é interrompida quando Chay olha para mim e diz:

– Como você está? Ouvi dizer que as ervas trouxeram alívio.

Quando seus olhos encontram os meus, não tenho dúvidas de que ele sabe que minto. Esse fato me faz admitir:

– Ajudam por um tempo, mas, assim que o efeito passa, as visões aparecem novamente.

Jennika suspira. Seu rosto é uma máscara de choque, dor e uma raiva inegável, pelo que certamente vê como uma traição minha. Segura as palavras tempo suficiente para que a garçonete coloque nossos pratos diante de nós, então se joga em um discurso inflamado no momento em que a moça parte:

– Você me disse que se sentia melhor! Que não estava mais vendo aquelas coisas! Mentiu para mim? Não posso acreditar nisso, Daire. Eu realmente não posso acreditar nisso!

Respiro fundo e pego uma batata frita da pilha, balanço por um momento, observando-a ir e voltar, antes de colocá-la na boca, e logo depois mais uma, e murmuro:

– Não menti. Eu realmente me sinto melhor. – Abaixo a cabeça e tomo um gole da Coca-Cola. Aproveito a oportunidade para dar uma espiada em Chay, curiosa para ver como está reagindo a isso, mas ele se ocupa com a torta, ficando espertamente fora dessa estranha disputa mãe-filha entre Jennika e mim. – Funciona por um tempo, e não me sinto mole, zonza e estranha como me sentia com as drogas. Mesmo assim, no instante em que o efeito passa, as visões retornam. Não vi razão para mencionar isso, já que não ia mudar nada. Só ia deixar você mais preocupada do que já está.

Dou de ombros, pego o hambúrguer para dar uma mordida, mas não tenho vontade, então o devolvo ao prato, enquanto Jennika franze o cenho para o café. Embora a situação pareça tensa e estranha, a verdade é que estou grata pelo silêncio.

É assim que comemos – Jennika ou franzindo o cenho ou bebericando, eu brincando com a pilha de fritas e Chay raspando a colher no prato, para se assegurar de comer cada pedaço da torta.

Depois de limpar a boca com o guardanapo, ele se recosta no assento vermelho do banco e diz:

– A comida absorve a energia de quem a prepara, assim como a energia de quem vai consumi-la. Energia ruim, comida ruim. – Aponta com a cabeça para meu hambúrguer intocado, mas seus olhos brilham com bondade.

Então, sem outra palavra, tira uma pequena pilha de notas da carteira, coloca na mesa, com o que parece ser uma gorjeta considerável, e nos leva para fora, onde minha vida toda muda no tempo necessário para transferir uma única mochila preta de um carro alugado para uma caminhonete antiga com placas do Novo México.

Esse simples ato, e está feito. Jennika vem até mim, o rosto distorcido pela dor, os braços trêmulos me envolvem. Nós duas ficamos presas a um emaranhado incoerente de promessas e desculpas sussurradas – até que me obrigo a ser a primeira a me afastar.

Me obrigo a ser forte.

A sorrir como se quisesse isso, e a não olhar para trás não importa o quanto deseje.

Subo na caminhonete de Chay, o motor já em marcha lenta, me ajeito ao lado dele, enquanto saímos do estacionamento e pegamos a estrada, em direção ao lugar que oferece minha única esperança real.

seis

Uma vez que Chay me deu permissão para não conversar, passo a maior parte da viagem cochilando, lendo e, de vez em quando, olhando pela janela. Só quando cruzamos a divisa do estado do Novo México, abro o diário com capa de couro vermelho que Jennika me deu, imaginando que posso registrar minhas impressões, já que minhas expectativas são poucas.

Você só é capaz de ver um lugar objetivamente uma vez. E, mesmo assim, todos os outros lugares que já visitou acabam entrando no jogo. Uma vez que tenha se estabelecido, passado um pouco de tempo e conhecido algumas pessoas, esqueça. Desse ponto em diante, suas opiniões estarão contaminadas com todo tipo de preconceito, baseadas unicamente na carga positiva ou negativa de suas experiências.

É apenas à primeira vista, quando a mente é um papel em branco, que você consegue o olhar mais puro.

Então, dobro a capa do diário e escrevo:

Tumbleweeds[1]

[1] Partes de arbustos secos que carregam sementes dentro de si e rolam pelo deserto, empurradas pelos ventos. Desta maneira, as sementes têm mais chances de encontrar água em meio ao clima árido. São muito comuns na região do Novo México. (N. da T.)

Observo uma família inteira de arbustos se arrastando pela estrada enquanto Chay desvia com habilidade sem diminuir a velocidade.

A palavra logo é seguida por:

Céu azul.

GRANDE céu azul-escuro.

Até o sol parece maior do que o normal – como uma imensa bola de fogo, em chamas, caindo do céu em direção à terra! A transição do dia para a noite faz o horizonte parecer infinito – sem fim!

E, logo abaixo, acrescento:

Não me lembro de já ter visto um céu tão vasto.

Sublinho *vasto* para que, ao reler isso um dia mais tarde, saiba que realmente quis dizer isso.

Tamborilo com o lápis no papel, em compasso com meus pensamentos, enquanto continuo olhando pela janela – vejo que a primeira paisagem, seca e estéril, constituída de cinzas e marrons, além de maçantes arbustos verdes desbotados, repentinamente dá lugar a uma rica palheta de terra vermelha, gramíneas amarelas que se agitam ao vento e imponentes e robustos platôs que se erguem de cânions profundamente escavados.

– Uau – sussurro, mas o que realmente estou pensando é: *Pequena. Minúscula. Lamentavelmente insignificante...* e estou me referindo a mim.

Este lugar é muito grande. Imenso. Vasto demais. Parece quase cósmico na forma como serpenteia para a eternidade.

Mesmo tendo decidido dar uma chance, não tenho dúvidas, no meu íntimo, de que este lugar vai me diminuir.

A percepção súbita me causa uma espécie de pontada de saudades da minha antiga vida – uma dor física que só o ritmo agitado de um set de filmagens, com seus limites bem definidos e o ambiente de cidade pequena, onde todo mundo tem um nome, um título e um propósito, pode curar.

– Bem-vinda à Terra do Encantamento – Chay sorri.

– Já chegamos? É aqui que ela vive? – Aperto os olhos para ver a distância, incapaz de vislumbrar qualquer casa, apenas quilômetros e quilômetros de terras ininterruptas que parecem se espalhar sem fim. Essa visão me faz querer que ele simplesmente pare, vire o carro e me leve de volta para o lugar de onde vim.

Chay ri, o som é agradável e profundo.

– O Novo México é conhecido como a Terra do Encantamento. A cidade de Encantamento, onde sua avó vive, ainda está distante. Há um posto de gasolina do outro lado da passagem. Imagino que podemos encher o tanque e esticar as pernas por alguns momentos antes de prosseguir. Tudo bem?

Concordo com a cabeça. Guardo o lápis dentro do diário. Estou muito agitada para escrever, muito agitada para fazer qualquer outra coisa que não seja espiar pela janela, antecipando o momento em que a paisagem ficará completamente apagada pela ausência do sol.

Chay entra no posto e para na primeira bomba de gasolina vaga. No momento em que saio da caminhonete, fico espantada em ver como é bom finalmente ficar de pé e caminhar um pouco, depois de tantas horas sentada.

Jogo a cabeça para trás, abro a boca em um bocejo e respiro profundamente o ar do Novo México. Surpreendo-me ao perceber que é ainda mais seco do que o de Los Angeles ou Phoenix – deve ser a altitude. Estico-me para um lado e para o outro, antes de me curvar para a frente – as pontas dos meus dedos passam pelos grãos de cascalho do asfalto, e me forço a suportar a dor dos músculos contraídos, que agora gritam em protesto.

– Por que você não vai lá dentro e pega algumas Coca-Colas? – Chay pega a carteira, mas sou rápida em acenar em despedida, já cruzando o caminho até a loja de conveniência, para conferir as ofertas.

No momento em que empurro a porta, meu estômago emite um ronco alto e embaraçoso. Enquanto pego uma série de comidas processadas e pré-embaladas na prateleira, não posso deixar de lamentar pelas batatas fritas que deixei em Phoenix.

Passeio pelos corredores, empilhando nos braços pacotes de doces, biscoitos e salgadinhos, junto com duas garrafas de Coca-Cola – uma para mim, outra para Chay. Depois de acrescentar um pacote de drops, vou até o caixa, troco um agradável, se não genérico, cumprimento com a funcionária e começo a olhar as revistas de fofocas no balcão, enquanto ela se ocupa em registrar minhas compras.

Jennika odeia quando faço isso – sempre me lembra que a maioria das histórias publicadas nesses veículos ou são completamente inventadas ou cuidadosamente orquestradas pelos próprios sujeitos. Mesmo assim, é um prazer culposo ao qual não resisto. A diversão consiste em determinar o que é lixo e o que não é.

Além disso, é a única maneira que tenho de saber de velhos amigos. Algumas pessoas têm anuários e Facebook – eu tenho pedaços de fofocas. Como sempre, começo com as revistas mais baratas, as mais escandalosas de todas. Aquela que possui uma fascinação duradoura em alegar abduções alienígenas e sinais do fantasma de Elvis. Sorrio pela primeira vez em horas, quando vejo que a manchete da semana não desaponta – afirma que uma atriz muito conhecida, vencedora do Oscar, está sendo assombrada pelo fantasma de um diretor morto há muito tempo, que quer se vingar da refilmagem abismal que ela está produzindo.

Passo por aquela outra publicação que acusa toda estrela vestida com batas rústicas de esconder uma gravidez, e chego até a revista mais respeitável – a de capa brilhante que é "não-tão-secretamente" cobiçada pela maioria das estrelas em ascensão, se não por todas.

A capa desta semana ostenta uma foto aparentemente sincera de...

– São vinte e um dólares e dezesseis centavos – a moça do caixa diz, mas sua voz é apenas um ruído em minha cabeça.

Eu mal a escuto. Mal entendo as palavras. O caixa, minha pilha de comida, a funcionária... tudo fica em segundo plano, até não restar nada além da capa da revista e eu.

Preciso das duas mãos para segurar a revista – de tão trêmulas que estão. Minhas bochechas ficam coradas, perco o fôlego – incapaz de levantar os olhos desses penetrantes olhos azuis, da pele dourada, dos cabelos loiros despenteados, do sorriso meio preguiçoso e do braço enfaixado que levanta em saudação.

E *é* uma saudação. Disso não tenho dúvida.

Apesar de ele tentar fazer um gesto de protesto – como se fosse uma tentativa fracassada de escapar da intrusão das lentes da câmaras –, sei bem como é.

Vane nunca teve uma foto de *paparazzi* que não amasse secretamente.

Ele é novo no jogo – ainda almeja atenção. Passou a vida inteira buscando este tipo de cobertura e, agora, graças a mim, conseguiu.

– Oi? Tem alguém aí? São vinte e um dólares e dezesseis – a moça do caixa vocifera, acrescentando: – Com a revista são mais três e cinquenta. – Não respondo. Apenas seguro a publicação com as mãos trêmulas, a umidade dos meus dedos enrugando o papel, fazendo a tinta penetrar em minha pele. Incapaz de tirar os olhos da manchete que grita:

Colisão na Via Expressa Vane Wick!

É assim que o chamam – Via Expressa Vane Wick. Apelidado como o mais miserável e maior choque de carros na via expressa que leva ao antro imundo e caótico conhecido anteriormente como Aeroporto Kennedy.

De origem suburbana, Vane ama seu apelido "superespecial". Ama cada parte de sua fama.

Na foto, seu rosto está repleto de arranhões e hematomas roxos, e sua sobrancelha esquerda – a que gosta de levantar – parece ter sido partida ao meio. Mas, que diabos, isso só o torna ainda mais atraente. Faz que pareça vulnerável, mas durão – como um cara que já viu coisas e sobreviveu.

Graças a mim, ele passou de insanamente bonito para completamente irresistível – embora eu duvide que vá receber um cartão de agradecimento.

E, falando em mim... estou em destaque também.

Representada na forma de uma pequena foto borrada no canto direito inferior da página.

Uma foto que reconheço como tendo vindo direto do celular de Vane.

Uma foto que ele insistiu em tirar, mesmo depois que tentei dissuadi-lo. Não via sentido em documentar o que sabia ser uma ligação breve e fugaz. Então, por não ser exatamente uma participante voluntária, quando ele levantou o telefone para tirar a foto, fiz uma careta em resposta.

Ele riu quando viu, até prometeu apagar, e acho que nunca pensei em conferir.

E certamente jamais pensei que usaria contra mim – ou que iria acabar dando suporte para meu apelido infeliz: "Fã infernal".

Como em:

FÃ INFERNAL VAI FRENÉTICA PARA CIMA DE VANE WICK!

E, logo abaixo:

UM CARA LEGAL, VANE DECIDE NÃO PROCESSAR A FÃ, E DIZ: "É O PREÇO DA FAMA. SÓ POSSO ESPERAR QUE ELA CONSIGA O TIPO DE AJUDA DE QUE CLARAMENTE PRECISA". VEJA A HISTÓRIA COMPLETA NA PÁGINA 34!

Não vou para a página 34.

Não preciso ver mais do que já vi.

E, embora nunca tenha considerado Vane um cara especialmente legal, como afirmavam, eu achava que era legal o suficiente – mas parece que estava enganada.

Também parece que a relações-públicas dele não estava tentando tão arduamente enterrar a história como Jennika afirmara. Provavelmente esperara que os hematomas aparecessem antes de se esconder nos arbustos e tirar a foto ela mesma.

Não que eu não soubesse como as coisas funcionam. Hollywood vive dessas coisas – é o lubrificante de sua engrenagem. E agora, por causa do meu surto, a estrela de Vane brilha ainda mais forte.

– Escuta... você quer isso ou não? Não tenho o dia todo! – A funcionária do caixa me olha fixamente, ainda que, pelo que posso ver, a verdade é exatamente oposta. Sou a única ali e, antes que eu aparecesse, ela estava lendo um livro.

Fico tentada a largar a revista no balcão. Apagar a imagem da minha mente e agir como se nunca tivesse visto isso. Mas não há retorno. Não dá para borrar o que agora está gravado no meu cérebro.

Vacilo. Não há nada que queira mais do que me livrar daquela coisa, mas estou ciente de que minhas mãos suadas mancharam e amassaram a capa.

– Coloque na conta – digo, odiando ter que pagar por aquilo, mas sem querer deixá-la com mercadoria danificada.

Alcanço a carteira, os dedos trêmulos enquanto pego um punhado de notas amassadas e recuso o troco que ela tenta me dar. Saio correndo e dou de cara com Chay quando empurro a porta, meus olhos desfocados, tudo parecendo maior diante de mim, como manchas oscilantes.

Chay me segura, colocando uma mão sob cada braço, e diz:

– Está tudo bem? Precisa tomar suas ervas? – Olha para mim de um jeito que só pode ser descrito como cautela moderada.

Balanço a cabeça. Me solto de suas mãos. Não quero confidenciar a verdade, não quero dizer que as visões que me assombram não estão apenas confinadas em minha cabeça, mas estão disponíveis para todo o mundo ver. Provavelmente já se espalharam pela internet, esperando pela continuação da história em algum programa de fofocas na TV.

Rasgo a capa com as unhas, transformando-a em pedaços pequenos e irreconhecíveis. Depois de jogar os restos no lixo, volto para a caminhonete de Chay, que me espera com um olhar sério de preocupação.

– Estou bem – digo, oferecendo-lhe uma das Coca-Colas e ajeitando-me no assento. – Apenas ansiosa para chegar lá, é só isso – acrescento, percebendo a verdade no momento em que as palavras saem de minha boca.

sete

Quando Chay mencionou pela primeira vez que Paloma vivia em uma casinha de adobe, acho que esse foi um dos detalhes nos quais preferi não me focar. Mas, depois de trocar a autopista pavimentada por mais de uma hora de estradas de terra seriamente esburacadas que ofereciam pouca luz além daquela fornecida pela lua, meus olhos começaram a arder de tanto que eu os forçava, na tentativa de adivinhar qual das casinhas era a dela.

Estavam por toda a parte.

Quero dizer, havia outros tipos de casas também, e vários trailers, mas esta região em particular tinha em geral casinhas de adobe, tornando o estilo *pueblo* o predominante do local.

A cidade de Nova York tem arranha-céus e prédios de arenito; a costa noroeste no Pacífico tem fachadas de ripas de madeira; o sul da Califórnia tem, bem, um pouco de cada coisa, mas o estilo mediterrâneo parece reinar supremo. E, pelo que vejo, esta parte do Novo México apresenta uma proliferação de casas retangulares com tetos chatos e suaves paredes arredondadas que parecem de terra cozida.

O que significa que a cada nova casa que nos aproximamos não posso deixar de pensar: *É aqui? Esta é a casa em que Paloma vive?*

Apenas para suspirar, derrotada, quando Chay passa direto e depois passa pela seguinte.

Quando ele finalmente para diante de um portão azul alto, cercado por muros suaves e curvos, estou tão estufada de *junk food* e nervosa que me sinto nauseada demais para reagir de qualquer maneira significativa.

– Aqui estamos – diz Chay, seu sorriso tão bem-humorado agora quanto no início dessa jornada. Aparenta como se passar as últimas dez horas dirigindo para uma adolescente mal-humorada não fosse apenas um prazer, mas uma brisa.

Ele tira minha mochila do pequeno espaço atrás dos bancos, pendura-a no ombro, e faz sinal para que eu o siga. Recorda a si mesmo de lubrificar o portão depois de ser recebido com um rangido alto de protesto, indica que eu o atravesse e segue atrás de mim.

No momento em que entro na propriedade, congelo. Meus pés ficam plantados na pedra e no caminho de cascalho que leva até a porta, sem vontade de seguir em frente – sem querer ser a primeira a me aproximar.

Não tenho ideia de como Paloma é.

Não tenho ideia do que esperar.

Devia ter feito mais perguntas.

Devia ter aproveitado as últimas dez horas para interrogar Chay até que ele se abrisse – até que confidenciasse cada segredo obscuro e sujo que Paloma esconde.

Em vez disso, preferi comer. E ler. E sonhar com algum garoto fantasma com suave pele castanha, olhos azuis-gelo e longos cabelos negros brilhantes – um garoto que jamais encontrarei na vida real.

Que bela escolha fiz.

Antes que possa pedir para Chay voltar para a caminhonete e me levar de volta para Phoenix, de forma que eu possa ter uma segunda chance de fazer tudo direito, a porta da frente se abre, revelando uma figura pequena e escura, cercada por um halo de luz.

– *Nieta!* – ela arrulha, a voz supreendentemente rouca e profunda. Mas, por mais que eu tente enxergar, não consigo ver mais do que uma silhueta negra: a luz brilha atrás dela de um jeito que causa um fulgor amarelado ao seu redor.

Ela vai até a varanda e para bem embaixo da luz, o que me permite olhá-la com mais clareza. Leva uma mão delicada até o peito e pousa-a brevemente sobre o coração, antes de estendê-la para mim. Com os olhos marejados, as bochechas vermelhas de felicidade, repete:

– *Nieta*, minha neta. Você está aqui!

Eu me encolho. Me sinto grande e desajeitada ao lado da forma diminuta dela – ciente da mão que se estende para mim, mas incerta do que fazer. Parece estranhamente formal apertá-la, e não estou segura de estar pronta para abraços. Geneticamente falando, ela pode ser minha avó, mas, neste momento, não é mais do que uma pequena e atraente estranha, com brilhantes olhos escuros, um sorriso generoso, um nariz que lembra o meu e longos e lustrosos cabelos negros com fios ocasionais de prata que reluzem como enfeites de Natal.

Murmuro um cumprimento, acompanhando as palavras com um aceno, antes de enterrar a mão no bolso da jaqueta novamente. Me sinto mal com o gesto tão frio mas, dadas as circunstâncias, é o melhor que posso oferecer.

Mas, se Paloma está ofendida, consegue esconder. Sorrindo afetuosamente, me leva para dentro, enquanto diz:

– Venha, filha. Venha para dentro. Saia do frio. Está tarde. Você fez uma longa viagem. Eu mostrarei seu quarto, você se ajeita para a noite e, amanhã, poderemos nos conhecer melhor. Mas, agora, é de descanso que você mais precisa.

Caminho para dentro, ciente de Chay passando ao meu lado e desaparecendo pela sala com minha mochila, enquanto paro em um colorido tapete de lã na entrada da casa e dou uma olhada em tudo. As grossas paredes de arestas suaves, os pesados batentes expostos das portas, as vigas resistentes de madeira que vão até o telhado, a lareira no canto em forma de colmeia, recheada com toras de madeira empilhadas que preenchem o espaço com o cheiro acolhedor da algaroba.

– Sua mãe estava certa – Paloma diz, indo para a cozinha. Seu vestido de algodão leve farfalha atrás dela e os pés descalços deslizam no chão de uma forma que me faz piscar, olhar fixo, então piscar novamente, para me assegurar de que não está realmente flutuando, apesar do que parece. – Sem contar os olhos, você parece muito com seu pai, meu Django. – Seus olhos se umedecem, enquanto me mexo inquieta diante dela. A única imagem que vi do meu pai foi em uma dessas tiras de fotos instantâneas em preto e branco.

Eram três fotos no total: uma de Django sozinho (sorrindo), uma de Jennika sozinha (vesga e com a língua de fora) e outra dos dois amontoados juntos, com uma Jennika adolescente tentando desesperadamente imitar o visual de Courtney Love em meados da década de noventa, com cabelos loiros descoloridos, batom vermelho-escuro e um vestido extremamente curto – seu corpo envolto no colo de Django, ele fazendo um grande espetáculo para beijar seu pescoço enquanto ela jogava a cabeça para trás e ria.

Não preciso nem dizer que a terceira foto era a minha favorita.

Os dois pareciam tão jovens e apaixonados – tão despreocupados e livres...

E, ainda que eu realmente apreciasse essa parte, era a mensagem que realmente mexia comigo.

Era uma mensagem de aviso.

Um conto de advertência na melhor das hipóteses.

Toda a prova visual de que eu precisava para saber que a vida pode mudar em um instante.

Um lembrete de como, de um momento para o outro, sua vida inteira pode virar de cabeça para baixo e não há nada que se possa fazer a esse respeito. Três meses depois que a foto foi tirada, Django estava morto e Jennika estava grávida – nunca mais se sentiu livre e despreocupada novamente.

Primeiro eu pedi toda a tira, mas Jennika apenas riu e disse que não. Então, pedi a do beijo – era a única que eu realmente queria, de todo jeito – mas ela balançou a cabeça, pegou um alicate de cutícula, cortou a do topo e me deu.

Então, enquanto Django mudou-se para minha carteira, Jennika escondeu as outras duas. Mas ela não tinha ideia de que toda vez que começava um trabalho novo, eu passava o primeiro dia vasculhando até encontrar o esconderijo, para que pudesse ver a foto do beijo enquanto ela estava em reuniões.

Paloma mexe uma panela no fogão, ora revirando o conteúdo com uma grande colher de madeira, ora levando a colher ao nariz e inalando profundamente. Finalmente, considerando-o pronto, coloca o conteúdo em uma caneca feita à mão e vem até mim.

– Beba isso enquanto está quente – diz, oferecendo-me a caneca. – Vai ajudá-la a dormir. Ajudará a mantê-la calma.

Por mais que odeie admitir, estou relutante em aceitar, sem vontade de correr o risco. Embora Paloma pareça completamente agradável e não ameaçadora, e nem um pouco a feiticeira assustadora que eu temia – estar aqui, na casa em que meu pai viveu por dezesseis anos, antes de fugir para a Califórnia onde encontrou primeiro minha mãe, depois a morte –, bem, tudo isso começa a fazer eu me sentir um pouco estranha.

Mesmo assim, Paloma é paciente – segura a caneca de um jeito que não deixa dúvidas de que ficará ali por horas se for preciso. E, já que a noite não pode ficar mais surpreendente e esquisita do que já está, dou um profundo suspiro e aceito. Enrolo os dedos na cerâmica, instantaneamente atraída pelo cheiro maravilhoso que a estranha bebida exala.

A coisa seguinte que sei é que já bebi tudo. Observo Paloma colocar a caneca na mesa mais próxima, enquanto fala:

– Deve começar a fazer efeito logo, então é melhor levá-la ao seu quarto.

Seu toque leve e quente me conduz pelo cotovelo, levando-me por um corredor curto, passando por uma porta fechada e então por outra, antes de me guiar por uma porta em arco onde caio na cama.

Seus ágeis dedos ajeitam os cobertores ao meu redor, e ela diz:

– Pela manhã, conversaremos sobre tudo, mas, por enquanto, doce *nieta*, durma.

Oito

Estou na floresta.

Uma floresta fresca, sem vento e luxuriante, formada por musgo salpicado de terra e árvores altas com copas de galhos tão grandes e entrelaçados que apenas os mais tênues sinais do sol ultrapassam. A luz reflete nas folhas de uma maneira que as faz parecer animadas, vivas – como se balançassem em harmonia com a doce canção do corvo.

Meus pés se movem rapidamente, com agilidade, ao longo de uma trilha não demarcada, com o corvo voando alto sobre meu ombro. Seus olhos púrpura, alertas, vasculham a área, enquanto uma vaga consciência puxa minha memória, lembrando-me que não tenho razão para temer, que o corvo me levará, ele é meu guia. Estou destinada a estar aqui.

Escalamos rochas, atravessamos córregos de águas rápidas. O córrego fica mais e mais profundo, até passar a altura dos meus tornozelos, e ensopa meu vestido. Molhando e emaranhando meu cabelo, chega à altura da ponta das orelhas, até que meus dedos agarram uma pedra na margem oposta, seguram firme e consigo me impulsionar para fora da água e voltar para terra firme, com o corvo empoleirado no meu ombro. Somos aquecidos por um corajoso feixe de luz que evapora a umidade do meu vestido, do meu cabelo e da minha pele – fazendo-a retornar para o céu, onde promete me encontrar novamente na forma de orvalho, neve ou chuva. Mas não demora muito até que eu sinta o bico curvo do corvo me cutucando – sinalizando que é hora de continuar, de começar a me mover novamente.

Nossa jornada segue por terrenos com florestas densas e termina no momento em que as garras do corvo apertam meu ombro com tanta força que quase perfuram minha carne. Suas asas se abrem e começam a bater, fazendo-o voar alto – e, embora levante meu olhar para o céu e faça o melhor para segui-lo, é preciso apenas um segundo para que o perca de vista.

A missão dele está completa, não preciso mais dele. Já cheguei ao destino pretendido, na forma desta bela clareira coberta de grama na qual estou.

Passo as mãos ansiosamente pelo vestido – desejando parecer apresentável, bonita, para o amigo que aguarda por mim. Sinto sua presença bem antes que possa vê-lo, fecho os olhos e inalo o profundo cheiro de terra dele – saboreando a descarga de adrenalina que acelera meu coração e causa uma série de espasmos –, esticando o momento o máximo que posso, antes que ele me chame e me peça para encará-lo.

O som do meu nome em seus lábios faz meu sorriso se alargar, enquanto eu o admiro, absorvo o jeito como me chama. Meus olhos passeiam por esse belo garoto sem nome, de suave pele castanha e brilhantes cabelos negros que caem no rosto. O dorso magro e nu, os ombros largos e fortes e as mãos soltas ao lado do corpo, que meramente indicam as promessas de prazer que sei que podem me dar.

Ele vem até mim, entrelaça meus dedos nos seus e me leva para fora da clareira, para o outro lado da floresta onde um lago de águas quentes e borbulhantes aguarda. As águas termais límpidas induzem um calor que sobe em espiral, dança e toca de leve por toda a superfície.

Sou a primeira a entrar, a água reivindicando meu vestido, até que ele gruda como uma segunda pele. Vou até a margem oposta, onde ansiosamente aguardo o doce queimar de seus dedos explorando minha carne. Minha necessidade é como uma febre que me domina – aliviada apenas pela sensação de suas mãos segurando meu rosto, seus lábios encontrando os meus, misturando-se e fundindo, provando e provocando, em um beijo tão fascinante que faz uma centena de imagens cintilarem em minha mente.

Visões de uma flor brotando, florescendo, caindo do talo, só para se levantar e brotar novamente – desaparecendo em uma multidão de almas deslumbrantes que cintilam mais do que o dia e encontram-se com almas tão escuras que se misturam com a noite. As almas se tornam um dos elementos, mostrando o ciclo constante do céu, de neve, orvalho e chuva – as duas faces do vento, danos e repouso, ou a habilidade do fogo tanto de aquecer quanto de destruir, e a estoica paciência da terra quando luta para absorver tudo o que demandamos...

As imagens se repetem até que a mensagem é clara:

Sou o hidrogênio da água na qual flutuo.

Sou o oxigênio do ar que respiro.

Sou a pequena bolha de calor neste lago de águas minerais.

Sou o sangue que circula pelo corpo do garoto que me beija – assim como sou a batida das asas do corvo que me trouxe até ali.

Sou parte integrante de tudo – e tudo é parte integrante de mim.

Uma verdade que nunca esteve tão clara – revelada por um beijo comovente. Os dedos dele se movem rapidamente, com habilidade. Passeiam pela frente do meu vestido, puxando o tecido para baixo, fazendo-o escorregar por meus ombros, pela minha cintura. Ele abaixa a cabeça e seus lábios encontram minha carne. Seu progresso é interrompido pela pressão das minhas mãos que puxam seu rosto, preciso olhá-lo, realmente olhá-lo, do jeito como ele me vê.

As pontas dos meus dedos passam suavemente pelas maçãs de seu rosto. Meus dedos brincam com seu cabelo. Afastam-no da testa, prendem-no atrás da orelha, revelando um par de olhos azuis-gelo circundados por profundos salpicos de ouro que refletem minha imagem milhares de vezes.

Olhos de caleidoscópio.

Suspiro, incapaz de afastar meu olhar do dele, sem vontade de olhar para nada mais – provavelmente, para sempre.

– Já é hora – ele diz, aprofundando seu olhar no meu, até eu sentir queimar.

Concordo rapidamente, assentindo com a cabeça em resposta. Sinto a verdade por trás de suas palavras, ainda que não tenha ideia do que significam.

– Não há como voltar. Você está destinada a ficar aqui.

Voltar?

Por que iria querer voltar?

Nasci para encontrá-lo – disso tenho certeza.

Afasto meus pensamentos, pressiono o corpo contra ele. Enrosco minhas pernas ao redor dele, prendendo-as na parte de trás de seus joelhos, trazendo-o para mim, ansiosa por seu beijo novamente.

Meus lábios túrgidos buscam os dele, mas encontram apenas o frio espaço vazio.

Meu amigo não está mais diante de mim – alguém tomou seu lugar.

Alguém que tem o mesmo corpo forte e esbelto, o mesmo rosto esculpido e cabelos muito curtos, embora sedosos e negros como os do meu amigo. E ainda que os olhos sejam da mesma cor, salpicados pela mesma auréola dourada, a similaridade termina aí.

Estes olhos são frios.

Cruéis.

E, em vez de refletir, eles absorvem como o vazio que sinto neles.

– Eu assumo daqui – ele diz e dá um empurrão em meu amigo.

– Você não fará isso – meu amigo se recupera rapidamente. Seu corpo está tenso, os músculos retesados... preparado para me defender.

O garoto dá uma risadinha e tenta se passar por meu amigo, mas não vai muito longe antes de ser bloqueado novamente. Suas palavras são afiadas por um sorriso de escárnio, quando diz:

– Não se preocupe, irmão. É a alma que eu quero, o coração é todo seu.

Meu amigo fica diante de mim, uma parede sólida de proteção.

– Não há coração sem alma. Temo que você não terá nenhum dos dois.

O olhar do garoto fica mais sombrio, mais profundo, mais determinado e cruel, descartando a ameaça com as palavras:

– Então acho que levarei a sua.

É um momento antes de fazer sentido.

Um momento antes que tudo se encaixe.

Um momento perdido.

Desperdiçado.

A ameaça se realiza tão rapidamente que fico de olhos arregalados e boca aberta quando o garoto – aquele de olhos frios e vazios – se transforma em outra coisa.

Algo irreconhecível.

Sobrenatural.

Algo monstruoso, demoníaco – nascido de uma semente escura e fétida e outras coisas imundas e perversas.

Sua boca tornou-se irregular, sangrenta e obscena – com dentes afiados e presas que se enterraram em meu amigo, esfolando sua carne. Reduzindo seu peito a uma matéria estilhaçada e sanguinolenta que mancha a água de um terrível tom vermelho.

Ele joga a cabeça para trás e emite um rosnado horrível. Seus olhos brilham com o mesmo carmesim que escorre de seu queixo, enquanto uma medonha serpente sai incandescente de seus lábios, habitando o espaço em que a língua costumava ficar.

Alcanço meu amigo, segurando, tateando, em um frenesi para salvá-lo. Não posso perdê-lo. Não posso deixar isso acontecer.

Não quando foram necessários dezesseis anos para encontrá-lo.

Embora a palavra ainda tenha ficado por ser dita, não há como negar que é Amor o que partilhamos.

Amor o que nos trouxe até aqui.

Estamos ligados.

Predestinados.

Algumas coisas você simplesmente sabe, sem questionar.

Eu ataco. Chuto. Luto. Grito. Mas todos os meus esforços são em vão – não sou páreo para a serpente.

Ela desvia de mim. Mergulha na cavidade agora aberta do peito do meu amigo.

Retorna com uma esfera cintilante e sagrada que suga com cuidado, suavemente, antes de consumi-la inteira – apagando a vida como se apagasse uma chama. O demônio sorri – uma visão horrível gravada para sempre em meu cérebro. Então, simplesmente desaparece, deixando-me sozinha com meu amigo – meu único amor verdadeiro, aquele que era destinado para mim –, agora um saco vazio de carne sem vida que jaz em meus braços.

nove

Desperto com um grito. Deitada de bruços, minha boca esmagada contra o travesseiro, de um jeito que abafa o som. Mesmo assim, não posso deixar de me preocupar que Paloma possa ter ouvido e que decida vir conferir se está tudo bem.

Chuto o emaranhado de cobertores e lençóis das minhas pernas e empurro-os para o pé da cama. Sento contra a cabeceira de madeira, espichando o ouvido em direção à sala, alerta a qualquer sinal de minha avó, convencida de que é apenas questão de tempo antes que ela irrompa quarto adentro com alguma estranha beberagem de ervas que me obrigará a tomar. Mas tudo o que consigo ouvir são barulhos aconchegantes da cozinha que passam por baixo da porta.

Água correndo, manteiga chiando, juntamente com o som suave da porta do refrigerador sendo aberta e o estampido forte de quando é fechada novamente. A trilha sonora cotidiana que a maior parte das pessoas tem como certa e segura – e que eu só conheço pela TV e pelos filmes.

Nos últimos dezesseis anos, Jennika e eu estivemos na estrada, o que significa que a maioria das minhas refeições vieram de aviões, restaurantes, cafés estrangeiros com padrões sanitários questionáveis e, quando dou sorte, dos imensos bufês servidos nos sets de filmagem.

A única vez em que estive remotamente próxima de experimentar algo que se aproximasse de uma vida doméstica "normal" foi quando estávamos hospedadas na casa de Harlan no meu décimo segundo aniversário, e Jennika tentou nos surpreender fazendo torradas francesas. Só que ela se distraiu enquanto esperava que as bordas ficassem marrom, e a seguir só pudemos perceber as torradas soltando fumaça e o alarme de incêndio disparando. Depois que o drama foi resolvido, Harlan nos enfiou em seu carro e nos levou para tomar um *brunch* em um restaurante vegetariano perto de Malibu Beach.

Mas em nada Paloma é como Jennika. Pelo que posso ver, ela é uma figura viva do Velho Mundo, da hospitalidade latina. E, por mais que meu estômago roncando me incentive a sair da cama para ir até ela, o resto de mim está determinado a ficar – e adiar o momento um pouco mais.

Tiro uma mecha de cabelo úmido de suor do rosto e não perco tempo antes de trocar as roupas com as quais dormi pelo robe de algodão suave que Paloma deixou dobrado sobre a cadeira. O horror do pesadelo está tão fresco em minha mente que, pela primeira vez, desejo ardorosamente nunca mais sonhar com aquele garoto.

Enrolo os dedos na macia pele de carneiro que pende da cama até o chão e começo a fazer uma série de alongamentos. Trabalho para soltar a câimbra no pescoço que sempre me vem quando durmo de bruços, antes de caminhar pelo meu novo quarto, explorando-o de uma maneira que não foi possível na noite anterior, já que Paloma me nocauteou bem rápido.

Há uma velha mesa de madeira, que faz conjunto com uma cadeira, perto da janela, com as iniciais do meu pai incrustadas no canto superior direito. O "DS" tem ângulos tão duros que até parece grego. E, ainda que eu tente imaginá-lo sentado ali – falando ao telefone, fazendo o dever de casa ou mesmo planejando sua fuga para Los Angeles –, não consigo. É impossível fazer a transição de uma foto em preto e branco sorridente para uma pessoa real de carne e osso – o único filho de Paloma, que se sentia tão sufocado nesta cidade, nesta casa, que mal podia esperar para partir.

Mesmo quando vejo sua foto em um porta-retratos na cômoda, ainda é difícil imaginar. Mas, apesar de sua boa aparência, a foto definitivamente dá sinais de sua infelicidade.

A camiseta é limpa e passada, o cabelo escuro foi recentemente cortado e, ainda que o sorriso seja bastante agradável, se olhar mais de perto você pode ver mais do que uma pitada de inquietude em seu olhar. E não posso deixar de me perguntar se Paloma estava ciente disso também – ou se ela foi como vários outros pais que se permitem passar por cima de coisas que são desagradáveis demais para se ver.

– Ele tinha dezesseis anos nesta foto. – Paloma coloca a cabeça pela porta agora aberta, e sua voz é tão inesperada que não posso evitar dar um pulo em resposta. – A mesma idade que você – ela acrescenta, mas tudo o que posso fazer é olhar fixamente, uma mão no peito, ciente de meu coração pulando loucamente, a outra segurando a foto, me sentindo estranhamente culpada por analisá-la. – Ouvi você se levantar. – Ela se move na minha direção, pega a foto da minha mão e a segura.

Não digo uma palavra. Não estou certa do que falar. Tenho quase certeza de que meu grito abafado não alcançou a cozinha – isso significa que ela estava plantada do lado de fora da minha porta, esperando o exato momento para entrar?

– Ah, na verdade, mais do que ouvir, eu senti você. – Ela sorri, olhando alternadamente para a foto e para mim. – Ele partiu pouco depois que essa foto foi tirada. Ligava de vez em quando, mandou alguns cartões-postais, mas, depois que se foi, nunca mais o vi.

Ela coloca a foto no lugar, tomando grande cuidado para deixá-la exatamente onde eu a encontrara, antes de ir até a janela e abrir as suaves cortinas de algodão, permitindo que a luz clara jorre para dentro do quarto.

Seu olhar segue o meu, e diz:

– É um apanhador de sonhos.

Estendo a mão na direção da delicada teia pendurada no peitoril da janela. O objeto é redondo, tecido com fios e contas, um buraco deixado deliberadamente no centro, e franjas de camurça macia e penas penduradas na ponta inferior.

– Você conhece a história do apanhador de sonhos? – ela me pergunta. Seus olhos escuros brilhantes me lembram a cor da terra depois de uma noite de chuva forte.

Balanço a cabeça e coço o braço, ainda que não esteja coçando – um tique nervoso que me acompanha há anos. Meu sonho horrível está à espreita, sob a superfície, levando-me a perguntar se devia confiar nela – uma ideia impulsiva que rapidamente descarto.

– Assim como as pessoas, cada apanhador de sonhos é diferente... e, mesmo assim, possuem algo em comum. Este aqui, em específico, é de origem navajo, feito por um amigo. Dizem que os sonhos vêm de algum lugar fora de nós... Então, o apanhador de sonhos é pendurado sobre a cama ou a janela, agindo como uma teia que pega os bons sonhos que facilitam o dia que vamos atravessar, enquanto permite que os sonhos maus passem pelo buraco que você vê no meio, para que possam ser queimados pelos raios do sol. E essas penas na ponta... – ela se move em direção às penas, eu estava brincando com elas sem perceber – elas simbolizam o sopro de vida de todas as coisas.

Vira para mim, seu olhar me sondando levemente, como se esperasse que eu revelasse algo importante. E, embora eu esteja tentada a dizer que o apanhador de sonhos não funciona – que, apesar de ser uma peça bonita de artesanato, é um fracasso total enquanto utilidade, por não ser capaz de manter os sonhos maus longe –, seus olhos são tão gentis, tão esperançosos, que, em vez disso, engulo as palavras e a sigo até a cozinha.

– Você sabe que há uma rocha se projetando da parede, certo? – Bebo meu suco e levo o copo até a pia, onde Paloma está com os braços mergulhados na espuma até a altura dos cotovelos, já que não há sinal de máquina de lavar louças, pelo que posso ver. Não pretendia que as palavras soassem tão abruptas e rudes quanto saíram, embora ache estranho que tenhamos passado todo o *brunch* (pelo que percebo, dormi muito além do café da manhã e ultrapassei até mesmo o almoço) – um imenso prato de panquecas de milho azul, cobertas com xarope de bordo quente, e uma bela caneca de café tão aromática que posso sentir traços do cheiro pelo aposento – sem nenhuma menção ao pedregulho, até que eu trago o assunto à tona.

Os lábios de Paloma se abrem em um grande sorriso, enquanto ela responde:

– Não devemos perturbar a natureza. Nunca devemos exigir que saia do nosso caminho. Em vez disso, precisamos aprender a viver em harmonia com ela, pois ela oferece muitos presentes.

Oh, céus.

Já ouvi esse tipo de papo antes. Em geral vindo de alguma estrela de cinema de olhos esbugalhados que acabou de voltar de uma sessão de ioga que mudou sua vida. A iluminação recém-encontrada dura algumas semanas, no máximo – até que chega a nova moda *fitness*, e a estrela segue em frente.

Mas Paloma não é nenhuma estrela de cinema. Embora não tenha dúvidas de que poderia ter sido – no passado. Se minhas contas estão certas, ela está em torno dos cinquenta e poucos anos, mas ainda é bem bonita, de um jeito simples, orgânico, com a trança longa e escura que cai até a cintura, os olhos castanho-claros, a estatura pequena, o fino vestido de algodão, que me recorda de um jeito estranho aquele que eu usava em meu sonho, e os pés descalços.

Passo os dedos sobre a rocha, impressionada pela maneira como ela simplesmente irrompe na sala, sólida e insistente, exigindo que tudo o mais encontre uma maneira de existir ao seu redor.

A casa parece diferente esta manhã, não apenas por causa da rocha que não notei antes. Na noite passada, o ambiente parecia quente e acolhedor, com a lareira acesa e iluminado por vários candeeiros. Mas agora parece simples, quase recatado. Tem um punhado de tapetes navajos, móveis de madeira simples, potes de geleia com pequenos ramalhetes de flores do campo amarelas e púrpura, e pequenos nichos que preenchem as paredes, cada um com santos esculpidos à mão.

Ainda assim, por mais monástica que pareça, a casa oferece uma inegável sensação de conforto cuja fonte não consigo localizar. Talvez seja o tamanho. É pequena, acolhedora, impossível de se perder. Consiste em um espaço aberto que abriga a cozinha e a sala de estar, dois quartos – um para mim, um para Paloma (e imagino que dois banheiros, já que não me lembro de ela usar o meu) – e outro quarto no extremo da casa que é claramente uma ampliação recente. A pequena rampa de tijolos leva a uma porta em arco que emoldura um aposento com prateleiras cheias de ramos de ervas secas, potes com líquidos de aparência estranha e uma miscelânea de *tralhas*, por falta de palavra melhor.

– O que é aquilo? – Vou em direção ao estranho aposento.

– É onde atendo meus clientes; pense nisso como meu escritório, se quiser – Paloma puxa a rolha da pia, permitindo que a água escoe pelo ralo, enquanto seca as mãos em uma toalha bordada azul. – Mas, não se preocupe. Deixei o dia livre para ficar com você, para que possamos conversar e nos conhecer melhor, sem interrupção.

Olho para o aposento e para ela e digo:

– Bem, talvez devamos começar ali. Afinal, sou a louca que foi mandada para cá para ser curada.

Ela me olha com uma expressão que não consigo decifrar – seria de compaixão, tristeza, arrependimento? Impossível dizer.

– Você *não* é louca. – Ela se inclina contra um balcão artesanal de tijolos espanhóis coloridos, a cabeça apoiada, pensativa. – E temo que não haja nada que eu possa fazer para *curá-la*, como você diz.

Meus olhos se esbugalham, enquanto suas palavras ecoam em minha cabeça. Minha resposta beira a histeria, quando digo:

– Então por que estou aqui? Por que viajei para tão longe se você não pode me ajudar? Qual o objetivo de tudo isso? Por que me separou de Jennika?

– Você interpretou mal minhas palavras. – Ela sai da cozinha e me leva até a sala de estar, onde atiça as toras empilhadas verticalmente na lareira, fazendo-as despertar e crepitar, antes de ir até o sofá e se acomodar entre as almofadas. – Não disse que não posso *ajudar* você. Eu disse que não posso curá-la. Não há nada a ser curado, Daire.

Olho fixamente para ela. Me remexo, inquieta. Puxo o robe com força contra meu corpo, apertando-o tanto que quase consigo dar duas voltas em torno de mim. Apoio o braço na cadeira, sem ter ideia de onde ela quer chegar. Tudo parece suspeito, como se tivesse duplo sentido.

Estou *a ponto* de ligar para Jennika. De exigir que ela pegue um avião e venha me buscar, quando Paloma diz:

– Aconteceu com seu pai, também. O início é sempre em torno dos dezesseis anos.

Suspiro profundamente. Balanço a cabeça:

– Então sou psicótica. Que beleza. E, segundo você, herdei isso do meu pai! – Trinco os dentes, enquanto torço o cinto do meu robe com tanta força que escuto o tecido se romper.

Isso é ótimo.

Excelente.

Viajei toda essa distância para receber o mesmo diagnóstico que tive no Marrocos e em Los Angeles.

– Não. – A voz de Paloma é tão séria quanto seu rosto. – Você não é louca. Pode parecer loucura, pode soar como loucura, mas é tudo menos isso. O que você está experimentando é o início de sua herança biológica... o legado familiar que é passado de geração em geração, sempre para o primogênito.

Como assim?

Balanço a cabeça, espreitando-a novamente. Sua boca ainda se move, desesperada para me explicar, mas é demais para mim – tudo muito estranho para ser compreendido. Minha cabeça está tão confusa com o som de sua voz, com suas palavras sem sentido, que o melhor que posso fazer é perguntar:

– Por que ter filhos quando você sabe tudo isso? Sério... você não tem ideia de como é. Por que Django correria o risco? Por que não usou proteção nem, pelo menos, avisou Jennika?

– Porque Django era tão jovem, idealista e teimoso quanto qualquer outro jovem de dezesseis anos. Ele se recusou a acreditar. Se recusou a aceitar os avisos que lhe dei. Pensou que, se fugisse, poderia superar as visões, escapar do que eu disse a ele. Mas, como você já sabe, não há escapatória. As visões a encontraram do outro lado do mundo e, se tentar fugir, vão encontrá-la novamente. Me disseram que os sintomas vieram com força total em Marrakesh. Embora eu tenha certeza de que você vem tendo sinais muito antes disso.

Meu estômago se retorce. Meus pulmões se contraem. Sou forçada a lutar por cada respiração, enquanto meus olhos vagueiam selvagemente, instando-me a fugir.

– Não pude chegar até Django. Falhei em alcançar meu próprio filho... falhei em convencê-lo de seu dever. De sua responsabilidade. De seu destino. Mas, Daire, não falharei com você. Sei exatamente pelo que você está passando. É claro, as visões são distintas para cada um de nós, mas a mensagem permanece fiel. Você precisa atender ao chamado, antes que seja tarde demais. – Suas unhas curtas e sem esmalte brincam com a bainha do vestido. – E, ainda que sinta muito pelo seu estado atual de sofrimento e confusão, posso prometer que não será sempre assim. Com a orientação adequada, a dieta adequada e o treinamento adequado, você vai superar tudo isso e perceber seu destino, seu direito de nascença, o papel que nasceu para desempenhar.

Pisco. Encaro. Pisco novamente. Consciente de dizer *O quê?*, enquanto lhe dou um olhar maligno.

– Você tem ideia de como tudo isso soa maluco?

– Na verdade, tenho. – Ela assente com a cabeça. – Minha própria reação foi muito parecida, eu lhe asseguro. Mas você deve deixar os preconceitos de lado... precisa olhar além das ideias nas quais foi condicionada a acreditar. Há muito em jogo. Esta cidade guarda segredos que você nem imagina. É cheia de coiotes, e o Coiote é um malandro que você tem que aprender a superar. – Olha para mim, deixando-me perceber que fala sério. Não mede palavras. – Se você falhar em aprender, se falhar em aceitar o que nasceu para fazer, temo que não possa salvá-la... ninguém pode. Se continuar a lutar contra seu chamado, é apenas questão de tempo até que seu destino acabe como o do seu pai. E, Daire, doce *nieta*, não deixarei isso acontecer. Não perderei você, e não vou deixá-los vencer. Até que esteja em paz com o que deve fazer, até que entenda completamente o que está diante de você, o que está sendo pedido para você, o único lugar seguro é aqui nesta casa. Minha propriedade é protegida... Você não tem nada a temer enquanto ficar aqui. Serão semanas até que tenha aprendido o suficiente para sair.

Me recuso a acreditar, minha expressão é incrédula – suas palavras são ridículas. De jeito algum ela vai me manter prisioneira. Não ouvirei nenhuma outra loucura.

E, antes que possa me deter, fujo da sala e corro pela casa – sua voz me perseguindo, até que é bloqueada pela batida da minha porta.

dez

Me visto com pressa. Troco o robe branco amassado por uma regata preta recém-lavada, coloco o mesmo jeans escuro com o qual cheguei e calço sapatilhas pretas. Então, depois de pegar minha jaqueta do exército verde-oliva e prender o cabelo em um rabo de cavalo de qualquer jeito, fecho a mochila, coloco-a no ombro e ligo para Jennika.

E mais uma vez.

Apenas para que a ligação caia direto na caixa postal, como da primeira vez que tentei.

Voar está fora de questão. Fui banida da aviação comercial.

Dirigir também não é possível. Posso ter dezesseis anos, mas não tenho autorização, muito menos carteira de motorista. E, até agora, não tive necessidade disso.

Tudo o que sei é que não posso mais ficar aqui. Não é uma opção. Pegarei um ônibus – caminharei, se preciso. Farei o necessário para dar o fora deste lugar horrível.

Olho para o porta-retratos de meu pai – tomo o olhar inquieto e conturbado de Django como um aviso para buscar a liberdade antes que seja tarde demais.

Não é à toa que ele fugiu – Paloma é lunática.

Ela bate na porta, sussurra através da madeira, me chama de *nieta* enquanto gira a maçaneta e tenta entrar. Seus esforços são impedidos pela velha cadeira de madeira que posicionei sob a maçaneta, impedindo sua entrada até bem depois de minha partida.

Pressiono o ouvido contra a porta, escutando o som reconfortante de seus passos se afastando – uma rendição temporária que estou determinada a aproveitar: corro até a janela, mantenho-a aberta enquanto subo no parapeito, jogo a mochila no pátio de pedra lá embaixo, onde cai com um baque. Meu olhar está fixo no grande portão azul e no muro de adobe que circunda a propriedade, percebendo pela primeira vez a estranha cerca de madeira construída de ramos de junípero que fica do lado de dentro e, logo depois, uma grossa faixa de algo branco e granulado – como se alguém tivesse enlouquecido com o saleiro.

Uma camada de sal, dentro de uma cerca de madeira, dentro de um grosso muro de adobe – *é o que Paloma quis dizer quando afirmou que a casa era protegida?*

Balanço a cabeça e coloco uma perna para fora da janela, me contorcendo até conseguir libertar a outra perna e ficar pronta para escapar. As penas do apanhador de sonho fazem cócegas quando passam de leve no topo da minha cabeça, como um outro lembrete do motivo pelo qual preciso fugir – essa é uma casa em que a loucura vive. Se ficar muito tempo, nunca serei normal novamente.

Aterrisso ao lado da mochila, agarro a alça e atravesso o pátio o mais rápido possível. O barulho do cascalho sendo esmagado pelas solas dos meus pés é tão alto que reverbera em minha cabeça – o portão grita em protesto, fazendo-me xingar em voz baixa, até que finalmente estou livre, livre dela. Corro pela estrada de terra, seguindo a mesma rota pela qual vim. Meus pés pisam com tanta força que levantam pequenas nuvens de pó a cada passo.

Corro por um tempo. Muito mais do que estou acostumada. A alça da mochila pesada entra profundamente em meu ombro, meu rosto está em chamas, meus olhos queimam, mas mesmo assim sigo em frente. Recuso-me a parar até que uma pequena câimbra do lado do corpo explode em uma dor tão penetrante que perco o equilíbrio e despenco no chão. Com a mochila caída ao meu lado, aperto os braços ao redor do corpo com força, coloco o queixo contra o peito e luto para controlar a dor, para recuperar o fôlego. Persuado a dor a ir embora, convencendo-a a diminuir, para que possa continuar.

Decido sair da estrada e entro em uma estreita vala cavada na terra que segue em paralelo. Tomo muito cuidado para não cair, vou mais lentamente do que gostaria – assegurando-me de permanecer abaixada, fora de vista, na esperança de dificultar a visão de Paloma se decidir sair à minha procura.

Um pequeno exército de arbustos secos, prestes a se transformar em *tumbleweeds*, se prende ao meu jeans enquanto vou de uma casa de adobe anônima para outra. Todas em estado similar de degradação, com chaminés em ruínas e janelas remendadas – além de vários carros enferrujados, galinhas soltas, gado pastando e varais frouxos e lotados de roupas que completam a paisagem.

Esta é a cidade com o nome menos adequado que já visitei. Não há absolutamente nada de remotamente encantador nela. É um dos piores casos de publicidade enganosa que já vi.

Viajei bastante. Passei um tempo considerável em becos sem saída. Ou, pelo menos, era o que pensava até vir para cá.

Quero dizer, onde as pessoas compram roupa e comida?

Onde os adolescentes vão para se divertir – aqueles que já não entraram no primeiro ônibus para fugir deste lugar esquecido por Deus?

E, mais importante, onde pego o mesmo ônibus – quando parte o próximo?

Pego o telefone, tento ligar para Jennika novamente, mas, como das outras vezes, cai direto na caixa postal. E, depois de deixar outra mensagem zangada, seguida por um SMS ainda pior, penso em ligar para Harlan, mas desisto em seguida. Não tenho ideia de como estão as coisas entre Jennika e ele, nem se ele já voltou da Tailândia. Além disso, uma rápida olhada no relógio me diz que falta pouco para o pôr do sol, e preciso muito me instalar na cidade; caso contrário, terei uma longa e assustadora noite.

Sigo a vala até o fim, até me encontrar novamente em uma sucessão de estradas de terra. Uma termina, outra começa, e depois de um tempo é apenas um borrão de ruas desoladas e deprimentes que não parece levar a nenhum lugar em particular.

Decido me aproximar de uma casa qualquer, caminhar até a porta e pedir ajuda, mas, quando dobro uma esquina, miraculosamente dou de cara com algo que lembra uma cidade – ou, pelo menos a coisa mais próxima disso que espero encontrar por esses lados.

A rua é larga, espalhando-se pelo comprimento de três semáforos, até terminar no nada novamente. Sem querer perder mais tempo, entro na primeira loja que vejo, aquela cuja placa em cima indica: LOJA DE PRESENTES DO GIFFORD * TABELIÃO * & CORREIO, com uma placa menor embaixo fazendo publicidade do café fresco.

Entro no estabelecimento, fazendo soar um sino pendurado na porta com tanta força que as pessoas param suas conversas tempo suficiente para se virar e me encarar – os olhos arregalados ao ver meu cabelo bagunçado, minhas bochechas vermelhas e meu jeans imundo.

Que bom. Bem na hora do rush.

Suspiro. Ajeito a mochila no ombro, arrumo minhas roupas e vou para o final da fila. As vozes se erguem ao meu redor, enquanto pego um cartão-postal de uma prateleira próxima, que mostra a palavra *Encantamento!* escrita em rosa no topo, com uma foto desta rua miserável embaixo – e não consigo pensar em uma representação melhor para mostrar quão sombrio é este lugar.

Com a caneta presa em uma corrente abaixo dos postais, rabisco o endereço de Jennika e minha caixa postal dos Correios, e escrevo:

Querida Jennika,
Obrigada por me mandar para esta lixeira e depois se recusar a atender minhas ligações.
Não me sinto nem um pouco abandonada por você.
Não, nem um pouquinho.
Seu tipo de consideração é muito apreciada.
Sua filha que a ama,
Daire
xoxo

Mesmo sabendo que estarei longe daqui muito antes de ela receber o cartão, a pequena explosão de sarcasmo faz que me sinta melhor.

A fila se move mais rápido do que eu esperava e não demora muito até que me aproxime do balcão. Aviso a mim mesma para não olhar para a prateleira de revistas, não importa quão tentador seja, mas não consigo evitar. Meu olhar é atraído para uma publicação que tem Vane e eu na capa. Estou ciente da pontada chata que sinto no estômago no momento em que o vejo – só que desta vez é uma pontada de raiva e não de fraqueza, e considero isso um progresso.

Coloco os óculos de sol e afundo o queixo de encontro ao peito, esperando que ninguém faça a conexão entre mim e a resplandecente garota na capa brilhante da revista, embora provavelmente esses cuidados não sejam necessários, já que, pelo que posso dizer, as pessoas ao meu redor já fizeram a transição entre me encarar e me ignorar, o que verdadeiramente aprecio.

– Posso ajudar? – o homem pergunta, assim que me aproximo e me inclino contra o balcão de fórmica cinza. O jeans confortável, a camisa ao estilo do oeste e o cinturão com a grande fivela prateada o fazem parecer um velho rancheiro aposentado. Mas seu leve sotaque da costa leste dá indícios de outra vida antes de chegar até este lugar.

Apoio a mochila no quadril e entrego o cartão para ele. Procuro minha carteira enquanto digo:

– Apenas o cartão-postal e alguns selos. Espero que possa me dar algumas indicações também.

Ele cantarola baixinho e coloca um selo na parte de trás do cartão. Sem nenhuma vergonha, para um momento para ler o que escrevi, antes que seus olhos encontrem os meus e ele diga:

– Planejando uma fuga da cadeia, né?

Ergo uma sobrancelha, me perguntando por que ele escolheu dizer a frase dessa maneira.

Mas ele apenas dá de ombros e aponta com o polegar em direção à porta:

– Você vai encontrar o ponto de ônibus no final do quarteirão. Os ônibus saem para Albuquerque a cada duas horas. – Consulta o relógio. – Infelizmente, um acabou de sair, o que significa que você está presa conosco por mais um pouco. – Ele ri de um jeito que seus olhos desaparecem em um monte de rugas e, embora tenha certeza de que está tentando ser simpático, não entro no clima.

Pago o que devo e saio pela porta. Aperto os olhos contra o sol poente, procurando um bom lugar para me esconder, onde Paloma não possa me encontrar até eu conseguir escapar.

onze

Caminho pela rua, passando por uma padaria com bolos de aniversário confeitados de maneira elaborada na vitrine, por um sebo que mostra uma seleção aleatória de livros de bolso e por uma pequena loja de roupas com tristes cabides que exibem o tipo de roupa brilhante que eu jamais pensaria usar. Paro diante de uma loja de bebidas na esquina, esperando que o tráfego diminua para que eu possa ver o que há adiante, sinto o estranho peso de alguém me olhando e me viro para dar de cara com um rapaz quase da minha idade, apoiado contra uma parede de tijolos.

– Tem fogo? – Sua voz é baixa e profunda, enquanto acena com um cigarro apagado para mim.

Balanço a cabeça. Seguro a ponta do meu rabo de cavalo com os dedos, enquanto meus olhos percorrem o rapaz avidamente. Botas de couro marrom, jeans desbotado, um leve suéter cinza com gola em "V", o cabelo úmido penteado para longe do rosto, o queixo quadrado, a testa forte, olhos que permanecem escondidos atrás de um par de óculos escuros e lábios amplamente abertos em um sorriso provocante.

– Tem certeza? – ele ergue a cabeça, permitindo que seu sorriso fique ainda maior. Revela um conjunto perfeito de dentes brancos que contrastam com a bela pele morena.

É o movimento de um sedutor – de alguém que sabe que é bonito. De alguém acostumado a ter o que quer.

Balanço novamente a cabeça, tentando forçar meu olhar para longe, mas sem conseguir. Meus instintos me avisam para partir, enquanto minha curiosidade insiste em que eu fique.

– É uma pena – responde, a boca curvando nas laterais. Seu sorriso fica ainda maior quando segura o cigarro diante de si, e o objeto se transforma em uma brilhante serpente negra que desliza por seu braço até sua boca, invadindo o espaço onde a língua deveria estar.

Congelo. Espero que o tempo pare e que os corvos apareçam. Já estou convencida de que é outra alucinação, quando ele ri – o som alto e crescente, que permanece ao fundo quando diz:

– Acho que estou por conta própria, então. – Coloca a mão no bolso, pega um isqueiro prata e turquesa e leva-o aos lábios onde o cigarro espera no lugar da serpente, seu polegar gira a roda de metal, soltando faíscas diante de seu rosto.

Ele inala profundamente, enquanto nos olhamos pelas lentes escuras demais para se usar tão tarde. E antes que ele exale, antes que possa soltar anéis de fumaça em minha direção, eu parto. Atravesso a rua, a respiração rápida, o coração acelerado, teclo o número de Jennika no momento em que meus pés deixam o meio-fio, despejando mensagens de voz e texto tão horríveis que, em comparação, fazem o cartão-postal parecer uma carta de amor.

Estou agindo de modo ridículo. Sinceramente, preciso me controlar. O que vi não era real. Ainda assim, fiquei perturbada de uma maneira que não consigo evitar.

Com apenas alguns metros de asfalto entre o ponto de ônibus e mim, começo a analisar a situação. O ponto é muito aberto, muito exposto. Consiste em não mais do que um banco de madeira lascada e uma cobertura de plástico gasto, que parece prestes a despencar com a próxima chuva. Sem mencionar que provavelmente será o primeiro lugar em que Paloma vai procurar. Ela pode ser louca, mas não é estúpida, disso tenho certeza.

Em busca de algum lugar para me esconder, e talvez até conseguir algo para comer, guardo o telefone na mochila, apenas para pegá-lo novamente quando noto que a bateria pisca, em aviso. Uma placa de neon pisca bem diante de mim:

A Toca do Coelho

E, ao lado das reluzentes palavras vermelhas, uma seta verde brilhante aponta em direção a um lance íngreme de escada.

Um bar no porão.

Um lugar perfeito para me esconder até que o ônibus venha para me levar. O último lugar em que Paloma ou Chay pensariam em olhar. Tomando como o primeiro bom presságio que tive em semanas, desço as escadas e abro a porta, entrando em um lugar tão escuro e mal iluminado que leva um tempo até que meus olhos se ajustem.

– Identidade. – Um segurança excessivamente musculoso e sem pescoço me olha com cuidado.

– Ah, não vou beber. Quero apenas uma lata de soda, e talvez um lanche. – Forço um sorriso rápido, que não causa nenhum efeito. Ele se vê como alguém mau, durão, imune a pequenos prazeres.

– Identidade – repete, completando: – sem identidade, não entra.

Concordo com a cabeça, enfio o braço na mochila até a altura do cotovelo e remexo o emaranhado de roupas até pescar meu passaporte e puxá-lo para fora. Sinto sua respiração em meu rosto, enquanto ele estuda o documento, murmurando alguma coisa que não consigo entender, pega minha mão direita e pressiona um carimbo nela antes de me dispensar com um olhar impaciente.

Lá dentro, dou uma boa examinada ao redor. Meu olhar percorre as banquetas de vinil vermelho, as mesas de madeira escura, o carpete de cor indeterminada que cobre as paredes e um grande balcão de mogno lotado de clientes – a maioria com aquela aparência cansada de quem passou muito tempo em bancos de bar.

Busco um lugar vazio, de preferência em um canto escuro e imperturbável, onde apenas a garçonete possa me encontrar. Não demora muito até que eu veja um casal mais velho desocupando um lugar do tipo que procuro, e sou rápida em me apossar dele, antes mesmo que os pratos sujos sejam retirados.

Pego o cardápio do suporte, tomando cuidado para manusear as bordas grudentas, enquanto estudo a lista de petiscos salgados que é oferecida – todos escolhidos para aumentar a sede e fazer o cliente beber mais.

– Vai querer alguma coisa?

Olho para cima, assustada. Não tinha ouvido a garçonete se aproximar.

– Você gostaria de alguma coisa? – A garçonete sorri afetadamente, fazendo questão de destacar cada palavra. Bate a caneta contra o quadril, de um jeito que me diz que está tão acostumada a receber gorjetas ruins que não vê sentido em tentar ser simpática.

– Hum, sim – digo, sabendo que, se pedir mais tempo, ela nunca mais passará por ali novamente. – Acho que quero asas de frango... Ah, e... humm, uma Sprite também. Obrigada – acrescento, cometendo o pecado mortal de entregar o cardápio para ela, e a observo bufar, abanar a cabeça e colocá-lo de volta no suporte de onde veio.

– Mais alguma coisa? – Apesar do tom mal-humorado, abatido e derrotado que endurece sua boca, posso adivinhar que é apenas um punhado de anos mais velha do que eu.

Também imagino que tenha sido rainha da beleza da cidade no passado. Há traços disso em suas longas unhas de acrílico, recentemente colocadas pelo que posso ver, nas raízes escuras dos cabelos cuidadosamente pintados de loiro platinado, e no sutiã de rendas *push-up* que deixa seus seios tão empinados que ameaçam pular para fora da regata branca justa, fazendo a etiqueta, na qual é possível ler seu nome – MARLIZ! – balançar como uma gangorra. Mas, de algum modo, isso não foi suficiente para comprar sua fuga.

– Preciso carregar meu celular – digo a ela. – Há uma tomada que possa usar?

Ela aponta com o polegar por sobre o ombro, seu bíceps modesto pulando de um jeito que implora que eu note a intrincada serpente tatuada que segue seu caminho a partir do pulso, até o ombro e depois para pontos que não são vistos.

– Fale com o barman – rosna, virando-se para bater no ombro de um garçom sobrecarregado que passa ao lado e ordenar que ele limpe minha mesa assim que possível. Depois, dirige-se para a cozinha, o quadril abrindo caminho por um conjunto de portas de vaivém que parece engoli-la completamente.

Vou até o bar, assegurando-me de manter um olho em minhas coisas enquanto aceno para o barman, mas é mais fácil falar do que acenar. Antes que possa dizer qualquer coisa, ele já viu minha mão com o carimbo e me manda voltar para minha mesa.

Já está de costas para mim quando digo:

– Ei! Desculpe... não quero pedir uma bebida. Quero só carregar meu telefone. Você pode me ajudar com isso? Tenho certeza de que há uma tomada livre em algum lugar.

Ele para, os olhos escuros com pesadas pálpebras me olhando através do comprido balcão do bar, me analisando de uma maneira que faz todos abaixarem suas bebidas e me analisarem também. Isso faz que me pergunte se devo apenas pegar minhas coisas e ir embora. Voltar para o ponto de ônibus e correr o risco de ser pega por Paloma, Chay ou quem quer que esteja trabalhando para ela.

Não gosto de ser encarada, especialmente dessa maneira. Me faz lembrar o jeito como as pessoas brilhantes me observam. E os corvos. Me faz recordar a estranha noite em Marrakesh, quando a praça Jemaa-el-Fna se transformou em um oceano de escuros olhos brilhantes e cabeças sangrentas enfiadas em estacas.

Respiro profundamente e afasto a imagem da minha mente. Olho por sobre o ombro para conferir minhas coisas, enquanto o barman diz:

– Tem um carregador?

Confirmo com a cabeça, incapaz de afastar meu olhar do dele.

– Então... – ele estende a mão e olha para mim como se eu fosse a coisa mais idiota que já viu.

E, ainda que esteja relutante em entregar-lhe meu celular, não tenho outra opção. Mesmo assim, não consigo evitar o aperto no estômago quando ele fecha os dedos tatuados ao redor do aparelho e parte sem uma palavra. Desaparece em um longo corredor, enquanto volto para meu lugar, tomo um gole da Sprite e pego uma asinha de frango, sempre checando o relógio, querendo que minhas mãos se movam mais rápido, sem nunca ter desejado tanto desaparecer de um lugar quanto neste momento.

Um grupo de pessoas passa pelo segurança – quatro rapazes tentando parecer durões com seus jeans folgados, camisetas com marcas de cerveja estampadas e chapéus camuflados, acompanhados por moças que querem parecer gostosas com seus cabelos armados, saltos agulhas cambaleantes, blusas decotadas e jeans tão baixos que mostram todo tipo de tatuagem no traseiro e *piercings* nos umbigos. Seus olhos se estreitam quando veem que as observo, mas me esquecem assim que a música muda de um som antigo do Red Hot Chili Peppers para uma canção clássica de Santana que as faz dançar.

Suas mãos circundam as cinturas umas das outras, enquanto elas se contorcem e rebolam de uma maneira que praticamente implora que seus namorados notem. E tudo o que posso fazer é segurar a mesa, meus dedos em volta da borda, cutucando um pedaço de chiclete duro que alguém julgou conveniente deixar grudado ali – enquanto minha cabeça gira com a batida incessante da bateria. O som tão persistente transforma o coro em uma enxurrada de palavras sem sentido que desaparece no nada.

Então acontece.

Estou sendo puxada para baixo. Perdida no barulho.

A atmosfera se torna nebulosa, depois cintilante, e não demora muito até que tudo pare, o tempo gritando em uma freada brusca.

A garçonete está agora congelada com uma bandeja de pratos equilibrada na mão – enquanto o garçom serve um arco sólido de água que nunca chega ao fundo. As garotas dançando são capturadas no meio do rebolado – lábios entreabertos, olhos semicerrados – enquanto os braços tatuados de seus namorados estão parados, prontos para pegar cerveja recém-servida.

Não importa quantas vezes eu pisque, a cena se recusa a mudar, se recusa a seguir adiante. A batida tão insistente, tão rítmica, desperta alguma coisa dentro de mim – antiga e profunda –, algo que treme, se agita e sobe à superfície.

Aperto os olhos com força. Luto para manter o controle. Consciente dos corvos descendo ao meu redor, pousando em meus ombros, na mesa, bicando meus dedos com força – enquanto os brilhantes deslocam-se em minha direção, pedindo-me para ouvir, para atender aos seus apelos.

Pego minha mochila, procurando qualquer erva que tenha sobrado das que Paloma me deu. Elas me deixarão sonolenta, não há como evitar – mesmo assim, sonolência é melhor do que isso... qualquer coisa é.

Despejo no meu refrigerante, mexo com o canudo e bebo tão rapidamente que o líquido escorre pelo canto da minha boca, desce pelo pescoço e termina em pequenas gotas no meu peito. Depois, encosto-me no assento, aperto os braços com força ao redor do corpo e espero que a visão termine, que o tempo volte a seguir em frente.

Meus olhos ainda estão fechados quando a garçonete vem e diz:

– Tudo bem?

Ergo a cabeça e encontro um par de olhos marcados com delineador tão grosso que não estou certa se Jennika estremeceria ou acharia engraçado. Assinto com a cabeça quando ela repete a pergunta, abalada demais para dizer qualquer outra coisa, toda a minha energia gasta na esperança de que as ervas durem o suficiente para que eu chegue a Albuquerque. Se não, quem sabe onde acabarei?

– É melhor se mexer, então. Você não quer perder o ônibus, quer?

Estreito o olhar, buscando seu rosto novamente. Noto um par de sobrancelhas tão arqueadas que a deixam com o olhar mais surpreso do que ela provavelmente imagina.

– Como sabe que vou pegar o ônibus? – pergunto, certa de que não mencionei isso.

Mas ela apenas sorri afetadamente e coloca a conta diante de mim, arrastando a voz por sobre o ombro quando diz:

– Se é esperta, vai partir enquanto pode. Não fique condenada à prisão perpétua como eu.

Observo-a se afastar, e digo:

– Dei meu telefone para o barman, sabe onde ele o colocou?

Ela acena com a cabeça para o longo corredor e desaparece na cozinha. Então jogo algumas notas na mesa, pego minha mochila e sigo na direção que ela me indicou.

O lugar é grande – muito maior do que aparenta à primeira vista. Um espaço subterrâneo imenso, cavernoso, com numerosos corredores que levam para diferentes direções, fazendo-me recordar de um antigo *bunker* de um set de filmagem onde Jennika trabalhou quando eu era criança.

Já que não tenho ideia de para onde estou indo, apenas sigo os ruídos. Imagino que isso ao menos me levará até alguém que seja capaz de me ajudar, e fico ainda mais surpresa quando entro em uma sala muito grande e lotada, com um palco, uma banda e um bando de adolescentes dançando.

Adolescentes.

Pessoas da minha idade.

Quem teria imaginado isso?

Estavam até vestidos como adolescentes – embora não possa imaginar onde façam compras. A única loja que vi não vendia nada nem remotamente na moda e atraente.

Talvez possa haver mais nesta cidade do que imagino? Embora não pretenda ficar aqui para descobrir.

Vou até o bar, esperando que esta atendente seja mais gentil que a anterior, e, depois de gritar para ser ouvida em meio ao barulho, sigo na direção que ela me indica, atraindo todo tipo de atenção indesejada enquanto atravesso a pista de dança.

Duas garotas de cabelos escuros dão risadinhas e me olham fixamente quando passo, murmurando uma palavra que não consigo entender. Mas restam apenas vinte minutos entre mim e minha emancipação permanente deste lugar desagradável, então prefiro ignorar – não posso me atrasar. Não posso permitir o menor erro.

Bato na porta com força. Uma vez. Duas. Desesperada para conseguir alguma resposta, levanto o braço, pronta para acertar com ainda mais força desta vez, quando a porta se abre e um homem mais velho pega meu pulso no ar enquanto diz:

– Sim? – Seus olhos dançam, seus dentes brilham e, ao menos na superfície, parece ser a pessoa mais amistosa que encontrei em muito tempo, mas algo nele me faz recuar, fazendo-me soltar o braço de sua mão.

Ele me encara, pisca, espera que eu fale algo e, sabendo que preciso resolver isso logo, obrigo as palavras a sair de meus lábios:

– Estou aqui para pegar meu telefone.

Ele me dá uma olhada rápida mais uma vez e, ainda que seja bastante gentil, não posso deixar de notar os arrepios que percorrem meus braços e minha pele formigando de modo perturbador. Ele abre mais a porta, conduzindo-me para dentro. Chama um rapaz que encara uma parede cheia de telas de segurança que documentam tudo o que acontece dentro e fora deste lugar, dizendo:

– Filho, a garota precisa do telefone.

Olho ao redor do escritório, tomado de mesas, telefones, computadores, impressoras, cadeira – tudo normal, nada sinistro, mas, mesmo assim, algo me deixa com o pé atrás.

O garoto vai até a parede e puxa com força o plugue da tomada, seu cabelo negro brilhante reluzindo sob a luz fluorescente de um jeito que não posso deixar de reparar. E, quando se vira com meu telefone e meu carregador na mão, não consigo me mover. Não consigo falar. Não consigo fazer nada além de olhar duramente para seus olhos.

Frios. Cruéis. Olhos azuis-gelo cercados por flocos de ouro que não refletem nada.

Olhos com os quais sonhei.

– Isso é seu? – Sua voz é suave, sedutora, excessivamente confiante. Uma voz que pertence a um rapaz acostumado a deixar as meninas sem palavras.

Uma voz que recentemente pediu por fogo, do lado de fora da loja de bebidas.

Minhas mãos tremem, meu coração palpita, enquanto estendo a mão para ele, para pegar o celular, só para descobrir que ele tem outros planos.

Seus dedos se enrolam ao redor dos meus, juntando minha mão à sua – enquanto seus estranhos olhos azuis se aprofundam de uma maneira que me desafia a resistir.

Ainda que seu toque seja calmo, suave e inegavelmente convidativo, algo me faz recuar, fazendo meu celular cair no chão, e tudo o que posso fazer é afastar o olhar tempo suficiente para me ajoelhar e pegar o aparelho.

– Espero que fique por aqui tempo o suficiente para conferir a banda. – Sua voz flutua em minha cabeça. – Eles vieram de Albuquerque. Ficarão apenas esta noite. Seria uma pena perder.

Engulo em seco, arrumo a mochila no ombro, enquanto luto para me recompor, precisando aparentar calma por enquanto, e então escapar assim que possível.

– Temo que não será possível – digo, esforçando-me para aparentar indiferença, mas minha voz me trai pelo jeito como treme e vacila. – Tenho que pegar um ônibus, então... se não se importa... – Mexo os dedos, convidando-o a sair da minha frente. Mas ele permanece onde está, bloqueando minha saída com um sorriso no rosto.

Levanta a cabeça, permitindo que uma mecha de cabelo caia em seus olhos, enquanto seu olhar passeia por mim e sua língua estala contra os dentes.

– Agora você está sendo malvada – diz, sorrindo mais abertamente enquanto passa a mão pela franja. – Pelo menos podia ficar um pouco. Dar uma chance para que possamos nos conhecer melhor. Não tinha ideia de que Paloma estava escondendo uma neta tão bonita, e você? – Vira-se para o pai, os olhos deles compartilhando algum tipo de piada particular que não consigo entender.

Começo a falar. Começo a perguntar como sabe sobre Paloma e mim. Mas, antes que consiga dizer algo, ele me interrompe:

– Acredite, Encantamento é um lugar menor do que parece. É difícil manter segredo em uma cidade onde todo mundo se conhece.

Seus olhos encontram os meus e, em vez do azul estranho e não refletivo que eram... estão agora carmesim. E quando seus lábios se curvam abruptamente para o lado, abrem-se o suficiente para permitir que a serpente deslize para fora e pule direto para meu peito.

Arquejo. Empurro-o para o lado e corro para a porta. Meus dedos se esticam para pegar o trinco a centímetros de distância, quando as paredes começam a derreter, o telhado começa a afundar e o espaço encolhe até ficar tão pequeno que engole a porta e impede minha fuga.

A sala me esmaga, me pressiona, forçando-me a abaixar, obrigando-me a ficar de joelhos – já quase sem oxigênio, tornando impossível respirar, ver... fazer qualquer outra coisa que não gritar.

Grito até que minha cabeça inche com o som.

Grito até que meus olhos se encham de brilhantes círculos rodopiando.

Grito até perceber que, na verdade, não gritei – o som permanece dentro de mim, sem encontrar o caminho para fora.

Uma mão firme e calma segura meu ombro com força, enquanto o garoto me encara e diz:

– Ei... ei... você está bem?

Olho para ele de soslaio, vendo o que realmente é – não mais um demônio, mas um garoto bonito e confiante, vestindo uma máscara de falsa preocupação.

– Quer um pouco de água? Precisa se sentar? – Seus olhos mostram que ele está se divertindo, enquanto a sala ao meu redor volta ao normal novamente.

Ele vem até mim, me oferece uma mão, mas sou rápida em evitá-lo, escapando de seu aperto. Noto o jeito como o pai dele observa, o rosto tranquilo, ilegível, enquanto o garoto permanece a meu lado, fingindo se importar comigo.

– Fique longe de mim – murmuro, minha voz fraca, gemendo... Meu corpo é um feixe trêmulo de nervos. Tenho certeza de que o que vi era real, mesmo que seja ridículo, mesmo que eles façam o possível para fingir que não notaram.

– Ei, calma – Ele vem na minha direção. – Isso não é jeito de...

– Eu disse para *não me tocar!* – Agarro minha mochila e disparo pela porta. O garoto grita atrás de mim, enquanto atravesso multidões de pessoas da minha idade, pessoas que poderiam ser minhas amigas se Paloma conseguisse me manter aqui.

Trombo nas garotas, desvio dos rapazes, até que um deles em particular me segura e me encara. Seus dedos prendem meu braço enquanto olha para baixo e pergunta:

– Você está bem?

Me debato, lutando para me libertar. Mas não demora muito até que seja vencida por uma onda de calma seguida por um calor reconfortante que me abraça como um cobertor. Meus movimentos ficam mais lentos, meus pensamentos se tornam nebulosos e sem rumo e paro de lutar. Perco toda a lembrança de por que queria partir quando faria qualquer coisa para me sentir tão segura, tão amada e tão em paz.

Tão em casa em seus braços.

Me derreto contra seu peito – levanto o olhar para encontrar o dele. Arquejo quando dou de cara com um par de olhos azuis-gelo cercados por brilhantes flocos de ouro que cintilam como caleidoscópios, refletindo minha imagem milhares de vezes.

O garoto do meu sonho.

Aquele que morreu em meus braços.

Irmãos.

Como o garoto afirmou que eram:

– *Não se preocupe, irmão... é a alma o que quero, o coração é todo seu.*

Mas sei que não pode ser. Minha mente me engana. Não posso mais acreditar nas coisas que me são mostradas.

Me liberto, estremecendo com a súbita perda de calor – o frio implacável que me cerca no instante que interrompo seu toque.

– Sinto muito... eu só... achei que precisasse... – Ele me encara, o olhar cheio de preocupação, a cabeça inclinada de uma maneira que faz seu cabelo longo e brilhante derramar para um lado.

Mas, antes que possa terminar de falar, eu parto. Correndo pela sala, alcanço a saída e subo o lance íngreme de degraus – convencendo-me de que os garotos não são reais, ou pelo menos não do jeito que acho que são.

As alucinações e os sonhos se fundem um no outro. Preciso apenas sair dali... preciso apenas...

Só quando estou na metade do beco me permito parar sob a única luz acesa da rua, me apoio em uma parede e luto para recuperar o fôlego. Meu corpo curvado para a frente, meus dedos segurando com força o joelho, enquanto sinto ondas de calor, um suor frio escorre sob minhas roupas, deixando-me completamente úmida.

Puxo meu rabo de cavalo, jogo-o para trás e ele gruda rapidamente no meu pescoço. Quando volto a mão para o joelho, meu olhar é atraído pelo carimbo que não tinha notado até agora:

Um coiote de tinta vermelha com intensos olhos rubros.

Esta cidade guarda segredos que você nem imagina. É cheia de coiotes, e o Coiote é um malandro que você tem que aprender a superar.

A lembrança das palavras de Paloma faz que me afaste da parede, apalpando cegamente em direção à rua, enquanto as pessoas brilhantes aparecem na minha direção, seu número crescendo até que me cercam.

Tendo dominado as ervas, eles pulam pelas janelas, saltam pelas portas sombrias – enquanto os corvos alcançam meus tornozelos e bicam meus pés, gritando em indignação quando tropeço sobre eles, transformando-os em montes de penas ensanguentadas que se prendem aos meus sapatos.

Apenas alguns metros de asfalto me separam do ponto de ônibus – uma estrada de pista dupla e estou livre.

Livre da Toca do Coelho, deste beco, desta cidade horrível, das pessoas brilhantes, dos corvos e dos garotos com seus olhos azuis sobrenaturais.

Posso fazer isso.

Farei isso.

Tenho que fazer.

Não tenho escolha.

Não importa que minha visão esteja se estreitando, fazendo tudo se transformar em pontos brilhantes diante de mim.

Não importa que minhas pernas estejam bambas, que meus joelhos se recusem a me sustentar.

Caio com estrondo na rua, os braços abertos, lutando para ver através do brilho. Meus lábios se movem em um apelo silencioso:

– *Me ajudem... por favor... mais alguns passos e estou lá!*

Os sons de pneus cantando e vozes gritando enchem minha cabeça. Deixam-me cega, bamboleando, correndo ao redor de sombras que dançam diante de mim. Minha visão se enche de brilhantes círculos ondulantes de luz e um choque repentino de metal quente me faz voar, bater asas, subir alto no céu com os braços abertos, como um corvo – até que a gravidade me pega e o asfalto surge para me prender a uma cama de pedras afiadas que cortam minhas roupas e entram em minha carne – empastelando meu nariz com o fedor de borracha e pele queimadas.

A imagem do retrato em preto e branco com o rosto sorridente do meu pai é a última coisa que vejo.

Seus olhos escuros estreitados em julgamento – desapontados comigo. Não escutei seu aviso.

Estava focada demais no estado horrível de sua cabeça na praça no Marroços para ouvir as palavras que ele tentou me dizer. E, agora, por causa do meu erro, estou como ele.

Só que pior.

Falhei em fugir.

Falhei em encontrar uma saída.

E por causa disso morrerei nesta cidade.

a estrada do espírito

doze

Paloma se debruça sobre o túmulo; murmura em espanhol nativo enquanto limpa a camada de sujeita com os dedos antes de colocar as flores. Um ramalhete colhido em seu jardim – flores violeta e douradas que continuam a florescer apesar do início do outono.

O olhar solene, a boca endurecida, os joelhos apoiados em um monte de grama seca, enquanto sua longa trança escura desliza sobre o ombro e cai sobre a lápide simples e retangular. Ela segura o cabelo e o ajeita, virando-se para mim quando pergunto:

– Então... é aqui que ele descansa? – Lamento a maneira como minhas palavras saem muito mais altas do que o planejado.

Ela balança a cabeça, os olhos fixos nos meus, e me surpreende ao responder:

– Não.

Me inclino e encaro o nome na lápide novamente para me assegurar de que não cometi nenhum erro.

– Este é o local em que ele foi *colocado*. É onde *enterramos* seu corpo. Mas não se engane, Daire, ele não está aqui.

Tento não hesitar, mas estou certa de que não consegui. Deveria estar acostumada com o jeito franco de Paloma, mas, na verdade, é estranho ouvir uma mãe falar do corpo de seu filho morto de modo tão sincero e clínico.

– Não cometa o erro de confundir este local com seu pai. – Seus olhos se estreitam, instando-me a prestar atenção. – Não é aqui que ele vive. Se quer vir aqui para visitá-lo, para ter um lugar para conversar com ele, para comungar com ele... se acha que isso ajuda, então vá em frente. É totalmente compreensível, e eu nunca impediria você. Mas nunca se esqueça de que seu pai está em todos os lugares. Sua alma já está liberta, livre desta terra, e se fundiu ao vento que sopra em seus cabelos, ao pó que se ergue de sob seus pés. Ele é a chuva na nuvem da tempestade que paira além dessas montanhas. – Ela estende um braço fino e elegante, gesticulando em direção às belas montanhas Sangre de Cristo, uma ampla gama de tons de azul-marinho e cinza com uma capa branca de neve no topo. – Ele é o botão de cada flor. É a energia da terra. Está em todos os lugares que você olha. O que quer dizer que pode falar com ele aqui tão facilmente quanto pode falar com ele em qualquer outro lugar. E, se ficar bem quieta e escutar com cuidado, pode até ouvir sua resposta.

Engulo em seco, ainda absorvendo a parte em que meu pai é um só com o vento, com o pó e com a chuva. As palavras dela me recordam o sonho que tive na minha primeira noite aqui. Aquele em que eu percebia que era parte integrante de tudo – e, pouco depois, meu amor verdadeiro estava morto.

Me apoio com dificuldade nas muletas, meu olhar varrendo todo o cemitério. Ainda não me acostumei com a tranquila humildade deste lugar. Em Los Angeles, os cemitérios são minuciosamente planejados, atendendo leis rigorosas de zoneamento, e consistem em colinas amplas, verdejantes e bem cuidadas, com uma lagoa ocasional onde é possível parar e refletir. Recebem nomes elegantes de Hollywood, como Forest Lawn Memorial Park – encorajando a ilusão de que a pessoa amada não se foi realmente, mas foi recrutada para algum tipo de torneio de golfe de elite depois da vida.

Mas esse lugar não é nada disso – é franco e acessível, sem nenhum nome fantasia eufemístico, nenhum mausoléu de mármore reluzente. Não finge ser nada além do que é – um lugar para as pessoas comuns enterrarem seus entes queridos. Fica bem ao lado da estrada, quase no meio do nada – parece aleatório, não planejado, lotado de cruzes feitas à mão e lápides que, no primeiro olhar, parecem prestes a tombar.

Ainda que tenha aparência de mal conservado à primeira vista, agora vejo que os túmulos são visitados com frequência e bem cuidados. As lápides têm generosos ramalhetes de flores – alguns de plástico, outros verdadeiros – colocados juntamente com balões presos à terra com pedras e deixados para balançar ao vento. Tudo isso traz muita cor, muito conforto e amor, e não posso deixar de me sentir estranhamente em paz aqui. Não demora muito até que eu perceba que não tenho pressa de partir.

– Como ele morreu? – pergunto, usando minha perna mais ou menos incólume para esfregar a que está engessada. O gesso causa coceiras e não vejo a hora de tirá-lo. – Jennika nunca me contou – acrescento, quando vejo o modo como Paloma hesita e desvia o olhar.

– Por que você a chama de Jennika? – ela pergunta, a voz suave, os olhos voltando-se para os meus.

Embora fosse fácil responder "Porque é o nome dela", não faço isso. Não há necessidade de sarcasmo. Sei o que ela quer dizer.

– Ela não tinha nem bem completado dezessete anos quando nasci... Eu a criei tanto quanto ela me criou. Além disso, cresci cercada de adultos, que não incentivavam muito o tatibitate de um bebê. Todos a chamavam de Jennika, então um dia, quando realmente precisei da atenção dela, eu a chamei assim também. É claro que não pronunciei corretamente, mas ela atendeu. Foi a primeira palavra que falei, e ficou assim.

Paloma assente com a cabeça, um pequeno sorriso se infiltrando em seu rosto.

– E agora é sua vez... o que realmente aconteceu com Django? Foi um acidente como o meu? – Olho para meu corpo cheio de hematomas e feridas. Graças aos cuidados de Paloma e seu avançado conhecimento na arte da cura, sem mencionar a chegada de Chay à cena do acidente alguns segundos após o impacto (bem como eu pensara, Paloma o enviara à minha procura), fui poupada de uma sepultura neste lugar. Na verdade, fui poupada de muito mais do que isso. Foi há duas semanas, e já estou quase pronta para outra.

– Foi um acidente – ela diz, seu tom ficando mais sério quando acrescenta: – mas não foi como o seu.

Olho fixamente. Assinto com a cabeça. Gostaria que ela se apressasse e me contasse. Estou morrendo de curiosidade para saber o resto da história. Mas também começo a perceber que Paloma trabalha em seu próprio ritmo. Não é alguém para ser apressada.

Ela se levanta, limpa a terra dos joelhos e encara as montanhas como se estivesse falando com elas e não comigo.

– Aconteceu na Califórnia... em uma autoestrada de Los Angeles. Ele estava dirigindo sua moto, a caminho para pegar sua mãe, quando o caminhão diante dele parou de repente, e a carga de canos de chumbo que carregava se soltou e se chocou contra ele. Ele foi arremessado da moto. Morreu instantaneamente. Decapitação foi a causa *oficial*.

Ela se vira, o rosto tem a expressão de alguém que já contou a mesma história vezes demais. Alguém que já se acostumou a esses fatos terríveis. Alguém diferente de mim. E é provavelmente por isso que meu estômago começa a se contorcer e minha garganta se enche de bile.

Decapitação foi a causa oficial.

As palavras rodopiam em minha cabeça, fazendo-me jogar as muletas no chão e me agachar dobrando o corpo ao lado delas. Meus braços se enrolam com força ao redor da cintura, enquanto afundo o queixo no peito e tento me controlar.

Só demora um momento até que Paloma esteja ao meu lado. Suas mãos alisam meus cabelos de um jeito que enviam uma onda de calma que me percorre. A respiração dela ecoa em meu ouvido quando diz:

– *Nieta*, o que foi? Por favor, me diga.

Duas semanas antes, ela nunca teria me obrigado a falar.

Duas semanas antes, eu fugi dela, convencida de que era mais uma inimiga do que uma aliada.

Mas muita coisa aconteceu nesse período.

Estou começando a aceitar que vivo em um mundo que a maioria das pessoas não poderia sequer imaginar.

Aquele velho ditado – ignorância é uma bênção – finalmente faz sentido.

Os ignorantes são definitivamente os que têm sorte.

Mas, infelizmente para mim, não faço mais parte desse grupo.

Rompi com suas fileiras.

Agora que vi o que vi, sei o que sei, não posso mais virar as costas para a verdade, não importa o quanto gostaria de fazer isso. Segundo Paloma, tenho que encontrar uma maneira de abraçar isso – de outro modo, não estarei apenas sentada no túmulo do meu pai, mas estarei bem ao lado dele, a seis palmos da terra.

– No Marrocos... na praça, na Jemaa-el-Fna... – Meu estômago se contrai, minha cabeça grita, avisando-me para não dizer isso, com medo de que seja confirmado, mas me obrigo a ir adiante. É hora de dizer-lhe finalmente. – Eu o vi. – Ergo meu olhar para encontrar o dela, preciso ver como ela reage às minhas palavras, mas Paloma apenas assente de seu jeito calmo e prudente, encorajando-me a continuar. – A praça estava cheia de cabeças horríveis e sangrentas, enfiadas em estacas... E a que estava na frente e no meio, a que gritou meu nome... bem, eu a reconheci da antiga foto em preto e branco que tenho na carteira. Era Django. Soube no segundo em que o vi.

Minha voz se quebra, meus olhos começam a arder, e Paloma não perde tempo em me confortar. Passa os dedos frios e finos pela minha testa, por minhas bochechas, murmurando uma enxurrada de palavras que não consigo entender, enquanto luto para me controlar.

– Jennika mencionou isso – ela diz, voltando a falar em inglês, a voz firme, baseada nos fatos. – Ela relatou as histórias que você contou para ela. Depois que conversamos, fiz uma pequena pesquisa e descobri que esse local que você menciona...

o nome quer dizer *ponto de encontro do fim do mundo*, e, em sua história recente, era usado como lugar para o público ver as cabeças decepadas de criminosos que eram fincadas em estacas ao redor da praça.

Eu me afasto. Olho com firmeza em seus olhos. Estou dividida entre o alívio de confirmar que não estou louca – que o que vi era real – e a dúvida sobre como isso pode ser considerado uma coisa boa neste caso em particular.

– Não tenho dúvidas de que o que você viu era tão real quanto as pessoas brilhantes e os corvos sobre os quais já me falou. Seu pai tinha visões parecidas. Eu também. São assustadoras, eu sei. E, como você já descobriu, não dá para fugir deles. Eles não medem esforços para chamar sua atenção... Eles não têm escolha; há muito em jogo. Não podem correr o risco de perder um de nós, e por sorte não é sempre que isso acontece. Isso coloca grande estresse sobre aquele que acaba de descobrir o dom e deixa tudo em um estado perigoso.

Não estou inteiramente segura do que isso significa. Ela é sempre tão enigmática... Ainda que esteja disposta a responder algumas de minhas questões, na maior parte das vezes ela apenas balança a cabeça e diz:

– A seu tempo, *nieta*. A seu tempo.

Ainda assim, isso não me impede de tentar.

– Você disse que a causa *oficial* foi decapitação... mas qual foi na verdade? Foram os corvos? Eles causaram o acidente? Ou talvez alguma coisa como eles? – Perscruto seus olhos, desesperada para entender.

– Não foram nem os corvos, nem as pessoas brilhantes, nem nenhum dos outros arautos que possam ter se mostrado para ele. Foi a recusa de Django em escutar... em reconhecê-los... em aceitar seu chamado de uma vez por todas. Esse fato sozinho foi o que causou sua morte prematura. Acredite ou não, as visões são nossas aliadas. Sua chegada assinala que é hora de acordar, de reconhecer nosso chamado e aceitar o destino para o qual fomos feitos. Os sinais são esporádicos no início, então, lá pelos dezesseis anos eles se intensificam. Há apenas uma curta janela de tempo para agir. O treinamento deve começar sem muito atraso. Senão... – Ela faz uma pausa, lutando para decidir quanto pode divulgar, antes de acrescentar: – Vamos dizer que há outras forças em jogo... aqueles cujo único propósito é derrotar os Buscadores, para que possam se erguer e governar. É uma batalha tão antiga quanto nosso tempo aqui na Terra e, sinto dizer, não há final à vista.

Encaro-a fixamente, incerta se ouvi direito. Minha voz sai aguda e estridente quando pergunto:

– Você disse *Buscadores*? – Me inclino em sua direção e aguardo a resposta.

Mas ela apenas assente com a cabeça, como se isso não fosse tão estranho como soa aos meus ouvidos.

– Não se engane, Daire, seu chamado é importante. Muitas pessoas dependerão de você... A maioria nem vai imaginar isso, muito menos vai pensar em agradecer-lhe. Mesmo assim, você precisa aprender a persistir, como todos os seus antepassados antes de você. Há outras forças entre nós, forças tão sombrias e poderosas que no início são difíceis de entender. Mas não se preocupe, eu a prepararei para enfrentá-las. O treinamento consiste em vários passos bem definidos. Todos nós passamos pela mesma iniciação... eu passei, minha mãe passou, assim como incontáveis gerações antes dela. Embora eu deva lhe avisar que não há nada de fácil nisso. Cada parte de seu ser será testada, e em alguns momentos parecerá tortura. Nesses momentos você vai me odiar, me culpar e vai pensar em fugir novamente. Mas não fará isso. – Seu olhar se encontra com o meu. – Agora que sabe onde isso leva, você não fugirá novamente, fugirá, *nieta*? – Seus olhos são suaves, mas suas palavras me deixam gelada. – Há muitos propósitos na iniciação... fortalecer você de maneiras que não pode entender completamente e prepará-la para um futuro que provavelmente parece inimaginável nesse momento. Mas logo tudo entrará nos eixos e, antes que pense que é tudo ruim, posso assegurar que você experimentará muitos momentos encantadores também. Visitará mundos místicos com os quais nunca sonhou. Experimentará a magia em sua forma mais pura. E, então, quando for o momento de se juntar à comunidade novamente, você estará pronta. Garantirei que esteja pronta, nem que seja a última coisa que eu faça.

Sua voz é tão grave e seu olhar, tão distante, que a resposta brincalhona que eu planejara morre em meus lábios. Não tenho ideia do que está reservado, mas é óbvio que ela está séria e preciso ficar séria também.

– Acho que talvez já tenha me encontrado com essa força sombria e poderosa – digo, momentaneamente silenciada pelo olhar aflito em seu rosto. – Tive sonhos... sonhos que começavam bem, mas davam uma guinada. E, naquela noite na Toca do Coelho, um pouco antes do acidente, encontrei os garotos do meu sonho. Inicialmente pensei que estava enlouquecendo, alucinando novamente, mas agora não tenho certeza. Eles têm olhos parecidos... estranhos olhos azuis-gelo. E enquanto um é... – *meu amor verdadeiro, predestinado para mim*, balanço a cabeça e recomeço. – Enquanto um é... gentil, o outro... bem, ele se transforma em um demônio. – Paro, pego uma folha de grama e esfrego entre o indicador e o polegar. Estou envergonhada de dizer em voz alta, mas sinto que, ao contrário de qualquer outra pessoa que possa preferir não escutar, esse é exatamente o tipo de coisa que Paloma quer que eu compartilhe. – Acho que não mencionei antes porque não tinha certeza de que era real... mas agora, bem, acho que pode ter sido algum tipo de aviso.

Paloma assente, seu rosto novamente sereno, embora suas mãos a denunciem – não há como deixar de notar o jeito como tremem quando ela pega um lenço e o leva ao nariz.

– Temo que as coisas foram mais longe do que percebi. – Amassa o lenço e o guarda, mas não com rapidez suficiente para ocultar o brilhante ponto de sangue que se espalha pelo tecido. – Temo que não teremos tanto tempo quanto pensei. – Me lança um olhar perturbado.

– Então, quando a iniciação começa? – pergunto, observando-a ficar em pé, levando um momento para se equilibrar antes de me oferecer a mão.

– Temo que já começou, *nieta* – ela diz, ajudando-me a ajeitar as muletas. – Já começou.

Treze

– Já cavalgou antes? – Chay olha para mim por sobre o ombro, enquanto permaneço bem atrás dele, observando-o colocar a sela no cavalo, um belo exemplar da raça paint, com uma crina perfeitamente listrada de marrom e branco.

– Algumas vezes, os tratadores dos *sets* de filmagem me deixavam cavalgar. Quando eu era criança. Mas já faz um tempo. Devo ter esquecido tudo o que aprendi – respondo, sentindo-me nervosa e excitada ao mesmo tempo pela perspectiva de andar neste belo e grande animal, assim que esteja inteira novamente. Segundo Paloma, trocar as muletas pela bota imobilizadora não era o suficiente.

– Não se preocupe. Você verá que Kachina é bem gentil. Vocês duas se darão bem – ele diz, a voz suave como um sorriso. – De fato, dar petiscos normalmente funciona para quebrar o gelo. Se olhar na parte de trás da caminhonete, vai encontrar uma geladeirinha. – Acena naquela direção. – E, se olhar nela, vai encontrar algumas cenouras para alimentá-la.

Faço como ele diz, retornando com duas grandes cenouras que, num ataque de ansiedade, coloco rapidamente diante da boca do animal. O movimento é descuidado, inexperiente; quando ela curva os lábios para aceitar o petisco, o tamanho de seus dentes faz minha mão tremer tanto que as cenouras caem no chão, obrigando Kachina a abaixar a cabeça e pegá-las na terra.

Minhas bochechas estão coradas de vergonha quando esfrego a palma das mãos na parte de trás do jeans, forço uma risada e digo:

– Você acha que ela vai guardar rancor?

– Estou certo de que, com o tempo, ela a perdoará – Chay ri, fazendo os olhos se estreitarem e a testa formar uma prega sob a borda da bandana. – Cavalos são facilmente assustáveis. Apesar de serem animais tão grandes, são como um bando de gatinhos medrosos. Você tem que se aproximar deles lentamente, gentilmente, da mesma maneira que gostaria que alguém se aproximasse de você. Chame-a pelo nome, sussurre para ela suavemente. Então espere um pouco, parada ao lado dela. Respire tranquilamente e, então, ela pode ter a chance de se ajustar à sua energia, enquanto você se ajusta à dela. Depois, quando for o momento certo, você pode acariciá-la assim. – Ele demonstra o movimento, acariciando a crina de uma maneira que faz seu anel de águia com as pedras amarelas brilhar ao sol, enquanto passa a mão pelo comprimento do pescoço do animal. Dá vários tapinhas no cavalo, antes de coçar o espaço entre os olhos.

– Ela é sua? – Observo Chay colocar a boca perto da orelha do animal e murmurar algo em uma linguagem não familiar, sussurrando por tanto tempo que não estou certa se ele me ouviu.

– Se ela é minha? – Ele dá uma gargalhada e olha para mim. – Tecnicamente, suponho que sim. Eu a ganhei de um cliente que havia perdido o emprego e não podia mais se dar ao luxo de mantê-la. Mas no grande esquema das coisas... não. Kachina pertence a si mesma. Agora que entrou em minha vida, concordei em cuidar dela pelo tempo que ela resolver ficar comigo. A menos que queira assumir o trabalho, é isso?

Olho fixamente. Certamente entendi mal.

– Sei que Paloma a manterá ocupada com seu treinamento, mas isso também faz parte. Os cavalos têm muito a nos ensinar sobre resistência, força e companheirismo. E, de um ponto de vista mais prático, são um ótimo meio de transporte... pelo menos até você conseguir sua carteira de motorista. Paloma tem bastante espaço no quintal para um estábulo... O que me diz?

Meu próprio cavalo?

Nunca tive um animal de estimação antes, embora, segundo Chay, eu não a terei realmente – ainda assim, não dá para recusar uma oferta dessas.

Mas resolvo dizer:

– Ela não devia decidir? Quero dizer, sou aquela que a faz comer o petisco no chão. Ela pode não me querer cuidando dela.

Chay leva um momento analisando minhas palavras.

– Ok, então. Vamos colocar você em cima dela e ver como as duas se saem.

Reluto, incerta de como responder.

– Sério?

Ele acena com a cabeça.

– Mas e meu gesso? Paloma disse que eu devia esperar até tirar, o que deve acontecer amanhã. Além disso, ela me falou especificamente que eu podia olhar, tocar, mas não cavalgar.

Chay sorri de uma maneira que faz seus olhos parecerem vendados.

– Paloma pode ser um pouco superprotetora. Você ficará bem. E duvido que Kachina vá se incomodar. Vamos fazer assim: eu assumo toda a responsabilidade por qualquer coisa que aconteça com qualquer uma das duas. De acordo?

Hesito, mas logo aceno em concordância, e imediatamente ele me coloca no lombo do cavalo.

Cavalgamos um pouco, minha *paint* e a *appaloosa* dele andando na trilha lado a lado, chutando terra. Ainda que não estejamos correndo, nem galopando, vamos um pouco mais rápido do que um trote. Chay diz que haverá muito tempo para mais velocidade, mas que, por enquanto, preciso me acostumar com a sensação de estar em um cavalo novamente.

– Então, você mora aqui na reserva? – pergunto, minha voz competindo com o barulho do vento nas árvores, cujas folhas batem umas nas outras como sinos. Fico um pouco constrangida pela pergunta, pois parece algo que eu já devia saber, mas procuro por qualquer coisa para dizer, algo para romper o silêncio, e é o melhor que consigo.

Ele olha ao longe, como se procurasse algo muito além das árvores, focando em algo que não consigo imaginar o que seja. Sua voz é vaga, evasiva:

– Não mais. Embora meu pai ainda viva. Ele é um ancião da tribo.

Ele puxa as rédeas e faço o mesmo; nossos cavalos param enquanto espicho a vista para tentar descobrir o que ele tanto olha. Mas além de um junípero com galhos tão retorcidos que parecem quase deformados, não consigo ver muito mais.

– Ele tem quase oitenta anos – acrescenta, voltando a atenção para mim e puxando o freio de Kachina até que nos viramos para a direção de onde viemos. – Quase oitenta anos, e ainda é forte como um urso. – Ri de um jeito que me mostra que está lutando para se concentrar em minha pergunta, embora sua mente esteja em outro lugar. – Ele me deixa manter alguns dos cavalos aqui, enquanto os demais ficam na minha propriedade.

Olho ao redor de uma ampla planície marcada por uma ou outra construção de adobe, pensando que, sem contar a ausência de uma cidade (embora haja um cassino ao lado da estrada principal, juntamente com um posto de gasolina e loja de conveniência), não parece muito diferente da vizinhança em que Paloma vive.

– Você sempre viveu em Encantamento? – pergunto.

– Fui para o ensino médio. – Ele dá de ombros. – Daí fui para a faculdade de veterinária no estado do Colorado... mas, logo depois que me formei, voltei para cá.

– Por quê? – pergunto, e meu tom de voz trai o que realmente estou pensando: *Por que uma pessoa instruída... uma pessoa com opções... escolheria permanecer neste lugar?*

Mas, se Chay se ofendeu, não demonstra. Apenas ri, sacode a cabeça e diz:

– Ah, suponho que por todo tipo de razão... algumas mais convincentes do que outras. – Então, sem dizer que razões seriam essas, acrescenta: – Então, o que você achou da sua primeira cavalgada?

– Gostei. – Dou de ombros. – Acho que gostaria de cavalgá-la novamente, se estiver tudo bem para você. E, é claro, se estiver bem para ela. – Me inclino para dar um tapinha no pescoço de Kachina, mas novamente não sou muito graciosa, ainda não estou acostumada aos movimentos do animal, e termino balançando tão precariamente que preciso de toda a força para não tombar da sela. – A propósito, o que você viu ali atrás? – Pergunto, assim que consigo me equilibrar. Aponto com o polegar na direção de onde viemos, sabendo que, o que quer que seja, foi o suficiente para nos fazer voltar e encurtar o passeio.

Chay segue na frente, e as palavras vêm por sobre seu ombro:

– Você ainda não está pronta para ir até lá.

Olho fixamente para suas costas, minha curiosidade mais aguçada do que nunca, mas reconheço um beco sem saída quando vejo um, e decido não insistir.

Prefiro simplesmente assentir, concordando, quando ele se vira para mim e diz:

– Então, o que me diz de retornamos para o estábulo, prepararmos os cavalos para a noite e pegarmos alguns refrigerantes? Logo seu treinamento vai começar e levará um tempo até que possa tomar um novamente.

Assim que os cavalos estão escovados, alimentados e com água, os estábulos arrumados com palha fresca, subimos na caminhonete e partimos. Paramos na loja de conveniência do posto de gasolina e Chay vai atrás das nossas bebidas, enquanto eu atendo outra ligação desesperada de Jennika.

Desço da caminhonete, vou até a extremidade do posto e sento no meio-fio, perto das bombas de ar. Luto contra o sinal horrível que estrangula as palavras dela, fazendo-a soar como se estivesse em algum lugar nas profundezas da terra.

Apesar disso, não é muito difícil preencher os espaços em branco – é quase uma repetição da mesma conversa que vimos tendo nas últimas semanas, desde o dia em que ela acordou com uma enxurrada de mensagens furiosas minhas, apenas para ligar para Paloma e descobrir que eu tinha sido atropelada. Suas perguntas vêm tão rápidas que é quase como um ataque. Uma se mistura à outra, até que não há jeito de responder a todas elas.

– Estou bem, de verdade. Não há motivo para você vir – digo, o que serve quase como uma resposta padrão, toda vez que ela menciona largar o trabalho no Chile e vir me buscar.

Mas não adianta. Nunca adianta. Ela diz:

– Daire, você pode me dizer... Paloma fez algo *estranho*?

Reviro os olhos. Da perspectiva de Jennika, tudo o que Paloma faz é estranho, mas não vejo mais desse jeito. Paloma pode ser estranha, definitivamente fora dos padrões, mas não há dúvida sobre seus poderes curativos – não há dúvida de que ela é a única que realmente entende o que está acontecendo comigo.

– Defina *estranho* – digo. É o que sempre digo.

– Daire... – Ela arrasta meu nome, fazendo-me perceber que esse tipo de resposta não cola mais. – Responda à pergunta. Você sabe *exatamente* o que quero dizer.

– Paloma é legal. Estou bem. Chay é legal. Encantamento é... legal. – Meus dedos apertam o telefone com força, enquanto tento não engasgar com a mentira. – Eu já disse para você, dei uma pirada no primeiro dia. Foi só isso. E, acredite em mim, você ficaria surpresa com o que Paloma tem sido capaz de fazer. Meus ferimentos estão curados e não tenho nenhuma cicatriz... nem nos cortes nos braços que fiz no Marrocos. Ah, e vou tirar o gesso logo... talvez amanhã de manhã.

– Preciso de fotos! Preciso de provas! Você precisa me mandar montes de fotos. É o único jeito de eu acreditar que está bem. O único jeito de...

Suspiro, afasto o telefone do ouvido e coloco-o na calçada ao meu lado. A voz frenética de Jennika gritando, ameaçando, implorando – uma canção que ela cantou muitas vezes. Enterro o rosto entre os joelhos e espero que o coro tenha fim.

Olho para cima, a tempo de ver Chay me acenando, de volta à caminhonete, o que me faz dizer:

– Jennika, preciso ir. É sério, não precisa vir para cá, não precisa se preocupar. Estou perfeitamente bem. Vou mandar uma foto, um monte de fotos. Vou mandar tantas fotos que você vai enjoar de olhar para mim, ok? Mas, até lá, tente se acalmar. Tente acreditar no que digo.

Me levanto, limpo a parte de trás do jeans com as mãos e manco pelo terreno. Passo ao redor de um velho Mustang cinza que está perto da bomba de combustível, enquanto um garoto muito bonito com longos cabelos escuros sai do lado do motorista e uma mulher mais velha, coberta com as mais estranhas joias turquesa, abre a porta do passageiro.

– Ah... me desculpe! – ela diz, quando a porta quase me acerta. Seus olhos encontram os meus, trocando um olhar muito breve, mas, mesmo assim, suficiente para me colocar em um casulo de bondade que dura um momento antes de sucumbir a uma tristeza tão profunda, tão insistente, que fico congelada no lugar mesmo depois que ela seguiu em frente.

Paloma me falou sobre isso. Disse que esse tipo de coisa – essas impressões – era de se esperar. Segundo ela, é um dom que me servirá bem no futuro – e devo reservar um tempo para aprimorar isso sempre que puder. Toda vez que cruzo com alguém novo, ela diz, devo confiar menos no que vejo e ouço e mais no que sinto lá no fundo.

A questão é que, além da ida ao cemitério e da saída de hoje com Chay, tenho ficado me recuperando na cama. E, pelo que me falaram, qualquer futura saída da casa será estritamente monitorada, como essas foram. Paloma afirma que é muito perigoso para mim sair por conta própria, e Chay parece concordar. Só que, até agora, nenhum deles se incomodou em me explicar que tipo de perigos podem ser esses.

Desvio meu olhar para o garoto na bomba de combustível, observando-o apoiar as costas contra o carro e ficar de olho no medidor – fazendo caretas conforme os dólares se multiplicam muito mais rápido do que os litros de gasolina. Meus olhos passeiam pelos brilhantes cabelos escuros, pelos ombros fortes e pelos braços bem definidos que saem das mangas curtas da camiseta negra, parecendo imune ao clima. Seu torso, largo e esbelto, sexy e insinuante, se estreita em um par de jeans escuros que pende solto em seus quadris. A visão dele é tão hipnotizante, tão envolvente, que sou forçada a balançar a cabeça, fechar os olhos e começar novamente. As palavras de Paloma se repetem em minha mente, lembrando-me de que não é o que vejo o que conta, mas o que sinto.

– Um Buscador deve aprender a ver na escuridão... deve confiar no que sabe em seu coração.

Fecho os olhos, mantenho a respiração controlada, equilibrada, enquanto tento mais uma vez. Instantaneamente vencida por outra enxurrada de bondade – parecida com a da mulher antes dele; só que esta onda em particular é tão aberta, tão pura, que meus joelhos enfraquecem em resposta. E, em vez de desaparecer em tristeza, como a dela, leva a algo mais.

Algo que – não sei muito bem – eu confundiria com amor.

O tipo de amor verdadeiro, incondicional.

O tipo de amor que experimentei apenas em sonhos – e uma vez, por um breve momento, antes de fugir da Toca do Coelho.

Devo ir. Escapar enquanto posso. Partir antes que ele me veja olhando, boquiaberta – mas estou muito atordoada para me mexer... muito atordoada para entender tudo isso. E a coisa seguinte que sei é que ele se vira. Seus olhos azuis-gelo encontram os meus – espelhando minha imagem milhares de vezes.

Seu olhar se torna mais profundo e os lábios entreabrem, como se preparando para falar.

A simples visão dele faz minhas pernas tremerem, meu corpo oscilar na direção do dele – exatamente como fiz no sonho. Nós dois atraídos um pelo outro – ligados por forças invisíveis. Mas, antes que ele possa falar qualquer coisa, me liberto do feitiço e faço uma louca corrida mancando até a caminhonete de Chay.

Tomo um gole longo e ávido do refrigerante que Chay me oferece enquanto sai do posto; meu olhar acompanha a paisagem seca e árida até que ela desaparece na noite. Sou incapaz de me livrar da atração do garoto – do peso daqueles olhos azuis-gelo encontrando os meus.

catorze

Chay entra pelo portão enquanto Paloma ajuda uma garota de minha idade a se acomodar no assento do passageiro de um utilitário esportivo coberto de poeira. Dobra uma longa bengala branca, com a ponta vermelha, entrega para a menina, acena em despedida e vem até nossa caminhonete. Seus olhos se iluminam quando se inclina na janela do motorista e diz:

– *Nieta*, você se divertiu?

Dou um aceno rápido e pulo para fora. Aterrisso na perna boa, seguro a mochila na mão e manco em direção à casa, desejando que não pergunte se me diverti cavalgando em Kachina, uma vez que não estou segura de poder mentir com convicção – pelo menos não para ela. Paloma é muito intuitiva – capaz de sentir a verdade por trás das minhas palavras muito antes que eu possa dizê-las.

– *Bueno*. – Ela sorri, observando-me atravessar o portão. – Vá se lavar e eu a encontrarei lá dentro. Já é quase noite... quase hora de começarmos.

Dou-lhe um olhar estranho, mas faço o que diz. Entro na casa e vou para meu quarto, me perguntando o que a descida do sol tem a ver com meu treinamento. Será que ela falava literalmente que todos os Buscadores devem aprender a ver na escuridão?

Pego a calça de moletom limpa que ela deixou dobrada no pé da minha cama e levo o jeans e o suéter sujos para o cesto, franzindo o cenho quando manuseio a costura que tivemos que abrir do tornozelo ao joelho para que coubesse o gesso. Apesar da promessa de Paloma de me dar uma calça nova assim que eu estiver curada, duvido seriamente de que serei capaz de encontrar algo que se compare. Este jeans é o meu favorito, escuro e justo – eu praticamente vivo nele. Sem contar que foi comprado em Paris, um lugar para onde não retornarei tão em breve. Pelo que vi de Encantamento, não há uma loja decente. Na verdade, não tem nem Walmart.

Mas Paloma não vê as roupas do mesmo jeito que eu. Para ela, roupas são menos uma expressão de individualidade e mais um modo simples de cobrir o corpo. Ainda que suas roupas sejam limpas, passadas e bem cuidadas, é óbvio que, para ela, moda é algo que fica em segundo plano, se é que chega a pensar nisso. Pelo que vi, seu guarda-roupa consiste em um punhado de vestidos de algodão leve que usa em casa – os pés estão sempre descalços – e esses mesmos vestidos são combinados com um cardigã azul-celeste surrado e alpargatas azul-marinho quando sai. Mesmo assim, por mais estranho que seja, não posso deixar de achar refrescante.

A indiferença de Paloma é uma mudança bem-vinda comparada aos colapsos de moda que eu costumava testemunhar nos *sets* de filmagem. Quantas reuniões de emergência foram convocadas para discutir os prós e contras do comprimento da roupa de alguma estrela, como se o destino do mundo, muito mais que o do filme, dependesse disso. Sem mencionar a propensão de Jennika a tratar meu magro guarda-roupa como extensão do seu.

É como se Jennika tivesse sobrecarga de genes da vaidade feminina, eu tivesse um pouco e Paloma não tivesse nenhum.

Ou pelo menos é o que penso até que prendo meu cabelo em um rabo de cavalo e vou até a janela fechar a cortina. Vejo o portão ainda aberto, e Chay ainda estacionado ao lado, só que agora a porta do lado do motorista está aberta de um jeito que permite que Paloma se incline e o abrace.

Eu os vejo juntos – não posso evitar. Só que é muito inesperado.

Fico surpresa em ver que é menos o tipo de abraço rápido e superficial trocado entre amigos, e mais a carícia lenta partilhada entre duas pessoas que se importam profundamente uma com a outra.

Sabia que eram amigos, mas sempre imaginei que fosse platônico. Nunca me ocorreu que a relação deles pudesse se estender um pouco mais além.

Assim que começo a me perguntar o significado do que estou vendo, certa de que estou imaginando demais, eles se beijam e confirmam minhas suspeitas. Imediatamente fecho a cortina e vou para a cozinha, onde sento na mesa e espero que meu primeiro dia oficial de treinamento comece.

Meu pai nunca chegou tão longe. Ele se recusou a fazer parte disso, e não posso dizer que o culpo. Mas, em um esforço para evitar o mesmo destino horrível, prometi a mim mesma pelo menos dar uma chance e ver aonde isso leva. Se não gostar, farei o possível para encontrar uma saída. Mas não será precipitado. E não acabarei morta. Ao contrário de Django, pretendo ser esperta em minha partida.

Paloma entra e fecha a porta. Seus dedos desabotoam o cardigã, ela esfrega as mãos e vai até a lareira, onde mexe na madeira com um comprido atiçador de ferro até ficar satisfeita com o jeito como o fogo crepita. Então se vira e diz:

– Chay tem belos dentes.

Eu a encaro, as palavras tão estranhas e inesperadas que não tenho uma boa resposta.

– Ele é um bom homem, mas uma má influência. – Ela ri, sentando-se na cadeira diante de mim e apoiando os braços na mesa. – Seu treinamento requer muitas mudanças no estilo de vida, e a primeira é a dieta. Temo que você e Chay desfrutaram o último refrigerante juntos hoje, então espero que tenha aproveitado. – Ela se inclina para a frente e coloca a mão sobre a minha. A dela parece tão pequena e escura que faz a minha parecer uma grande bolha branca, em comparação. – A partir de agora, você só comerá o que a natureza oferece, na forma mais pura possível. O que significa nada de açúcar, de comida processada, de *fast-food*... em resumo, nada de lixo.

Engulo em seco. Encaro-a com os olhos arregalados e boquiaberta. Me pergunto o que poderia ter sobrado – ela vetou todas as minhas comidas favoritas.

– Os primeiros dias serão difíceis, como você verá em breve. O açúcar é uma substância poderosa, altamente viciante. Mas não vai demorar até que comece a se sentir melhor, mais forte, mais saudável no corpo, na mente e no espírito. Os resultados serão agradáveis, e não tenho dúvidas que este novo jeito de comer será uma segunda natureza. Caso contrário, se você achar o oposto, temo que deverá encontrar uma maneira de viver com isso. Não há realmente uma escolha nessa questão.

– Mas... *por quê*? – Meu rosto se contrai de uma maneira que quer dizer não apenas que tenho objeções, mas que também duvido da validade do que ela diz. Isso me lembra o culto ao "carbono zero" que algumas celebridades adotam antes de uma grande aparição, transformando a cesta de pão na inimiga número um. – Sem contar meus machucados, que já estão quase todos curados, sou saudável. Então, realmente não entendo que diferença uma Coca-Cola ou um doce ocasionais podem causar.

Paloma se levanta da mesa e se dirige ao seu escritório. Me deixa sentada na mesa quadrada de madeira, enquanto enche uma pequena panela de cobre com água engarrafada, coloca-a sobre um queimador e se ocupa em pegar pitadas de ervas secas penduradas em vários ganchos suspensos.

Ela rola os pedaços entre o polegar e o indicador, cantando uma melodia suave e cadenciada que não consigo decifrar. Então joga as bolinhas de ervas, uma a uma na panela, acrescentando uma pequena pedra escura que pega em uma bolsa de camurça pendurada no pescoço.

A pedra chega ao fundo com um baque audível, e ela diz:

– Viemos de uma antiga linhagem de xamãs.

Fico olhando para suas costas, o rosto contorcido em descrença:

– Xamãs? – Sacudo a cabeça, tentando domar minha contrariedade, lembrando que preciso ser paciente e dar uma chance para ela. Certamente não foi o que ela quis dizer. – Pensei que você tinha dito que éramos Buscadores? – Franzo o cenho, duvidando de que algum dia me acostumarei às coisas aleatórias que ela diz. Desde que cheguei, tenho permanecido em um estado de confusão perpétua, e começo a questionar se isso terminará.

Paloma tira o cardigã, coloca-o no balcão ao seu lado e volta a mexer na panela enquanto diz:

– Xamãs, curandeiros, curadores, Trabalhadores da Luz, videntes, místicos, milagreiros, aqueles que sabem, aqueles que podem ver na escuridão... – Seus ombros se levantam e abaixam. – Nomes diferentes para o que é essencialmente a mesma coisa no coração. – Ela olha por sobre o ombro, para se assegurar de que estou escutando antes de voltar a mexer na panela. – Conceitos xamânicos datam de milhares de anos... Sua origem foi remontada até a Sibéria, onde o papel principal do xamã era o de cuidar da comunidade. Manter o bem-estar da tribo, providenciando cura quando necessário, apaziguando o clima para garantir a viabilidade das plantações e comida, liderando cerimônias sagradas, servindo como ligação primária entre este mundo e o mundo espiritual, e muito mais. Era um papel reverenciado e sagrado... um chamado da ordem superior. Espalhado por vários continentes, separado por grandes corpos de água, sem meio de comunicação... suas cerimônias e rituais parecem chocantemente familiares. Mas, infelizmente, nos últimos anos, quando todos nos tornamos *civilizados* – ela sinaliza aspas no ar, quando diz a palavra –, os xamãs foram perseguidos e obrigados a se esconder. Foram considerados curandeiros, feiticeiros, acusados de conjurar o mal. Dizem que são perigosos, quando na verdade são apenas mal compreendidos por aqueles que são ignorantes demais para olhar além de seus conceitos estreitos sobre o funcionamento do mundo. A ignorância é um dos maiores males conhecidos. – Ela se vira para mim, os olhos escuros brilhando. – Com o ego e a ganância ocupando um segundo e um terceiro lugares bem de perto.

Volta a atenção para a panela, mexe mais um pouco antes de colocar um filtro por cima e coar a bebida em uma caneca. Então, com um par de pinças pequenas, pega a pedra molhada e fumegante e a coloca na mesa diante de mim.

– Ao longo dos anos, o papel tem evoluído, e o nome com ele. Entre os nossos, somos conhecidos agora como Buscadores. Somos Buscadores da verdade, Buscadores do espírito, Buscadores da luz, Buscadores da alma. E é nosso trabalho, nosso chamado, nosso destino manter as coisas equilibradas... um equilíbrio que exige que caminhemos no mundo dos espíritos com a mesma facilidade com que caminhamos neste mundo. Houve um tempo em que manter o equilíbrio era muito mais simples, mas esses dias se foram. E, para responder à sua pergunta original do porquê, a habilidade de caminhar entre os mundos depende de seu comprometimento em se purificar, tanto interna quanto externamente. O que, minha doce *nieta*, começa com sua dieta.

Ela olha para a caneca e inala profundamente. Então, considerando-se pronta, coloca a bebida diante de mim e diz:

– E, agora, você deve beber.

Torço a boca para o lado e encaro duramente a caneca. Não estou totalmente de acordo com as crenças de Paloma, mas tampouco quero rejeitá-las completamente e acabar como Django. A imagem horrível da cabeça decepada e ensanguentada de meu pai enfiada em uma estaca e gritando para atrair minha atenção me dá toda a motivação de que necessito para esvaziar a caneca até que não sobre uma gota. Fico surpresa ao descobrir que o líquido oferece um calor reconfortante enquanto desce pela minha garganta e, embora o gosto seja um pouco amargo, não me importo nada.

– Há muito mais no mundo do que parece – Paloma diz, voltando à sua cadeira. – É, na verdade, composto por três mundos: o Mundo Superior, o Mundo Inferior e o Mundo Mediano, que é com o qual você está acostumada, aquele no qual residimos durante nossa vida normal e diária. Embora a maioria das pessoas nunca olhe além da superfície... nunca perceba que é povoado por forças invisíveis que influenciam nossas vidas de maneira que jamais imaginariam. O que você vê não é o que você observa, *nieta*. Em cada um desses mundos você encontrará muitos seres encantadores e compassivos, dispostos a ajudá-la em suas várias missões. Eles aparecerão na forma de animais, humanos, criaturas mitológicas e até mesmo de coisas mais simples como uma folha de grama capaz de nos ajudar. Tudo tem sua energia, sua própria força de vida, e algum dia você se comunicará com a terra e seus elementos com a mesma facilidade com que se comunica comigo... Tudo a seu tempo. – Ela olha para mim. – Você pode se sentir um pouco sobrecarregada com tudo isso, é uma responsabilidade muito grande. Por isso é importante que se lembre de que nunca está sozinha. Eu serei sua guia, embora não esteja aqui para ensinar, mas para ajudá-la a recuperar o que você já sabe bem lá no fundo.

Olho ao redor do aposento, tomado por nichos cheios de tônicos, poções, todos os tipos de ervas medicinais – enquanto outros estão repletos de livros, chocalhos e uma grande variedade de cristais e pedras e um tambor pintado de vermelho. Embora tente manter a mente aberta, tento fazer o máximo para fazer parte disso, não tenho ideia do que ela quer dizer. Sou a filha de uma maquiadora – tudo o que sei aprendi nos *sets* de filmagem, na internet ou pela experiência direta. Mas nunca aprendi algo assim. Nunca tinha ouvido falar de xamãs ou Buscadores até vir para cá.

Balanço a cabeça, começo a protestar, mas ela é rápida em me silenciar.

– Acredite em mim, *nieta*... todo o conhecimento de que precisa já está dentro de você. É seu legado ancestral... está no sangue que corre em suas veias, na pulsação do seu coração, e é meu trabalho ajudá-la a descobrir isso. Não demorará muito até que você se mova entre o Mundo Superior e o Mundo Inferior com a mesma facilidade com que se move neste Mundo Mediano. Você aprenderá a navegar entre as várias dimensões, até que conheça todas muito bem. Quando for o momento, você fará a viagem fisicamente, mas antes há vários passos que devem ser dados. Então, esta jornada, sua primeira jornada, será uma jornada da alma. Parecerá um sonho, embora eu lhe assegure que é real. Irá revelar-se profunda e reveladora, e você não a esquecerá facilmente. Sua finalidade é se conectar com seu espírito animal: aquele que você manterá muito perto de si e no qual aprenderá a confiar. Ele se mostrará três vezes, e é assim que o reconhecerá. Por isso, preste muita atenção. Esta é a primeira e a última vez que você tomará esta bebida, e as coisas que vir e experimentar nunca serão reveladas para ninguém além de mim. Isso é imperativo para garantir sua segurança. Então, me diga, *nieta*: como está se sentindo? Está pronta para a jornada?

Me esforço para responder. Me esforço para formar as palavras. Minha cabeça está cheia de névoa, minha boca, recheada de algodão, e só consigo soltar um gemido abafado.

E a seguir meus dedos se enrolam na pequena pedra negra, meu rosto encontra a mesa e minha alma salta de meu corpo, viajando mais rápido do que o som.

quinze

Estou parada diante de uma árvore – uma árvore bem grande, com um buraco no meio do tronco. Uma árvore que reconheço da vez em que Jennika e eu fizemos tirolesa na nebulosa floresta costa-riquenha.

Mas, agora, em vez de subir por uma escada até a plataforma lá em cima, entro no buraco e penetro nas profundezas da terra. Escorrego por um sistema de raízes tão amplo e complexo que me lembra dedos compridos e emaranhados sem fim.

Estou envolta na escuridão – um vento úmido bate em meu rosto com força, enchendo minhas narinas com o odor do solo rico que se agita diante de mim, providenciando passagem para minha jornada. Ainda que no começo seja meio divertido, lembrando-me de quando andava de trenó na infância, não demora até que fique ansiosa, claustrofóbica. Minha respiração começa a acelerar, em pânico e atrapalhada neste espaço tão apertado.

Finco os calcanhares, apoio a parte da frente do meu corpo no chão e cravo as unhas na terra para tentar subir novamente. Não sirvo para ser uma Buscadora. Se é isso que implica – ser enterrada viva com insetos, vermes e raízes se enroscando ao meu redor –, não quero fazer parte disso.

Meus dedos continuam a segurar, afundando na lama, mas não adianta. Não dá para lutar contra isso, não consigo tração.

Não há retorno.

Não quando o túnel atrás de mim se fecha no mesmo instante em que penso. Não quando o túnel diante de mim continua aberto e escancarado – agitando-se cada vez mais rapidamente para acelerar minha descida.

Viro de costas, recusando-me a soltar o grito que tenho preso na garganta. Digo a mim mesma para manter a calma, para preservar o pouco de oxigênio que me resta – quando chego a um campo de luz tão brilhante que sou obrigada a fechar os olhos e reabri-los devagar, dando tempo suficiente para que se ajustem.

Meu corpo aterrissou tão forte na areia que sou como um caminhão descontrolado. Depois de alguns momentos atordoada, levanto-me e dou uma boa olhada ao meu redor. Estou no lugar que menos esperava – uma bela praia de areias brancas com águas azul-turquesa, um paraíso de cartão-postal.

Vou até a beira-mar, emocionada por me encontrar livre de meus ferimentos, livre do gesso. Permito que meus dedos entrem alguns centímetros na água e sorrio quando a espuma da onda cobre meus pés, molhando a barra da minha calça de moletom antes de recuar, deixando um leve traço de bolhas que estouram em minha pele.

Há golfinhos brincando ao longe, juntamente com um pequeno grupo de baleias, seus corpos lustrosos e amplos mergulhando e emergindo – e, ainda mais perto, vários cardumes de peixinhos brilhantes correndo em círculo ao redor de meus calcanhares. Mas nenhum desses seres é meu mestre – disso tenho certeza.

Deixo a praia e me dirijo para o local em que a costa faz a transição para uma bela floresta protegida por árvores de troncos altos e robustos, com ramos tão cheios de folhas que bloqueiam tudo, exceto um suave vislumbre de luz. As cores são tão vibrantes que parecem mais uma pintura a óleo do que um lugar de verdade. As flores são maiores, o musgo é mais elástico e o casulo de silêncio é quebrado pelo vento que dança entre as folhas, criando um farfalhar e um balanço suaves – um sussurro de canção que me convida a seguir em frente.

Sigo o vento. Lembro-me das palavras de Paloma, de que tudo tem uma força de vida, um jeito de se comunicar – sigo até uma clareira que conheço dos meus sonhos, e não fico inteiramente feliz de me encontrar ali.

Meu olhar perscruta, procurando por uma pedra, um pedaço de pau, algo com que possa me defender se as coisas derem errado de novo – quando ouço um crocitar baixo e profundo e me viro para encontrar o corvo pairando no espaço bem à minha frente.

Estreito os olhos e encaro o inimigo com dureza – o corvo com olhos púrpura que uma vez me levou à terrível cena com o garoto demônio.

Me inclino em direção ao solo, fecho os dedos ao redor de uma pedra pequena e sólida, mas, antes que possa mirar, ele se foi.

Me viro, olhando ao redor, até que escuto seu chamado novamente e o vejo empoleirado a alguns passos de onde estou.

Com a pedra ainda na mão, levanto o punho – miro com cuidado, mais deliberadamente agora, mas, como da vez anterior, antes que possa jogar a pedra ele desaparece da minha vista.

Meu coração acelera, minha respiração fica rápida e irregular, enquanto giro nos calcanhares, esperando que ele apareça diante de mim novamente – escancarando o bico curvo enquanto emite seu crocitar profundo e seus olhos brilham na direção dos meus.

Aperto a pedra. Levanto a mão. Estreito os olhos no meu alvo quando digo:

– É a melhor de três!

Vejo-o piscar quando atiro a pedra, muito longe do alvo – enquanto as palavras de Paloma ecoam na minha cabeça:

– *Ele se mostrará três vezes, e é assim que você o reconhecerá. Por isso, preste muita atenção.*

– Você! – Eu o encaro. Um sussurro de acusação dirigido a ele.

Subitamente ele levanta voo. Abre as asas pontudas enquanto faz um círculo perfeito sobre minha cabeça, antes de subir cada vez mais alto, seguindo o vento.

A mão de Paloma no meu ombro, persuadindo-me a voltar para o conforto de sua casa de adobe quente, sua voz não mais do que um sussurro:

– Volte, *nieta*. É hora de retornar.

dezesseis

Levanto a cabeça da mesa, despenteada e piscando, enquanto afasto o cabelo dos olhos e os prendo atrás da orelha. Estou maravilhada em perceber como minha mente está clara – e não daquele jeito embotado e pastoso em que os medicamentos me deixavam.

– Quanto tempo estive fora? – Estico o pescoço para um lado e depois para o outro, alongando os músculos, como se estivesse despertando de uma longa e deliciosa soneca.

Paloma sorri. Coloca um copo de água na minha frente e me insta a beber.

– Cerca de trinta minutos... embora suponho que deva ter parecido mais rápido para você. Sua jornada teve êxito? Espero que sim.

Tomo um gole de água e coloco o copo sobre a mesa. Puxo as mangas da blusa até cobrir os nós dos meus dedos, enquanto tento dar algum tipo de resposta, sem perceber de imediato que ainda estou segurando a pequena pedra negra na mão.

Êxito?

Não seria exatamente a palavra que eu usaria. Apesar disso, olho para ela e digo:

– Encontrei meu mestre, se é o que quer dizer. Embora não tenha certeza se isso é uma coisa boa...

Falo esta última parte tão baixinho que a frase se extingue completamente, embora tenha certeza de que Paloma escutou. Ela se move para trás e pergunta:

– Em qual direção você foi? Para cima, para baixo ou para o lado?

Paro um momento, lembrando-me da árvore, das raízes, do túnel, dos vermes...

– Para baixo – digo. – Viajei para o interior da terra.

– O Mundo Inferior. – Ela assente com a cabeça. – É quase sempre o Mundo Inferior o primeiro que visitamos. O Mundo Superior é muito mais difícil de alcançar... mesmo para um Buscador experiente. Precisei de vários anos para chegar lá. – Ela olha para mim. – Então, me conte, como você o encontrou?

Olho para minhas mãos, dois montes cobertos de tecido, e digo:

– Segui o vento. – Dobro uma perna sob meu corpo e ajeito-me na cadeira, sentindo-me um tanto quanto ridícula em admitir essas coisas.

– E seu mestre, ele se mostrou três vezes?

Confirmo com a cabeça. Meus dedos apertam a pedra com tanta força que minha mão dói.

– Ele se mostrou, sim. Mas, só para você saber, não é a primeira vez que nos encontramos. Ele veio até mim em um sonho que não acabou bem. Não graças a ele.

Os olhos dela ficaram mais sombrios e sérios, de uma forma que me pedia para continuar.

– Para encurtar a história, alguém próximo a mim, alguém com quem eu realmente me importo... ou pelo menos no sonho... bem, ele morreu. E meu mestre foi quem propositalmente me levou a testemunhar essa morte. Esse é o sonho que comentei quando estávamos no cemitério, só que não cheguei a mencionar essa parte.

Seus olhos se arregalaram enquanto suas mãos trêmulas buscavam seu coração como um beija-flor atrás de néctar.

– *Nieta*, isso é maravilhoso! – ela diz, seus olhos começando a brilhar. – Isso é mais do que eu jamais teria imaginado... mais do que jamais teria ousado desejar! E você diz que o vento a levou até lá?

Franzo o cenho. Encolho os ombros. Mais do que um pouco desconcertada pela excitação dela, sinto que não fui clara.

– Alguém *morreu*, Paloma. – Levanto meus olhos em direção aos dela. – Assassinado por um demônio. E meu então-chamado *mestre* foi o *responsável* por me levar até lá. Pode parecer bobo para você, mas o sonho pareceu tão real que não fui capaz de me esquecer dele, por mais que tenha tentado. – Eu a encaro, pedindo para ser ouvida, mas, apesar de todas as palavras enfatizadas, ela ainda não entende. Posso ver pelo jeito como seu rosto se abranda, enquanto seus olhos ficam cada vez mais úmidos.

Ela abaixa as pálpebras, mantendo-as fechadas, e diz:

– Nem sempre os sonhos podem ser tomados literalmente, *nieta*. Algumas vezes, a morte é apenas uma metáfora para o renascimento. Permitir que a versão antiga de alguém se vá, de modo que uma versão mais nova, melhor e mais forte possa tomar seu lugar. – Seus olhos encontraram os meus. – Se seu mestre a levou até lá, tenho certeza de que há uma razão. Embora haja apenas um modo de ter certeza de que ele é seu mestre... você ainda está com a pedra que lhe dei?

Abro os dedos e mostro para ela. Observo em desalento Paloma levar a pedra até o queimador e me fazer sinal para me juntar a ela enquanto a joga na panela, coloca água para ferver e encara a mistura turva de ervas com uma paciência infinita que não posso sequer sondar.

Ela murmura em espanhol, a mão fechada, pressionada contra o coração. Ainda que eu encare a panela ao lado dela, não consigo, nem que minha vida dependesse disto, determinar o que a deixa tão excitada.

Alguns momentos depois, ela pega o coador e derrama toda a água quente na pia. Então, coloca a panela no balcão, vira para mim e diz:

– Foi isto o que você viu? É este o mestre que você encontrou em sua jornada?

Inclino-me sobre o ombro dela, sem esperar ver muita coisa e perco o ar, em estado de choque, quando vejo que a pequena pedra negra está com a forma de um corvo. As asas gravadas claramente, os olhos púrpura brilhando.

– É esse o mestre que você viu?

Engulo em seco. Assinto. É tudo o que posso fazer. A visão daquilo me deixa sem palavras.

Continuo a encarar a pedra que virou corvo, sabendo que não há como ser verdade, e mesmo assim é, está bem na minha frente. Me lembro dos animais em pedra que vi uma vez em uma loja turística no Arizona – tão brilhantes e intrincados, esculpidos a mão pela tribo zuni, e com uma grande semelhança com este na panela.

– Todos temos um guia animal... cada um de nós. – Ela olha para a réplica de pedra. – Embora, infelizmente, a maioria das pessoas passe toda a vida sem sequer perceber o seu. Animais diferentes têm propósitos diferentes, significados diferentes. E o seu, o corvo, é muito fortuito, de fato. Ele representa a magia, uma mudança na consciência e um poder de transformação impressionante. – Ela olha para mim, seus olhos brilhando de orgulho, e acrescenta: – Ele voa na escuridão só para voltar com a luz. Ele sussurrará os segredos da magia, embora esses segredos nunca devam ser revelados. A chegada do corvo anuncia o cumprimento da profecia. – E coloca a mão na boca, tomada por uma onda de emoção que não consigo entender. – Também parece que o vento é seu elemento. Ah, *nieta*! – ela exclama, a voz rouca, embargada. – Não esperava que isso fosse determinado tão rapidamente, por isso não me incomodei em mencionar. Esse tipo de coisa, em geral, vem muito mais tarde no treinamento. Isso é bastante inesperado, certamente.

– Isso é... bom? – pergunto, ainda tentando encontrar algum sentido na pedra e nas palavras dela, mas me sentindo mais confusa do que nunca.

– É mais que bom! – ela sorri, e bate palmas. – É maravilhoso! Embora eu ache que devia ter imaginado. Você vem de uma linhagem muito forte... uma linhagem que contém magia poderosa em ambos os lados. E, além disso, está repleta do potencial inexplorado de Django, isso tinha que ir para algum lugar, então foi até você – ela diz, suas palavras levantando uma pergunta que eu não tinha pensado em fazer até agora.

– Quando você diz "uma linhagem muito forte com magia poderosa nos dois lados"... – Paloma me dá um olhar apreensivo, como se já pressentisse a questão, o que provavelmente é verdade. – O que quer dizer? Quem é o pai de Django... meu avô?

Ela suspira, sua voz tão resignada quanto seu rosto, e diz:

– O nome dele é Alejandro.

Me inclino na direção dela.

– Ele... ele ainda está vivo, então? – Fico empolgada com a ideia de ter dois avós vivos.

– Não, *nieta*. Infelizmente, ele não está vivo do jeito que você pensa. Embora, como Django, sua presença esteja em todos os lugares, e é por isso que me recuso a falar nele no passado. Alejandro e eu fomos unidos com um propósito. A família dele vem de uma longa linhagem de xamãs poderosos... Alejandro era conhecido como Xamã Jaguar da mais alta ordem. Nosso casamento foi arranjado por nossos pais, na esperança de que nossa união resultasse em uma prole que tivesse todos os tipos de dons que vejo em você. Mas não demorou muito até que nos apaixonássemos um pelo outro, e foi por isso que fiquei tão arrasada quando ele foi chamado de volta ao Brasil, para uma emergência familiar, e seu avião sofreu um acidente logo após a decolagem. Não foi muito depois que descobri que estava grávida... do mesmo jeito que aconteceu com Jennika e Django. Temo que os Buscadores não são feitos para essa felicidade, para uniões longas, *nieta*. Essa é a parte do legado que espero que você não herde.

Levo um momento para digerir – três avós mortos em acidentes de avião, Paloma descobrindo que estava grávida logo depois de perder Alejandro... o jeito estranho com que a história se repete.

– Não foi acidente, *nieta*. – Ela capta os pensamentos que não sou capaz de verbalizar. – As forças obscuras são responsáveis por essas tragédias. É a tentativa de nos impedir de produzir descendentes que um dia se juntarão à luta contra eles. Mas, nas duas vezes, chegaram tarde demais, e um filho já estava a caminho.... você é um deles.

– Então é por isso que você acha que estou avançando tão rapidamente? Por causa de todo esse potencial não aproveitado que está finalmente sendo libertado?

Paloma levanta o rosto, sua tristeza se aliviando quando diz:

– Atender ao chamado da música do vento na primeira jornada... – Ela balança a cabeça enquanto seu olhar se perde na distância. – É algo quase inédito. Você sabe que isso a torna uma Dançarina do Vento, *nieta*? Isso significa que o vento é seu mestre elementar. Se você honrá-lo, seguir sua música, ele nunca vai orientá-la mal. O vento é uma força poderosa, uma que deve ser reconhecida, certamente. E, pelo que se vê, em breve, você será força a ser reconhecida também. Você superou todas as minhas expectativas. Conseguiu, em uma única jornada, muito mais do que todos os seus ancestrais antes de você.

Pego a barra da manga da minha blusa, desejando ter o mesmo tipo de excitação, mas sou incapaz disso.

Ela está errada sobre o sonho. Ninguém renasceu. Nem foi transformado. O menino foi assassinado pura e simplesmente – e deixado para morrer em meus braços. E o Corvo foi quem me obrigou a estar ali.

– Tenho tido esse sonho há um tempo. – Faço uma pausa, meus olhos encontram os dela. – Na primeira noite que dormi aqui, tive novamente, e foi quando vi o garoto morrer. Das outras vezes foi mais... – Luto para encontrar a palavra certa, a palavra para ser dita para a avó. – Bem, das outras vezes o sonho foi mais divertido... mais romântico. Mas o último foi como uma versão ampliada. Teve início, meio e um final muito infeliz.

Ela assente com a cabeça, instando-me a prosseguir.

– Vi os meninos naquela noite na Toca do Coelho, e hoje vi um deles quando estava no posto de combustível com Chay. São os olhos que os diferenciam. No sonho, eles têm estranhos olhos azuis-gelo... enquanto os olhos de um refletem, os olhos do outro, do malvado, absorvem tudo... e é o mesmo na vida real. Não sei por que sonho com eles... com pessoas reais que nunca conheci de verdade. Não sei o significado dos sonhos, mas o fato é que o garoto que morre no sonho... ele *não* se transforma *nem* renasce. Sua alma é roubada, pura e simplesmente. Então, se esse sonho é algum tipo de profecia, não quero ter nada a ver com isso. Foi horrível de assistir, não havia como salvá-lo e não posso deixar de pensar que, se não tivesse seguido o Corvo, nunca teria terminado assim. Então me perdoe se sou incapaz de ficar tão excitada com o Corvo quanto você! – Minha voz falha, não posso evitar e, ainda que me esforce para conter as lágrimas, uma delas insiste em escorrer.

Esfrego as costas das mãos com força contra os olhos, destruindo essa lágrima e todas as outras que a seguem. Com a voz gentil e a mão em meu ombro, Paloma diz:

– Você está à beira de uma transformação muito importante. Não se engane, *nieta*, você voltará à Toca do Coelho. Encontrará os garotos novamente. E, sim, você aprenderá a confiar no Corvo, pois a sabedoria dele é muito maior que a sua. Mas, antes, temos que prepará-la. É hora de seguir em seu treinamento. Você precisa começar a busca pela visão.

dezessete

– Não se engane, *nieta*, seus poderes serão grandes... maiores do que você pode compreender neste momento.

Paloma sai pela casa, em uma atividade agitada que mal consigo acompanhar. Vai até meu quarto, pega uma calça jeans, uma regata branca, um suéter negro de gola em "V", minha jaqueta militar verde-oliva e um velho par de tênis empoeirado que pertencem a outra pessoa. Empurrando-os para meus braços, pede-me que mude de roupa, enquanto ela pega uma pequena bolsa negra em uma prateleira de cima do armário, tão alta que precisa subir em um banquinho para alcançar. Então sai do quarto, encaminhando-se para seu escritório, enquanto diz:

– Você nunca deve esquecer que um grande poder vem com uma grande responsabilidade. – Olha por sobre o ombro, para ter certeza de que escutei. – Você terá muito conhecimento. Descobrirá o poder de cura das ervas, juntamente com uma variedade de canções e encantamentos cujo poder nunca deve ser subestimado nem abusado. Alguns podem causar danos, a maior parte deles pode curar... embora seja absolutamente imperativo que você sempre mantenha suas habilidades nas mais altas considerações. Nunca deve usá-las para coisas triviais. E, o mais importante, você precisa aprender a superar toda e qualquer mesquinhez. – Ela se encosta na porta em arco e seus olhos se encontram com os meus com seriedade. Está tão absorta em seu discurso que não percebe a pequena gota de sangue que escorre de seu nariz. – Se alguém lhe fizer mal, você precisa aprender a dar a outra face. Seus poderes nunca devem ser esbanjados para proteger seu ego... em vez disso, devem ser canalizados para o bem maior de todos.

Ela pega o lenço amassado do bolso e assoa. Estou prestes a perguntar se está bem, quando ela me encara e diz:

– Há um velho e sábio ditado dos nativos norte-americanos que diz: *Toda vez que você aponta um dedo em desprezo, há três dedos restantes apontando de volta para você.* – Seu olhar alcança o meu. – Tenha sempre isso em mente, *nieta*. Nunca seja apressada em julgar. Embora, como eu já disse, você deva estar sempre ciente de que os Buscadores têm inimigos. Aqueles cuja única intenção é nos dominar, se não nos destruir. O que significa que ensinarei você a lidar com a escuridão tanto quanto treinarei você a abraçar a luz.

Ela segue em direção aos nichos na parede mais afastada, batendo no tambor pintado de vermelho quando passa por ele – o som reverbera de uma maneira que me faz cobrir os ouvidos e me encolher de medo. Minha reação é tão estranha e inesperada que Paloma se vira, estreitando os olhos quando digo:

– Desculpe. É que... esse som realmente me incomoda. Sei que você não quis fazer isso... mas, ainda assim, de verdade prefiro não escutá-lo.

Ela se apoia na parede, o lenço ainda pressionado contra o nariz.

– O tambor é um instrumento sagrado – diz, parando tempo suficiente para permitir que as palavras assentem, tomem forma. – É como eu lhe disse antes, tudo contém energia... tudo mantém seu próprio espírito... e o tambor não é diferente. Seu som é semelhante a uma batida do coração, um pulso de vida. É muitas vezes chamado de Espírito do Cavalo, como se seu ritmo fornecesse um portal, permitindo viagens para outros mundos. – Então, vendo minha expressão, ela acrescenta: – Não há nada a temer, *nieta*.

Brinco com a bainha da minha blusa, nem um pouco segura por suas palavras.

– Pode ser – digo –, mas, na praça marroquina e na Toca do Coelho, foi o som dos tambores que fez o mundo parar e permitiu que as pessoas brilhantes e os corvos aparecessem.

Os olhos de Paloma brilham quando ela amassa o lenço ensanguentado em uma bola.

– Então você já experimentou o poder dele – ela diz. – Diga-me, *nieta*, o ar ficou nebuloso e cintilante?

Fecho as mãos com força, enterrando as unhas na carne. Observo-a ir até a pia, colocar o lenço de lado e lavar as mãos.

– Se você os tivesse seguido e feito o que pediam, teria ido para outro mundo... outra dimensão. – Ela joga a toalha, vai até o armário e pega um pequeno saco preto.

– Então... está dizendo que eu devia ter ido com eles? – Inclino a cabeça e lhe dou um olhar cético.

– Não. – Ela joga a trança por sobre o ombro, permitindo que caia nas costas. – Não estou dizendo isso. É melhor que os tenha ignorado. Não estava pronta para atender ao chamado deles, e havia uma grande chance de você se perder. É claro, eu a teria encontrado... em algum momento. Mas, não, você fez a coisa certa. Assim como o chá permitiu que sua alma viajasse, as batidas dos tambores permitem que seu corpo viaje. Mas é apenas uma questão de tempo até que você não precise de nenhum dos dois. Logo será capaz de abrir os portais por conta própria. Encantamentos há vários, como você verá em breve.

– E exatamente por que vou querer viajar para essas outras dimensões? – pergunto, seguindo-a enquanto ela rodopia pela sala, pegando coisas que parecem aleatórias, coisas completamente não relacionadas: uma pequena caixa de fósforos, uma bandana vermelha, uma fina vela branca, alguns tocos de giz, um pequeno chocalho feito de couro cru, juntamente com alguns outros itens que não consigo identificar.

– Porque tem um trabalho importante a fazer lá. Você está prestes a viajar pela Estrada do Espírito, onde muitas coisas serão reveladas... seus maiores dons, suas maiores fraquezas, juntamente com o real propósito de seu tempo aqui no Mundo Mediano. Mas, fique atenta: isso tudo pode não ser revelado de uma vez. Em alguns casos, são necessários anos para decifrar tudo... embora eu tenha a sensação de que, para você, as revelações virão mais rapidamente do que para a maioria.

– Mas pensei que você tivesse dito que eu estava prestes a começar a busca pela minha visão, e agora você fala sobre caminhar na Estrada do Espírito. Bem, estou um pouco confusa. O que é isso? Qual é a diferença?

– É tudo parte da mesma coisa, e ficará claro em pouco tempo. – Seus ombros se levantam e abaixam, sinalizando que a explicação acabou, apesar do fato de que ela só conseguiu me confundir ainda mais.

Ela faz um sinal para que me sente, enquanto remexe em uma gaveta, retornando com uma pequena algibeira de camurça que se parece muito com a que ela usa. Colocando-a em volta do meu pescoço, diz:

– Um Buscador tem muitas ferramentas, e esta é, provavelmente, a mais importante de todas. Você deve usá-la o tempo todo. Pode tirá-la para dormir e para tomar banho, se quiser, mas deve mantê-la ao seu alcance e jamais perdê-la de vista. Nunca deve sair de casa sem ela. E nunca deve permitir que alguém a use ou olhe dentro dela, nem mesmo por um instante, ou seu poder estará perdido.

Eu a seguro diante de mim – uma peça de couro suave e amarelada que dificilmente parece mais do que insignificante, e não tenho certeza de acreditar em suas utilidades. Tampouco tenho certeza de como incorporá-la ao meu uniforme minimalista diário de jeans justo escuro, jaqueta militar verde e regata. Prefiro a simplicidade. Não sou muito chegada em acessórios.

Paloma vai até o balcão, mexendo em algo por um momento antes de voltar com a panela e colocá-la na minha frente. Nós duas olhamos o corvo de olhos púrpura que repousa em um ninho de ervas desbotadas e moles.

– Já que o Corvo se revelou como seu espírito animal, este talismã deve permanecer com você o tempo todo. Coloque-o dentro da algibeira, para que possa recorrer à sua sabedoria e orientação sempre que precisar. O que ele quer pode nem sempre fazer sentido imediato, mas deve aprender a confiar nele. Com o tempo, você acrescentará outros itens também... itens que lhe serão revelados ao longo do caminho. Por enquanto, é apenas você e o Corvo. Você entende, *nieta*? Entende a seriedade disso tudo?

Assinto, embora ache que não entenda realmente. Mas é o que ela espera e, assim que guardo o Corvo, Paloma parece relaxar.

Então, de repente ela pega a pequena bolsa negra e me indica que a siga pelo pátio até o velho jipe que fica guardado na garagem.

– Onde estamos indo? – pergunto, lutando contra o cinto de segurança enquanto o jipe salta pela estrada de terra esburacada. Olho para a escuridão, tentando me localizar, mas não consigo... Esta cidade é um mistério para mim.

– Até sua busca pela visão – ela responde, segurando o volante com força enquanto a estrada faz uma guinada brusca. Olha para mim e acrescenta: – Por favor, aproveite este tempo para descansar, *nieta*. Você precisará de todas as suas forças se quiser aguentar.

– *Se?* – Viro no assento até estar totalmente de frente para ela. Meus olhos praticamente saltam da órbita, desafiando-a a explicar.

– Não há garantias – ela me diz, a voz calma e segura. – Mas não tenho dúvidas de que você conseguirá.

Viro em direção à janela, sem saber como responder. Estou desanimada demais pelas palavras dela para sequer pensar em descansar.

Viajamos por quilômetros. Passamos por terrenos desconhecidos que ficam cada vez mais acidentados conforme avançamos. E, quando finalmente paramos, estacionadas a poucos metros da água, vejo que não somos as únicas aqui – Chay está tirando dois cavalos de seu trailer, um que reconheço como Kachina, o outro seu *appaloosa*.

– Temo que devo deixá-la agora – Paloma diz, sua voz cheia de pesar. – Esta parte da jornada envolve uma longa viagem no lombo de um cavalo, e estes ossos não combinam com a sela. – Ela tenta sorrir, mas há algo escondido em suas palavras, algo que não consigo imaginar. Embora, no momento seguinte, quando está se afastando, ela pegue o lenço e o pressione contra a boca, tossindo um jato de sangue que não consegue esconder, por mais que tente.

– Paloma... você está bem? – pergunto, sem ideia do que está acontecendo com ela, mas sabendo que tossir sangue nunca é um bom sinal.

– Estou bem, *nieta*. Eu lhe asseguro. – Ela afasta minha preocupação. – Chay a acompanhará e a levará em segurança. Assim que chegarem, ele a deixará também. A busca pela visão é uma jornada solitária, e seus suprimentos são poucos. Mas, por favor, saiba que precisa de muito menos do que pensa para sobreviver. Recorra aos fósforos e à vela apenas quando necessário, pois eles devem durar todo o percurso. Não há nada para comer. O jejum é proposital... É a forma como você começará a se purificar. Você ficará fora o tempo que for... não há limite. E voltará quando for a hora. Você saberá.

– Você realmente espera que eu vá *agora*? – Enrolo os braços ao redor do meu corpo, me abraçando na altura da cintura. – Estamos no meio da noite, está frio e, para que conste, estou faminta. Não tive a oportunidade de jantar.

Ainda que meus argumentos sejam bons e válidos, as palavras se perdem em Paloma. Ela as dispensa com um aceno da mão.

– E meu gesso? – É um último esforço desesperado, por mais óbvio que seja, mas ainda vale a tentativa.

Paloma sorri.

– Você já está curada, *nieta*, como sei que imaginou. Logo não precisará mais disso, e tenho certeza de que voltará sem ele. Os materiais são todos não poluentes e biodegradáveis. O gesso cuidará de si mesmo.

Chay se aproxima, anunciando que os cavalos estão selados e prontos, mas eu não estou. Tenho muitas perguntas, e não sei bem por onde começar. Mas não tenho a chance de falar muita coisa antes que Paloma me dê um abraço apertado, sussurrando:

– Adeus e boa sorte.

De súbito Chay me coloca no lombo de Kachina e nos dirigimos para a escuridão.

dezoito

Cavalgamos por toda a noite. Nossos cavalos escolhem o caminho por uma trilha difícil, guiados pela lua, pelas estrelas e nada mais.

Nossa conversa se atém ao mínimo, em geral com Chay perguntando:

– Você está bem? Precisa de alguma coisa?

E, nas duas ocasiões em que cochilo e quase caio da sela:

– Cuidado!

Até que, finalmente, quando a aurora começa a surgir e o sol inicia sua lenta ascensão pelo firmamento, ele olha para mim e diz:

– Chegamos.

Olho ao meu redor, os olhos tão cansados e embaçados que sou incapaz de ver o que torna este lugar em particular diferente de qualquer outro lugar pelo qual passamos antes. Tem terra, ervas daninhas, penhascos escarpados e árvores estéreis. Nada digno de nota, nada de especial – apenas mais do mesmo.

– O que me diz de deixarmos os cavalos aqui e acomodarmos você?

Torço a boca para o lado e seguro firme minha montaria.

– Daire, está na hora – ele diz, a voz tão gentil quanto os dedos que tiram as rédeas de Kachina das minhas mãos.

– Não quero ir. – Mordo o lábio inferior, embaraçada pelas palavras, pelo jeito como minha voz falha, mas mesmo assim continuo. – Estou cansada, com fome e...

não gosto daqui. Não me sinto segura. – Meu olhar implora, mas ele se mantém firme e me oferece uma mão.

– Vamos. – Ele me tira da sela e me coloca em pé, acenando para que ande ao seu lado. – É melhor se apressar. Quanto antes começar, mais cedo voltará para casa.

Ele mantém o tom animado, quase brincalhão, mas não funciona. Chay é um homem bom e confiável – um homem de bom caráter e intenções nobres. Isso só o torna um mentiroso ruim.

Quando a trilha se estreita, ele segue na frente, guiando-me por um caminho longo e sinuoso que nos deixa sem fôlego. Ao parar diante de uma grande abertura sombria que parece ser a boca de uma caverna, diz:

– Muitos dos seus ancestrais cumpriram a busca pela visão aqui, inclusive Paloma, quando tinha sua idade. – Ele se vira para mim. – Como você sabe, Django nunca chegou tão longe, o que significa que não é usada há muitos e muitos anos.

– Como pode ter certeza? – Olho alternadamente para ele e para a caverna. – A busca da visão de Paloma deve ter sido há... quase quarenta anos? Então, como pode ter certeza de que ninguém a usou desde essa época?

Chay acena com a cabeça em direção ao chão, a ponta da bota cutucando alguma substância branca granulada que forma uma grossa borda ao redor da entrada, fazendo-me lembrar da linha branca dentro do muro de adobe e da cerca que circundam a casa de Paloma.

– Disse que não é usada há muitos anos. Não disse que ninguém tentou. O sal serve para proteger o lugar... mantém a energia pura e os predadores afastados.

Predadores.

Essa é uma palavra que eu desejava não ter escutado.

Espio para dentro da entrada, sem gostar do que vejo. Não que consiga ver muita coisa; mesmo assim, só de saber que é profundo, escuro e cavernoso é o suficiente para me dar arrepios.

– Não vou entrar aí – digo. Ambos sabemos que entrarei. Mas não estou pronta ainda. Preciso de um pouco mais de convencimento, um pouco mais de tempo para reunir minha coragem.

Chay assente com a cabeça, esperando pacientemente enquanto espio outra vez. Mas é o mesmo de antes – tudo o que posso ver é uma sólida parede escura.

– O que há lá? – pergunto, supondo que ele deve ter olhado uma ou duas vezes.

– Sei lá. – Ele dá de ombros. – Apenas aquele que busca pela visão pode entrar. É um espaço sagrado. Eu só passo por aqui de vez em quando, para cuidar da borda por Paloma, nada mais.

Franzo o cenho. Isso não me faz sentir nada melhor.

– Há quanto tempo vocês estão namorando? – pergunto, ciente de que estou só enrolando, embora esteja um pouco curiosa.

Chay ri, passa uma mão pela testa.

– Ainda é namoro na nossa idade? – Ri novamente, balançando a cabeça enquanto me passa a pequena bolsa negra que Paloma mandou, dizendo: – Daire, não se preocupe. Você se sairá bem. De verdade.

Engulo em seco, sem acreditar em uma palavra daquilo, mas dou um profundo suspiro e avanço pela grossa linha branca do mesmo jeito.

– O que se supõe que devo fazer aqui? – pergunto, observando as cercanias enquanto passo um dedo pela parede, que é supreendentemente suave ao toque.

Vejo Chay me olhar fixamente quando diz:

– Bem, já faz muito tempo desde minha própria busca da visão, mas...

– Espere... você fez isso também? – Dou um passo na direção dele, encarando-o com incredulidade. – Você é um Buscador também?

Ele sacode a cabeça.

– Não posso dizer que seja. Ainda que o conceito de busca da visão não seja estranho ao meu povo... aos povos nativos americanos. – Seus olhos cintilam quando diz isso. – Quando eu era jovem, quase da sua idade, estava em conflito sobre meu futuro, não tinha certeza da direção a ser tomada. Minha busca me ajudou a perceber que minha afinidade com os animais era mais do que um hobby... era um chamado real. Então, me inscrevi na escola de veterinária e nunca mais olhei para trás.

– E quanto tempo você passou fome em uma caverna para chegar a essa conclusão? – pergunto, lamentando por minha voz soar muito mais mal-humorada do que eu pretendia. Não é culpa dele que eu esteja aqui. Mesmo assim, quando Paloma disse que eu teria que mudar minha dieta a fim de me purificar, não percebi que isso significava ficar em uma caverna escura e abandonada até desmaiar.

– Passei três dias inteiros nas montanhas. – O olhar dele estava distante, levado pela lembrança antiga. – Foi uma experiência intensa... que revelou muitas coisas... muitas coisas proféticas. Algumas delas já aconteceram, outras ainda podem acontecer... o tipo de coisa que nunca esquecerei. Espero que você tenha uma experiência similar. Por isso, é melhor começar.

Olho para trás, e tudo me parece tão escuro que não consigo nem ver o quão profundo pode ser, não consigo ver muita coisa.

– Permaneça calma – Chay me diz. – Encontre um lugar para se sentar tranquilamente, e não demorará muito até que seus olhos se acostumem com a escuridão e a luz possa encontrá-la.

Viro o rosto para ele. Isso era exatamente o que Jennika costumava dizer quando eu era criança para me fazer desistir da luminária noturna que ela achava tão desagradável. A mesma coisa que disse para mim mesma quando segui Vane no beco deserto marroquino. Em ambos os casos, serviu para aplacar meus medos – então espero que funcione aqui também.

– A linha branca a manterá protegida, assegurando que não haverá nenhum intruso. Mas não se engane, Daire, você só está segura enquanto permanecer aí dentro. Se sair, se for atraída para fora da caverna antes do momento certo... todas as apostas estarão perdidas.

Assinto com a cabeça, observando enquanto ele refaz a borda com uma porção nova de sal. Apego-me às suas palavras de despedida:

– Você pode fazer isso. – E desaparece pela trilha, deixando-me por conta própria para encarar a escuridão.

dezenove

Examino a entrada – permaneço no lado certo, no lado seguro daquela grossa borda branca. Meu coração parece sair pela garganta quando uma cascavel desliza ali perto sem parecer me notar, e observo fascinada quando, alguns minutos mais tarde, um escorpião segue seu exemplo.

Bem, parece que funciona para répteis e insetos. Vamos esperar que funcione para animais maiores também – como aqueles de sangue quente, carnívoros e mamíferos.

Só quando o sol está alto o bastante, no meio do céu, que me aventuro mais longe. Noto como as paredes suaves da caverna se estreitam – como o teto encolhe até terminar em uma ponta de terra.

Não é nem de perto tão grande quanto imaginei.

Não é nem de perto tão assustador.

Considero isso uma coisa boa. Terei o que vim buscar.

Ao primeiro olhar, não há nada de especial por aqui. Parece qualquer outra caverna que eu já tenha visto na TV ou nos filmes, apesar da falta de bonequinhos em cenas de batalha ou outro tipo de hieróglifo.

Mas um olhar mais de perto revela que estou errada. Há uma série de rabiscos na parte mais distante da parede que, de algum modo, não notei à primeira vista. Uma longa lista de nomes deixada aqui por meus ancestrais.

Cada um deles deixou seu primeiro e último nomes, juntamente com um esboço de um animal ao lado que lhe serviu como guia.

Valentina Santos é a primeira – seu nome aparece no ponto mais alto possível, rabiscado no espaço em que a parede se curva para formar o teto. Sua escrita é desbotada, angular, com o guaxinim de olhos escuros desenhado em detalhes intrincados ao lado.

Esperanto Santos é o seguinte, e ao lado dele está um grande morcego negro.

Piann Santos era guiada por uma raposa – uma raposa-vermelha, de acordo com a cor do giz que ela usou. Já Mayra Santos era guiada por um leopardo ou um guepardo – não era uma artista muito boa, então não posso ter certeza.

Muitos outros nomes se seguem – Maria, Diego e Gabriela, que eram guiados por um cavalo, um macaco e um esquilo, respectivamente. E então, bem lá embaixo, espio a escrita forte e redonda de Paloma, e vejo como ela fez um grande esforço para representar cada detalhe de um lobo branco com penetrantes olhos azuis.

Eu me inclino para trás nos calcanhares, impressionada pela enormidade do que está realmente diante de mim: família.

Minha família.

Uma longa tradição de Santos – tanto homens quanto mulheres – que serviram à mesma ordem na qual estou apenas começando. (Bem, estou assumindo que sobreviveram.)

Acho que estou tão acostumada a ser solitária, tão acostumada à existência composta apenas por Jennika e por mim, que nunca percebi que havia um lado totalmente diferente além da minha singular mãe solteira, de um retrato em preto e branco do meu pai há muito morto e de algumas histórias aleatórias sobre avós que morreram muito antes que eu tivesse idade suficiente para ter qualquer lembrança deles.

Isso é muito maior do que pensei.

Muito maior do que suportar meus testes e ter sucesso em meu treinamento como uma Buscadora.

Sou uma Santos.

Parte de um legado ancestral rico e antigo.

Um chamado que remonta há séculos.

E agora é hora de acrescentar meu nome a esta lista, de reivindicar meu lugar de direito ao lado deles.

Pego a bolsa, recupero os tocos de giz que Paloma jogou lá dentro e tomo muito cuidado em deixar espaço suficiente entre meu nome e o de Paloma, a fim de reconhecer que Django está faltando. Imagino que é isso que os outros espaços em branco querem dizer e fico aliviada em contar apenas dois.

Mordo o lábio, notando o quanto meu nome recém-escrito, sem a adição de Santos, parece estranhamente sozinho. E, mesmo assim, parece um pouco estranho acrescentar este sobrenome. Não fui registrada assim. Jennika e Django nunca se casaram, nunca tiveram a oportunidade, o que significa que sempre fui conhecida como Daire Lyons – o sobrenome materno.

Aperto o giz com força, começo a acrescentar um S, mas não passo da primeira curva e paro. Não posso escrever Lyons – não posso escrever Santos. Por enquanto, sou apenas Daire, uma garota vinda de duas linhagens. Uma me foi dada – a outra, preciso merecer.

Se sobreviver a tudo isso, acrescentarei o sobrenome. Se não, meu primeiro nome e o Corvo serão meus únicos legados.

Não que alguém vá se aventurar depois de mim. Se eu não sobreviver a essa busca da visão, não haverá ninguém para me seguir. Segundo Paloma, tudo termina comigo.

Levo um tempo desenhando o Corvo, acrescento asas pontiagudas, o bico curvo, o rabo quadrado, as garras afiadas, os brilhantes olhos púrpura. Depois sento para admirar, imaginando que ao menos essa parede me fará companhia.

Meu lado irlandês finalmente encontra meu lado hispânico – estou curiosa para ver como os dois vão se dar.

Penso em adicionar mais alguns rabiscos para passar o tempo, mas é uma ideia que descarto rapidamente. Não parece certo, parece quase desrespeitoso. É como disse Chay: esse é um lugar sagrado. Qualquer rabisco estranho transformaria meu desenho em pichação.

Me levanto. Dou outra volta. Procuro algo que não tenha notado da primeira vez. Mas, no fim, estou apenas andando em círculos. Além da longa lista de nomes, não há muito por aqui. Então, depois de uma série de alongamentos, seguida por um punhado de poses de ioga que o cabeleireiro de um *set* me ensinou certa vez, dou uma espiada lá fora, sem conseguir ver nada digno de nota, e me sento no meio da caverna, decidida a fazer o que Chay sugeriu: ficar quieta e parada e esperar que algo aconteça – aguardar uma revelação que defina minha vida.

Alguns minutos mais tarde estou com mais fome, inquieta e entediada. Não sou boa em meditação, não sou boa em ficar sentada a menos que tenha um bom livro. Então pego a pequena bolsa, viro-a de cabeça para baixo e despejo seu conteúdo diante de mim. Vejo a pequena caixa de fósforos, a vela branca fina, a bandana vermelha, os três pedaços de giz, o pequeno pote com sal granulado branco como o que forma a borda, o pequeno chocalho de couro cru e um bilhetinho dobrado. Checo a bolsa novamente, viro-a do avesso, sacudo com o máximo de força possível, mas parece que é só isso.

Nada de água.
Nada de comida.
Aparentemente, Paloma não estava brincando sobre o jejum de purificação.
Esperando algumas palavras de sabedoria, desdobro o bilhete e leio:

Querida nieta,
As instruções são poucas e simples:
Não deixe a caverna até que seja hora.
Não se aventure a passar pela linha branca por nenhum motivo, até que esteja absolutamente segura de que é a coisa certa a fazer.
Use seus suprimentos com moderação – eles devem durar toda a sua busca da visão.
Busque a verdade.
Busque a luz.
Liberte o que lhe prende às antigas atitudes, assim como às antigas crenças e ideias, a fim de abrir espaço para a tão necessária visão.
Fique quieta, mantenha o mínimo de atividades e faça o que puder para se conectar à montanha.
Quando a montanha aceitar você – aprová-la –, você saberá.
Mas, por favor, esteja ciente de que a montanha é ardilosa – isso exigirá que você distinga entre o real e o falso e olhe além da miragem.
Chame o Corvo se precisar dele – ele sempre estará por perto para guiá-la.
Chame seus ancestrais também – uma sacudida no chocalho os alertará.
Mas, sob circunstância alguma, não se aventure para fora até ter certeza absoluta de que chegou o momento.
Boa viagem.
Volte em segurança.
Paloma

Olho alternadamente para o bilhete e para a borda adiante. De acordo com o que acabo de ler, juntamente com os avisos que Chay me deu, eles não estavam brincando sobre o fato de ter que ficar ali até ser o momento de seguir em frente.

E, ainda que tente meditar novamente, não consigo. Não consigo silenciar minha mente. Não consigo calar meu estômago que ronca de fome. Então me encosto contra a parede com os nomes dos meus ancestrais, na esperança de me sentir menos sozinha, e recordo que não sou a primeira a passar por isso. Olho novamente para a lista, pedindo que me orientem – sacudindo o chocalho enquanto leio, o que me faz sentir um pouco estranha, mas estranho é relativo aqui –, e, quando chego ao final, chamo pelo Corvo também.

E, então, espero.

Meu estômago se contrai com tanta força que pego a algibeira de camurça, aperto-a com gentileza e digo:

– Corvo, por favor, me ajude a passar por isso. Me mostre o que preciso saber. Coloque-me à prova. E me ajude a fazer o que for necessário para sobreviver. – Mal termino de falar e minhas pálpebras começam a cair, ficando tão pesadas que mal posso abri-las. Alguns segundos depois, sou engolida pelo sono.

vinte

Estou cansada.

Com fome e com sede.

Com frio e sozinha também.

Aterrorizada por uma longa fila de sombras dançantes que rodopiam ao meu redor – suas formas sinistras zombam, de mim, me insultam, me provocam, me bajulam, me tentam a ir, a buscar meu caminho fora da escuridão, fora desta caverna... e não demora muito para que eu concorde com elas.

Nunca pedi para ser uma Buscadora.

Nunca pedi por grandeza ou vitória.

Sou mais Lyons do que Santos – não nasci para ser heroína.

Tudo o que sempre quis foi ser uma garota normal com uma vida normal – viver em um lugar de abençoada ignorância, onde monstruosidades horripilantes, coisas nascidas da escuridão, jamais existissem.

Aperto o corpo contra a parede, um braço enrolado com força ao meu redor, em uma vã tentativa de amenizar a dor que atormenta minha barriga, enquanto a outra mão agarra o alto de minha garganta – tão irritada e seca que minha língua parece inchada –, mas nada disso ajuda. Estou determinada a ignorar a gangue de monstros – bestas imundas e demoníacas – que dançam em círculos ao meu redor, até que tropeço em meus próprios pés, ansiosa para fugir.

Com movimentos desajeitados e rápidos, seguro a parede para me equilibrar, enquanto uma constelação de estrelas brilhantes e cintilantes rodopia diante de mim. Meus dedos pressionam o gato selvagem de Mayra, deslizam pelo macaco de Diego – a vibração da energia duradoura deles prova que não estou apta a me juntar a eles, que não sou digna de seu legado ou de reivindicar o nome da família.

É melhor reduzir as perdas, me desculpar com Paloma e seguir meu caminho.

Coloco a bolsa no ombro e me despeço dos demônios. Estou prestes a cruzar a linha quando minha saída é bloqueada por um belo garoto de cabelos negros parado diante de mim, seus olhos azuis-gelo encontrando os meus de um jeito que refletem minha imagem triste e lamentável milhares de vezes.

– Sabe que não pode fazer isso, não é? Sabe que não pode sair antes do tempo? – Seu tom é afiado, mas seus olhos brilham de bondade, suavizando as palavras. – Você tem que ver através de tudo isso. Tem que suportar. Eles dependem de você.

Reviro os olhos. Bufo de raiva, dizendo a mim mesma que ele não é real – é um garoto etéreo, produto de devaneios delirantes e imaginações bizarras.

Ele não tem nenhum poder sobre mim.

– Você e eu não somos como os outros – ele diz, tentando me persuadir. – Não temos opções. Nossos caminhos foram escolhidos. É nosso trabalho segui-lo... viver à altura da tarefa.

Passo os olhos por ele – começo pelos sapatos negros, percorro as pernas longas, o "V" elegante de seu torso, o peito retangular amplo. Rastreio avidamente cada centímetro quadrado dele – até retornar aos seus olhos e perceber que estou contente em permanecer aqui o máximo possível. Suas palavras se repetem em minha cabeça até que finalmente digo:

– Nós? Você é um Buscador também?

Ele passa uma mão pelo queixo e rapidamente desvia o olhar. Desvia da minha pergunta quando responde:

– Você e eu somos os últimos de nossas linhagens.

Minha boca fica amarga enquanto me obrigo a olhar para outro lugar, recordando dos demônios zombeteiros atrás de mim. O garoto não me conhece, não sabe o desafio que encaro. Não sabe que será muito melhor para mim – muito melhor para todo mundo – se eu admitir a derrota e for para casa.

Casa.

Onde quer que isso seja.

Além disso, se é apenas um sonho, como penso, que diferença faria? E daí se eu decidir buscar um pouco de alívio?

Respiro fundo. Forço para passar por ele. O dedo do meu pé encosta na linha granulada branca que marca a entrada quando os olhos dele se fixam nos meus, e ele me bloqueia novamente.

– É um sonho! – grito, a voz cheia de frustração. – Você é um fantasma, uma fantasia... não é diferente deles! – Aceno na direção dos demônios. – Então, faça um favor para nós dois e deixe-me sair deste lugar.

Ele balança a cabeça lentamente, os olhos cada vez mais baixos, e a súbita transformação me faz querer retirar tudo o que disse, renegar minhas palavras apenas para vê-lo sorrir de novo.

– Não posso deixá-la fazer isso – diz. – Tudo o que acontece aqui... seja em sonho, seja durante a vigília... é tudo parte do teste. As ações que você escolher terão consequências significativas. Você deve separar a miragem do que é verdade. É o único caminho para o sucesso.

– Você é a miragem! – grito, ansiosa para passar por ele, para me libertar deste lugar. – É tudo uma miragem! Eu só quero ser livre... por que não me deixa?

Meu discurso é interrompido pela pressão de seu dedo sob meu queixo, enquanto ele ergue meu rosto na direção do dele, convidando-me a me aproximar. Nossos lábios túrgidos se encontram – a primeira tentativa é insegura, mas logo eles se fundem em algo muito mais profundo... algo que surge com uma promessa indizível... coroada com esperança.

Algo que, não tenho dúvida, é real.

A mão dele desliza pelo meu ombro e mergulha no vale do meu peito – circundando a suave algibeira de camurça que está perto do meu coração. Ele diz:

– Eles querem isso... querem vê-la derrotada mais do que qualquer outra coisa. – Seu olhar é intenso, sua voz é um suave sussurro de alerta. – Não os deixe vencer.

Pressiono meu corpo com força contra o dele, seu toque é tão atraente e magnético que não posso suportar a menor distância entre nós. Meu progresso é interrompido por suas mãos segurando meus ombros – forçando-me a retroceder, movendo-me bem para trás da linha branca, ficando satisfeito apenas quando há um bom espaço entre nós.

– Você precisa ficar até acabar. Precisa ver através disso. É tudo uma miragem, tudo exceto isto... – Ele se inclina por sobre a barreira e me beija novamente; seu toque é leve, suave, mas me deixa sem fôlego do mesmo jeito.

Ele parte, e eu fico encarando a escuridão. Suas palavras pairam no espaço antes preenchido por ele:

– Estamos todos contando com você...

vinte e um

Acordo novamente.

Pela segunda vez. Ou é a terceira? Não sou capaz de dizer. O tempo é tão intangível, tão fugaz... – o dia se torna noite e a noite se transforma em dia. Lampejos indecifráveis de escuridão e luz se juntam, cada vez mais difusos em uma série de imagens latentes que faíscam e incendeiam – atraem e seduzem – até que não posso mais determinar o que é real e o que é falso.

Não consigo mais distinguir entre sonhos e realidade – entre bem e mal.

Tudo o que sei com certeza é que a caverna está agora tão escura quanto fria, mas estou fraca demais pela fome e pela sede para acender a vela ou fazer qualquer outra coisa para me confortar.

Aperto o corpo contra a parede, as pontas dos meus dedos buscando meus ancestrais, lendo seus nomes como se estivessem em braile. Lembro das palavras que Paloma escreveu no bilhete, sobre aprender a ver através da miragem – a ver na escuridão, a ver com meu coração – e sei que não posso fazer isso sozinha. Preciso que eles me ajudem.

Seguro a algibeira de camurça com força, buscando conforto na ponta curva e dura do bico do Corvo. Mas minha determinação está tão desgastada que passar por sobre a linha antes do tempo parece um preço pequeno a ser pago por uma recompensa tão grande.

Fico em pé com dificuldade, dou alguns passos torpes e incertos e chuto o chocalho, fazendo que o pequeno instrumento rodopie e toque loucamente, enquanto caminho na direção da saída, ansiosa para ser livre. Livre da escuridão e do frio, livre da busca da visão, do meu treinamento como Buscadora, ansiosa para dizer adeus a tudo isso, quando alguém segura meu braço com força, puxando-me para trás. Eu me viro e encontro Valentina parada atrás de mim.

Posso reconhecê-la pelo espírito animal que traz consigo – um guaxinim de olhos escuros com a cabeça baixa e o dorso erguido. O animal mostra os dentes afiados enquanto caminha de um lado para o outro, sempre com cuidado de não se aproximar da linha que demarca a caverna.

Valentina é jovem. Bonita. Me lembra como Paloma deve ter sido nesta idade, com o longo cabelo escuro, olhos castanhos brilhantes e pés descalços. Ela segura meu braço com força, puxando-me em sua direção. Murmura uma longa sequência de palavras que não consigo compreender, mas a mensagem é clara – não devo ir mais longe. Devo permanecer onde estou, perto dela.

Se ela tivesse trazido alguma comida ou bebida, ou mesmo um cobertorzinho, algo para me aquecer – eu poderia reconsiderar. Mas, como veio de mãos vazias, sua presença logo é superada pelas minhas necessidades mais imediatas.

Liberto o braço com um puxão e vou para a saída, me concentrando na grossa borda branca, na liberdade que se assoma logo além. Digo para mim mesma que não é nenhuma vergonha falhar – não há nada de errado em rejeitar este mundo. Suas práticas são bárbaras, primitivas demais para funcionar nestes novos tempos modernos.

Estou apenas a um passo de tudo o que desejo, quando outra voz surge atrás de mim e diz:

– Daire, minha doce filhinha, você não fará isso por mim?

É Django.

O Django do retrato em preto e branco que guardo na carteira.

E, assim como Valentina, ele trouxe seu espírito animal consigo – um urso imenso e ameaçador que rosna alto e furiosamente enquanto caminha atrás de mim.

Um passo... mais um passo e posso deixar tudo isso para trás. Não tenho que terminar como ele – não tenho que encarar uma morte prematura. Agora que sei contra o que estou lutando, encontrarei um jeito de ser mais esperta do que eles – mas, agora, só preciso de algum descanso...

Sinto muito, Django.

Sinto muito, Valentina.

Eu realmente tentei. Mas estou recusando esta vida.

Mais um passo, um pouco mais e a liberdade é minha. Meu dedo do pé aponta para o outro lado da linha quando o garoto aparece diante de mim, sacudindo a cabeça tristemente, o braço levantado em aviso. Valentina dá um grito horripilante e Django permanece bem atrás de mim, sua voz baixa e séria, pedindo-me para reconsiderar, para *olhar*, para *pensar*, para parar de ver com os olhos, com o estômago e com minhas necessidades imediatas, e começar a ver com o coração – a distinguir a miragem da verdade.

Encaro os olhos do garoto – seus brilhantes olhos azuis –, vendo meu reflexo enlameado se transformar em algo brilhante, incandescente.

A promessa do que posso vir a ser.

Do que serei.

Mas só se vir através disso.

Apoio o pé no chão, cansada de ser governada por alucinações e sonhos. Estou pronta para cruzar a linha, para apagar aquele olhar esperançoso dos olhos dele, quando minha algibeira começa a bater forte contra meu peito e não posso deixar de recuar.

Não posso evitar tropeçar para trás, para longe do garoto e de Valentina, que solta um grito terrível, enquanto Django se adianta e me segura em seus braços. Seu olhar escuro arde ao encontrar o meu – enchendo-me com todo o amor paterno e devoção que desejei por todos estes anos. O momento parece infinito, me completando com a mais bela e expansiva explosão de esperança – apenas para ser quebrada por uma súbita corrente de ar quente e um uivo horrível, acompanhado de um monte de penas negras por todos os lados: o arauto do corvo gigante, de olhos púrpura que mergulha na caverna.

Luto.

Grito.

Tento me libertar com todas as minhas forças.

Mas não serve de nada. Django é forte demais. E, quando Valentina se junta a ele e segura meus pés, a luta se torna sem esperança.

Os dois agindo juntos, agindo contra mim – permitindo que o bico do Corvo perfure minha pele e tire todos os meus ossos. Ele arranca minhas entranhas, meus órgãos, meu coração – antes de me fazer sistematicamente em pedaços.

E não demora até que os outros espíritos animais se juntem a ele.

O guaxinim de Valentina, o morcego de Esperanto, o cavalo de Maria, o macaco de Diego, o gato-selvagem de Mayra, o esquilo de Gabriella, a raposa-vermelha e Piann, juntamente com uma onça imensa e feroz que suspeito pertencer a meu avô, Alejandro. Até mesmo o lobo de olhos azuis de Paloma está aqui – e trouxe o restante dos meus ancestrais com ele. Várias gerações de Santos formam um círculo ao meu redor, observando com fascinação monótona enquanto sou feita em pedaços.

Não importa o quanto rogue – não importa o quanto implore, chore e exija que parem –, meus gritos caem em ouvidos moucos. O garoto desapareceu, e aqueles que ficaram optam voluntariamente por me ignorar.

E não demora até que eu esteja acabada. Meu corpo reduzido a pequenos pedaços desfiados que jazem no chão. Minha força de vida se esvaindo, se dissipando – enquanto um rio de sangue se infiltra no solo, se mistura com a terra, e me torno parte da montanha.

Minha energia se mistura com a da terra, até que o que quer que tenha sobrado de mim – minha alma, meu espírito, minha essência – é recompensado com a canção sagrada da montanha:

Sou constante e forte
Eterna – perpétua
Provedora de abrigo e consolo
Força e perspectiva
Olhe para mim quando estiver perdida – eu lhe darei a direção.

As palavras continuam a rodopiar ao meu redor, embora seja tarde demais.

Não sou mais do que um pequeno punhado de energia. Aos olhos do mundo, já estou morta.

vinte e dois

Algo suave passa pelo meu nariz – encostando levemente na ponta e forçando-me a persegui-lo pelos lábios, pelo queixo, até que consigo agarrá-lo quando chega à base do meu pescoço. Abro um olho e, através de um raio de luz, espreito uma única pena negra – uma pena de corvo – que seguro na mão.

Sabendo institivamente que veio do Corvo – aquele que me fez aos pedaços –, fico em pé de um salto, olho para todos os lados, coração acelerado, enquanto as memórias do meu horrível desmembramento ardem em minha cabeça.

Passei por uma guerra.

Lutei uma batalha que estava certa de ter perdido.

Ainda assim, a única coisa fora de lugar, a única coisa que não estava aqui desde o início é esta pena negra solitária – carregada pelo vento que invade a caverna.

Minha perna está completamente curada – meu gesso não está em lugar algum.

A borda granulada branca está intocada, intacta, e minha pequena bolsa negra está devidamente encostada no canto, como a deixei. E o lugar próximo ao centro da caverna, onde os espíritos animais arrancaram meu coração e me desmembraram, permanece imperturbável.

Nenhum sangue.

Nenhum pedaço desfiado de tecido e carne.

Nem mesmo um pedaço de osso.

Não há sinal de nada fora do comum, e ainda assim não há duvida em minha mente de que aconteceu. Tudo aquilo. Estou absolutamente certa disso.

Renasci.

Estou renovada.

Ao fundir minha energia com a energia da terra, ressuscitei com um tipo de poder que nunca conheci – nunca poderia ter imaginado.

Meus companheiros Buscadores – meus companheiros Santos, minha família – permitiram que eu fosse rasgada para que pudesse ser reconstruída. E, por causa disso, agora sou maior, melhor e mais forte do que jamais pensei ser possível.

Conquistei a aprovação e a confiança deles.

Conquistei o direito de receber o nome deles.

E, com a canção da montanha ainda fresca em minha mente, sei que ela me aceitou também. Meu tempo nesta caverna chegou ao fim. É hora de partir.

Reviro minha bolsa, encontro um pedaço de giz e acrescento o nome *Santos* bem ao lado de *Daire*. E então, no espaço em cima, acrescento *Django Santos*, levando um momento para incluir o esboço do Urso – o espírito animal que ele nunca teve a chance de reconhecer como seu.

Meu pai pode ter falhado em atender ao seu chamado, mas seu espírito sobrevive, e me ajudou a atender ao meu. Eu não teria sobrevivido sem ele.

Passo a mão pelo cabelo, surpresa em descobrir que minha trança está mais ou menos intacta, mas, já que estou aqui há dias, tenho certeza de que meu couro cabeludo está uma bagunça. Sem jeito imediato de remediar isso, cubro o cabelo com a bandana vermelha que Paloma colocou na bolsa. Amarro-a apertado na parte de trás da cabeça, me perguntando se esse era o propósito quando ela julgou adequado me enviar isso.

Então, depois de colocar a bolsa sobre o ombro e guardar a pena do corvo na minha algibeira, sabendo que é outro talismã, um presente do vento que deve estar sempre comigo – me direciono para a borda granulada branca. Não há como saber se o garoto realmente esteve parado do lado de fora, ou se a cena aconteceu apenas na minha cabeça – mas deixo o pensamento de lado rapidamente. Tudo o que importa é que consegui o que vim buscar – sobrevivi à busca da visão. O resto é apenas detalhe.

Paro por um momento, o suficiente para dar uma última olhada na caverna, sabendo que jamais voltarei aqui; então saio da escuridão, em direção à luz, pronta para encarar o que quer que venha a seguir.

vinte e três

Desço pelo mesmo caminho que usei quando vim para cá e, quando chego ao pé da montanha, não fico nem um pouco surpresa em encontrar Kachina selada e esperando por mim.

Mas me surpreendo ao descobrir que não tenho pressa em voltar, como pensei que teria.

Em vez disso, vou devagar. Tomo um tempo para mim. Quero fazer a experiência durar, reter a mágica da montanha o máximo que puder. Paro de vez em quando e deixo Kachina pastar um pouco e tomar água do córrego gelado – enquanto vago por um bosque de choupos, juníperos e pinheiros, comungando com uma variedade de pássaros que se apresentam como andorinhas-azuis e búteos-de-cauda-vermelha. Testo ansiosamente os novos poderes que adquiri – cada vez mais espantada com a magia que possuo.

Quando passo por uma algaroba cheia de abelhas, em vez de evitá-las como normalmente faria, fico parada sob ela. Cantarolo a canção da montanha em voz baixa, enquanto sacudo os dois galhos mais baixos, fazendo que um exército de agitadas abelhas venha sobre mim, embora nenhuma delas use o ferrão.

Mais tarde, ao cruzar com um ninho de escorpiões, tiro o sapato e caminho nele. Cantarolo a melodia da montanha que me foi revelada e não fico nem um pouco surpresa quando os escorpiões resolvem me ignorar.

Embora não tenha ideia de como voltar para a casa de Paloma, Kachina e eu agora partilhamos uma ligação como nunca antes. Temos um entendimento inato uma da outra. Descobrimos uma nova maneira de nos comunicar – e, por isso, não tenho dúvidas de que ela me levará aonde quer que eu precise estar.

Continuamos a jornada. Kachina escolhe o caminho cuidadosamente através do bosque, enquanto permaneço em profunda comunhão com tudo o que me cerca. As plantas, os riachos, as montanhas, o vento – tudo transbordando de energia, revelando seus segredos ansiosamente.

Paloma estava certa. Tudo está realmente vibrante, iluminado, vivo. E, agora que descobri a verdade, agora que me fundi ao poder e à energia que me cerca, não posso imaginar como vivi sem isso.

Estalo a língua contra o céu da boca e pressiono os calcanhares nas laterais de Kachina. Peço-lhe que vá mais rápido, e então mais rápido ainda, até que ela está galopando pela trilha com a crina ao vento, as orelhas imóveis, a cauda se agitando, enquanto seus cascos batem com força contra o chão. Fecho os olhos, solto as rédeas e cruzo os braços sobre minha algibeira de camurça, permitindo que meu corpo se erga e desça, enquanto separo os lábios e entoo a canção da montanha a plenos pulmões.

E, como se vê, até o vento tem uma canção para revelar:

Sou nublado e claro
Tempestuoso e brilhante
Sou o caos e o silêncio que vivem em sua mente
Vigio todos com minha visão infalível
Olhe para mim quando encarar a indecisão

Montada em meu cavalo, minha busca da visão ficando para trás, os elementos cantando em harmonia – nunca me senti tão livre, tão poderosa, tão viva. Uma canção termina e já se funde na próxima, enquanto minha voz continua a aumentar – até que Kachina faz uma curva acentuada à direita, inclinando-se de uma maneira que eu não esperava.

Perco o equilíbrio. Sento mal na sela. Titubeio, procuro, apalpo, em busca das rédeas, da crina – qualquer coisa que me ajude a me endireitar novamente.

Ela escorrega ao parar, ergue-se nas patas traseiras e bufa em protesto, enquanto as patas dianteiras chutam o ar. Estou tão preocupada em me manter em suas costas que leva um tempo até que veja o que a assustou inicialmente:

Uma picape com tração nas quatro rodas, negra, brilhante e lotada de jovens.

As garotas riem – um som horrível e agudo de gargalhadas. Os garotos me encaram – olhos arregalados e incertos, sem ter ideia do que fazer comigo.

Puxo as rédeas com força – tento manobrar ao redor. Acabo de me afastar da traseira da picape quando o motorista sai, vem na minha direção e coloca os óculos escuros na testa.

– Você está bem? – Seus olhos azuis-gelo pousam em mim e, exatamente como nos sonhos, não refletem.

Engulo em seco. Tento desviar dele. Mas não consigo. Ele segue meus movimentos. Para todo lugar que vou, ele aparece na minha frente, frustrando-me a ponto de me fazer gritar:

– Vá embora! – Praticamente cuspo as palavras, sem ver necessidade para falsas cortesias.

– Sairei da sua frente quando tiver certeza de que está bem – ele diz, tentando pegar o freio de Kachina, mas ela está comigo, o que significa que vira a cabeça e escapa dele. – Seu cavalo está um tanto assustado e temo que seja minha culpa. Eu provavelmente não devia ter estacionado na trilha, como fiz. Você está bem? – Ele cobre o rosto com uma máscara de preocupação.

Bufo de raiva e desvio o olhar. Me recuso a responder, a me envolver na conversa mais do que já me envolvi.

– Ei, que é isso. Colabore comigo. Um simples *sim* ou *não* já é o suficiente. Não posso deixar de me preocupar com você. – Ele sorri, nem um pouco intimidado com minha falta de vontade de interagir. – Toda vez que a encontro, você está em algum tipo de apuros, e tenho que confessar... acho essa coisa de donzela em perigo completamente irresistível. Deve ser culpa da Disney e dos contos de fada, não acha?

Franzo o cenho, olho diretamente para ele e digo:

– Não preciso de resgate. Estou bem por conta própria.

Seu olhar se aprofunda, sua íris é um vazio insondável que atrai tudo – tudo menos a mim.

– Uau, você sabe realmente machucar um cara, não é? – Ele me dá um olhar ferido que não me convence nem por um segundo. – Não há um jeito de recomeçarmos isso? Como posso convencê-la a me dar uma chance?

Reviro os olhos, aperto as rédeas, pronta para deixar isso para trás, quando ele tenta pegar o freio de Kachina novamente. Aperto o calcanhar com força nas laterais dela, e ela avança sobre ele.

É só quando ele se afasta de um salto que percebo o quão perto estive de matá-lo ou de mutilá-lo seriamente. E essa percepção me enche de dúvidas.

Duvido da minha habilidade de distinguir entre a realidade e os sonhos.

Duvido da minha habilidade de buscar a verdade atrás da miragem.

Todas as vezes que o vi, ele provou ser o bajulador mais gentil. As únicas vezes em que provou ser mau foram nos meus momentos mais sombrios – e durante sonhos.

Nossos olhares se encontram – o meu horrorizado, o dele insondável. E assim o deixo.

Kachina e eu percorremos a trilha o mais rápido possível, mas sou incapaz de me livrar do peso da dúvida que me persegue por todo o caminho para casa.

a canção do corvo

vinte e quatro

Chay encosta no meio-fio, parando do lado de fora de uma grande construção de dois andares que, apesar dos esforços para imitar o tão popular estilo adobe, não é mais do que uma laje de concreto com uma fachada de arenito, cercada por um grande portão de ferro, com um homem carrancudo de guarda na entrada e uma grande placa pintada na lateral que diz: COLÉGIO MILAGRO – A CASA DO MAGO, com um feiticeiro desenhado embaixo.

Colégio Milagro.

Colégio Milagre.

Pela aparência, o colégio tem um nome tão inadequado quanto a cidade na qual se localiza. Meu rosto se entristece, enquanto dou um suspiro fortificante, que sai trêmulo. Recordo a mim mesma como saí completamente intocada e poderosa do desmembramento do meu corpo na caverna. Com certeza sobreviverei a isto: meu primeiro dia no ensino médio desta prisão-escola.

Por mais que tente, nada consegue me animar. Hoje o dia representa uma grande desilusão em mais de um aspecto.

Depois de deixar a caverna em triunfo, estava ansiosa para encarar o que quer que viesse em seguida, excitada com esse mundo novo que se abria para mim – certa de que ser uma Buscadora estaria muito mais para Super-Heroína do que para Estudante. Mas, apesar dos meus louvores sobre as maravilhas da escola online –

explicando como melhorou meu vocabulário e me fez um gênio na matemática –, Paloma não se demoveu. Segundo ela, agora que completei minha busca da visão, é imperativo que eu participe da vida em comunidade e, infelizmente para mim, isso envolve ir à escola.

– Eles precisam de você, *nieta* – ela disse, o olhar fixo no meu. – Ainda não sabem, mas precisam. Só você manterá o equilíbrio da comunidade. Ninguém mais pode fazer isso.

– E quanto a você? – perguntei, vendo-a se virar. Seus dedos embrulhavam um lenço ensanguentado na tentativa de escondê-lo de vista.

– Meus poderes estão diminuindo. – Seu olhar ficou distante. – Não era para ser assim, o certo é que pai e filho trabalhem em conjunto. Mas estive sozinha por muito tempo, tentando compensar a perda de Django, e temo que isso tenha me custado um preço. E agora preciso manter o que me resta, para passar para você. Logo você será mais forte do que qualquer outro Buscador que veio antes. Não há nada com o que se preocupar, *nieta*... Está mais do que pronta para isso. – Ela se virou para mim, e sua expressão dizia que a discussão estava encerrada.

A decisão foi tomada a despeito de todos os meus protestos, e agora me agarro à porta da caminhonete de Chay, encarando minha nova escola em uma sombria manhã de quarta-feira, o que parece bastante ridículo. Quem, pelos diabos, começa a aula na quarta-feira?

– É melhor assim – diz Paloma, com o jeito estranho que tem de ler meus pensamentos. Dá uns tapinhas no meu joelho e acrescenta: – Você terá alguns dias para se ajustar, conhecer algumas pessoas e dar uma olhada no ambiente. Na segunda, estará pronta para encarar a semana inteira e tudo o que vier depois disso.

Apesar de suas palavras de encorajamento, não posso deixar de me sentir desapontada. Tinha grandes esperanças para esta escola. É a primeira que frequento, e esperava que fosse mais bonita, mais convidativa. Esperava algo como as escolas bacanas que mostram na TV, menos a sombria casa da desgraça que se apresenta diante de mim.

– Lembre-se do que lhe disse, *nieta*.

Passo a língua pelos lábios. Olho rapidamente para ela.

– Cade estará aqui, então você deve estar atenta. Não deixe que a intimide. Não deixe que a manipule. E nunca se permita duvidar da verdadeira natureza dele novamente. Suas impressões sobre ele estavam certas o tempo todo. É um feiticeiro poderoso... Todo o seu clã, dos Richter, conhecido como El Coyote, o coiote, é mestre em manipular a percepção. Controlar a consciência dos demais é a única coisa que permitiu que sobrevivessem por tanto tempo. É uma habilidade que os Buscadores ainda não possuem, e têm lutado duramente para conseguir. Embora, mesmo que tivéssemos a chave, nunca usaríamos da mesma maneira que eles. Eles escolheram atuar na escuridão... enquanto você, minha *nieta*, é uma Santos, uma Buscadora, e sempre permanecemos firmemente enraizados na luz, não importa o que aconteça. Você está pronta para encará-lo, eu lhe asseguro. Caso contrário, não estaria aqui, então não há razão para se preocupar.

Engulo em seco. Pressiono a palma da mão contra a janela. Apesar do que ela diz, não me sinto pronta, para dizer o mínimo. Meu estômago está embrulhado por causa do nervoso e, ainda assim, estou ciente de que não adianta lutar contra. Paloma está certa. É hora de entrar na escola e encarar meu destino.

Abro a porta da caminhonete e saio do assento. Faço o melhor possível para anular meus medos, mas estou certa de que não engano ninguém.

– Virei buscá-la às três – Chay me diz. – Encontro você bem aqui. – Mas, por mais gentil que seja a oferta, não posso aceitá-la. Ele tem sua própria vida, e uma carreira importante. Não precisa perder tempo bancando meu motorista.

– Não se preocupe. Posso voltar sozinha – respondo. Minhas palavras encontram um olhar cético que me obriga a acrescentar: – Que tipo de Buscadora eu seria se não conseguisse achar o caminho de casa?

Antes que possa responder, ou que Paloma possa dizer qualquer outra coisa, saio da caminhonete e me dirijo para o portão. Atravesso um pátio largo de cascalho e terra que substitui o gramado, antes de abrir as grandes portas duplas e parar um momento para me orientar. Mas, como se vê, fico imóvel por tempo demais, e um segundo mais tarde quase sou derrubada por um trio de garotas que invade o corredor.

São o tipo de garotas que reconheço instantaneamente como sendo as que estão no comando.

O tipo de garotas determinadas a permanecer no papel principal.

Garotas populares.

Exatamente o oposto de mim – a filha humilde de um membro da equipe, acostumada a ficar quieta, fora de vista, fazendo o possível para evitar os holofotes.

Este pode ser meu primeiro dia na escola, mas já passei tempo suficiente em vários *sets* de filmagem para reconhecer um sistema de classes sociais quando vejo um.

Seus olhares são penetrantes e brilhantes – e vasculham o ambiente rapidamente, calculando o número de estudantes que as observa, o que é quase todo mundo em um raio de três metros. A maioria dos estudantes se contenta em ficar nas laterais – sorrindo, acenando ou se esforçando para ser notada, sem nunca se aproximar sem ser chamada. Sem jamais romper a corda invisível de veludo vermelho que separa as populares do resto das pessoas.

Abaixo a cabeça e tento passar ao lado delas, prestes a seguir meu caminho pelo corredor até a secretaria da escola, quando as garotas param. Ficam de queixo caído e olhos arregalados, enquanto a que está no meio, a que tem longos cabelos escuros com ousados reflexos loiros, se aproxima e diz:

– Oi.

Aceno com a cabeça, forço um meio-sorriso e respondo seu *Oi* com outro.

– Você é a garota que vi no cavalo. – Seus olhos são escuros, pintados com lápis preto, e se estreitam ao encontrarem os meus.

Fico parada diante delas, recusando-me a confirmar ou negar – temi esse momento desde que Paloma me deu a notícia de que havia me matriculado na escola. Com apenas um colégio na cidade, era apenas questão de tempo até que me encontrasse com os garotos que vi naquele dia na trilha. Embora esperasse ao menos conseguir entrar no prédio antes de ser descoberta.

– Era você, não era? – Ela confirma com as amigas, olhando primeiro para a garota à sua direita, com gloss gordurento rosa, e depois para a da esquerda, com as sobrancelhas arqueadas e sombra roxa furta-cor. Então vira-se para mim novamente: – Mesmo sem a bandana e o cavalo, sei que é você. Você estava cantando, não estava? Como era mesmo aquela música? Algo sobre força, percepção e dar a direção? Talvez pudesse cantá-la para nós. – Seus olhos escuros encararam os meus enquanto suas amigas caem na risada, gargalhando histericamente.

Começo a andar novamente, apenas para que ela se coloque diante de mim e diga:

– É sério. – Acena com a cabeça, sorrindo para confirmar o que diz. – Gostaríamos realmente de ouvi-la. Então, vá em frente... cante sua música maluca.

Fecho as mãos com força. Ela está zombando da canção da montanha. Não tem ideia do poder que a música tem – do poder que eu tenho. Poderia esmagá-la de um modo que jamais sonharia. Ou, no mínimo, humilhá-la de uma maneira que ela jamais se recuperaria.

Mas não posso.

Não farei isso.

Paloma me avisou. Disse que tinha que usar minhas habilidades para o bem maior – não desperdiçar meus poderes para proteger meu ego. Tento passar por elas, mas bloqueiam meu caminho. Dão os braços, formando uma parede impenetrável de jeans de marcas falsificadas, sutiãs acolchoados e perfumes baratos. E, por mais que ache graça delas na minha cabeça, o efeito é muito mais intimidador do que as grandes grades de ferro que circundam o terreno da escola. Sem o uso da minha mágica, não sou páreo para elas. Não tenho ideia de como lidar com isso. Não tenho ideia de como me livrar dessa situação.

– Como veio para a escola? – uma delas diz, a da direita com o gloss rosa. – Seu cavalo está estacionado lá na frente?

Ela ri antes mesmo que a piada termine, o que meio que arruína o efeito. Mesmo assim, olha rapidamente para a garota do meio, buscando aprovação, enquanto fico parada, encarando-as, dizendo a mim mesma o quanto são idiotas e estúpidas e que não merecem minha raiva. Mas, mesmo que eu saiba que é verdade, a multidão de estudantes que nos cerca praticamente apaga tudo isso.

Eles se aproximam, todos querendo uma vista melhor do tipo de trote que não se vê todos os dias – cada um deles aliviado por ser comigo e não com eles. O tamanho da audiência encoraja a garota do meio a falar novamente, levantando a voz quando diz:

– Claramente ninguém falou para você que não permitimos garotas malucas nesta escola. Então talvez seja melhor voltar para sua instituição mental.

Engulo em seco. Digo a mim mesma para deixar para lá, para não tornar tudo isso pior do que já está, mas descarto o pensamento rapidamente. É melhor acabar com isso agora mesmo. Fazê-las saber que não sou alguém com quem se deva mexer. Meu silêncio apenas as encorajará a me perseguir durante todo o ano letivo.

Apesar de uma vida inteira sendo orientada a permanecer fora do caminho, neste caso já falhei. Fui pega, destacada na multidão, então realmente não faz sentido ser submissa.

– Não aceita malucos? – Meus olhos passam por elas, até que encaro a líder do grupo e dou um passo em sua direção. – Então como explica sua presença aqui? Abriram uma exceção para *você*?

Os olhos dela se arregalam. Seu rosto queima de raiva. Suas companheiras ficam em silêncio ao seu lado, chocadas demais para reagir, pelo menos em um primeiro momento.

Ela dá um passo na minha direção, o rosto retorcido e feroz, mas permaneço onde estou, encarando-a de cima a baixo e mantendo a calma.

Ela não tem ideia de quem sou. Não tem ideia do que sou capaz, do tipo de mágica que tenho praticado desde que completei a busca da visão. Um insulto verbal não é nada. Ela é um desafio fácil.

Com o rosto a poucos centímetros do meu, tão perto que posso apenas olhar o círculo rosado e ainda não curado em volta do *piercing* que fica um pouco acima de seu lábio superior, ela segura meu ombro – provavelmente para me dar um bom empurrão e começar uma briga que não pode, não vai vencer – quando *ele* aparece, assumindo seu papel favorito de nobre cavaleiro branco em missão para me salvar.

– Essas garotas estão importunando você? – Impede a garota de seguir em frente, deslizando um braço com firmeza em volta dela e puxando-a para perto de si. O movimento imediatamente a deixa em silêncio. Seus olhos se fixam nos meus quando diz: – Ou talvez seja o oposto... você as está incomodando? – Ele joga a cabeça para trás e ri, o som tão sedutor, tão magnético, que faz as garotas se esquecerem de mim e se concentrarem nele. – Sinto muito se teve um começo difícil. – Sorri. Estende a mão direita. – Talvez eu possa compensá-la. Já nos encontramos algumas vezes, eu sei, mas nunca formalmente, então agora é minha grande oportunidade... Sou Cade. Cade Richter.

Sua mão fica parada diante de mim, mas não faço nenhum movimento para pegá-la, nenhum movimento para manifestar apreço.

– Sei exatamente quem você é – digo para ele, notando o jeito como seus lábios se torcem de prazer, seu olhar se conectando ao meu. Nós dois sabemos o que ninguém mais sabe, que não estou mais escondida.

Sou eu contra ele.

Santos contra Richter.

Buscador contra El Coyote.

O jogo começou.

Me viro, determinada a deixar por isso mesmo, pelo menos por agora. Não há necessidade de apressar as coisas, especialmente quando Paloma ainda tem tanto a me ensinar.

Faço o possível para ignorá-lo quando ele me chama por trás:

– Permita-me ser o primeiro a dar as boas-vindas ao Colégio Milagro! Se precisar de alguma coisa, estou à disposição. – Suas palavras encontram um coro de risadas que explodem ao seu redor.

Continuo caminhando, movendo-me tão rápido que estou praticamente correndo. Diminuo o ritmo quando dobro a esquina e paro, apoiando o corpo contra a parede, e luto para recuperar o fôlego. Estou aliviada em saber que não é Cade que faz meu coração bater mais rápido, que posso e vou lidar com ele. Foi a história com a garota mesquinha que me tirou do sério. Sem frequentar a escola todos estes anos, nunca tive que lidar com esse tipo de situação.

Nos *sets*, as estrelas mais orgulhosas sempre ficavam afastadas do demais, imaginando que eram importantes demais para se misturar com o resto do elenco e da equipe. Esta é a primeira vez que sofro *bullying*. E, ainda que saiba que podia ter me saído melhor – eu definitivamente poderia ter me saído pior.

Muito pior.

Ela pensará duas vezes antes de mexer comigo novamente.

Ou não.

Há uma boa chance de ela estar vagando pelos corredores, afiando as garras, reunindo as tropas e se preparando para uma terrível segunda rodada.

Que bom. Primeiro dia na escola e estou condenada. O inimigo se revelou sendo alguém que Paloma jamais me avisou.

– Podia ser pior.

Levanto a cabeça e encontro uma garota pequena e magra, com finos cabelos castanhos, feições delicadas, um bonito rosto em forma de coração e suaves olhos cinza que olham direto para mim.

– É mais seguro ser morena. Se fosse loira, elas a comeriam viva, pode ter certeza.

Encaro-a mais de perto, notando o jeito como seus olhos não conseguem encontrar os meus, como segura uma bengala branca com a ponta vermelha na mão – tudo me leva a crer que ela não tem como saber a cor de cabelo que tenho.

– A última novata não se saiu tão bem – ela prossegue. – Em grande parte por ser loira natural e de olhos azuis... não teve chance por aqui. Levou menos de dois meses até que desistisse e se matriculasse em uma escola online. – Dá de ombros. – Uma pena. Eu gostava muito dela. Mas tenho a impressão de que você se sairá muito melhor. Tente aguentar firme. Mas não vou mentir... há chances de que elas nunca desistam. Mesmo assim, com seus cabelos escuros e olhos verdes, pelo menos você pode se misturar, o que a torna uma ameaça menor. Se ficar fora do caminho delas, em algum momento elas vão se entediar e sair do seu. Se bem que Cade pode ser um problema. Ele parece bem intrigado com você... e Lita, a chefona das três, não vai gostar disso. Eles voltam e terminam há anos. Mesmo quando estão oficialmente separados, ela não costuma ver desse jeito, e qualquer garota que se aproxime dele acaba se arrependendo. – Inclina a cabeça para o lado, como se resolvesse uma equação mental muito séria... calculando as probabilidades estatísticas da minha sobrevivência nesta escola.

Então me olha novamente, bem, não olha na verdade, é mais como se reconhecesse minha presença, e diz:

– Sou Sochee. É assim que se pronuncia: X-O-T-I-C-H-L. Digo isso porque só de olhar como se escreve você nunca adivinharia. Significa "flor". Algumas pessoas pronunciam como se escreve, mas Xotichl foi como me ensinaram a dizer, então é assim que digo. – Ela assente, sinalizando que é o fim daquilo e não posso deixar de me sentir aliviada; minha cabeça está girando com tudo o que me disse. – E agora acho que você está olhando de um lado para o outro, procurando freneticamente uma saída, imaginado que escapou das garotas malvadas e assustadoras e caiu direto nas mãos da garota maluca de nome esquisito, e não consegue decidir o que é pior. – Ela ri, e o som é tão leve, brilhante e bonito quanto ela.

– Como você sabe, tudo o que... Quando você... Bem, parece que você pode ser... – Muitas palavras passam pela minha cabeça, mas não estou segura de qual é politicamente correta, então deixo a sentença inacabada.

– Cega? Com a visão prejudicada? Deficiente visual? – Ela se inclina na minha direção, dando um sorriso generoso que mostra uma fileira de dentes brancos alinhados. – Bem, como você já sabe, a resposta é sim nos três casos. Então, me diga, essa foi sua primeira pista?

Bate com a bengala contra o chão de ardósia, e o movimento faz minhas bochechas corarem tanto que fico feliz que ela não possa ver. Mesmo assim, não pretendo deixá-la escapar:

– Com isso em mente, como é possível que saiba que sou morena de olhos verdes? – pergunto, olhando para ela novamente e me perguntando se finge ser cega ou se há algum tipo de noticiário escolar sobre os novos alunos que estão chegando.

Mas Xotichl apenas sorri e diz:

– Alguns diriam que sou perspicaz.

– E o que você diria? – pergunto, a voz um pouco nervosa; estou cansada de brincarem comigo.

– Diria que concordo. – Ela abaixa a cabeça, tenta em vão esconder o sorriso que escapa de seu rosto.

Fico impaciente. Ajeito a mochila no ombro enquanto tento encontrar algum tipo de resposta. Mas, antes que possa reunir as palavras, o sinal toca e um enxame de estudantes invade o corredor, e Xotichl fica parada no meio, enquanto um exército de adolescentes vaga ao seu redor.

– Precisa de ajuda? – pergunto, sem querer ofender, mas todos passam tão perto dela que é como se não a vissem.

– Não precisamos todos? – Ela ri, batendo com a ponta da bengala contra a ponta da minha bota. – Mas, neste caso, tenho quase certeza de que você precisa de mais ajuda do que eu. Então, se está procurando a secretaria, é só seguir em frente. Cinquenta e dois passos de onde estamos. Se bem que, para você, talvez sejam quarenta e cinco ou quarenta e sete, no máximo... considerando que é muito mais alta do que eu. E suas pernas são muito mais compridas também... Sorte sua. – Ri novamente.

Olho fixamente para ela, me perguntando como poderia saber tudo isso. Está zombando de mim? Se divertindo às minhas custas? Será que não é realmente cega? Há alguém nessa cidade que é o que aparenta ser?

Mas, antes que eu possa responder, ela se vai. Com a bengala balançando diante de si, segue pelo corredor enquanto o caminho se abre ao seu redor.

vinte e cinco

Gostaria de ter estado preparada.

Gostaria de ter passado um tempo fazendo uma pequena pesquisa, assistindo a filmes com temas escolares.

Por causa disto – desta escola, desta insana cena social –, tudo parece tão estranho e caótico quanto no dia em que me perdi na Medina marroquina. Está tudo baseado nas campainhas. As campainhas estão no controle aqui – governam tudo. Nos mandam para as aulas, nos repreendem quando estamos atrasados e nos impelem novamente quando é hora de ir. A sequência se repete sem parar – até que fico como qualquer outro e reajo entorpecida ao abrupto som estridente.

Só que não sou como qualquer outro. Estou longe de ser como eles. E, apesar das minhas tentativas de me misturar, graças aos acontecimentos no corredor, com as garotas malvadas e Cade, estou apartada da pior maneira possível.

Nada na minha vida me preparou para isso. Nem uma única coisa. Me sinto como um rato de laboratório preso em um horrível experimento criado para medir como me adapto a formas brutais de segregação social e esquisitices. E a notícia triste é que estou produzindo resultados abaixo da média.

Fico parada ao lado da lanchonete, cantina, ou como quer que chamem. O almoço vegetariano que Paloma preparou para mim com grande amor e cuidado está preso com firmeza na minha mão, mas não tenho ideia de onde devo ir para comê-lo.

Já cometi o crime mais hediondo de todos, de me sentar na mesa *errada*, e não tenho certeza de querer tentar novamente. Ainda estou abalada pelo jeito como aquelas garotas agiram – tão hipócritas e territoriais, tão incomodadas com minha presença no mesmo banco que elas.

É a mesa dos veteranos, me disseram. Não tenho o direito de sentar ali. Jamais. E isso inclui feriados e finais de semana.

– Devidamente anotado – respondi, pegando meu almoço e ficando parada diante delas. – Farei o melhor possível para permanecer longe daqui no Natal. Na Páscoa também. Embora o Dia dos Namorados seja uma data com a qual não posso me comprometer. – E embora tenha me sentido bem na hora, não tenho dúvidas de que foi um ato irresponsável que só deixa as coisas piores.

Dou um profundo suspiro e examino a sala, perguntando a mim mesma como Jennika teria lidado com isso quando tinha a minha idade. Tirando o fato de que ela já estava grávida de mim no primeiro trimestre, provavelmente teria ido direto para a mesa em que se sentam os *bad boys* e os faria se apaixonar loucamente por ela já nos primeiros cinco minutos.

E, ainda que não seja difícil de localizar a mesa dos *bad boys* – basta apontar para os caras vestidos com jaqueta de couro, tentando parecer durões, perigosos e desencanados – e transformar-se em um alvo para eles, não sou nem um pouco como Jennika. Não conseguiria fazer isso.

Além disso, há apenas um garoto realmente mau aqui e, como costuma acontecer, é o único de que ninguém suspeita. É bonito demais, popular demais, carismático demais, atlético e esperto demais, além de sedutor. Bajulado por professores e pelos demais alunos, é quase o rei de tudo. Presidente de classe, *quarterback* estrela, provavelmente o rei do baile de formatura. Pelo que sei, sou a única que não se impressiona com ele.

Dou outra olhada – analisando como as mesas são sistematicamente segregadas. Há a mesa dos cowboys, cheia de meninos usando jeans, camisetas e botas no estilo country; a mesa hippie, na qual todos usam camisetas *tie-dye*, bandanas e jeans rasgados; a mesa dos nativos americanos, onde a maioria usa camisas de flanela e calças de brim desbotado – todos conversando e rindo, mas claramente fechados no próprio grupo. Depois de ver tudo aquilo, bem, finalmente entendo o real significado do ditado: *Cada macaco no seu galho*.

E *Uma andorinha só não faz verão*.

Estavam falando sobre o ensino médio.

Ou talvez sobre a vida em geral.

A questão é: as pessoas sempre vão se ajeitar de modo a se agrupar com seus semelhantes, a fim de pertencer a algo de que queiram fazer parte.

Mesmo o grupo à margem, daqueles que pensam que são tão artísticos e diferentes, tão fora da corrente comum – não importa o quão absurdamente independentes afirmem ser, é necessária apenas uma examinada para ver que estão de acordo um com o outro. Mesmo sem perceber, permanecem dentro dos limites definidos por eles mesmos.

É assim que as coisas são. Nunca serão diferentes. E, ainda que metade do dia já tenha passado, preciso encontrar alguém que aceite se sentar comigo.

Bem, Cade aceitaria, se considerar o jeito que ele sorri, acena e gesticula para que me junte a ele, mas eu sei que não é de verdade. É tudo um grande espetáculo, feito para fazê-lo parecer engraçado e me fazer sentir estranha e mal comigo mesma.

Quanto a Xotichl, não consigo lidar com ela. Além disso, não tenho ideia de onde esteja. Não a vejo desde aquele encontro esquisito no corredor esta manhã.

Viro as costas para tudo aquilo, abro a porta e saio furtivamente para o corredor. Em busca de um lugar agradável e tranquilo em que possa comer meu almoço em silêncio e esperar que outra campainha me diga para onde ir.

Distingo um lugar no final de uma longa fileira de armários, sento no chão, pego meu almoço e sorrio quando descubro que Paloma preparou um dos meus pratos favoritos: um pequeno recipiente de plástico cheio de *enchiladas* de queijo de cabra, cobertas com um delicioso molho caseiro de *tomatillo*.

Com meu garfo de plástico a postos, estou prestes a devorar tudo aquilo quando sou interrompida por um farfalhar suave que só pode vir de um saco de lanche. Me pergunto quem poderia ser mais proscrito do que eu, e arrasto o traseiro no chão o suficiente para espiar pela quina do armário e ver um par de pernas compridas, jeans escuros e sapatos com solas grossas e pesadas tão grandes que espero que pertençam a um rapaz. Então, volto para meu canto, feliz em saber que não estou tão sozinha quanto pensava – não sou a única perdedora sem amigos que não pertence a esta escola.

vinte e seis

A campainha toca – novamente. Aquele terrível som estridente ressoa pelo corredor e ecoa nas feias paredes bege e nos armários de metal vermelho, atraindo um bando de estudantes em constante movimento, enquanto faço o melhor possível para encontrar a sala da minha próxima aula.

Paro diante da porta, horário na mão, e levo um momento para confirmar se estou no lugar certo, já que não preciso cometer esse erro específico outra vez.

Estudos independentes. Certo. Última aula do dia – louvado seja, aleluia e tudo mais.

Entro na sala e me apresento para o homem diante da classe, um pouco estrábico, com uma boca cruel, uma camiseta num tamanho menor esticada sobre uma barriga que sempre chega antes do restante dele, e um cabelo cortado tão curto que quase dá para ver o couro cabeludo. Espero enquanto ele faz uma marca vermelha próximo ao meu nome e me diz para tomar meu assento.

Se aprendi algo hoje, é que essa não é uma tarefa tão simples. Pode não ser óbvio à primeira vista, mas, em algum lugar desta sala de aula aparentemente inócua, o território foi marcado, fronteiras foram desenhadas e um muro invisível foi erguido, com um sinal igualmente invisível que indica que garotas novas e desinformadas como eu não são bem-vindas aqui.

– Sente-se em qualquer lugar – ele resmunga, dando-me um olhar que mostra que já me classificou como outra idiota em uma sucessão de muitos.

Dou uma segunda avaliada na sala, notando que, em vez das carteiras usuais, esta é dividida em uma série de mesas altas e quadradas e bancos velhos de metal. Estou bem ciente do jeito como meus colegas de classe acompanham meus movimentos, suspirando com alívio exagerado quando passo por eles e vou para uma mesa no fundo, onde jogo a mochila sobre um banco vazio e pergunto:

– Tem alguém neste assento? – Meus olhos encaram o único outro ocupante, um garoto com longos cabelos brilhantes e a cabeça inclinada sobre um livro.

– É todo seu – ele responde. E, quando levanta a cabeça e sorri, meu coração quase salta para fora do peito.

É o garoto dos meus sonhos.

O garoto da Toca do Coelho, do posto de gasolina e da caverna. Sentado diante de mim com aqueles mesmos olhos azuis-gelo surpreendentes, os mesmos lábios sedutores que beijei várias vezes – mas apenas nos sonhos, nunca na vida real.

Ordeno que meu coração se acalme, mas ele não obedece.

Aconselho a mim mesma a sentar, a agir normalmente, de modo casual – mas quase não consigo.

Olho para ele de soslaio várias vezes, enquanto vasculho minha mochila, observando seu queixo quadrado, os lábios generosos, as sobrancelhas fortes, as maçãs do rosto definidas e a suave pele morena – as feições exatas de Cade.

– Você é a garota nova, certo? – Ele deixa o livro de lado, inclinando a cabeça de um jeito que faz seu cabelo cair sobre o ombro, tão sedoso e convidativo que preciso de todas as minhas forças para não me inclinar sobre a mesa e tocá-lo.

Aceno em resposta, ou ao menos acho que fiz isso. Não tenho certeza. Estou muito abalada por seu olhar – pelo jeito como espelha o meu –, tentando determinar se ele me conhece, se me reconhece, se está surpreso em me encontrar aqui. Gostaria que Paloma tivesse me preparado melhor – focado mais nele e menos no irmão.

Afasto o olhar do dele. Bato o joelho com força contra a mesa quando viro para me acomodar no assento. Me sinto tão estranha e instável, gostaria de ter escolhido outro lugar para sentar, embora seja claro que nenhuma outra mesa me aceitaria.

O sorriso dele se apaga e ele volta ao livro. Permite passar alguns minutos, mas não o tempo suficiente para que eu tenha retomado o controle sobre mim mesma, e pergunta:

– Você está me encarando porque viu meu sósia perambulando pelos corredores, brincando de rei da cantina? Ou porque precisa de um lápis emprestado e é tímida demais para pedir?

Limpo a garganta, obrigando as palavras a saírem dos meus lábios:

– Ninguém jamais me acusou de ser tímida. – Uma declaração que, apesar de verdadeira, está em contradição com o jeito como me sinto agora, sentada tão perto dele. – Então, acho que é seu irmão gêmeo, ou *sósia*, como você diz. – Mantenho a voz tranquila, como se não fosse afetada em nada por sua presença, mas o tremor no final da frase me entrega. Cada parte de mim está vibrando com a mais intensa onda de energia, como se estivesse plugada na tomada, e tudo o que posso fazer é me segurar para não agarrar sua camiseta e exigir saber se ele sonhou os mesmos sonhos que eu.

Ele concorda, permitindo que um sorriso fácil e agradável alargue seus lábios.

– Somos idênticos – diz. – Tenho certeza de que percebeu. Embora seja fácil nos diferenciar. Por um lado, ele mantém o cabelo curto. Por outro...

– Os olhos... – deixo escapar, lamentando as palavras no instante que saem. Pelo olhar em seu rosto, ele não tem ideia do que estou falando. – Os seus são... mais gentis. – Minhas bochechas queimam tanto que sou obrigada a afastar o olhar, enquanto palavras de reprovação irrompem em meu cérebro.

Por que estou agindo de um jeito tão imbecil? Por que insisto em envergonhar a mim mesma na frente dele e de todas as pessoas?

Tenho que me recompor. Tenho que recordar quem sou – o que sou – e o que nasci para fazer. O que é basicamente esmagá-lo e aos da sua espécie – ou, pelo menos, amenizar o dano que causam.

Ele me olha de um jeito estranho, deixando minhas palavras de lado quando diz:

– O que eu ia dizer é que somos idênticos apenas na aparência. Internamente a história é completamente diferente. Ele é muito mais sociável, sempre cercado por grandes multidões de admiradores e bajuladores que o seguem para todo lado como um tipo de comitiva, ou fã clube.

– E você não tem uma dessas... uma comitiva? – pergunto, querendo saber como poderia ser possível. Com sua boa aparência e comportamento fácil, ele é muito mais atraente que o irmão.

Abano a cabeça. Apago o pensamento da minha mente. Não importa o quão fofo ele seja, não importa quão gentil sua energia pareça ser, ele ainda é um Richter – um membro do clã El Coyote. É alguém para se ficar de olho, não mais do que isso.

Ele se inclina na minha direção, seus olhos tão penetrantes, tão azuis, que tenho que me forçar a encará-los.

– Eu? Uma comitiva? – Ri, passando a mão pelo cabelo. – É realmente seu primeiro dia por aqui, não é? – abaixa o braço, permitindo que os fios caiam nos ombros. – De qualquer forma, bem-vinda a Milagro. Esta escola não é conhecida por ser hospitaleira, então duvido que alguém tenha lhe dito isso.

– Seu irmão gêmeo disse. – Encontro seu olhar, me esforçando para obter uma impressão mais confiável do que à primeira vista, mas tudo o que encontro é a mesma nuvem de gentileza e amor, então viro o rosto, forçando isso para fora da minha mente.

– Parece que as boas maneiras são herança de família. Quem teria imaginado? – Ele ri, e rapidamente completa: – Ah, e sinto não ter mencionado antes, mas sou Dace.

Ele me dá um olhar de expectativa, mas não ofereço resposta. Se é realmente um Richter, e não há dúvidas de que seja, está bem ciente da minha chegada. Segundo Paloma, eles estiveram aguardando por algum sinal meu desde o desaparecimento de Django.

– Para o caso de você estar se perguntando como esta aula funciona... – Ele ignora o desprezo. – Pode trabalhar no que quiser e, se preferir não trabalhar, pelo menos tente parecer ocupada. O treinador Sanchez sairá logo, mas vê aquela câmera ali na frente?

Meus olhos seguem a direção apontada por seu polegar, para um ponto logo além. Nós dois espiamos o olho da câmera colocada no centro do quadro-negro – um espião implacável que grava todas as nossas ações.

– Saia da linha e a verão no vídeo. – Levanta a sobrancelha e revira os olhos. – Isso era, supostamente, para ser uma aula de artes. Foi para isso que me inscrevi, de qualquer modo. Mas, quando o orçamento foi cortado, artes e o professor que ensinava a matéria foram as primeiras baixas. Ninguém se importa com artes nesta cidade... só com esportes e com as pessoas que os praticam. Então, em vez de desenhar ou pintar, temos uma sala de estudos independentes, um treinador ranzinza que enrola e uma câmera para gravar nossas ações. Mas acho que provavelmente é a mesma coisa que na sua antiga escola, não?

Dou de ombros, recusando-me a negar ou confirmar, recusando-me a participar da conversa mais do que já participara. Estou assustada demais com sua presença – zangada demais com Paloma, que falhou em me preparar para ele. Meus dedos buscam a algibeira que uso no pescoço, e me tranquilizo com o contorno suave da pena e do Corvo, antes de pegar o livro de bolso que tento terminar de ler desde a confusão no Marrocos. Fico imersa no mundo mágico criado pelo autor, rabiscando anotações nos cantos das páginas, sublinhando passagens favoritas e rabiscando nas margens, até que a campainha soa novamente e estou livre.

Acabou.

Consegui.

Não foi fácil. Houve momentos em que julguei ser incapaz de aguentar.

Guardo o livro na mochila e vou para a saída. Fico surpresa ao encontrar Dace ao meu lado, segurando a porta e fazendo sinal para que eu saia primeiro.

É uma coisa tão gentil e decente para se fazer em um dia que não teve nada disso, que não posso deixar de amolecer. E, quando acidentalmente esbarro nele enquanto saio, não consigo evitar que minha respiração falhe, que meu coração pule no peito e que meus nervos pareçam incendiar – tudo por causa de seu toque.

– Você não me disse seu nome – ele diz, a voz tão assustadoramente familiar que faz uma onda de calor cobrir minha pele.

Suspiro, meu olhar se perde no corredor quando respondo:

– Garota maluca, garota maluca que canta no lombo do cavalo... – Dou de ombros. – Já ouvi me chamarem dos dois jeitos.

Ele me olha fixamente. Estica a mão na direção do meu ombro, mas desiste no instante em que vê o ar de reprovação em meu rosto.

– Olhe... – digo, sabendo que preciso detê-lo antes que isso vá longe demais. Sua gentileza só vai me distrair, e preciso manter o foco. – Tive um dia realmente horrível. E, se meus cálculos estão certos, tenho mais trezentos e oito dias assim, uns a mais ou menos, antes de me formar e escapar deste lugar dos infernos. Então, você pode me chamar do jeito que quiser. Todo mundo faz isso. Não importa... – Minhas bochechas enrubescem, meus olhos começam a arder e sei que estou divagando como uma lunática, mas não consigo parar, não parece importar. A Buscadora mais inepta socialmente do mundo: esta sou eu em poucas palavras.

– Não os deixe reduzi-la a isso – ele diz, o olhar intenso, a voz me surpreendendo com sua sinceridade, sua urgência. – Não deixe que definam como você se vê ou qual é seu lugar aqui. E, se alguma vez precisar de alguém para conversar, não sou difícil de encontrar. Ou estou em aula, ou lendo na biblioteca, ou almoçando no corredor norte.

No momento em que ele diz isso, meu olhar o percorre de cima a baixo. Passa pela camiseta cinza de gola em "V", pelo jeans escuro, e não fico nem um pouco surpresa ao chegar nos mesmos sapatos de sola pesada e grossa que espiei mais cedo.

Então, antes que possa dizer mais alguma coisa, vou embora. Tento ignorar a confortante corrente de bondade e amor que me invade.

Essas *impressões*, como Paloma as chama, podem ser úteis em minha vida como Buscadora, mas, se não conseguir lidar com elas na minha vida de estudante, se não aprender a controlá-las, realmente vão me rotular como uma aberração ainda maior do que já sou.

Não que realmente me importe com o que qualquer um dos meus colegas de classe pense – eles não tiveram exatamente uma grande impressão de mim.

Empurro as portas duplas e saio para a luz. Vejo a atividade agitada das pessoas correndo e se despedindo, abraçando-se como se nunca mais fossem se ver novamente, antes de correr para pegar o ônibus, ou ir em direção à comprida fila de carros parados ao longo do meio-fio. Alguns destravam bicicletas, outros em menor número decidem caminhar, e não posso deixar de lamentar minha decisão de dizer para Chay não vir me buscar. Não imaginei nem de perto que seria assim quando falei com ele pela manhã.

Apesar das minhas novas habilidades recém-aperfeiçoadas e da mágica em expansão, quando se trata de navegar de acordo com as regras do ensino médio, nunca me senti tão perdida e inadequada.

Posso percorrer a Estrada do Espírito, sobreviver à brutal busca da visão – mas não consigo lidar com a escola? Nem de perto. O pensamento me faz rir.

Só que, infelizmente, o riso não ficou confinado à minha cabeça, e, antes que perceba, dou de cara com um coro de:

– Maluca!

As garotas estão de volta. Novamente em formação, com Lita parada no meio, flanqueada por suas capangas. Balança a cabeça em desdém, enquanto as outras duas riem. Mas por mais que elas estejam empenhadas em me odiar, os garotos permanecem indecisos, seus olhos se estreitando enquanto me olham de cima a baixo. Dispostos a arriscar qualquer ira que seu interesse provoque, simplesmente porque sou uma garota nova em uma escola em que todo mundo conhece todo mundo.

Dou um suspiro profundo, me preparando para outra rodada com Lita e companhia, quando Cade aparece por trás, dirigindo-se a mim:

– Sinto muito que tenha tido um dia difícil. Milagro não está acostumada com recém-chegados. – Dando uma piscada, acrescenta: – Vá para casa descansar. Amanhã será um novo dia, como dizem. Estou ansioso para encontrá-la novamente, Daire Santos. – Ele começa a se afastar, então para repentinamente, como se um novo pensamento lhe tivesse ocorrido. – É Santos agora, certo? – Sua boca se torce de lado. – Não precisa mais do Lyons?

Para, esperando que eu confirme, mas não faço isso. Não posso. Suas palavras me deixaram estupefata.

Recebe meu silêncio com seu mais praticado e devastador sorriso e leva o grupo embora, enquanto fico enraizada no mesmo lugar, tentando lidar com suas palavras – e com o fato de que ele sabe mais sobre mim do que deveria.

Sabe mais sobre mim do que eu sobre ele, e é hora de Paloma tirar meu atraso – para isso, preciso da revelação completa.

Observo-o desaparecer na distância, entre o grupo de estudantes, na direção em que imagino que tenha estacionado sua caminhonete. Estou prestes a me mover novamente, quando sou parada por uma voz de garota gritando:

– Ei, Daire... precisa de carona? – Me viro e dou de cara com Xotichl. Me pergunto como ela sabe meu nome, já que nunca lhe disse, não disse para ninguém. Não que alguém se importe, já me batizaram de Maluca, e tenho certeza de que o nome vai pegar.

– E então... quer? – Para diante de mim, enquanto hesito, insegura do que dizer.

Ainda que a oferta seja tentadora, não tenho certeza de querer aceitá-la. Ela parece saber muita coisa sobre mim, e mesmo sobre o interesse de Cade em mim – tudo sem ser capaz de ver. Esse tipo de coisa me dá arrepios.

– Sei onde você mora – diz, o que não é reconfortante. – Não é fora do meu caminho. Bem, talvez um pouco. Mas não se preocupe, sou uma motorista muito boa. – Sorri. – Posso ter a visão prejudicada, mas todos os meus outros sentidos são mais do que suficientes para compensar. De fato, se isso a faz se sentir melhor, deveria saber que só tive um acidente pelo qual fui considerada legalmente responsável. Um em cinco. – Balança a cabeça. – As probabilidades não são más, não acha?

Diz essa última parte em tom de brincadeira. Sei exatamente o que está fazendo. Está tentando tirar o ferrão de desconforto que sua deficiência causa nos demais, falando sobre o tema, tratando como se fosse algo com que se brincar. E isso parte tanto meu coração que apenas sorrio e digo:

– Claro, obrigada por oferecer. – Noto o sorriso que ilumina seu rosto enquanto caminhamos lado a lado. – Na verdade, você está bem à frente de mim. Ainda não tenho carteira de motorista.

– Eu sei. – Ela se vira na minha direção e acrescenta: – Sei porque Paloma me disse.

– Então é isso. – Rio. – Você conhece Paloma. – Balanço a cabeça, lembrando a vez em que vi Paloma levando uma garota com uma bengala de ponta vermelha até um sedã empoeirado, logo após minha primeira cavalgada com Chay, e imediatamente percebo que era Xotichl. – Isso explica tudo.

– Bem, sei que você é neta dela. Sei que ela estava tão excitada com sua chegada que me contou tudo a seu respeito, descreveu-a com muitos detalhes. Você já teve uma vida glamurosa. – Ela balança a cabeça e assobia. – Como é crescer em todos aqueles *sets* de filmagem? É tão legal quanto parece?

Hesito, oscilando entre responder honestamente e dar a resposta que ela mais quer ouvir. As pessoas sempre ficam muito empolgadas com as coisas de Hollywood, presumindo que tudo é mais glamuroso do que realmente é. Por fim, respondo com alguma verdade quando digo:

– Era apenas a vida que conheci. Não tinha nada com o que comparar.

Mas ainda não estou disposta a deixar toda a história para lá quando acrescento:

– Então, como sabia que era eu? Você sabe, esta manhã, no corredor?

Ela aperta os lábios e leva um momento para decidir o que responder.

– Leio energia, o que significa que não preciso ver o rosto de alguém para sentir como está seu estado de espírito. Chame de visão intuitiva... alguns chamam de sexto sentido. E odeio decepcioná-la, Daire, mas você definitivamente exibiu um caso clássico de nervosismo de novato. Suas vibrações estavam por todo lado. – Ri de um jeito que me faz rir com ela.

– Bem, imagino que não possa negar isso – digo. – Mas isso ainda não explica como sabia que Cade estava interessado em mim. – Estudo-a cuidadosamente, imaginando que outra informação poderia ter dele. Há tanta coisa que Paloma não me falou.

Noto o jeito como o rosto de Xotichl fica sombrio, o modo como se vira, encaminhando-se para o grande portão de ferro, a bengala agitando-se diante dela com uma pressa súbita.

– É como disse... sei ler energia – ela me diz, dando três passos antes de olhar por sobre o ombro e acrescentar: – Vamos, nossa carona está ali.

vinte e sete

Como se vê, o carona de Xotichl é um cara realmente bonito, de cabelos loiro-areia e suaves olhos castanhos, que dirige uma perua velha e usada, com painel de madeira, que, apesar do estado maltratado, é uma alternativa bem-vinda aos jipes, caminhonetes e utilitários que todo mundo parece dirigir por aqui.

– Esta é Daire, aquela sobre quem lhe falei – Xotichl diz, enquanto ele a ajuda a se acomodar no lado do passageiro e eu me acomodo no assento bem atrás deles.

– Ah, a *nieta* de Paloma – ele diz, pronunciando a palavra perfeitamente, mesmo sem ter aparentemente nada de hispânico. Bom, nem eu tenho, apesar do fato de boa parte da minha linhagem ser hispânica. – Sou Auden, como o poeta, recebi esse nome por causa dele. Então, como foi o primeiro dia? Xotichl lhe mostrou os sinais?

– Há sinais? – Brinco, ciente da pontada no meu estômago quando ele se inclina na direção dela, acariciando-a com os olhos e encarando-a com tal admiração que não posso deixar de desviar o olhar.

É uma pena que ela não possa ver isso. É o tipo de olhar com o qual a maioria das garotas sonha. Mas, pelo jeito como recebe o olhar com um sorriso, pelo jeito como se inclina na direção do toque dele, é claro que não estava brincando sobre o sexto sentido; ela não perde nada. Se há algo, ela está lendo a energia disso – a energia dele. Uma energia tão palpável que posso sentir aqui atrás.

– Há quanto tempo vocês se conhecem? – pergunto, tentando uma conversa amigável enquanto Auden afasta o carrão do meio-fio, em direção à rua.

– Desde sempre – ele responde. – Não consigo me lembrar de um único dia sem ela.

Xotichl ri, dá um tapinha amigável no ombro dele. Inclina a cabeça na direção em que sabe que estou e diz:

– Nos conhecemos ano passado. Foi amor à primeira vista. Mas, infelizmente, minha mãe não vê desta maneira. Ela não aprova.

Olho para Auden, fazendo um rápido inventário mental. Ele é bonito, gentil e, obviamente, livre para respirar o mesmo ar que Xotichl – qual poderia ser o problema?

– Faço parte de uma banda... Deixei o ensino médio mais cedo e escapei da faculdade... – Auden dá de ombros e seu olhar encontra o meu pelo espelho retrovisor.

– Quantos anos vocês têm? – pergunto, tendo presumido que Xotichl estava no primeiro ano, como eu, mas talvez seja mais velha. Talvez ele também seja. Certamente, o que não falta nesta cidade é aparência enganosa.

– Dezessete – ele está prestes a continuar, mas Xotichl o interrompe.

– Só para constar, ele é um prodígio. Deixou Milagro aos quinze anos para ir à universidade. Está sendo ridiculamente humilde – ela diz, bagunçando o cabelo dele com a mão.

– Foi um semestre inteiro até que eu decidisse que não era para mim. Amo música. – Se mexe no assento, olha para mim. – Eu não queria *estudar* música, queria *criar* música. Música e Xotichl... essa é minha vida... É tudo de que preciso. – Ele tira a mão do volante e a puxa para mais perto, até que seus ombros se toquem.

– É tudo verdade, exceto a última parte. Ele ama a música mais do que a mim – Xotichl diz, gritando de alegria quando ele se inclina para beijá-la. O movimento súbito faz o carro desviar levemente da pista, antes que Auden o endireite novamente.

– Nunca! Você sabe que não é verdade! Retire o que disse! – ele diz.

As brincadeiras dos dois são tão fofas que tudo o que posso fazer é ficar quieta e olhar para fora da janela. Há muito amor neste lugar. Ou carro. Ou perua. Onde quer que seja. Tudo o que sei é que tive um dia difícil e, ainda que esteja feliz em saber que nem todo mundo se sente tão miserável quanto eu, estou mais do que a fim de me livrar deles.

– Daire teve um dia difícil – Xotichl conta para ele, empurrando-o de volta ao seu lugar. – Temos que baixar a bola, mostrar um pouco de sensibilidade pelo estado de espírito dela. Ela teve um encontro infeliz com a Horda Cruel.

– Ah, as Três Faces do Mal – Auden diz, a voz solidária quando acrescenta: – Isso é ruim. Espero que tenha dado um chute na bunda da Horda Cruel. Você parece capaz de lidar com elas. – Me encara novamente. – Bem, as asseclas com certeza, mas talvez não com Lita. Você está no lado magro; Paloma colocou você na mesma dieta vegetariana em que colocou minha flor?

Olho fixamente, me perguntando por que Paloma está dizendo a Xotichl o que comer. Achei que esse tipo de coisa era reservado apenas para mim.

– Me consultei com Paloma por um tempo – Xotichl diz, respondendo à questão que não fiz. – Ela é quase milagrosa. Você tem tanta sorte em tê-la...

Assinto, sem confirmar ou negar. Amo Paloma. Ela me ajudou, me curou das alucinações, me deu as chaves para um mundo que nem imaginava existir. Mas nem sempre tenho certeza de que é uma coisa boa. Verdade seja dita, eu era mais feliz antes que as visões viessem, antes de estar envolvida em tudo isso. Minha vida era muito menos complicada.

Um momento mais tarde, Auden para na frente do grande portão azul e Xotichl se vira no assento, dizendo:

– A banda de Auden, Epitáfio, vai tocar esta noite na Toca do Coelho e eu... ou melhor, nós... gostaríamos que fosse.

A Toca do Coelho.

Paloma disse que eu teria que voltar lá em algum momento, mas não tenho certeza de que já estou pronta. Se o jeito como lidei com as situações no Milagro é uma indicação, tenho um longo caminho até estar pronta para encarar algo assim.

Estavam esperando uma resposta. E, sabendo que tinha que dizer algo, que Xotichl não se moveria até que eu respondesse, murmuro:

– Não sei... tenho que ver com Paloma...

– É claro – Xotichl diz, já se virando. – Começa às oito... vemos você lá.

vinte e oito

Entro em casa. Faço o melhor possível para ficar em silêncio, para o caso de Paloma estar com um cliente, coloco a mochila na minha escrivaninha e me jogo na cama, revendo os acontecimentos do dia, mas apenas por um momento, antes de deixá-los de lado.

Considerando tudo o que aconteceu, foi um fracasso maior do que pensei ser possível.

Paloma estava confiante.

Chay, reconfortante.

Enquanto eu tentava manter minhas esperanças em algum lugar no reino do real, se não do razoável.

Ainda assim, por mais cética que estivesse, realmente pensei que passaria incólume. Nunca imaginei que seria rotulada de doida logo de cara – só para provar isso com o único garoto que foi gentil comigo, e que até se ofereceu para almoçar comigo (de um jeito indireto).

Mas isso não importa. A ligação com o irmão e o fato de serem gêmeos – idênticos – instantaneamente o colocam em uma zona proibida, não importa o quão fofo possa ser.

Arranco os sapatos – um par de botas baixas macias que comprei na Espanha – sabendo que deveria começar a fazer a lição de casa logo, mas deixo a ideia de lado rapidamente. O fato é que já li o livro pedido na aula de inglês e resolvi as equações de matemática bem antes de acabar a aula. Por mais que história e ciências sejam preocupantes, tenho certeza de que posso improvisar. Acontece que aprendi mais na escola online do que tinha percebido. Ou então minha nova escola é completamente patética.

Me sento na cama, encostada contra a cabeceira, e resolvo trabalhar em algo mais útil, como magia. Misturo minha energia com a do apanhador de sonhos que está pendurado sobre a janela, me concentro na maneira como sinto as penas, o suave balançar da sua borda – observando como se ergue do gancho, balança por um momento e então vem em minha direção...

– *Nieta*? – Paloma bate uma vez antes de abrir a porta e espiar para dentro. Sua aparição súbita me faz agarrar o apanhador de sonhos entre as palmas das mãos e enterrá-lo profundamente sob meu travesseiro, onde ela não possa ver.

Minha respiração está acelerada, meu rosto corado, não tenho razão para esconder dela, mas escondi mesmo assim.

Se bem que eu devia saber. Paloma não perde nada. Olhando para o gancho vazio e para mim, diz:

– Então, me diga, como foi seu primeiro dia na escola?

Suspiro. Balanço a cabeça. Meus olhos encontram os dela e respondo:

– Terrível. – Imagino que não me serve de nada mentir, nem tentar adoçar a coisa toda. Mas, logo depois que digo isso, percebo que a palavra pode ter sido um tanto exagerada. Não foi tudo tão mal. Ainda que Xotichl e Auden fossem definitivamente um pouco exagerados em suas demonstrações afetivas, conhecê-los ainda fora uma das melhores coisas que acontecera.

A outra coisa boa foi Dace, embora não esteja pronta para admitir isso – ou, pelo menos, não desse jeito.

Paloma se senta ao meu lado, o lençol mal se move sob o peso de sua pequena figura.

– Então seu primeiro dia foi tão horrível que resolveu fortalecer seu ego com mágica? – Ela estende a mão na minha frente, exigindo a devolução do apanhador de sonhos que ambas sabemos que escondi. E, ainda que suas palavras pareçam me julgar sob a superfície, seus olhos contam uma história totalmente diferente: estão repletos de compaixão, mostrando que me entende completamente.

Escorrego os dedos por baixo do travesseiro e pego o objeto, observando-a ir até a janela e colocar o apanhador de sonhos de volta no lugar. Digo:

– Encontrei Cade. De novo.

Ela concorda com a cabeça. Bate um dedo contra a borda do apanhador de sonho, observando o jeito como ele vai de um lado para o outro.

– E? – Vira o rosto para me encarar.

– E, se não soubesse a verdade, pensaria que é devastadoramente bonito e incrivelmente charmoso. Pensaria que sou a garota mais sortuda no mundo por ser notada por um garoto desse. Mas, já que sei a verdade, ele só me dá arrepios.

– Bom. – Ela assente. – Não importa o que aconteça, você nunca deve esquecer isso.

Abaixo os olhos para minhas mãos. Pego uma tira solta do cobertor.

– Encontrei Dace também, e ele é exatamente como nos meus sonhos. E todas as vezes que tento conseguir uma impressão dele...

Paloma volta para a cama, e se senta aos meus pés.

– Bem, a impressão é sempre... *boa*. É o oposto de Cade, e preciso saber mais sobre ele. Temos uma aula juntos, então não tenho como evitá-lo, embora não tenha certeza de poder lidar com ele.

Ela concorda com a cabeça, cruza as mãos no colo, os olhos brilhando quando diz:

– Dace não é seu inimigo. – Faz uma pausa, permitindo que as palavras entrem em mim. – A razão pela qual avisei você sobre Cade, e não sobre Dace, é que Cade é o único em quem você deve prestar atenção. Não se esqueça disso, *nieta*. E nunca confunda os dois, não importa o que aconteça. – Esfrega as mãos no vestido, ajeita a bainha e, depois de se levantar da cama, vai até o armário, para diante do quadro de Django e diz:

– Não lhe disse antes porque...

Agarro o travesseiro e espero – espero que algo aconteça, alguma grande revelação. Mas, por um instante, tudo o que vejo são suas costas.

– Eles são idênticos apenas na superfície. – Ela suspira, o som pesado e profundo, desmentindo algum sentido oculto que não está segura em revelar. – Foram criados separadamente, não se conheciam até o primeiro ano do ensino médio. Cade cresceu com o pai, Leandro... enquanto Dace foi criado pela mãe, Chepi. Tiveram educações muito distintas, o que gera visões de mundo muito diferentes.

– Foram criados separadamente? Nem mesmo sabiam da existência um do outro? Esta cidade é tão pequena... Como é possível? – pergunto, sabendo que ela está escondendo alguma coisa, embora não consiga imaginar o motivo ou o que seja.

Ela abre e fecha as mãos, decidindo se deve ou não me contar, até dar um suspiro profundo e dizer:

– Dace cresceu na reserva... Ele e Chepi raramente saem de lá... enquanto Cade cresceu na cidade. A família de seu pai, os Richter, é muito rica. Eles são donos da maioria dos negócios aqui e mandam nos serviços públicos, sem mencionar que seu pai foi prefeito por muitos e muitos anos. Chepi não tem nada a ver com o mundo deles. Quando descobriu que estava grávida de gêmeos, era a bela e jovem filha de um curandeiro muito respeitado chamado Jolon... Um curandeiro muito procurado e muito reverenciado que, segundo dizem, fazia milagres e tinha ligação direta com o divino.

– Deixe ver se entendi direito. – Olho para ela. – Chepi, a boa garota, decide sair com Leandro, o garoto mau... encrenca na certa... Ela fica grávida... A notícia devasta seu pai, que tinha grandes esperanças para ela... – Franzo o cenho, tentando não julgar, mas soa como a história de Django e Jennika. Exceto que Jennika nunca foi o que se pode chamar de boa moça, e Django não era de todo mau; mesmo assim, as histórias não deixam de ter suas similaridades.

Mas, antes que possa terminar, Paloma já está balançando a cabeça e diz:

– Não, *nieta*, não é nem de perto tão simples assim. Veja bem, Chepi era muito jovem, muito inocente, e muito devotada a Jolon. Nunca teria saído com Leandro por conta própria. Estava estudando como aprendiz de Jolon, e muitos dizem que era uma aluna muito promissora. Todos acreditavam que o sucederia um dia... mas Leandro interferiu, certificando-se de atrapalhar os planos deles. – Olha para mim, o olhar turvo com as lembranças. – Leandro é o completo oposto de Jolon. É um feiticeiro perigoso que vem de uma longa linhagem. Os Santos vêm combatendo os Richter por anos... séculos na verdade, e nem sempre aqui. Ainda que tenham tido um bom progresso por muito tempo, e ainda que tenhamos sido capazes de subjugá-los e mantê-los na linha, nos anos mais recentes, com a chegada de Leandro, as coisas mudaram para pior. Não estão mais satisfeitos só em acumular fortuna... a ambição deles vai muito além disso. Estão mudando esta cidade. Encantamento não foi sempre deprimente como é agora. Costumava combinar com o nome que tem... se é que você pode imaginar isso. Mas, nas últimas décadas, ficou cada vez mais difícil contê-los. Confundiram tantas mentes... Os moradores da cidade se sentem ora amedrontados, ora em dívida com eles. E, sem a ajuda de Django, temo que não fui páreo para eles, suas fileiras são muito fortes. – Ela dá um suspiro profundo, alisa o vestido com as duas mãos. – De qualquer forma, Leandro estava determinado a usar Chepi para seus propósitos sórdidos. Então, na noite do Día de los Muertos, deu um jeito de encontrá-la e, desse momento em diante, a vida que ela conhecia acabou.

Vendo meu olhar de confusão, ela explica:

– O Dia dos Mortos, *nieta*. É um ritual celebrado há milhares de anos, que remonta à época dos astecas. É um momento em que o véu entre os vivos e os mortos é levantado, assim como o momento de honrar aqueles que se foram. Aqui em Encantamento, celebramos esta data no lugar do Halloween, e toda a cidade participa. As pessoas usam máscaras de esqueletos, vão para o cemitério e decoram os túmulos com cravos-de-defunto, miçangas e fotos antigas. E todos ficam nos túmulos a noite toda, dançando, bebendo, revirando a terra e comungando com seus entes queridos falecidos. Só que ultimamente, nos últimos anos, muitos trocaram o cemitério pela Toca do Coelho, que, como você sabe, pertence aos Richter.

Encaro-a de olhos arregalados, instando-a a prosseguir. É a primeira vez que escuto falar sobre isso e estou fascinada pela ideia.

– Houve um tempo em que a morte não era vista tanto como o final da vida, mas como a continuação da vida. A vida era considerada um sonho breve e passageiro, enquanto a morte permitia que a pessoa despertasse de verdade. A Guardiã de Ossos preside os festejos. Ela governa o nível mais inferior do Mundo Inferior, onde cuida dos ossos. Dizem que tem um crânio no lugar do rosto, veste uma saia feita de serpentes e sua boca é muito grande, a fim de se alimentar das estrelas durante o dia. Apesar das minhas numerosas jornadas ao Mundo Inferior, nunca consegui encontrá-la. Mas talvez você consiga, *nieta*, quem sabe?

– Um rosto de caveira, uma saia de serpentes e uma dieta à base de estrelas? – Balanço a cabeça em recusa. – Não, obrigada. Prefiro evitá-la, se estiver bem para você.

– Nem sempre você consegue a jornada que quer, *nieta*. Embora sempre consiga a jornada de que precisa – ela diz. Outra declaração sábia para uma coleção de muitas.

– Está parafraseando Mick Jagger, agora? – Dou uma risada. É bom rir, reduz o lado assustador da história.

Paloma ri, mas não demora muito até se sentar sobre uma perna e prosseguir:

– Agora, voltando a Chepi... Apesar de ela não ter interesse em Leandro, nem em *sair com garotos malvados*, como você disse – pisca para mim –, não era páreo para ele, cuja proficiência nas artes negras é incomparável. Os Richter usam o poder do Dia dos Mortos para o mal há séculos. Não apenas comungam e honram seus ancestrais, como também os *ressuscitam*.

Inclino na direção dela, queixo apoiado nos joelhos, os olhos quase saindo das órbitas.

– Ah, não nos últimos tempos, *nieta*, e não fisicamente. Não são necromantes, pelo menos não ainda, de todo jeito. O que fazem é convocar a energia do morto e infundi-la em si mesmos, com o poder sombrio de sua linhagem... um efeito que dura alguns dias no máximo. Mas acontece que, naquele dia, foi o suficiente. E isso, unido à habilidade de Leandro em alterar a percepção, foi o que facilitou a sedução de Chepi. Ele sabia da magia poderosa que florescia na linhagem dela, e estava desesperado para aproveitá-la e mesclá-la com a sua. O poder dos Richter estava começando a vacilar. Ainda que nunca tivessem tido acesso ao Mundo Superior, nas ocasiões em que conseguiram invadir o Mundo Inferior, foram rápidos em corrompê-lo juntamente com os espíritos animais, o que fez que o caos reinasse aqui no Mundo Mediano, deixando as pessoas desprotegidas, facilmente enganáveis... tornando-se tanto vítimas quanto apoiadoras de líderes insanos e corruptos. A ascensão de Átila, o Huno, Vlad, o Empalador, Stálin, Robespierre, Idi Amin, Pol Pot, Hitler... – Olha na minha direção, mas seu olhar está muito distante. – Tudo isso está relacionado à sombria influência dos Richter no Mundo Inferior, e foi necessário muito sacrifício dos Buscadores e dos xamãs de todos os lugares para expulsá-los. O Mundo Inferior, assim como o Mundo Superior, é povoado por criaturas amorosas, compassivas, que nos guiam e nos ajudam sem que percebamos. Somos dependentes do seu bem-estar e sabedoria de mais maneiras do que imaginamos. É apenas o Mundo Mediano que contém tanto seres que ajudam quanto os que causam danos.

É só quando ela faz uma pausa que percebo que estive segurando a respiração, fazendo o possível para tirar todas as informações e tentar compreendê-las.

– Então, desesperado para reforçar suas fileiras, Leandro propositalmente gerou um filho cujo sangue correria grosso com a mágica dos dois lados, na esperança de que fosse capaz de infiltrá-lo nos outros mundos há tanto tempo negados para ele. Chepi não teve chance... Ele a manteve cativa a cerimônia inteira... Quando ela despertou, estava nua, espancada e com o corpo coberto com símbolos de magia negra.

Estou sem palavras, assombrada pelas imagens que invadem minha cabeça. Me recordo da noite em que conheci Leandro no escritório da Toca do Coelho, a assustadora impressão que tive quando ele segurou minha mão na dele.

– Leandro não queria qualquer filho, queria um filho com uma alma ainda mais sombria do que a dele. Sabendo que a alma contém partes iguais de luz e escuridão... que a história de vida de uma pessoa, o tipo de criação que ela recebe em geral determina que lado será o predominante... ele se assegurou de que a alma da criança seria dissecada do início. Convocou seus ancestrais há muito falecidos para que o ajudassem, fez uma magia terrível e um ritual para separar a alma e nutrir a parte sombria, em detrimento da boa. Mas, no fim, as coisas não saíram exatamente como planejado. Em vez de dar à luz um filho de coração negro, Chepi pariu gêmeos, um com uma alma iluminada e outro com a alma sombria.

Minha mente gira com as novidades – incapaz de pensar em uma boa resposta.

Gêmeos.

Um mau. Um bom.

Parece coisa de mito – só que, neste caso, é real.

– Tudo bem – digo, lutando para entender. – Mas, se o pai de Chepi, Jolon, era tão poderoso, por que não impediu isso?

Paloma assente, como se já estivesse esperando a pergunta. Sem perder tempo em respondê-la, continua:

– Quando Chepi chegou em casa, desgrenhada e desorientada, Jolon ficou perturbado em encontrar sua amada filha violentada e usada desta maneira. Ele não sabia, mas Leandro estava esperando nas proximidades e usou esse momento de fraqueza para penetrar na percepção de Jolon e alterá-la... algo que nunca havia conseguido antes. Alguns afirmam que Leandro aterrorizou Jolon com imagens do futuro, da destruição que seu neto iria causar. Tudo o que sei com certeza é que Jolon não sobreviveu. Caiu morto, vítima de um ataque cardíaco, deixando a pobre Chepi órfã. Quando Leandro soube que havia gerado gêmeos, não teve dúvidas sobre qual favoreceria. Imediatamente pegou a custódia de Cade, avisando Chepi que, se tentasse lutar contra ele, se tentasse recuperar o menino, tomaria Dace também. Então Chepi voltou suas atenções para Dace e virou as costas para a cura, para a magia e para tudo o que Jolon a ensinara. Afirmou ter perdido o dom, juntamente com a fé... que não era boa para ninguém, mas que tentaria ser boa para o filho. Para se sustentar, começou a fazer belas joias de turquesas que vende na praça. A história dela é muito triste, *nieta*. Ela não consegue se perdoar por algo que jamais foi sua culpa.

– Então, como os garotos se conheceram? – pergunto, a cabeça ainda girando com a história que ela narra.

– Dace não deixou a reserva até a adolescência, quando decidiu que queria estudar em Milagro, e Chepi, cansada de lutar contra ele, sabendo que não poderia protegê-lo para sempre, finalmente consentiu. Na véspera de sua partida, ela confidenciou-lhe a verdade, falou sobre o irmão que nunca conhecera. Embora eu duvide que ela tenha lhe dito a verdade toda. Ela mal consegue admitir para si mesma. E não consigo ver nenhum benefício em Dace saber sua real origem.

Fico em silêncio, sem saber muito bem o que fazer com todas aquelas informações. Lembro-me do dia no posto de gasolina, da mulher mais velha com belas joias de turquesa, envolta em profunda tristeza, e não tenho dúvidas de que era a mãe de Dace, Chepi.

– Agora que lhe revelei isso, você jamais deve repetir essa história. Para ninguém, e certamente jamais para Dace. Algum dia ele pode descobrir por conta própria, mas não é seu papel intervir. O garoto tem uma alma verdadeiramente pura e bela. Não é uma ameaça para você. Não desejo nada além do melhor para ele.

Que bom – não há o que discutir aqui.

– E você jamais deve confundir os dois. Nunca deve permitir que Cade a engane, fazendo-a pensar que é o irmão, ou vice-versa. Você precisa encontrar uma maneira de mantê-los separados... Você mencionou os olhos?

Assinto, formando a imagem na minha cabeça.

– São quase exatamente iguais, exceto que os de Cade absorvem a luz e os de Dace a refletem.

Paloma aperta as mãos contra o peito, o rosto brilhando de excitação.

– Você é a única realmente capaz de ver isso, *nieta*. E, agora que sabe, nunca deve esquecer. Quando estiver em dúvida, procure os olhos... Não importa o disfarce que usem, sua natureza verdadeira permanece. Os olhos deles nunca deixarão que você se perca.

Expiro lenta e profundamente, minha cabeça girando com tudo o que ouvi, quando Paloma coloca a mão no meu joelho e diz:

– E agora, doce *nieta*, vendo como você foi capaz de ensinar telecinese a si mesma, sem minha instrução, suspeito que é hora de aprender algo muito mais excitante, e não vejo mais necessidade de adiar. Então, me diga: está pronta para voar?

vinte e nove

Paloma me leva para o jardim nos fundos da casa. Apesar de estar aqui há algum tempo, visitei o lugar apenas uma vez e, mesmo assim, foi breve. Mas, agora, enquanto atravessamos o caminho de pedra, não posso deixar de me embasbacar com sua dimensão e variedade – sem mencionar o quão perfumadas e exuberantes as plantas estão, mesmo considerando que estamos no outono.

O jardim parece se estender sem fim, consistindo em áreas cuidadosamente designadas para as ervas medicinais que ela usa nas terapias dos clientes e vegetais orgânicos que comemos no jantar. Há até mesmo um espaço repleto de belos e imensos botões de flores ao lado de outra área reservada especialmente para seus experimentos híbridos, com todo tipo de plantas estranhas e disformes brotando da terra.

Ela murmura em espanhol, a voz suave e ritmada, as pontas dos dedos roçando suavemente por onde passa. É uma canção que a ouvi cantar em outras ocasiões, só que agora reconheço como sua canção do jardim – aquela que encoraja as plantas a permanecerem fortes e a crescer, a seguir na direção da luz, mesmo quando aparentemente não há nenhuma.

Mas os versos pertencem apenas a ela. Ainda não foram revelados para mim. Provavelmente porque meu dedo sempre foi mais marrom do que verde. E, ainda que Paloma tenha prometido remediar isso, sempre acrescenta:

– *Primeiro o mais importante! Ainda há muito para lhe ensinar,* nieta, *e tão pouco tempo.*

Essa última parte me incomoda. *Tão pouco tempo.*

Ela não é velha. Estatisticamente falando, deveria ter mais algumas décadas de vida, no mínimo. Mas, com as hemorragias nasais e a tosse com sangue, não posso deixar de me preocupar com seu estado de saúde. Mesmo assim, cada vez que a questiono sobre isso, ela simplesmente deixa o assunto de lado, dizendo-me que está bem, e fala sobre outra coisa.

Observo-a seguir em frente, o passo suave, a longa trança escura balançando nas costas, e digo:

– Conheci Xotichl.

Paloma se vira, um sorriso iluminando seu rosto.

– Ah, Xotichl. Uma garota que é doce, travessa e sábia além de sua idade. Quais dessas faces ela partilhou com você, *nieta*?

Penso por um momento, então olho para ela e digo:

– Um pouco de cada. Ela diz que é sua cliente... Ela não está doente, está? – Paloma nega com a cabeça e fico surpresa com a onda de alívio que toma conta de mim.

– Ainda que o conteúdo de nossos encontros seja confidencial, posso dizer que Xotichl tem a rara habilidade de ver o que a maioria das pessoas com visão não enxerga. O que ela carece de visão exterior, tem de sobra em visão interior... uma visão insuperável. – Paloma acena com a cabeça, inclina-se para admirar uma flor particularmente perfumada cujo cheiro posso sentir de onde estou. – Ela é insensível às coisas superficiais que capturam a maioria das pessoas e impedem uma visão mais profunda. E, sem esse tipo de distração, é capaz de ir direto ao âmago da questão... de ler a energia verdadeira por trás dos atos e das palavras. O que é uma das razões pela qual nunca foi influenciada pelos Richter. Eles são incapazes de alcançá-la, incapazes de alterar sua percepção. É uma criança rara, além disso, e com um grande senso de humor. Tenho certeza de que ela deve ter se divertido um pouco às suas custas. Embora deva admitir que forneci toda a informação de que necessitava. Sei que você teve um dia difícil, mas espero que não tenha descontado nela...

Penso no estranho primeiro encontro que tivemos no corredor e rapidamente desfaço as preocupações de Paloma.

– O namorado dela, Auden, me trouxe para casa. Eles me convidaram para encontrá-los na Toca do Coelho esta noite, para assistir à banda dele... mas não sei. Não tenho certeza de estar pronta para isso e muito menos para voltar àquele lugar... pelo menos não por enquanto.

Paloma acena para que me sente no banco de mosaico ao lado da banheira para pássaros, dizendo:

– Você está certa, *nieta*. Ainda não está pronta. Mas, ao final da nossa lição, estará.

Olho fixamente para ela, me perguntando o que poderia me ensinar nas próximas horas que me preparasse para voltar ao lugar onde quase perdi a sanidade, sem mencionar a vida. Certamente estava falando em metáforas quando perguntou se eu estava pronta para voar. Ou não?

– Vou ensiná-la a saltar com os coelhos, a deslizar com as serpentes, a correr com os cavalos, a rastejar com os escorpiões e a voar com os corvos. E ficará surpresa em descobrir que é muito mais fácil do que pensa.

Meus olhos pousam sobre os dela, sem saber em que parte acreditar, se é que há alguma. Parece uma proeza tão impossível que duvido seriamente se vou conseguir.

– Assim como misturou sua energia com a energia do apanhador de sonhos para erguê-lo do gancho e trazê-lo até você, agora vai praticar como misturar sua energia com o verdadeiro espírito vivo... com criaturas de carne e osso... a fim de partilhar a vivência deles.

– Você quer dizer... como um *transmorfo*? – pergunto, já totalmente contra a ideia. E se ficar presa? E se me perder e não conseguir encontrar o caminho de volta? Gosto de ser uma garota. Não tenho vontade de viver o restante da vida como um lagarto, um escorpião ou o que quer que seja.

Paloma ri, suave e tranquilizadora, e responde:

– Não, *nieta*. Não vai se tornar um deles, mas vai experimentar como é ser um deles. Aprenderá a ver o que eles veem, a experimentar o que eles experimentam. É uma habilidade que requer muita mágica e misticismo... uma que normalmente vem muito mais tarde no treinamento, mas você já está pronta. Posso sentir isso. É hora de começar.

Não digo uma palavra. Tenho tantas perguntas que nem sei por onde começar.

Paloma se vira, seu olhar percorre o jardim, passa pelo estábulo vazio que espera a chegada de Kachina e para no primeiro animal que vê. Por acaso, um gato branco sarnento que caminha cuidadosamente pelo grosso muro de adobe.

Gesticula na direção dele, sua voz um mero sussurro quando diz:

– Concentre-se. Foque. Imagine-o como ele realmente é... não apenas um gato desnutrido com pelo branco opaco, mas uma massa de energia vibrante que se reúne nessa forma. Ele é energia, assim como você é energia, como seus pensamentos e palavras são energia também. – Ela me olha de esguelha e continua. – Agora, concentre-se mais. Bloqueie tudo ao seu redor, até que seja apenas você e o gato, que nada fique entre vocês, nenhum tipo de barreira. Misture-se ao fluxo de energia dele, aprofunde-se em sua vivência. Vá em frente, *nieta*, está em completa segurança. Deixe a energia de vocês se misturarem, se fundirem. Permita que sua alma caminhe em conjunto com a dele.

Faço o que ela diz. Encaro o gato por tanto tempo que tudo ao redor fica escuro. Observo-o parar, sentar-se e levar uma pata delicada até a boca, para limpá-la com sua língua áspera. E de repente estou nele. É como se tivesse me tornado ele. Minha energia se mistura com a dele, até que estou profundamente dentro de sua vivência.

Sou luz.

Fluida.

Graciosa e ágil de um jeito que nunca fui – e nem podia imaginar.

Cruzo o muro com minha cauda erguida, paro a meio passo, fico alerta com algum tipo de movimento, ciente de que algo está invadindo, embora no momento seguinte percebo que a invasora sou eu.

Fico em pé nas quatro patas e arqueio as costas para cima, desfrutando do alongamento e mantendo a pose por alguns segundos antes de voltar ao normal. Caminho com tal delicadeza e sutileza que estou completamente atordoada com tal sensação.

Então, sem nenhum aviso, o corpo do gato dá um salto para a frente, para o outro lado do muro e aterrissa longe da minha vista. Nossa conexão é interrompida tão subitamente que caio sentada no banco.

Paloma está parada diante de mim, as mãos sobre o coração, exclamando:

– Que maravilha, *nieta*! Você mesclou sua essência com a dele, pude ver em seu rosto. Você e ele se tornaram um só! Diga-me, o que vivenciou?

Levo um momento para me recompor e encontrar as palavras certas:

– Senti paz... e luz. Senti uma profunda alegria em estar viva... senti todos esses instintos enraizados que o guiam em todos os seus atos... Estava dolorosamente ciente do profundo desconforto da fome. – Afasto o cabelo dos olhos. – Acho que devíamos deixar alguma comida para ele, para que não tivesse que caçar nos campos e cuidar de si o tempo todo.

Paloma se senta ao meu lado, coloca um braço nos meus ombros e diz:

– Você é muito boa de coração, *nieta*. Faremos isso. Mas, eu lhe aviso, você nunca se livrará dele depois que começar a alimentá-lo.

Dou de ombros. Me parece bem. Para alguém que nunca pôde ter um animal de estimação, já sou quase dona de um zoológico, com meu cavalo e meu gato.

Depois de mesclar minha energia com uma aranha, um lagarto e outro gato – este último cinza e bem gordo –, o que quase cobre a variedade de vida selvagem encontrada no quintal de Paloma, é hora de voar com os pássaros.

– É basicamente a mesma coisa – ela me diz. – Mas, como verá em breve, é muito emocionante, por isso sempre é deixado para o final. É necessário praticar antes de tentar tal vivência. Embora, vendo como você é uma filha do vento, uma Dançarina do Vento, guiada pelo Corvo, é provável que queira voar cada vez mais alto. É por isso que quis ter certeza de que estava bem preparada antes de progredir para essa etapa. Então, o que me diz? Está pronta?

Concordo com a cabeça. Estou mais que pronta. Mal posso esperar para deixar o solo e voar através das nuvens – ou, pelo menos, voar de uma árvore para outra.

Os olhos de Paloma se estreitam, varrendo rapidamente as redondezas. Levanta um braço gesticulando na direção de um grande e reluzente corvo negro empoleirado em um galho próximo.

– Isso não é por acaso. – Ela assente, voltando-se na minha direção. – Ele está aqui por uma razão. Sente que você está aqui... sabe que partilha a linhagem do seu espírito animal, está pronto para que você faça a ligação. Ainda que não possa ser confundido com seu real espírito animal... o corvo que você encontrou no Mundo Inferior e na caverna... ainda é considerado um irmão, assim como todos os corvos que habitam o Mundo Mediano. São parte da família... Sua chegada foi anunciada por eles. Além de todas as outras coisas que já lhe disse, o Corvo é um mensageiro do reino espiritual... As coisas que ele mostrará podem mudar sua vida dramaticamente. Ele a ensinará a se aventurar na escuridão, a fim de trazer a luz. E algumas lendas dizem que ele rouba a luz do sol do Coiote que estava determinado a manter o mundo cercado pela escuridão... Uma lenda que é verdadeira, como foi na época de Valentina, que se assegurou de documentar isso em alguns textos que algum dia partilharei com você. Embora, como você bem sabe, tudo seja cíclico, *nieta*, e é só questão de tempo até que El Coyote se reagrupe e venha mais forte do que nunca... – Ela pega a barra do vestido, seu olhar acompanha os pensamentos em uma jornada muito distante. Então, sacudindo a cabeça, volta-se para mim e diz: – Não importa. Basta disso... Agora é hora de você se juntar a ele, de voar com o corvo.

Assim como fiz com os gatos, o lagarto e os outros animais, fixo o olhar até que veja apenas ele e, no momento seguinte, acontece. Com o mínimo de esforço, nos mesclamos e, quando o corvo sai voando, estou voando com ele. A vivência é tão libertadora, tão emocionante... é como se cada célula do meu corpo vibrasse com a força de vida da energia dele.

Olho para baixo, para os topos das árvores. Tenho um panorama dos telhados dos meus vizinhos. Sou o inspetor de tudo. Meus olhos veem tudo. Encontro o gato branco, que logo reivindicarei como animal de estimação, e o observo perseguir uma presa – um pequeno rato do mato cinzento –, mas seguimos adiante antes que ele possa pular.

Voo por sobre estradas de terra esburacadas e pequenas casas de adobe com carros enferrujados nos pátios. Gostaria de voar por sobre as montanhas, sobre a cadeia Sangre de Cristo que assoma a distância, mas o corvo tem outros planos. E, ainda que tenha quase certeza de poder dirigi-lo, ou ao menos de convencê-lo, há algo específico que ele quer que eu veja.

Fazemos uma curva para a esquerda, voando cada vez mais baixo, e passamos um pouco abaixo dos fios de telefone antes de parar no ponto de ônibus do outro lado da Toca do Coelho. E é quando percebo o que está realmente acontecendo aqui: enquanto meu corpo permanece com Paloma, ao mesclar minha energia com a do corvo, posso ver os acontecimentos em vários locais – ver o que ele vê, não importa a distância.

Voamos mais para perto, o corvo e eu pousamos em um poste de luz com vista para o beco. Vemos a perua de Auden estacionada perto da porta dos fundos, enquanto ele e seus companheiros de banda levam o equipamento para dentro do clube.

Meu interesse desperta quando Dace sai pela mesma porta, levando dois sacos de lixo, um em cada mão, e para para dar passagem para os colegas de banda de Auden, antes de seguir seu caminho pelo beco. Com os braços flexionados pelo peso dos sacos, a passos confiantes e largos, caminha de um jeito que faz que a reduzida luz do sol brilhe ao redor dele.

Presto atenção em cada detalhe. Sigo cada movimento. Fico dividida entre os sentimentos de alegria e vergonha por espioná-lo dessa maneira. Repito as palavras de Paloma em minha mente:

Ele não é seu inimigo – não é como os outros Richter. Sua alma é boa e pura.

Ele para diante da lixeira e por um momento examina o beco, assegurando-se de que ninguém o observa. Então fecha os olhos, solta os sacos, que, observo atônita, saltam de suas mãos e pousam direto no grande contêiner de metal.

Acho que não sou a única nas redondezas que se diverte com um pouco de telecinese.

Ele limpa as palmas das mãos nas laterais do avental e vai até uma parede de tijolos vermelhos. Tira o celular do bolso, coloca os fones de ouvido e fecha os olhos, enquanto se encosta na parede e ouve uma melodia que o deixa com uma aparência tão em paz e sonhadora que fico tentada a pousar em seu ombro e escutar também.

Voo do meu poleiro, desesperada por uma vista melhor. Uso os olhos do corvo para examinar a postura casual dos ombros de Dace, o brilho de seu cabelo caindo na frente da camiseta, a linha alongada de seu corpo, o jeito como o avental fica preso em sua cintura e desce por suas coxas. Fico feliz em observá-lo o máximo que posso, e lamento o momento em que ele suspira, se afasta da parede e entra novamente.

Eu o sigo, com o cuidado de me manter perto dos edifícios, permanecendo discreta, invisível. Sigo-o por todo o caminho até a porta traseira do clube, onde

Auden e seus companheiros de banda foram substituídos pela garçonete que me serviu na última vez que estive lá.

Ela está parada na porta, um pouco inclinada, os braços cruzados sobre o peito, enquanto Cade fica diante dela, repreendendo-a de uma maneira que a faz estremecer de vergonha.

Chego mais perto lentamente, me perguntando se devia fazer algo para detê-lo, como dar uma bicada naqueles assustadores olhos azuis – quando Dace se aproxima e resolve a situação de um jeito menos violento.

Passa um braço ao redor dela e murmura algumas palavras de conforto, enquanto olha duro para o irmão e diz:

– Já chega.

Cade dá um olhar penetrante. Dispensa o irmão com um aceno de mão.

– Fique fora disso, Penabranca. Não é da sua conta – vocifera, voltando-se para a garçonete e continuando de onde parou, quando Dace interfere novamente.

– Você fez que fosse da minha conta – Dace diz, virando-se para a garçonete e conduzindo-a para dentro do clube.

A súbita partida dela faz que Cade exploda em fúria, gritando:

– Você não tem o direito de interferir!

Dace ergue os ombros, coloca as mãos nos bolsos e diz:

– Ela trabalha duro. Você devia lhe dar uma folga.

– Quem é você para me dizer o que fazer? – a voz de Cade mostra a mesma ira de seu rosto. – A menos que tenha decidido mudar seu sobrenome para Richter, não sei como tem algo a dizer sobre isso. Não é mais do que um ajudante por aqui. Nunca se esqueça disso.

Dace fica parado diante dele, nem um pouco intimidado.

– Você teria mais de seus empregados se os tratasse com um pouco de respeito – diz, sem se intimidar quando Cade dá um passo para a frente, o rosto completamente inflamado.

– O que lhe dá o direito de dizer como devo administrar *meu* negócio, hein? – Fecha as mãos em punho, enquanto se aproxima do irmão, até que Leandro aparece na porta, seu tamanho avantajado preenchendo todo o espaço.

– *Seu* negócio? – Encara com dureza o filho favorito, aquele que foi gerado segundo suas exatas especificações. – Não acha que está se adiantando um pouco? – Segura o ombro de Cade e o afasta de Dace. – Pare de arrumar encrenca. Deixe seu irmão em paz. Estou falando sério, Cade, não me faça dizer novamente. – Acena para Dace, leva-o pela porta e volta para Cade, a voz mais baixa quando diz: – Não gosto dele tanto quanto você, mas suas ações só provam que não está nem perto de ficar pronto para administrar um negócio. Já é hora de aprender um pouco de diplomacia.

Leandro se dirige para dentro e deixa Cade com suas palavras – lidando com uma raiva tão intensa, tão palpável que o transforma no garoto de olhos em chamas e língua de serpente que sei que é.

O efeito dura apenas um momento; mesmo assim é o suficiente para me chocar de um jeito que faz que o delicado balanço de energia mude. Então, quando o corvo sai voando do telhado e sobe em direção ao céu – vai sem mim. Fico inerte, de olhos vidrados, sentada no banco no jardim de Paloma.

Trinta

– Isso não é meio estranho? – olho Paloma de relance pelo espelho do banheiro. – Você sabe... a avó insistindo para que a neta vá dançar, e até se oferecendo para levá-la?

Paloma força um sorriso e, embora pareça estar brincando, o bom humor não chega aos seus olhos, o que me diz que sua mente está ocupada com novas preocupações.

– O que foi? – Paro um momento para encará-la, segurando o aplicador do rímel no ar.

– Temo que não seja apenas se divertir com seus amigos, *nieta*. – Seu olhar encontra o meu, com arrependimento. – Ainda que queira que vá ao clube com Xotichl e Auden, você deve ter em mente que há muito mais em jogo do que ouvir música e se divertir.

Assinto com a cabeça, esperando que revele o que me espera. Mas Paloma sendo Paloma – uma pessoa que gosta de ir com calma –, ela volta sua atenção para arrumar os botões de seu cardigã azul-celeste. Demora para ajeitá-lo sobre os ombros, apesar do fato de que raramente o use dessa maneira. É uma tática para postergar, mas decido não pressionar e volto a passar rímel nos meus cílios do jeito que Jennika me ensinou: passando a escova horizontalmente na base, depois espichando os cílios na vertical até a ponta.

– Como eu já disse, Encantamento é um lugar com muitos vórtices que fornecem portais a vários mundos – Paloma diz em uma voz seca e contida. – Mas o que não lhe contei é que há um desses vórtices na Toca do Coelho também. A Toca do Coelho contém muitos segredos, mas seu portal não só é difícil de encontrar como é bem vigiado. Apenas os Buscadores mais talentosos foram capazes de localizá-lo... embora nenhum Buscador tenha sido capaz de entrar.

Atiro-lhe um olhar inquieto, me perguntando se é o que espera que eu faça – não apenas encontrar, mas entrar no portal. Se esse é o plano, sinto dizer que esse tipo de espionagem está fora do meu alcance.

– Não se engane, *nieta*, não peço que o acesse esta noite. Na verdade, eu a proíbo totalmente de fazer isso – diz, as mãos apertadas enquanto me olha fixamente. – Mesmo que seja capaz de encontrá-lo, não entre sob circunstância alguma. Você ainda não está pronta, e haverá muito tempo para isso mais tarde. Por enquanto, tudo o que peço é que tente localizá-lo, e então me avise quando conseguir.

Dou um suspiro profundo, voltando a olhar meu rosto. Meu cabelo é liso e ficará assim; não sou chegada em volumes e cachos. Depois de destacar meus olhos com um delineador escuro e a terceira camada de rímel, coloco um pouco de blush nas bochechas, e completo o visual com minha camada normal de brilho labial. Não é preciso exagerar. Não preciso parecer como se estivesse ansiosa para impressionar alguém.

Volto-me novamente para Paloma, apoiando-me no balcão quando digo:

– Tudo bem, então. Como sugere que eu faça isso? Como vou reconhecer? Qual é a aparência de um portal? E não disse que é vigiado? Então como vou me aproximar? – Assim que minhas palavras saem, arregalo os olhos horrorizada quando percebo que falei exatamente como Jennika... disparando um jato de perguntas, sem parar nem uma vez para respirar. O que não é exatamente um dos traços dela que esperava herdar.

– Acho que é mais seguro dizer que saberá quando o vir. Creio que não há um padrão na aparência dos vórtices. Algumas vezes você sabe pelo jeito como o ar fica subitamente nebuloso e brilhante... como viu no Marrocos. Outras vezes, tem um aspecto mais denso, gorduroso e turvo. Algumas vezes, é mais uma sensação... um aumento perceptível de energia... como se a área tivesse uma vibração mais alta e mais rápida do que em qualquer outro lugar. Nesse caso, você notará que toda a área será afetada também. Galhos retorcidos de juníperos são sempre uma boa indicação – ela diz, as palavras me recordando da vez que cavalguei pela reserva com Chay, quando vi um junípero retorcido e ele me afastou de lá, dizendo que não estava pronta ainda. Mas não menciono isso para Paloma, apenas concordo com a cabeça para que ela continue.

– O que precisa entender é que você não pode ouvir nada, sentir nada ou ver nada a menos que se concentre. – Faz uma pausa, o ar interrogativo em meu rosto a faz explicar. – Bem agora, você está concentrada em mim. Está olhando para mim, me ouvindo, lutando para me entender. – Dá um sorriso. – E é bem-sucedida nessa empreitada porque já sou uma parte sólida da sua consciência. Já existo no campo de todas as coisas que você conhece e espera do mundo. Mas agora que percebe que há mais neste mundo do que imaginava... e que há vórtices e portais que levam a outros mundos e outras dimensões dentro desses mundos... não vai demorar até que se torne proficiente o bastante para localizá-los com facilidade. Mas, por enquanto, nesta noite, tudo o que peço é que dê uma boa olhada ao redor, fique alerta e, se notar algo que parece fora do normal, preste bastante atenção, observe bem a área e se afaste o mais rápido possível.

Me atrapalho com a pulseira do relógio, lembrando a primeira e última vez que visitei a Toca do Coelho. Todo o lugar pareceu estranho e, definitivamente, fora do normal. Dos clientes de olhos turvos no bar aos garçons, seguranças e outros funcionários que trabalham lá. Agora entendo que estão todos sob o feitiço dos Richter.

– O lugar é repleto de câmeras de segurança – digo, meus olhos encontrando os de Paloma. – Um pouco antes de sair, fui até um escritório onde vi Cade monitorando o edifício todo, dentro e fora, em um grande conjunto de telas. Não será fácil xeretar por lá. Não importa aonde vá, serão capazes de me observar. E, acredite em mim, assim que perceberem que estou lá, passarão a me observar. Não há como escapar do radar deles.

Apesar do que digo, Paloma recebe minhas palavras com um sorriso.

– Mas você vai escapar do radar deles, *nieta*. E o fará com muita facilidade, sem nenhum esforço, como verá em breve. Eles nem a notarão, prometo isso.

Eu a espreito, sem ter ideia do que ela está aprontando, e não estou certa de querer saber.

– Então... vai me dar uma capa da invisibilidade? – digo, esperando que a brincadeira acalme meus nervos, o que acontece. Mas só até que ela coloque a mão no bolso lateral do vestido e tire um pequeno frasco com pequenos buracos na tampa e uma barata infeliz dentro.

– Assim como você misturou sua energia com o gato, o lagarto, a aranha e o corvo, quando chegar ao clube você irá ao banheiro e vai mesclar sua energia com a desta barata, o que permitirá que dê uma boa olhada pelo lugar sem ser notada.

– Uma *barata*? – Olho alternadamente para o frasco e para ela. Sem chance. Só de pensar me dá arrepios. – É sério? *La cucaracha*? – digo, apelando para todo o espanhol que conheço.

– Sim, *nieta*. – Ela sorri. – E, ainda que imagine que haja várias dessas na Toca do Coelho, neste caso não podemos correr o risco de que administrem um estabelecimento muito mais limpo do que eu suspeito. Então, temo que terá que levar a sua.

Ela me dá o frasco e, ainda que eu mal consiga entender o que me está sendo pedido, me pego aceitando com menos hesitação do que teria pensado. Depois de checar se a tampa está bem fechada, guardo o frasco no fundo da bolsa, penduro-a no ombro e digo:

– Então, com tantos vórtices e portais em Encantamento, o que torna este lugar tão importante?

Paloma encara o espelho, avaliando seu reflexo enquanto ajeita o cardigã ao redor do corpo, então se vira um pouco antes de ver a pequena gota de sangue que se forma no canto de seu nariz. Olha para mim e responde:

– Porque é onde está o segredo da força deles. Se puder localizá-lo e, eventualmente, acabar com ele, poderá detê-los para sempre.

trinta e um

Depois de vestir o mesmo jeans escuro e justo que usei na escola – o único poupado pela tesoura de Paloma, na intenção de abrir espaço para meu gesso –, coloco uma regata justa, minhas botas baixas favoritas, um grande par de argolas de prata e, é claro, minha jaqueta militar verde-oliva. Arrumo minha algibeira de camurça entre a roupa, deixo-a repousando sobre minha pele e estou prestes a sair do quarto quando Paloma para na minha frente.

– Aqui, *nieta*, você precisará disso. – Ela me oferece duas notas amassadas de vinte, mas sou rápida em recusá-las. Não posso aceitar o dinheiro dela. Pelo que posso ver, não há muito por aqui, e não parece certo.

Ela suspira, guarda as notas no bolso e me leva até o jipe. Considerando toda a conversa e animação que compartilhamos desde o momento em que cheguei da escola, fico surpresa em ver o quão quietas estamos na maior parte do caminho até a cidade. É só quando ela para no semáforo a meio quarteirão da Toca do Coelho, e pega um lenço novo para limpar a gota de sangue que se acumula em seu nariz, que digo:

– Paloma, essa hemorragia nasal...

Mas, assim como nas outras vezes que mencionei isso, ela é rápida em me silenciar. Seu pé vai do freio para o acelerador quando diz:

– Quando estiver pronta para ir embora, Chay e eu ficaremos felizes em vir buscá-la. É só nos ligar. E, se não conseguir encontrar o portal e quiser ficar mais e se divertir, está tudo bem também. Tenho certeza de que Auden ou Xotichl lhe darão uma carona. São bons meninos.

Ela para diante do clube, mas não faço menção de sair. Não até me dizer, de uma vez por todas, que diabos está acontecendo.

Mas, como sempre, ela percebe meu estado de espírito e se vira no assento, colocando a mão sobre a minha e dando um apertão gentil e confortador.

– Agora vá, *nieta*. – Seu tom de voz, juntamente com o olhar, me mostram que não tem intenção de responder minha pergunta, então é melhor lidar com isso. Sua voz suaviza um pouco quando diz: – E tente se divertir um pouco... você certamente merece.

Suspiro, desejando que confie em mim. Mas, sabendo que não faz sentido insistir, desço do jipe e vou pelo beco até a porta lateral, pensando em como o lugar parece diferente das outras duas vezes que estive aqui. Primeiro como uma garota aterrorizada, delirante e confusa, o que só serviu para fazer tudo parecer sombrio, de mau agouro, assustador e sinistro. Então, poucas horas antes, quando vi o lugar pelos olhos do corvo, tudo pareceu quase comum, mundano, até mesmo tedioso. Mas é o que os Richter querem que você veja. É como Paloma disse, agora que sou treinada como uma Buscadora, agora que sei a verdade sobre o mundo, definitivamente tenho a sensação de algo muito mais sombrio escondido por baixo.

Vou para a porta, tomando meu lugar na fila e, quando chego à entrada, sou incapaz de manter o sorriso no rosto quando o segurança marca minha mão com o mesmo carimbo que usou na minha primeira visita: o desenho de um coiote, com reluzentes olhos vermelhos.

El Coyote, chegou o momento de conhecer uma nova geração de Buscador.

Minha bravata dura dez segundos, até que entro e a primeira coisa que vejo é Lita e o resto da Horda Cruel, como Xotichl as chamou, paradas a alguns passos da porta.

Mas em vez da zombaria que espero, encontro três pares de olhos apertados e interessados que acompanham cuidadosamente meu percurso enquanto passo pelo bar e atravesso um monte de mesas e cadeiras, até chegar diante do palco. Xotichl está parada ali, com os olhos bem fechados e as mãos espalmadas contra um dos alto-falantes, enquanto Auden faz uma série de passagens de som.

– Você veio. – Ela sorri, olhos ainda fechados, virando a cabeça na minha direção.

– Vim – digo, me perguntando o que está fazendo, mas ela me diz antes que eu possa perguntar.

– Posso ver a energia da música. – Abre os olhos, embora seu olhar permaneça desfocado, distante.

– Você pode... vê-la? – Estudo-a de perto, vendo a bonita minissaia de brim e a camiseta preta, a palavra Epitáfio rabiscada em prata na parte da frente. – Mas... como? – pergunto. Nunca ouvi falar nisso.

– Maravilhoso, não é? – Ela sorri de um jeito que faz seu rosto todo se iluminar. – Provavelmente não é o que você pensa. Não são imagens reais ou coisas assim. São mais como flashes brilhantes e intensos de cor. Música é energia... Sabe disso, né? Bem, na verdade, tudo é energia, é cientificamente provado. Mas, enfim, de volta à música... veja bem, cada nota contém sua própria energia, sua própria vibração, o que, por sua vez, contém uma cor correspondente. Não sei se Paloma contou para você, mas foi assim que Auden e eu nos conhecemos. Quero dizer, não aqui na Toca do Coelho, mas por causa da conexão entre energia, música e cor. Na verdade, se pensarmos bem, foi tudo culpa da Paloma. – Ela ri. – Estivemos trabalhando nisso por dois anos... Foi ela quem me ajudou a descobrir isso. Então, quando Auden concordou em me ajudar a afinar isso, ela nos apresentou e foi amor à primeira vista! A música dele é incrível! – ela exclama, o rosto suave e sonhador. – Você precisa ver quantas cores irradia. É tão vibrante quanto ele.

Fico parada ao lado dela, sem ideia do que dizer. Nunca imaginei que teria inveja de uma garota cega – ou de qualquer garota, na verdade. Sempre estive mais ou menos satisfeita em ser eu mesma, para o bem ou para o mal. Mas a alegria de Xotichl é tão contagiosa que não posso deixar de me perguntar como seria ser como ela. Viver na pele dela. Ser tão repleta de alegria e amor que não podem ser contidos.

Nunca ter que encarar o desafio de mesclar sua energia com a de uma barata, a fim de ir à caça do vórtice.

Me pergunto se ela tem alguma ideia de como é bom isso que ela tem. Mas, quando a olho novamente, tenho certeza de que sim.

– Ah, e para que saiba... – Ela abaixa a voz em um sussurro conspiratório. – Andaram contando histórias sobre seu passado em Hollywood.

Fico boquiaberta, estupefata com a sensação de rubor que me toma.

– Aparentemente, você já até saiu em capa de revista. – Assente. E não consigo decidir se sua voz contém uma pitada de alegria, ou se estou apenas louca e paranoica, o que é uma possibilidade bem real. Decido lhe dar o benefício da dúvida e deixar para lá.

– Eles viram? – Fecho os olhos, perguntando como isso teria acontecido. É um tabloide semanal. Deve estar fora das bancas há tempos.

– Aparentemente, o salão de cabeleireiros tem um exemplar – ela diz, respondendo à pergunta que ainda não fiz. – E tem outro na lavanderia também. Ah, e só para o caso de não saber, tem uma coisa nova chamada Google... Aparentemente dá para encontrar lá também.

– Que bom. Isso é tão... *legal.* – Estudo meus pés. – Nada como ir de muito ruim a muito pior no curso de um dia.

– Talvez... – Xotichl se inclina na minha direção. – Mas talvez não. Pela primeira vez em muito tempo... ou em todos os tempos... elas enfrentam um dilema com o qual não estão acostumadas. Agora se dividem entre odiá-la e admirá-la, e antes apenas odiavam você. Isso deve ser considerado como um progresso.

Examino o salão e, sim, com certeza, lá estão elas – três pares de olhos acompanhando tudo o que faço. Então me volto para Xotichl e digo:

– Bem, só para que conste, a capa não é exatamente lisonjeira, e a história não é verdade. Mas ninguém se importa com isso. Quanto mais lascivo, melhor. Por que estragar uma história de sucesso potencial com os frios e duros fatos? – Sacudo a cabeça, determinada não só a localizar o portal secreto, mas também a entrar nele, independentemente do que Paloma diz. Quanto mais rápido conseguir localizar a fonte do poder do El Coyote, mais rápido poderei destruí-lo, completar minha tarefa como Buscadora e voltar para a vida que conhecia.

– Você não está entendendo – Xotichl diz. – Lita e a Horda Cruel, também conhecidas como Crickett e Jacy, não se importam se é ou não lisonjeira. Elas só se importam que você estava *no mesmo ambiente que Vane Wick*. E, já que estamos nesse tema, como era?

Balanço a cabeça, pensando: *Até tu, Xotichl?* Apenas para olhar de relance por sobre o ombro e ver cada garota no salão – e cada garoto também – me encarando, provavelmente se perguntando a mesma coisa, então é bom que me acostume a explicar:

– Não era nem de perto tão bom quanto a maior parte das pessoas pensa – conto para ela, sabendo que isso é tão falso quanto a história na capa do tabloide. Pelo que me lembro, Vane beijava bem demais. Tão bem que estive bem perto de fazer algo de que teria me arrependido. Mas, como ele me traiu com tanta facilidade, daqui em diante, é com essa história que ficarei.

Xotichl ri, encarando o palco enquanto diz:

– Sim, eu já imaginava isso.

Logo em seguida, as luzes diminuem e Auden fica diante de nós, com a guitarra em punho.

– Esta é para Xotichl – diz. – Na verdade, são todas para Xotichl.

As pontas de seus dedos encontram as cordas, a música toma o salão num crescendo, enquanto me inclino na direção de Xotichl e digo:

– Vou dar uma volta por aí. Encontro você mais tarde, ok?

Já estou me afastando, quando ela pega meu pulso, o rosto sombrio, a voz competindo com o dedilhado na guitarra de Auden ao dizer:

– Tenha cuidado. Cade está aqui.

trinta e dois

Um bando de adolescentes se espreme de encontro ao palco. São tantos que sou obrigada a forçar meu caminho por eles, murmurando:

– Com licença – uma e outra vez, até que finalmente saio da confusão e dou de cara com Dace.

Nossos corpos se chocam com tanta força que ele quase perde o equilíbrio. Seus dedos seguram meu braço, na tentativa de me firmar e também de se firmar, e ele diz:

– Você está bem?

Concordo com a cabeça. Desvio o olhar. Sou incapaz de responder – incapaz de encontrar seu olhar. Meu campo imediato de consciência se reduz ao espaço em que sua mão segura meu braço – reduzindo o mundo exterior a formas borradas e ruídos de estática.

– É a segunda vez que você tromba comigo aqui... deve ser um sinal. – Ele sorri, seus olhos brilham. Nós dois ficamos suspensos, encarando fixo um ao outro, até que solto meu braço, me liberto do encanto e mergulho em um turbilhão de música e pessoas passando ao nosso redor. – Da última vez você parecia um pouco fora de si... e um tanto apressada – ele diz, parecendo envergonhado quando não respondo. – Então, provavelmente não se lembra.

– Eu me lembro. – Assinto. Quero dizer: *Lembro tudo, tudinho, a questão é: você lembra?* Mas, em vez disso, encaro meus pés, sorrindo estupidamente. Só faço coisas estúpidas quando estou perto dele. Nem pareço a Buscadora que me tornei. Na tentativa de me redimir, dizer algo normal, sem deixá-lo perceber que já sei que ele trabalha aqui (graças ao corvo que permitiu que eu o espionasse mais cedo), digo: – Então, parece que você vem bastante aqui, né?

Ele passa a mão pelo cabelo, enquanto seus olhos – de um verde-azulado – me percorrem de cima a baixo. E é claro que consigo sentir sua trajetória. É como tomar banho em uma corrente de mel morno e viscoso – pingando do alto da minha testa até a ponta dos pés.

– Acho que se pode dizer isso – ele diz, a voz baixa e profunda. – Mais do que a maioria. – Balança um pano de copa e me indica a frente de seu avental, e coro em resposta. Aquela visão me faz lembrar o jeito como o vi no beco, observando-o inclinado contra a parede, o rosto tão tranquilo e sonhador que ansiei por tocá-lo, beijá-lo, como fiz no sonho.

Eu o estudo de perto, buscando algum sinal de reconhecimento, de lembrança – algum sinal mínimo de evidência que me prove que, por mais estranho que pareça, o beijo na caverna foi tão real quanto pareceu –, mas não consigo nada.

– Então, há quanto tempo você trabalha aqui? – pergunto, retornando ao tópico em questão. Meu olhar passa pela camiseta de gola em "V" negra que marca a linha sinuosa de seu corpo, enquanto digo para mim mesma que tudo aquilo é parte da minha missão de reconhecimento, da necessidade de recolher o máximo possível de informações sobre ele e o irmão. Mas sei que essa não é a realidade. A verdade é que gosto de olhar para ele, de estar perto dele.

– Acho que podemos dizer que algo entre muito tempo e não tempo suficiente... depende do estado da minha carteira. – Sua risada é de boa índole e fácil. O tipo de risada que começa na barriga e daí segue para cima. – É praticamente o único emprego decente na cidade. – Dá de ombros. – De um jeito ou de outro, você acaba trabalhando para os Richter e, acredite em mim, aqui estão as melhores gorjetas.

Eu o espreito de perto, lembrando o que Cade disse quando eu estava no corvo. Como ele se referiu ao irmão por outro nome.

– Você não é um Richter? – pergunto, segurando a respiração.

Apesar do que Paloma me contou, preciso ouvir dele, confirmar que ele não se identifica com seu clã.

– Eu uso o Penabranca – ele responde, o olhar firme e sério. – Fui criado pela minha mãe, nem conhecia os Richter quando era criança.

Ainda que tenha conseguido a resposta que queria, franzo o cenho. Ser um Richter era uma boa razão para evitá-lo – sem isso, não tenho desculpas.

– Tudo bem? – Ele inclina a cabeça na minha direção, a boca torcendo de lado. – Você parece um pouco chateada com a notícia.

Sacudo a cabeça, saio do devaneio e digo:

– Não! Nem um pouco. Acredite em mim, é mais do que um alívio. – Encontro seu olhar, buscando uma maneira de abordar a questão. – Acho que não sou uma grande fã do seu irmão. – Acrescento, observando-o jogar a cabeça para trás e dar uma gargalhada, e a vista daquele pescoço comprido e glorioso me força a afastar o olhar. É demais para aguentar.

– Se isso a faz se sentir melhor, na maior parte do tempo tenho que concordar. – Ele se volta para mim, e o calor de seu olhar é o único responsável pela onda de conforto que flui através de mim.

O sentimento dura apenas um momento, antes que tudo mude. O comportamento de Dace fica cauteloso, em guarda, enquanto ele olha para um ponto distante bem atrás de nós e diz:

– Falando nisso... – Franze o cenho, mal olhando para mim quando acrescenta: – Preciso voltar ao trabalho... nos vemos por aí?

Eu o observo adentrar a multidão, apenas para ser substituído, alguns segundos depois, por Cade.

– Oi, Santos. – A voz dele se ergue sobre o ruído e o caos, e seus olhos passam por mim, me devorando, mas, ao contrário do que aconteceu com seu irmão, o olhar de Cade me deixa gelada.

– Oi, Coiote. – Sorrio, sem ver utilidade em fingir. Ambos sabemos em que time jogamos.

Ele ri em resposta – uma risada real e genuína, que eu não esperava.

– É claro que não tenho ideia do que você está falando – ele diz, seus olhos brilham, como se fôssemos dois camaradas conspiradores partilhando uma piada. – Embora tenha que admitir que realmente poderia aprender a gostar de você.

Ele se aproxima, perto demais para o meu gosto. Mas, ainda que tenha vontade de dar um grande passo para trás, me forço a permanecer onde estou. Ele não vai me intimidar, não importa o quanto tente.

– Você pode não acreditar nisso, mas estou realmente feliz em conhecê-la. Você é exatamente o que precisávamos para agitar as coisas por aqui.

Franzo a testa, observando sua pele suave e lisa – e o brilhos dos dentes brancos –, sem ter ideia de onde isso vai dar.

– Essa é uma bela cidade, não me entenda mal, e Leandro, meu pai, é praticamente o responsável por tudo nela. Você sabe que ele governa a cidade, certo? Meu pai é o prefeito. Meu tio é chefe de polícia, meu primo é o juiz...

Reviro os olhos para que saiba que não estou nem um pouco impressionada com a longa lista de falsas realizações dos Richter.

– De qualquer modo... – Ele rejeita minha reação com um aceno de mão. – Por mais que ame este lugar, ultimamente as coisas estavam um pouco obsoletas. Quero dizer, você é uma viajante do mundo... – Faz uma pausa, esperando que eu confirme que realmente conheço várias partes do mundo, e, quando não faço isso, prossegue: – Toda essa rotatividade e os saltos de um lugar para outro... Com esse tipo de experiência, sua visão é provavelmente muito mais ampla do que a da maioria. Algo que, sinto dizer, minha família valoriza pouco. Eles construíram uma vida confortável, complacente, e há um tempo eu estava me sentindo tão sufocado que ameacei partir. Queria expandir meus horizontes, ver mais do mundo. Provavelmente você não sabe, já que é nova por aqui, mas raramente as pessoas deixam Encantamento e, quando o fazem... quase nunca termina bem.

Estreito os olhos, sabendo que ele está fazendo referência ao meu pai, mas também sentindo algo muito mais sinistro por detrás de suas palavras.

– De qualquer modo – ele prossegue –, desde que você chegou, é como se eu tivesse um novo sopro de vida, uma recarga de energia com tudo isso. – Inclina a cabeça na minha direção, fazendo o cabelo cair no olho. É um movimento típico dele, feito para ser sedutor, mas é total perda de tempo comigo. – Então, o negócio é o seguinte: tenho uma proposta para fazer, uma que acho que a surpreenderá... – Ele passa a língua pelos lábios, chegando tão perto que sinto sua respiração na minha bochecha esquerda. – Sei que supostamente devíamos ser inimigos jurados. Sei que nascemos para lutar um contra o outro até a morte. Mas, honestamente, não vejo motivo para isso. Você pode achar estranho, pode achar que vai contra tudo o que ouviu sobre mim, mas não vejo razão para não trabalharmos juntos. Não vejo razão para lutar quando ambos poderíamos nos beneficiar em promover a paz em vez da guerra.

– Você está brincando – deixo escapar, incapaz de esconder o choque da minha voz.

– Estou falando muito sério – diz, os olhos em chama. – Meus objetivos vão muito além dos da minha família, e você é exatamente o que preciso para alcançá-los. É claro, você será bem recompensada... muito bem recompensada, de fato. – Ele me olha fixamente de um jeito que faz que me encolha. – Temos muito mais em comum do que você imagina, Daire. E não tenho dúvida de que posso aprender tanto com você quanto você comigo. Pense bem... nós dois juntos, unindo nossos talentos para colocar todos os outros mundos e suas várias dimensões sob nosso domínio. Temos que pensar grande.

Fico parada diante dele, sem ter ideia do que dizer – além de: *Não!* E: *Você é louco!* Mas estou aturdida demais para falar.

– De qualquer forma, não é nada que tenha que decidir já. Sei que leva um tempo para se acostumar com a ideia, mas espero que leve isso seriamente em consideração.

Concordo com a cabeça, insegura sobre o que dizer, o que fazer. Paloma não me preparou para isso.

– Então, me diga, meu irmão estava incomodando você? – Ele se inclina na minha direção, sua proximidade me deixando no limite. – Ele não é um de nós, sabe. É uma espécie de ovelha negra. Toda família tem um. Meio como seu pai, Django, imagino.

Engulo em seco. Luto com todas as forças para não reagir. Ele está me provocando. Apertando propositalmente todos os meus botões, em busca de um ponto fraco – aquele que me fará deixar de ser uma Buscadora totalmente no controle para me tornar uma adolescente que perde a estribeira. Mas ele pode falar o que quiser, não vou cair nessa.

– Como seja... – Dá de ombros, com aquele sorrisinho falso novamente. – É bom que Paloma tenha deixado você sair de casa tempo o suficiente para se divertir um pouco. – Seu olhar me varre e, ainda que pareça com o irmão, a semelhança para exatamente onde começa. Para aqueles que não conseguem ver mais além, ele é um deus. No meu caso, me dá apenas arrepios. – Então, posso mostrar o lugar para você? Quer alguma coisa? Algo para beber, talvez? Afinal, sou dono desse lugar.

Dou-lhe um olhar dúbio, lembrando a cena no beco, quando o pai chamou sua atenção na frente de Dace por sugerir a mesma coisa.

Minha expressão o faz rir, e ele diz:

– Tá bem, talvez seja tecnicamente do meu pai, mas sou o primeiro na linha sucessória. Sou considerado um ótimo partido nesta cidade... caso já não tenha adivinhado.

– O tipo de coisa que provavelmente funciona melhor com Lita do que comigo – digo, observando fascinada enquanto o rosto dele se transforma no que conheço como seu olhar superficial e de autossatisfação em algo mais duro e sombrio, como um clamor distante do demônio que sei que ele é.

– Lita – ele zomba. Rejeita a ideia, dizendo: – Lita é fácil demais. Estou a fim de um desafio. Embora, pelo que ouvi, você tenha uma queda pelos tipos frouxos de Hollywood.

– Não devia acreditar em tudo o que escuta – digo, já arremessando as palavras por sobre o ombro. Já tive o bastante dele por uma noite.

Não vou muito longe antes que os dedos dele segurem meu pulso e ele me puxe de encontro ao seu peito, dizendo:

– O que procura, Daire? – Sua voz é um mero sussurro, e sua mão aperta com força.

– Estou procurando o banheiro feminino – respondo. – Mas tenho certeza de que consigo encontrar sozinha. – Tento me libertar, mas ele é incrivelmente forte e não consigo tão fácil. Ainda que tenha certeza de que consigo me livrar se colocar algum esforço, não estou segura do quanto quero fazer uma cena.

Sua voz está repleta de um pretenso flerte quando diz:

– E estou certo de que pretende fazer vários desvios antes, não é? – Passa o dedo pelo meu rosto e a sensação me faz prender a respiração e tentar me libertar. – A fim de nos poupar de algum tipo de constrangimento e preservar nossa nova amizade, permita-me dizer-lhe que fica do outro lado do salão... bem de frente ao palco... para que não se perca.

Engulo em seco, fazendo outra tentativa de me libertar, e ele me puxa para mais perto, seus lábios encostados no meu cabelo quando diz:

– Falei sério em tudo o que disse... quero unir forças com você. Então, não me desaponte, xeretando onde não é chamada. O futuro é nosso... então tente não estragar tudo.

Seguro seus dedos e solto-os do meu pulso. Quando sinto suas juntas estalando em protesto, não me sinto nem um pouco mal a respeito.

– Não me toque – digo, olhando fixamente para ele. – Nunca. Jamais. Entendeu?

– Ah, eu entendi – ele responde, a voz firme e tranquila. – E, só para que saiba, estou de olho em você também. Há câmeras por todos os cantos, Santos. Não há lugar seguro. Exceto, talvez, o banheiro. Afinal, todos temos nossas normas. – Ele sorri, uma visão doentia de dentes brilhantes olhos frios e vazios. – Não tente nada estúpido. Não tente fazer nada de que possa se arrepender.

Suas palavras me seguem enquanto atravesso a pista de dança, seguindo a direção que me indicou.

trinta e três

Empurro a porta do banheiro e entro. Vou direto para a fileira de pias brancas na parede de azulejos azuis, mergulho as mãos no jato de água fria na tentativa de esfriar os ânimos, de me acalmar – o encontro com Cade me deixou mais abalada do que pensei inicialmente.

Me olho do espelho, vendo um rosto corado e atormentado encarando de volta. E bem atrás de mim, bem à minha direita, vejo quando a garçonete da primeira vez que estive aqui, a que Dace consolou no beco, irrompe de uma cabine, ajeitando o avental, me contorna e se dirige para uma das pias. Lava as mãos, seca-as no papel-toalha amarrotado e se inclina na direção do espelho, limpando uma mancha de rímel com a ponta do dedo.

– Perdeu o ônibus? – Continua a encarar a si mesma, ajeitando a aparência, ainda que a pergunta seja para mim.

Eu me viro. Estou surpresa de que se lembre. Mas, novamente, Encantamento não é exatamente uma cidade de destino. Não tem muitos turistas.

– Algo assim. – Foco no nome da placa que ela leva pendurada no peito: MARLIZ! É isso mesmo. Só que, visto do espelho, o nome é lido de trás para a frente.

– Eles partem com intervalos de poucas horas. Talvez queira tentar novamente. – Ela se afasta da pia e olha direto para mim.

– Por que está tão ansiosa em se livrar de mim? – pergunto, procurando meu brilho labial na bolsa e passando uma fina camada na boca.

– Talvez esteja só tentando ajudá-la. – Dá de ombros.

– E por que iria querer fazer isso? – Contra-ataco, vendo-a suspirar e voltar-se para o espelho, onde examina o rosto novamente. Levanta a franja com uma mão, mantendo-a na testa; o dedo anular ostenta um grande diamante solitário em um fino anel de ouro. Tenho quase certeza de que não o usava da última vez que a vi.

– Tenho o coração bom, o que posso dizer? – Sorri de um jeito que me lembra Cade, insensível, irreal. – Faço uma boa ação por dia, e hoje parece que é com você. Então, aceite meu conselho e vá embora enquanto pode.

Me inclino sobre a borda da pia, com o cuidado de manter meu rosto livre de emoções.

– Já pensou na hipótese de seguir seu próprio conselho?

Ela pega a alça do sutiã preto e a esconde sob a regata.

– É claro. – Faz o mesmo com a outra alça. – O tempo todo.

– E... então... como nunca partiu?

– Quem disse que não fiz isso? – Ela me encara, seu olhar insinuando algo que não consigo entender.

– Então por que voltou?

Enfia a mão no bolso do avental, suspirando enquanto confere uma pilha de troco, as moedas causando um tilintar surdo.

– Nasci e fui criada aqui. Acho que, quanto mais você fica, mais facilmente perde a perspectiva. Pensei que era a única garota a ir para Los Angeles com as raízes descoloridas e grandes sonhos... Acontece que estava errada. Então, me matriculei em um curso de esteticista... mas era muito difícil ir adiante e, depois de um tempo, pareceu mais fácil voltar. – Dirige-se para a porta, onde apoia a palma da mão. Seu novo anel de diamante captura a luz e reluz para mim. – Vi o jeito como eles olham para você – diz.

– Quem? – Meus olhos passam por ela.

– Todos eles... mas principalmente Cade e Dace. Os irmãos se odeiam... ou, pelo menos, Cade odeia Dace. Não acho que Dace seja capaz de odiar alguém. – Seu olhar se suaviza, fica distante, provavelmente se lembrando de quando Dace impediu Cade de maltratá-la algumas horas atrás. – Enfim... – Sacode a cabeça. – Tome cuidado.

A última frase não foi mais alta do que um sussurro, mas me fez exclamar:

– Ei! O que quer dizer com isso? – Minha voz compete com o ruído da porta que se fecha atrás dela, deixando minha pergunta sem resposta.

Trinta e quatro

Entro em uma cabine vazia, checo a fechadura duas vezes, abaixo a tampa da privada, sento-me sobre ela e reviro minha bolsa em busca do pote com os pequenos buracos na tampa e a imensa barata dentro. Sentindo igualmente repulsa e excitação pelo que estou prestes a fazer, abro a tampa, coloco o pote no chão e olho a barata o mais fixamente que posso.

Encaro o inseto até que tudo desapareça exceto seus três pares de pernas, a carapaça marrom-avermelhada nas costas, as antenas supercompridas e as asas que são feitas mais para sair correndo do que para voar.

Sua antena se move, descobrindo que a tampa se foi, e a barata vai em frente – rápida demais. Correndo para fora do pote bem antes que tenhamos a chance de nos misturar completamente.

Observo, horrorizada, enquanto ela ganha velocidade, passa da minha cabine para a cabine do lado, bem quando alguém entra ali.

Passo meu pé por baixo, na tentativa de trazê-la de volta para minha cabine, apenas para que a pessoa ao lado, ao ver meu pé invadindo, grite:

– Sinto muito, mas *pode me dar licença?*

Chuta minha bota, com mais força do que o necessário, fazendo meu pé bater na barata com tanta força que solto um arquejo audível. Ignoro a enxurrada de comentários odiosos que vem da cabine ao lado e levanto o pé cuidadosamente –

horrorizada com a ideia de ter esmagado o inseto, de ter matado a barata antes de poder colocá-la para trabalhar.

Mas baratas são muito mais duronas do que isso. Há uma razão para que sejam um dos mais antigos grupos de insetos sobreviventes na terra. Fora o fato de estar de ponta-cabeça, parece estar em boa forma. Então, dou um profundo suspiro, foco no corpo que se contorce freneticamente, os três pares de pernas se debatendo, lutando para se endireitar – ciente de que, naquela segunda fusão, farei parte daquela luta. Mas também sabendo que não posso correr o risco de endireitá-la até ter a oportunidade de me unir a ela.

A garota na cabine ao lado dá descarga e sai, batendo a porta com tanta força que faz as paredes azuis de metal retumbarem e balançarem. Sou obrigada a esperar que ela passe pela pia, e o som da porta se fechando permite que me foque na barata. Não demora até que esteja *dentro* dela.

Estou viva.

Repleta de adrenalina.

Uma luta primal por sobrevivência percorre todas as minhas terminações nervosas.

Tudo o que tenho que fazer – tudo o que temos que fazer – é endireitar o corpo novamente.

Quanto mais ficamos de barriga para cima, mais cresce o sentimento de pânico. Sabendo que isso vai apenas gastar energia muito necessária, me esforço um pouco mais – mesclando meu desejo de viver com a luta primitiva pela sobrevivência do inseto. Empurro as pernas com mais força – como uma barata com esteroides – até que consigo virar e cair de barriga no chão. A antena vira para todos os lados, analisando o ambiente, até localizar a lateral do pote e classificá-lo como perigo. Corro para a parede oposta. Instintivamente procuro o lugar mais escuro – e é quando me lembro que baratas são criaturas verdadeiramente da escuridão: vivem na escuridão, caçam na escuridão, fazem todo o possível para evitar a luz e permanecer sem ser notadas.

Paloma sabia exatamente o que fazia quando escolheu esse inseto para que eu me mesclasse.

Para algo tão injuriado – tão odiado, abominado e mesmo temido –, estou admirada de quão poderosa me sinto agora que me juntei a ela. Sou como um minúsculo tanque de guerra, percorrendo uma vasta extensão do chão de ladrilhos cinzentos do banheiro que, desta perspectiva, parece não ter fim.

Contorno um pedaço de papel-toalha amassado caído perto da lixeira e paro no canto, corpo tranquilo, antenas se mexendo, tentando decidir se posso passar por baixo da porta ou se tenho que esperar que alguém a abra. Decido que a fresta é pequena demais, o que não me deixa com outra alternativa além de esperar.

Então, corro para o canto, esperando que alguém entre logo e eu possa aproveitar o momento para fugir.

A porta se abre, batendo com tanta força contra a parede que me encolho ainda mais no canto e agradeço silenciosamente pela pequena borracha que a impede de causar um dano real. Observo botas negras na altura do joelho, sapatilhas vermelhas pontudas e saltos altos prateados entrarem. Tento determinar o momento exato de me mexer quando percebo que os sapatos pertencem a Lita e à Horda Cruel. E pode-se dizer que estão falando de mim.

– E aquela jaqueta que ela usa? – comenta a garota com os lábios rosados brilhantes, aquela que, segundo Xotichl, se chama Jacy ou Crickett, ainda que não tenha certeza de qual é qual.

– É sério – a outra ecoa, aquela com as melhores luzes no cabelo do grupo. – O que significa tudo isso? – acrescenta, olhando para Lita em busca de aprovação. As duas fazem isso.

Olho para a porta e para elas – minha saída está se fechando, mas ainda está aberta o suficiente para me proporcionar uma fuga fácil. Se eu correr agora, não vão notar e estarei a caminho.

Estou prestes a fazer isso no momento exato em que Lita vai para o espelho, fica parada diante dele e diz:

– Não sei...

A porta está se fechando – mais um segundo e terei que esperar até que saiam.

Começo a me mover, começo a correr, minhas pernas curtas e finas – mas mesmo assim poderosas – me levando adiante mais rápido do que eu poderia ter imaginado. Mas, quando alcanço a saída, a lábios rosados vai até minha cabine – aquela que a eu verdadeira ocupa atualmente –, em vez da cabine bem ao lado, que está com a porta semiaberta.

Congelo. Não posso arriscar. Se ela conseguir entrar de algum modo, se a tranca que testei duas vezes falhar de algum modo, se me pegar caída sobre o assento da privada – meu corpo presente, minha consciência no limbo –, estou perdida.

Volto para meu canto, é só o que posso fazer. As antenas se contorcem em frustração, quando ela finalmente desiste e vai para a cabine vazia, no exato momento em que a porta do banheiro se fecha – minha oportunidade de fuga perfeita perdida por enquanto.

Só que não é assim.

Não completamente.

Não para algo tão pequeno quanto uma barata.

O mesmo papel-toalha do qual desviei antes deve ter sido chutado sem querer por um dos sapatos delas, e agora está firmemente preso entre o batente e a porta, deixando uma fresta suficiente para que eu passe por ela e volte para a tarefa que Paloma me encarregou.

Rastejo na direção do vão. Fico de olho em Lita que ainda está diante do espelho, ajeitando os seios com as mãos, levantando-os com o sutiã, enquanto sorri sedutoramente para o próprio reflexo e diz:

– Resista a isso, Cade Richter.

Ela comprime os lábios, ajeita os cabelos ao redor dos ombros e, quando vira a cabeça para um lado e para o outro, para que possa verificar o quão bonita está, não posso deixar de concordar. Quero dizer, ela certamente aprenderia uma ou duas coisinhas com Jennika a respeito da aplicação adequada do delineador – e as luzes nos cabelos podiam ter sido mais bem feitas –, mas ainda é bonita. E, não importa o quão desagradável tenha sido comigo, corta meu coração ver que ela deseja desperdiçar essa beleza com Cade.

Estou tão absorta em meus pensamentos que leva um minuto para registrar quando ela diz:

– Mesmo assim... acho que as botas dela são legais. – Voltando à conversa que eu já julgava finalizada.

Sua declaração faz que a lábios rosados tussa na cabine – enquanto a outra boceja na pia ao lado de Lita, lutando para se ajustar a essa nova maneira de me ver. Recupera-se rapidamente e pondera:

– Sim, e seu jeans é bacana também. – Dá um longo olhar para Lita, ansiosa em concordar com ela antes que a lábios rosados tenha a chance de sair da cabine.

Lita revira os olhos, como se estivesse cansada de estar cercada de puxa-sacos, mesmo que seja óbvio que não se sinta assim. Suspira profundamente e diz:

– Estou falando das botas. O jeans é comum. Mas as botas...

Comum se você compra todas as suas roupas na Europa!, começo a dizer. Até que percebo que não posso.

Ainda sou uma barata.

Uma barata com uma missão.

Não faz nenhum sentido me preocupar com esse tipo de bobagem.

– Estou tão feliz que tenha dito isso – a lábios rosados diz, assumindo seu posto ao lado de Lita. – Porque todo esse tempo estive pensando secretamente que eram incríveis.

Ó, céus. Rastejo adiante, ansiosa em sair daqui antes que fique pior.

Olho na direção do espelho para ver Lita revirar os olhos, sacudir a cabeça e dizer:

– Jacy... *francamente...*

– O quê? É verdade. Eu pensei, sim – lábios rosados/Jacy afirma.

– Que seja. – Lita suspira. – Só que... vocês têm que concordar com tudo o que digo? – Fecha a bolsa, coloca-a no ombro e faz menção de sair.

Mas preciso sair primeiro. Já vi mais que suficiente da dinâmica interna da panelinha delas e agora preciso sair enquanto posso.

Rastejo na direção da porta. Sem querer usar as asas, sabendo que isso atrairia muita atenção, começo a escalar o papel-toalha amassado que mantém a porta aberta. Só que, visto da minha nova perspectiva, aquilo poderia ser o Everest.

Mal chego ao cume quando Jacy começa a seguir Lita, fazendo Lita dar um profundo suspiro e segurar a porta aberta:

– Por favor... depois de você – diz, no tom mais sarcástico que consegue.

Tudo o que vejo são pés se ajeitando atrás de mim, juntamente com o chute descuidado dos sapatos vermelhos pontudos de Jacy acertando minha traseira, fazendo-me cair da montanha de papel-toalha, voar para fora do banheiro, para dentro do clube.

Meu corpo esbarra nas pernas de mais frequentadores desavisados do que posso contar. Desvio totalmente fora de controle, mas tento não entrar em pânico, já que isso apenas me faria perder a conexão – até que aterrisso com um baque tão pesado e inesperado que reverbera por mim.

Estou aturdida. Observo enquanto um exército de sapatos me cerca por todos os lados e, sabendo que não posso simplesmente ficar aqui quando sou um alvo universalmente odiado, começo a me mover. Faço um progresso lento e cauteloso, até que a banda faz uma pausa e a jornada se torna incrivelmente perigosa quando a multidão que se aglomerava no palco repentinamente se dispersa em busca de banheiros, bebidas e uns aos outros.

Calcanhares estão ao meu redor até que não consigo mais decidir o que é mais assustador: a ponta de um sapato de salto ou a pesada sola de borracha de uma bota?

Desesperada para sobreviver, bato as asas nas minhas costas e sou impelida de sapato em sapato, perna de calça e barra de saia, até que chego a uma clareira. Então vou para a parede, buscando as sombras, até que estou livre da parte mais tumultuada do clube e me encontro naquela estranha área de corredores que leva até o escritório que visitei da última vez em que estive aqui.

Paro na porta e observo Cade sentado na beirada de uma mesa, balançando um taco de beisebol contra a palma da mão. O som da madeira batendo é monótono e contínuo, enquanto outro homem – um homem que é claramente mais velho e muito provavelmente seu parente – fala algo que, embora eu não consiga entender, obviamente prende a atenção de Cade.

Eu me aproximo, me esforçando para ouvir, mas, antes que consiga pescar alguma coisa, Marliz aparece. Ao vê-la, Cade deixa o bastão de lado e desce da mesa, enquanto Marliz se aproxima. Seu rosto preguiçoso, olhos resignados, desamarrando o avental enquanto o homem afasta a cadeira da mesa e rosna:

– Feche a porta.

Me contraio com a força da batida da porta, observando Cade seguir pelo corredor e fazer uma breve pausa para acender um cigarro, apesar do fato de dar apenas uma tragada. Depois, apenas balança o cigarro no ar – a ponta faiscando, queimando, com uma tempestade de cinzas ao redor. Sem saber, me guia por uma série de corredores tão confusos que tento decorar todos os detalhes da paisagem para que possa encontrar meu caminho de volta.

Há um papel de chiclete no chão, um pouco antes da porta com um descascado na pintura que parece a forma de um coração. Um coração de verdade – aquele com aortas, ventrículos e artérias –, não do tipo dos cartões de dia dos namorados.

Há uma bituca de cigarro amassado no canto em que a parede está danificada e com bolhas que parecem causadas por água.

Mas, ainda que tenha me esforçado, não demora até que sejam tantas portas, tantos corredores, tantos pedaços de escombros para acompanhar, que perco totalmente a conta. Então digo a mim mesma que não devo me preocupar com o que acontecerá com a barata quando me separar dela. Pelo jeito, fiz-lhe um imenso favor ao trazê-la para uma área em que o carpete é lotado de vários tipos de seus petiscos favoritos. Pedaços de cabelo, escamas de pele seca, um suprimento ilimitado de coisas gordurentas inidentificáveis que aguçam os sentidos do inseto só em pensar nelas. A barata está faminta o bastante para tentar voltar e pegar algumas dessas coisas. E tudo o que posso fazer é convencê-la a seguir em frente, a voltar para minha tarefa.

Pego o ritmo, seguindo o passo de Cade perigosamente de perto, mas me sentindo muito bem, até que ele para sem aviso e me choco com tanta força na parte de trás de suas grandes botas marrons que preciso de um momento para me reorientar.

Estou prestes a correr para trás e manter uma distância segura entre nós, quando percebo que chegamos.

Observo Cade mover a ponta fumegante do cigarro diante do que inicialmente parece ser uma grande parede branca. Mas isso é antes de eu me lembrar do aviso de Paloma e dirgir meu foco para o invisível, para o desconhecido, trazendo-o para meu campo de consciência imediata – e não demora muito até que a parede de tijolos se metamorfoseie em algo completamente diferente.

E tudo o que consigo pensar, enquanto encaro aquilo de olhos arregalados, é que Paloma estava certa.

O portal não se parece com nada que eu teria imaginado.

trinta e cinco

Cade para. Enrijece o corpo. Estica a coluna, inclinando a cabeça como se sentisse que algo está fora de lugar – algo além do normal.

Poderia ser eu?

Ele se vira lentamente, a cabeça girando de um lado para o outro, o olhar percorrendo o corredor. E quando olha para o chão onde estou, me arrisco, abro as asas e voo até sua calça. Asseguro a mim mesma que posso facilmente sair dessa situação, se necessário – tudo o que preciso fazer é romper o laço e me encontrarei novamente no banheiro, sem nenhum dano.

Ainda que não tenha certeza de acreditar nisso.

Estou muito fundo.

Talvez fundo demais.

É como se a barata e eu fôssemos uma agora.

Me penduro na barra do jeans de Cade, ficando em silêncio e parada enquanto ele balança a cabeça, resmunga em voz baixa e segue adiante novamente. Então subo pela parte de trás de sua perna, paro na cintura e me esgueiro por seu cinto, desejando um modo seguro de viajar e uma vista muito melhor.

Meus olhos vão para todos os lados, tomando nota de todos os detalhes – do feio carpete industrial cinza-esverdeado às horríveis paredes brancas que viram tanta fumaça de cigarro que se tornaram amarelo-acastanhadas. Estou desesperada para encontrar algo que distinga aquele de todos os outros corredores que vi, mas não vejo nada. Não é de estranhar que a maior parte dos Buscadores não conseguiu encontrar esse lugar – é algo extraordinariamente oculto dentro dos limites do tediosamente comum.

Ele para diante da parede – ou pelo menos no lugar onde a parede estava antes de se tornar um macio e maleável moinho de energia cinzento que não é nem acolhedor nem repelente, mas definitivamente intrigante.

O aviso de Paloma se repete em minha mente: *Você não deve entrar sob nenhuma circunstância. Ainda não está pronta... haverá muito tempo para isso depois...*

Mas é tarde demais para ouvir seus conselhos – já estamos dentro.

A primeira coisa que noto é a escuridão.

A segunda coisa são os demônios.

Dois seres imensos, assustadores e malévolos com as caudas estranhas, cascos e chifres que eram de se esperar, junto com rostos obscenamente grotescos que parecem ser uma mistura de animal, humano e alguma outra besta não identificada originária de um lugar que prefiro não visitar.

Cade para diante deles, cumprimentando-os em uma língua antiga que não entendo. Ao apresentar o cigarro como uma espécie de oferenda, ele o atira para o demônio maior, que não perde tempo em enfiá-lo na boca e devorá-lo inteiro – da ponta fumegante ao filtro – enquanto a outra besta olha com inegável inveja. Sua fome flagrante faz que me enterre ainda mais fundo sob o passador do cinto de Cade, presumindo que, se comem cigarros acesos, não terão escrúpulos de comer uma barata.

Cade fala, mas novamente as palavras não fazem sentido. Mas, o que quer que seja, faz os demônios rirem – se é que se pode chamar de riso aquelas bocas cheias de presas, medonhas e escancaradas que se agitam abertas e depois se fecham novamente. Então, depois de trocarem mais algumas palavras, ele acena com a cabeça e passa por eles. Seus passos ecoam tão alto que é como se estivéssemos nos movendo por um tambor de lata vazio, e é apenas um momento mais tarde que me aventuro um pouco para fora, dou uma boa olhada e confirmo que realmente estamos em um.

É um longo tubo vazio – do tipo usado para construir esgotos. As solas dos sapatos de Cade batem com força no fundo, fazendo um som tão inquietante, tão desagradável, que me sinto inundada de alívio quando ele sai do túnel e chega a uma área coberta de terra que marca a entrada de uma caverna.

Mas, ao contrário da pequena e espartana caverna da minha busca da visão, esta é ampla e parece não ter fim. Consiste em uma série de aposentos – aposentos bem equipados, pelo que posso ver. O que ocupamos atualmente funciona como uma espécie de entrada principal.

Cade desliza dois dedos dentro da boca e dá um assobio longo e baixo. Então espera. Espera por... algo. Não posso imaginar quem ou o que espera encontrar aqui, embora esteja preparada para mais demônios.

Mas, quando vejo um coiote de focinho comprido e olhos vermelhos correndo na direção dele, não fico nem um pouco surpresa. É claro que El Coyote não é apenas um nome – é o espírito animal dele, como o Corvo é o meu.

O Coiote salta na direção dele, estatelando as patas longas e desengonçadas em seu peito, enquanto fareja o pescoço de Cade. Seu focinho empurra, cutuca, cheira – então, ao pegar o odor de algo inesperado, vira na minha direção, mostra os dentes afiados e rosna.

Sem jeito de me defender, me enterro no passador do cinto de Cade, ciente de que esta carapaça que tenho no corpo vai apenas proporcionar uma sensação agradável de crocância quando o Coiote der de cara comigo.

– Ei, rapaz... cadê meu menino? Hein? Cadê meu menino? – Cade empurra as patas do Coiote para o chão, coçando sua cabeça e bagunçando seu pelo como se fosse o animal de estimação da família. Então se endireita e dá um tapinha na própria perna, de um jeito que faz o Coiote segui-lo. Os dois avançam para dentro da caverna, até chegar a um covil bem mobiliado, onde Cade usa seu isqueiro prata e turquesa para acender as tochas da parede.

– Ela está aqui. – Cade diz, sentando-se em um sofá baixo de veludo vermelho. Puxa Coiote para mais perto e acaricia o pelo de sua cabeça. – Aquela que estávamos esperando... Daire Santos finalmente chegou.

O Coiote grunhe, rosna, como se entendesse – ou talvez eu esteja querendo ver coisas demais... talvez seja só coincidência. Ainda que provavelmente não: como espírito animal de Cade, eles estão profundamente conectados.

Tudo o que sei com certeza é que ele coloca o longo focinho na minha direção novamente – sua narina começa a se contorcer e seu rosnado se aprofunda –, e fico bastante aliviada quando Cade não compreende.

– Não se preocupe, sabe que posso lidar com ela. – Ele abaixa o rosto até o Coiote, aninhando-o com afeição. – É só questão de tempo até que eu a convença de que somos muito melhores juntos. É muito melhor estarmos em paz do que em guerra. Ainda que seja mais durona do que imaginei. Mais bonita também. Não será fácil convencê-la... mas a facilidade é superestimada. A recompensa é muito mais doce quando requer um pouco de esforço... e, meu caro, ela é doce. Exatamente o que eu esperava.

O Coiote joga a cabeça para trás e uiva, dá uma série de voltas em torno de si mesmo antes de descansar aos pés de Cade, balançando a cauda em antecipação. O movimento praticado, um ritual muito ensaiado, leva Cade até uma grande caixa de gelo que eu não notara até agora. Abre a tampa e tira uma grande tigela de cristal cheia de coisas ensanguentadas, escuras e moles. A vista e o cheiro daquilo levam o animal ao completo frenesi.

Espio pelo passador do cinto, determinada a ter uma visão melhor. Cercada pelo odor de algo tão pútrido, os mais primitivos instintos da barata são despertados, em especial quando o inseto sente o que está diante dele: pedaços aleatórios e picados de carne – tanto animal quanto humana –, algo que me causa tanta repulsa quanto enlouquece a barata de desejo.

Cade volta ao sofá, coloca a tigela na mesa de vidro diante dele e enfia os dedos na gosma. Estende a mão em oferta, tentando o Coiote com um monte de pedaços podres e ensanguentados. Seu rosto brilha de orgulho quando o animal come direto na palma de sua mão, com uma sutileza que é surpreendente.

O Coiote lambe os beiços, dá um rápido grito que é algo entre um grunhido e um latido, então começa o ritual de girar novamente – sua versão de implorar por uma segunda porção.

A *performance* faz Cade rir antes de dizer:

– Você sabe como funciona... Reúna as tropas e haverá mais para você.

O Coiote obedece, indo de aposento em aposento, até que eu não possa mais vê-lo. Fico sozinha com Cade, que se senta no sofá e pega um petisco para si mesmo. Desliza a mão na tigela, pega um longo e pegajoso pedaço de sei lá o quê e rapidamente coloca na boca. Fica um momento de olhos fechados, desfrutando o sabor, antes de lamber vagarosamente os dedos escorregadios e ensanguentados, e mergulhar a mão em busca de mais.

trinta e seis

Rastejo sob a camiseta de Cade. Com extremo cuidado para me segurar ao tecido, não a ele. A última coisa da qual preciso é que ele me note – pelo que tenho visto, pode me considerar menos um incômodo e mais um delicioso bocado para comer.

É um movimento arriscado, estando tão perto. Mesmo assim, é um risco que quero correr. O que não posso é arriscar que os instintos da barata me dominem – fazendo-me dar um mergulho na tigela de pedaços sangrentos, em busca de uma pequena refeição tarde da noite.

Se isso acontecesse, eu simplesmente não poderia suportar. Não há pasta de dente e enxaguante bucal que deem conta de algo como isso.

A espera parece muito maior aqui. Provavelmente porque não há muito para se ver além do lampejo das luzes das tochas que penetram pelas dobras da camiseta de Cade, iluminando brevemente o cós da cueca boxer da Calvin Klein como um outdoor na Times Square. Também detectei um cheiro penetrante de desodorante corporal almiscarado para homens – e, ainda que no início tenha me parecido repulsivo, depois de um tempo tenho que admitir que é um bom jeito de mascarar o horrível odor que vem da tigela de coisas podres.

Espero. Estou tão entediada que fico tentada a cochilar, mas, em vez disso, passo o tempo escutando-o cantarolar algumas canções que não reconheço – canções que soam tribais e ancestrais. E, quando decido dar uma rápida espiada, apenas para afastar o tédio, vejo como ele faz uma manicure improvisada roendo a unha do polegar.

Estou prestes a voltar para dentro quando ele fica em pé de um salto e diz:

– Aí está você. Muito bem, rapaz. Muito bem.

Volto para o passador do cinto, a fim de conseguir uma vista melhor. Fico grata por estar na forma de barata e não na forma humana, pois essa é a única razão que me impede de dar um grito de horror quando vejo o Coiote e o grupo reunido diante de nós, o qual só pode ser descrito como... um exército de bestas mortas-vivas.

Um pequeno exército de seres verdadeiramente monstruosos, com rostos parcialmente decompostos e ossos salientes, alguns com partes cruciais do corpo faltando. A visão deles reunidos daquele jeito me faz lembrar de alguns trabalhos de maquiagem mais intensos e com efeitos especiais que Jennika costumava fazer para filmes de terror.

Só que isso é muito pior.

Isso é real.

Eles se reúnem diante de Cade com as línguas – bem, aqueles que têm línguas – penduradas em antecipação, olhos esbugalhados em expectativa, enquanto o rapaz vai até a caixa de gelo e volta com um grande contêiner de metal que coloca na mesa de vidro à sua frente.

– Para trás – diz, encarando um em particular que está se arrastando para perto demais. Espera até que a besta retorne ao grupo, reunindo-se ao restante do show de horror, antes de colocar a mão no bolso, revirar em busca de algo e pegar uma pequena chave prateada que usa para abrir a trava.

O grupo se adianta, seus horríveis rostos descarnados cheios de desejo, enquanto me preparo para ver uma grande porção de matéria cinzenta gosmenta e misturada. Imagino que provavelmente sejam cérebros humanos, já que, de acordo com a lenda, são o petisco favorito dos mortos-vivos/demônios/monstros.

Mas, em vez da imundície que espero, quando Cade abre a tampa, o mais belo brilho incandescente enche o aposento. A visão daquilo causa um coro abafado de *Ahhhhs* seguido de latidos, rosnados e grunhidos excitados, enquanto Cade mergulha as mãos em forma de concha no contêiner e pega um punhado de esferas bonitas e brilhantes que admira brevemente antes de atirá-las aos animais, como se jogasse migalhas aos pombos.

As aberrações se atiram umas contra as outras – vão completamente à loucura na tentativa de conseguir uma porção maior de esferas. Um espetáculo que Cade parece apreciar, a julgar pelo jeito como ele demora em distribuir os petiscos. Prefere fazer os animais brigarem por eles, não importa que pareça haver mais do que o suficiente para todos.

– Já chega – ele diz, secando as mãos nas laterais do jeans, as mãos estendidas passando perigosamente perto de mim. – O espetáculo acabou. Sentem-se melhor agora? – Olha para todos eles e ri. – Vocês certamente *parecem* melhores – acrescenta.

E é quando vejo.

É quando vejo o jeito que se transformaram em algo nem de perto tão horrendo quanto eram alguns momentos antes.

A carne podre agora está intacta.

Os ossos quebrados estão reparados.

As partes perdidas se regeneraram.

Regenerados.

Com que diabos ele os está alimentando?

Observo-os novamente, notando os cabelos escuros, as feições escuras, os olhos brilhantes... e sei – sei imediatamente que é mais do que coincidência.

Quando Paloma falou sobre comungarem com seus parentes mortos há muito tempo no *Día de los Muertos* (ou Dia dos Mortos) – afirmando que não apenas honravam os parentes, mas os ressuscitavam –, também foi rápida em me assegurar que não era o que eu imaginava. Que não eram os corpos físicos que ressuscitavam, mas a essência espiritual.

Eles convocam a energia dos mortos e a infundem em si mesmos com o poder sombrio de sua linhagem – um efeito que dura alguns dias, no máximo... não são necromantes, ou pelo menos não ainda, de qualquer modo, dissera.

Mas olho para eles novamente e percebo que Paloma está errada. Cade os trouxe de volta. Há um exército inteiro de Richter mortos-vivos perfilado diante de mim.

– Leandro vai enlouquecer quando vir vocês – Cade diz, sua voz me trazendo de volta ao presente. – E quando Daire estiver conosco... o mundo todo será nosso...

Giro ao redor de mim mesma até encará-lo – olho nos olhos de um psicopata narcisista comedor-de-bichos-atropelados que acha de verdade que pode me convencer a me juntar a ele.

Isso é de longe muito pior do que me falaram que seria.

Aperto os olhos com força, lutando para quebrar o laço com a barata, quando Cade bate a tampa de metal do contêiner com tanta força que interrompe o pensamento. Vira-se para sua família de aberrações, grita para que desapareçam, e eles o fazem. Não partem necessariamente de maneira ordenada, ainda que sejam obedientes e não deixem dúvidas de quem manda por aqui.

– E agora? – Cade olha para o relógio e para o Coiote. – Temos tempo para uma corrida? – O Coiote uiva, excitado pela ideia, mas Cade hesita, coçando o rosto quando diz: – Não sei. Talvez eu devesse voltar, ficar de olho nas coisas do clube.

O Coiote baixa a cabeça e olha para cima, com olhos tristes, vermelhos e brilhantes. A visão daquilo faz Cade rir suavemente, coçando o queixo do animal.

– Está bem, mas uma corrida rápida. Não posso deixar aquela Santos longe da minha vista por tanto tempo.

Atravessam o aposento, indo em direção à parede na outra extremidade. Mas, assim como a parede que nos trouxe até aqui, essa também é uma miragem que nos permite passar para o outro lado – chegando a uma grande área de deserto, aparentemente infinita, com areia compacta e muito pisada.

Cade tira as botas enquanto o coiote corre excitado em círculos ao redor dele, e me seguro como se disso dependesse minha vida, já que estou convencida de que não posso sobreviver à corrida sem cair e ficar perdida para sempre. Ainda que não seja eu tecnicamente quem vai se perder, mas a barata, não é algo que desejo. Ela me serviu bem. Merece um destino melhor.

Eu me agarro. Pretendo fazer a jornada, fazendo o necessário para aguentar até que, eventualmente, consiga voltar para o clube e depositar a barata em um lugar agradável, escuro e úmido, onde ela possa viver o resto de seus dias, de preferência sem as lembranças de todas as coisas horrendas que a obriguei a testemunhar. É quando Cade abre a calça.

É um movimento que eu não esperava.

Seu jeans cai no chão enquanto salto para a barra de sua camiseta, onde me penduro com toda a força. Sou dominada pelo alívio de ter atingido meu alvo, quando ele começa a tirar a camiseta também, e passo por seu torso, por suas axilas (eca!), e então...

– O que...?

Ele grita.

Ou talvez tenha sido eu gritando na minha cabeça, não tenho certeza.

Tudo o que sei é que depois que ele grita *Imunda! Nojenta!* O tempo parece parar enquanto nos encaramos.

O momento dura, pausado, e estou prestes a quebrá-lo, prestes a fugir, quando seus olhos se enchem de raiva e ele joga a camiseta no chão com tanta força que perco o fôlego. Sou mandada pelo ar, planando, voando – tão assustada, confusa e impotente que sou incapaz de usar minhas asas e me impulsionar para qualquer lugar.

Logo estou de barriga para cima no chão. Encaro um par de olhos azuis-gelo irreflexivos, cruéis, enquanto Cade ergue o sapato e bate com tanta força que me torno uma só com o salto de sua bota.

trinta e sete

– Ei, você aí. Está bem?

A voz parece masculina. Preocupada. Um homem preocupado comigo?

Deve ser o fantasma de Django ou Chay que veio me buscar – são os únicos dois homens que se importariam.

– Precisa de um médico? Vamos lá! Abra os olhos e olhe para mim, *por favor*.

Faço o que me pede. Não vejo razão para não fazer. E, me encarando, um par de íris azul-gelo.

Recuo ao ver isso, contorço o corpo para trás, tento fugir. Mas, quando vejo meu próprio reflexo brilhando de volta, meu corpo inteiro amolece novamente.

– Muito bem... aqui. – Ele me coloca novamente no assento.

Sobre o... *assento da privada*?

Me sento ereta, olhando ao redor desesperadamente, querendo saber o que estou fazendo aqui, nesta cabine, e por que Dace está aqui comigo.

Começo a me levantar, mas minha cabeça está muito zonza, se recusa a permitir isso, e um segundo mais tarde estou sentada novamente. Caio tão desajeitada que meu pé chuta algo que rola pelo chão.

Um pote.

Um pote vazio.

E então me lembro. Me lembro de tudo.

– Tenho que ir... – Eu o empurro com toda minha força, o que, no meu estado enfraquecido, não é nada. Visões do Coiote, dos demônios e dos Richter falecidos há muito tempo passam pela minha mente. Quando me lembro da parte em que seu irmão gêmeo lambe aquela gosma sangrenta dos dedos, repito que preciso ir e o empurro com mais força desta vez. Mas, pelo menos por enquanto, ele é mais forte do que eu.

– Relaxe – ele arrulha, a voz baixa suave. Uma melodia cantarolada exclusivamente para mim. – Não há pressa. Leve o tempo que precisar para reunir forças, para se orientar novamente.

– Não. De verdade... tenho que... – Olho para ele, sem ter ideia de como explicar. – Tenho que encontrar Xotichl – digo. É a primeira coisa razoável que me vem à mente.

– Xotichl já se foi. – Ele me olha fixamente, me observando. – O clube fechou há um tempo. Eu estava dando a última olhada quando encontrei você. O que aconteceu? – pergunta, a voz cheia de preocupação.

– Eu...

Eu me mesclei com uma barata, peguei carona perto da marca Calvin Klein da cueca do seu irmão gêmeo e, depois que o observei brincar com um coiote demônio e saborear uns bocados sangrentos que não sei se são de animais ou de pessoas, ele alimentou os zumbis com esferas brancas e brilhantes – depois me esmagou com o salto da bota...

– Não tenho certeza – digo, desejando que minha cabeça melhore, que pare de girar, e logo em seguida isso acontece. – Acho que desmaiei, ou algo assim... – Estremeço, odiando a mentira, mas sei que não há como contar a verdade para ele.

Começo a me levantar, fingindo não notar quando ele me oferece a mão.

– Preciso chamar minha carona. – Tateio em busca do telefone, relutante em incomodar Paloma e Chay a essa hora, mas são minha única opção real.

– Não seja boba. Eu levo você. – Dace me segue para fora da cabine, observando enquanto ligo para o número de Paloma e depois para o de Chay. Meu rosto se contrai em confusão quando nenhum dos dois atende. Isso não faz sentido.

– Daire... por que não me deixa ajudá-la? – ele diz. Meu nome em seus lábios soa como no sonho. Nossos olhos se encontram pelo espelho, os meus espantados, os dele envergonhados quando acrescenta: – Sim. Perguntei por aí. Descobri seu nome verdadeiro. Me mate.

E quando sorri e passa uma mão nervosa pelo cabelo escuro e brilhante – bem, fico tentada a balançar a cabeça e recusá-lo novamente.

Bem, ele atende pelo nome de Penabranca, mas tecnicamente ainda é um Richter. Um Richter bom, um Richter gentil – ainda assim, preciso fazer o possível para evitá-lo. Para ignorar o fluxo irresistível de cordialidade e gentileza que circula ao redor dele.

Preciso me livrar daqueles sonhos de uma vez por todas. Não estamos ligados. Não somos predestinados. Sou uma Buscadora – ele é a semente de um Richter – e meu único destino é impedir seu irmão de... fazer o que quer que esteja fazendo.

Mas, neste momento, preciso ir para casa. E não há como negar que eu poderia fazer algo muito pior do que pegar uma carona com o belo Dace Penabranca.

Guardando o celular na bolsa, concordo relutantemente com a cabeça. Me dirijo para a porta quando pergunto:

– Somos os últimos a sair? – Observo o clube, notando como parece diferente agora que está vazio. Me pergunto se Cade está enfurnado em seu escritório, observando-nos de sua parede de telas.

– Não, meu primo Gabe ainda está aqui. Provavelmente Marliz está também, já que estão noivos. Mas Raul, meu tio, é sempre o último a sair. Principalmente nas noites em que Leandro sai mais cedo.

Espero que mencione Cade, mas o nome não aparece, e não estou nem um pouco a fim de trazê-lo à tona.

– Parece que você vem de uma família realmente grande – digo, querendo aprender mais sobre os parentes dele, ávida por qualquer coisa que queira divulgar.

Ele segura a porta, saindo atrás de mim quando diz:

– É como se eu conhecesse um novo membro a cada dia. – Ri. O som magnético e profundo, o tipo de risada que você quer ouvir de novo e de novo. – Cresci na reserva... Minha mãe e eu vivemos em nosso mundinho, que não deixava espaço para muito mais. Mas, quando cheguei à adolescência, quis mais. E, depois de uma relutância inicial, minha mãe concordou em me deixar ir para Milagro. Foi quando descobri que tinha toda essa outra família.

– Deve ter sido... estranho. – Olho para ele de soslaio, a pergunta mais astuta do que parece.

– Foi. – Dá de ombros. – Estranho é definitivamente a melhor palavra para descrever. – Fica em silêncio, o olhar perdido.

– E você ainda vive na reserva? – Pergunto, desesperada para manter a conversa, lembrando como Paloma não conseguiu me dizer.

– Só quando visito minha mãe. No restante do tempo, alugo um quartinho na cidade, pago com o que ganho trabalhando aqui.

Meu olhar endurece; não tenho ideia de como responder. Estou chocada que ele tenha que passar por tudo isso, trabalhar tão duro para uma porcaria de irmão, para poder frequentar uma escola que mal o aceita.

Seu olhar encontra o meu, ele lê a pergunta não formulada escrita em meu rosto, mas em vez de comentá-la, para ao lado de um Mustang cinzento – o mesmo carro que dirigia no posto de gasolina naquele dia – dizendo:

– Você mora com Paloma, certo?

Assinto em resposta, abaixo a cabeça e entro no carro. Noto que o interior está um pouco gasto, já bastante usado, mas é surpreendentemente arrumado e limpo. E definitivamente cheira muito bem – um odor terroso e fresco, como ele.

– Então, agora que já sabe sobre mim... e quanto a você? – Ele dá a partida, dá ré e vai para a rua. – Ou tenho que perguntar por aí para descobrir também?

Olho pela janela, tentada a dizer algo superficial, sem compromisso, mas ele é tão gentil e sincero que falo a verdade:

– Desde que me lembro, somos apenas eu e minha mãe. Ela é maquiadora em Hollywood... Se bem que o nome do trabalho é um pouco enganoso, já que passamos a maior parte do tempo viajando pelo mundo, só parando em Hollywood entre um filme e outro.

Ele desvia para uma estrada de terra esburacada, a primeira de muitas, e seus olhos deslizam na minha direção quando diz:

– Parece difícil.

Aguço meu olhar, procurando sinais de sarcasmo, insinceridade, alguma coisa – mas volto de mãos vazias, o que realmente me surpreende. Em geral, quando as pessoas respondem dessa maneira, é com uma ponta de inveja.

– Quero dizer, estou certo de que havia partes boas. – Ele se corrige rapidamente, receoso de ter me chateado. – Assim... nunca ter um lugar de verdade para ficar... para chamar de lar... Não sei se seria capaz disso.

– Algumas vezes é difícil – digo. – Algumas vezes é muito solitário. – Me ajeito no assento, me perguntando por que achei adequado confessar isso quando nunca admiti para ninguém, muito menos para mim mesma. Acrescento rapidamente: – Mas quando é a única vida que se conhece, não se sabe realmente o que se está perdendo. – Não quero que sinta pena de mim.

Cruzo os dedos no colo, observando como ele lida com minhas palavras. Segura o volante com força enquanto reduz a velocidade para atravessar um pedaço particularmente difícil da estrada.

– Então, acho que é por isso que todo mundo dirige carros com tração nas quatro rodas por aqui? – Seguro o assento com força, me encolhendo quando o fundo do carro raspa com força contra o chão.

– Tenho uma caminhonete velha que normalmente deixo para essas estradas. Sou meio mecânico. Gosto de consertar carros e outras coisas quebradas. Mas já que não planejo viver disso... – Ergue os ombros, encerrando esse assunto e passando para o seguinte. – Então me diga... como alguém que já viajou pelo mundo, o que acha de Encantamento? – Tira a mão do volante para prender o cabelo escuro atrás da orelha, e preciso me conter para não esticar o braço e envolver meus dedos nos dele.

Mordo o lábio inferior, sem ter ideia do que dizer. Então, em vez disso, apenas encaro seu perfil – notando que é tão perfeitamente esculpido que poderia ser cunhado em moedas.

– Tão ruim assim? – Ele balança a cabeça e ri.

– Sem contar a escola e a casa de Paloma, eu realmente não conheci muita coisa. – Dou de ombros, decidindo deixar de fora minha visita ao cemitério, à caverna, e a vez que cavalguei na reserva com Chay.

– Bem, conheço tudo por aqui e ficaria bem feliz em me oferecer como seu guia... é só falar. Não é nem de perto tão mau quanto você pensa. Há alguns lugares realmente encantadores, se souber onde olhar.

Concordo com a cabeça como se estivesse considerando a ideia, mas, por mais tentador que seja, sei que não posso fazer isso. Depois dessa noite, tenho que fazer o possível para evitá-lo. Sei que ele não é uma opção viável. Tenho um trabalho a fazer – um que requer minha total atenção. Não posso permitir ser distraída por um namorado – nem por um amigo.

O resto do percurso é feito em silêncio, mas, estranhamente, não tenho necessidade de preenchê-lo, nem ele. É só quando para ao lado do grande portão azul que ele se vira para mim e diz:

– É aqui, certo?

Pego minha bolsa, com a intenção de agradecer rapidamente a carona e ir embora. Mas, quando nossos olhos se encontram novamente, as palavras derretem em meus lábios.

Ele mantém o olhar. Mantém com tanta intensidade que, não importa o quanto tente, não consigo desviar os olhos.

Tudo em minha cabeça está me dizendo: *Abra a porta – se despeça – saia deste maldito carro!*, em conflito direto com meu coração, que diz: – *Fique – converse – curta um pouco – dê uma chance – veja aonde isso leva...*

Seus olhos azuis brilham, os lábios entreabertos e curvados, enquanto um raio de luz da lua passa pela janela e chega ao topo de sua cabeça brilhando como se fosse uma coroa.

Aquela visão me obriga a fechar os olhos, para apagar a vista gloriosa dele. Preciso ver se estou meramente atraída por sua beleza, já que não seria a primeira vez. Mas, quando desvio o foco dos meus olhos para o meu coração, quando sintonizo no que ele me diz – bem, a impressão que tenho é a mesma que tive da primeira vez que o vi naquele dia na Toca do Coelho, e novamente no posto de gasolina, então hoje na escola e esta noite, mais cedo, quando dei de cara com ele no clube...

Uma nuvem de bondade, seguida pelo mais profundo e incondicional amor – tudo isso dirigido a mim.

– Daire... – ele diz, a voz rouca e pesada.

A melodia do meu nome em seus lábios me faz balançar em direção a ele. Ignoro o aviso em minha cabeça em favor do anseio em meu coração. Estou atraída pelo ímã invisível que lateja entre nós.

– Daire – ele repete, as palavras pouco mais que um sussurro. – Tem alguém aqui.

Meus olhos se arregalam e me viro para encontrar Jennika espiando pela janela.

Trinta e oito

– Por que você tinha que me envergonhar desse jeito? – Sigo Jennika até a casa, enquanto o ruído do motor de Dace desaparece na distância. Admiro a maneira como ele lidou com isso, mantendo-se estável e calmo, mas aqueles olhos azuis-gelo contavam uma história totalmente diferente: não podia esperar para ir embora.

Já vi isso antes. Uma Jennika brava é uma Jennika assustadora, e ela estava – correção, está – inegavelmente brava.

Mas estou brava também. E, ao contrário de Dace, não estou nem um pouco intimidada por ela.

– É sério... Por que tem que ser tão incrivelmente rude? – Jogo minha bolsa na mesa da cozinha e vou até a pia, onde pego um copo de vidro azul feito à mão do armário, encho-o de água e tomo três longos goles na tentativa de me acalmar.

– Ah, bem... me desculpe por *envergonhá-la* e agir de modo tão *rude*. Por favor, aceite minhas mais sinceras desculpas. – Ela balança a cabeça, claramente irônica. – Talvez possa me dizer exatamente o que está acontecendo por aqui? Talvez possa me explicar como devo reagir ao encontrá-la dentro de uma lata velha estacionada, com um garoto até que bonito, à uma e meia da madrugada, no meio da semana?

Me apoio no balcão e encaro minhas botas. Luto para conter as emoções – discutir com ela não resolverá nada. Mas estou chateada demais para seguir meu próprio conselho, então levanto o queixo e digo:

– Bem, para começar, não deve gritar. Isso foi completamente desnecessário. E, outra coisa, você não tem que tirar conclusões precipitadas. Não está acontecendo nada. Não era nada do que pensa... Você entendeu tudo errado. Eu o conheci hoje! Ele me deu uma carona, nada mais. Mas, em vez de acreditar em mim, você fica me fazendo sermões e presume o pior. Parabéns, Jennika. Sério.

– Ah, então agora devo confiar em você? – Ela funga, supervisionando a casa de Paloma como se suspeitasse de tudo, especialmente de mim. – Como posso confiar em você quando passa dias a fio sem retornar minhas ligações? Como posso confiar em você, se renega nosso acordo?

Suspiro. Reviro os olhos. Mal acredito que voltamos a isso – a mesma discussão que já tivemos por telefone. Duas vezes. Mas, aparentemente, ela está se preparando para a terceira rodada e, uma vez que começa, é difícil contê-la.

– Foi *uma* vez, e foi apenas por *três* dias, como você bem sabe...

Mas eu mal termino de falar e ela já está balançando a cabeça, praticamente gritando:

– Foram *quatro* dias, Daire. Quatro.

– Isso foi por causa da diferença de fuso horário, e você sabe – murmuro, pensando que, depois de semanas sem nos vermos, esse é o jeito que ela escolhe para me cumprimentar. Mas, agora que começou, também não estou muito no clima de abraços. – O ponto é: foi só uma vez, e havia circunstâncias especiais envolvidas, uma vez que eu estava – *enfrentando uma busca da visão/desmembramento total do corpo em uma caverna remota* – indisposta... por causa dos ferimentos do acidente e tudo mais.

– Sim, é o que você diz. – Olha para mim, sobrancelha arqueada, olhos avaliadores. – Desde esse dia, você tem ficado muito boa em manter nossas conversas ao mínimo e em se evadir de todas as minhas perguntas. E as que resolve responder, é de modo intencionalmente enigmático. Você pode não acreditar, mas já fui adolescente também. Não está escondendo nada de mim que eu não tenha escondido dos meus pais. Então, se acha que vir para cá significa passe livre para farrear, bem, espero que tenha aproveitado, porque a farra acabou.

– *Passe livre para farrear?* – Faço cara feira. – Você não fala sério, né? – Eu a observo com cuidado e percebo que ela fala sério, sim. – Já viu esse lugar? – Minha voz se levanta em indignação. – Entre todos os lugares que já estive... Paris, Londres, Roma, Mikonos... que diabos, até Miami... por que escolheria me rebelar aqui? No estéril e tedioso Novo México?

Completo com algumas frases adicionais que murmuro em voz tão baixa que não chegam nem aos meus ouvidos, e é por isso que sou pega de surpresa quando ela diz:

– Bom. Fico feliz em saber que você acha isso. Quer dizer que não sentirá falta quando partir.

Aperto os olhos, minha pele se arrepiando de frio.

– Você vai embora. Então, dê uma boa olhada por aí e diga adeus para este lugar porque, depois desta noite, nunca mais verá nada disso novamente.

– Não pode estar falando sério. – Eu a encaro. Não posso partir. Sou uma Buscadora, a cidade precisa de mim. E, nesta noite, tive todas as provas que preciso para me convencer de que é verdade. Ainda que não tenha ideia do que Cade está aprontando, ele definitivamente está aprontando algo, e cabe a mim impedir. Sou a única que pode.

Jennika concorda com a cabeça, um sorriso de autossatisfação tomando conta de seu rosto.

– Consegui trabalho em um programa de TV, o que significa que não vou mais perambular pelo globo...

Meus olhos se arregalam, fico de boca aberta, enquanto minha mente repete suas palavras uma e outra vez, até que começam a fazer sentido.

– Mas você odeia isso – digo. – Sempre diz que...

Ela levanta a mão, indicando que está só começando.

– E, junto com o novo programa, teremos algumas outras novidades. Aluguei um apartamento de dois quartos na zona oeste de Los Angeles. É um acerto temporário, até que possamos encontrar um lugar mais adequado para comprar. Estou pensando em Venice, ou talvez Silver Lake. Vamos olhar por aí... ver o que parece adequado.

Eu a encaro sem realmente vê-la – minha mente está ocupada demais tentando pegar o que me entra pelos ouvidos. Não tenho ideia do que dizer – não tenho ideia do que pensar. Tudo o que acabou de dizer vai na direção oposta a tudo o que pensei que sabia sobre ela.

– Sim. – Ela confirma com a cabeça, uma mão percorrendo a costura que segue pela lateral de sua *legging* de couro negro, a outra empurrando uma mecha de cabelo que costumava ser rosa, mas que agora está platinada para combinar com o resto da cabeleira. – Já cuidei de tudo. Então vá fazer suas malas para que possamos ir embora. Tenho um carro alugado esperando com o tanque cheio. E pela primeira vez na vida o *jet lag* parece estar funcionando para mim. Planejo dirigir a noite toda.

Estala os dedos, gesticulando para que me apresse, mas fico parada diante dela, enraizada no lugar.

– Não – digo, odiando quão pequena a palavra soa. Acrescento um coro muito mais forte – Esqueça, Jennika. Na-na-ni-na-não. Sem chance.

Ela inclina a cabeça, semicerrando os olhos enquanto me avalia:

– É por causa daquele garoto? – O tom de sua voz indica que está convencida disso.

– O quê? Não! – Balanço a cabeça, assegurando a mim mesma que não é por causa do garoto. Isso não tem nada a ver com Dace. Tem a ver com minhas obrigações como Buscadora... algo que não estou disposta a confidenciar. Por um lado, ela rejeitaria completamente, se recusaria a acreditar. Nem mesmo tentaria entender. Por outro lado, temeria por minha segurança, acabaria com qualquer negociação e insistiria para partirmos. Enquanto não souber, ainda haverá esperança... E, quando ela age desse jeito, esperança é o melhor a que posso me agarrar.

Ela vem na minha direção, seu rosto se suavizando juntamente com seu tom de voz.

– Daire, pode me contar. Eu entendo. Acredite em mim, eu entendo. Eu o vi. Não sou cega. Ele é lindo. O sonho de toda adolescente. Se apaixonar por um garoto assim é fácil. Mas não se engane, um garoto assim tem *destruidor de corações* escrito na testa, e a última coisa que quero é que você se machuque... ou algo pior.

Eu a olho fixamente, meu rosto é uma máscara de desafio, odiando suas palavras. Em parte porque não quero acreditar nelas, em parte porque temo que sejam verdade.

– Por *pior*, você quer dizer *grávida*? Como quando ficou grávida de mim aos dezesseis anos?

– Sim – ela diz. – Isso é algo mau? – Brinca com a longa fileira de pequenos aros de prata pendurada em sua orelha. Um sinal claro de que está procurando as palavras certas. – Olhe, Daire, ainda que não me arrependa de ter tido você... nem por um único segundo... não quero que termine grávida aos dezesseis anos, como eu. Isso é algum crime?

Reviro os olhos. Tivemos essa conversa incontáveis vezes, começando quando eu era jovem demais para ouvi-la e beirava ao incrivelmente inadequado.

– Não é assim – digo. – Ele não é assim. Você entendeu tudo errado.

Mas, assim que as palavras saem, percebo que caí bem na armadilha dela. Seus olhos se arregalam, os lábios se curvam em triunfo, e ela diz:

– Como sabe? Pensei que o tivesse conhecido hoje...

Me afasto. Estou tão chateada que tenho que lutar para manter a calma – manter a tempestade de réplicas zangadas confinada em minha cabeça.

– Vamos, Daire. – Sua voz soa mais severa do que as palavras representam. – Pegue suas coisas e vamos dar o fora daqui. Ah, e quando estiver fazendo as malas, faça o favor deixar um bilhete para Paloma, agradecendo-lhe por fazer um trabalho tão bom em estragá-la, como fez com seu pai.

– O quê? – Arregalo os olhos, procurando freneticamente pela sala.

Mas Jennika só balança a cabeça, sobrancelhas inclinadas, lábios apertados em fúria.

Me afasto do balcão e corro pelo corredor – a visão da cama vazia de Paloma confirmando o pior.

– Como entrou aqui? – Me viro para Jennika, a voz cheia de pânico.

Vejo seu olhar confuso quando olha alternadamente para a cama e para mim, dizendo:

– O que quer dizer? A porta estava aberta.

Trinta e nove

– Fui lá com Kachina... Mal a deixei no estábulo quando encontrei Paloma caída ao lado da mesa do escritório. – Chay nos encontra na porta da minúscula casa de adobe. Seus olhos estão avermelhados e com olheiras, cheios de preocupação. – Parece que ela bateu a cabeça com força quando caiu, o que só complica a situação.

– E daí você a trouxe aqui? – Jennika se planta na entrada, com as mãos na cintura enquanto examina o aposento e todos os que lá estão com um olhar desaprovador.

Mas Chay sabe como lidar com ela, o que significa que a ignora e se dirige diretamente para mim:

– Ela alterna períodos de consciência e inconsciência, mas todas as vezes em que acorda pergunta sobre você.

– Ei, tenho uma pergunta. – Jennika interrompe, sua voz tão condescendente quanto o olhar em seu rosto, insistindo em ser ouvida mesmo que ninguém queira prestar atenção nela. – Por que ela não está no hospital? Não acha que eles podem ajudá-la mais do que essas pessoas? – Faz um arco com o braço, indicando o nativo-americano mais velho, que imagino seja o curandeiro, e seu aprendiz muito mais jovem, que se senta em uma pequena mesa esculpida a mão ao lado dele. – Sem ofensa – acrescenta, olhando para eles, mas seus rostos permanecem estoicos, imóveis, completamente indiferentes às suas palavras.

– Só porque não entende alguma coisa, não quer dizer que não tenha validade – Chay responde, com a voz calma e equilibrada, seu olhar fazendo Jennika se calar e se encostar em uma parede ali perto.

– Posso vê-la? – Dirijo minhas palavras para Chay, para o curandeiro e seu aprendiz, insegura sobre quem está no comando.

O curandeiro concorda com a cabeça, enquanto Chay me segura pelo cotovelo e me conduz para o quarto. Ao ver isso, Jennika se desencosta da parede, ansiosa para nos seguir, mas impeço rapidamente. Balanço a cabeça em aviso, e lanço meu melhor olhar *nem pense nisso*. Sei que estou apenas ganhando tempo – e que terei que pagar mais tarde –, mas encararei o que for necessário depois. Por enquanto só preciso lidar com o presente.

Chay me leva até um pequeno aposento, parando ao lado de uma mulher de cabelo escuro, inclinada sobre Paloma e com as mãos se movendo no espaço a alguns centímetros dela, como se trabalhasse com sua energia.

– Chepi – ele diz. – A neta dela está aqui.

Chepi?

Observo enquanto a mãe de Dace – a mãe de Cade também – termina seu ritual e se afasta da cama. Antes que Chay a leve para fora do quarto e feche a porta atrás de mim, seus olhos encontram os meus de um jeito que não consigo decifrar. Fico parada na entrada, enquanto estudo o espaço, vendo os tapetes Navajo feitos a mão espalhados pelo chão de madeira escura, um teto baixo e inclinado e três nichos idênticos na parede oposta lotados de fetiches, santos esculpidos em madeira, grandes cruzes de prata e outros tipos de objeto de veneração. Minha respiração falha quando olho para a figura pequena e magra na cama estreita, com os cabelos riscados de prata espalhados pelo travesseiro, e percebo que é Paloma. Sua tez pálida contrasta com o fio de sangue que sai do nariz e chega aos lençóis.

Sento-me ao lado dela, pego um lenço e levo-o gentilmente ao seu rosto. Mas, no momento em que o sangue é limpo, ele começa a escorrer novamente – um fluxo constante que se recusa a parar.

– *Nieta* – ela murmura, a palavra exigindo um esforço óbvio, demandando um tipo de força que já não tem.

Encosto em seu rosto com suavidade, inclino-me mais para perto e digo:

– Sou eu, *abuela* – Minha voz se agarra à palavra espanhola para avó. Ainda que tenha tido tempo de aprendê-la, nunca me permiti usá-la. Acho que parecia arriscado demais. Selava um tipo de laço com o qual não tinha certeza de poder lidar. Mas agora, vendo-a desse jeito, não dá para negar o quanto ela significa para mim... o quanto confio nela, dependo dela e a amo. Não sei o que faria sem ela. Não suporto vê-la desta maneira... tão vulnerável e frágil.

Aperto os lábios, firmo a voz e digo:

– Não se preocupe. Estou bem, perfeitamente bem. – Engulo em seco, piscando para evitar que as lágrimas caiam. – Por favor, não gaste suas energias se preocupando comigo. Precisa descansar. Conversaremos mais tarde. Por enquanto, tente dormir.

Ela levanta a mão, ignorando minhas palavras. Seus dedos frios e finos agarram meu pulso, e ela pergunta:

– Encontrou, *nieta*?

Olho para trás, para ter certeza de que estamos sós, de que Jennika não encontrou um jeito de se esgueirar para dentro.

– A barata trabalhou muito bem. – Sorrio, querendo que se orgulhe de mim. – Não só encontrei como entrei... Sei que me disse para não fazer isso, mas não tive muita escolha. Aconteceu, mas deu tudo certo, ninguém se prejudicou, então, tudo está bem quando acaba bem, certo?

– E para onde você viajou? Para cima, para baixo ou para os lados? – A pergunta, a voz perturbadoramente frágil.

– Para o lado – digo, lembrando do túnel que parecia um cano de esgoto que levava à caverna bem equipada. Noto que seu rosto se enche de alívio.

– O Mundo Mediano. – Paloma suspira, suas pálpebras se fecham e tremem por um momento, com o esforço que ela faz para abri-las novamente. – Ainda é o Mundo Mediano. Ainda bem.

Sem querer chateá-la, mas sabendo que precisa ouvir isso, respiro fundo e digo:

– Bem, ainda que seja apenas o Mundo Mediano, o que vi não é nada bom. Ele está planejando algo...

Me recosto na cadeira e olho para os nichos e as coleções de esculturas. A lembrança de tudo o que vi ainda está nítida em minha mente e gostaria que houvesse uma maneira de transmitir isso a ela. Não sei se consigo relatar com o tipo de precisão que o caso merece. Mas sei que preciso tentar, então me inclino na direção dela e digo:

– Ele tem grandes planos para romper com a tradição familiar... quer ampliar seu alcance... governar todos os mundos... e a coisa mais bizarra é que me pediu para me juntar a ele. Não vê razão que nos impeça de trabalhar juntos. Vê isso como um tratado de paz, mas é só porque é completamente louco. Nenhuma paz viria de uma coisa dessas. – Estudo-a cuidadosamente, vejo a maneira como seus lábios se apertam sobre os dentes. – Ainda que não tenha ideia de como planeja levar isso adiante, estou certa de que tem a ver com um monte de Richter mortos. Não estão mais comungando com os espíritos deles apenas... Cade está comungando com os próprios ancestrais... aparentemente sem a aprovação de Leandro. Devia ver... havia um exército inteiro de Richter mortos-vivos, e vi Cade alimentá-los com uns objetos estranhos e brilhantes, que os transformaram bem na minha frente. Eles ficaram menos horríveis, menos parecidos com zumbis e muito mais... com humanos.

Paloma suspira. Seu rosto se contrai, empalidecendo tanto que estou prestes a chamar Chay. Só que seus dedos encontram os meus, sua voz é pouco mais que um sussurro forçado quando ela murmura alguma coisa em espanhol, algo que não consigo entender. Percebo que está exausta demais para falar em inglês, mas, como parece algo importante, ameaço me levantar para encontrar alguém para traduzir – apenas para que balance a cabeça, frustrada, e deixe escapar:

– Que dia é hoje?

Olho meu relógio.

– Já passa da meia-noite. Então já é primeiro de novembro. Por quê?

Me pergunto que tipo de significado este dia pode ter. Mas vejo seu rosto ficar ainda mais pálido quando diz:

– Ele os está preparando...

Suas pálpebras pendem enquanto seu olhar se torna nebuloso e vazio. Sei que devia deixá-la descansar, mas também sei que isso é importante, então sacudo seu ombro e imploro:

– Paloma... por favor... aguente firme... Ele os está preparando para quê?

Seus lábios se movem. Sua voz é tão fraca que sou obrigada a pressionar o ouvido contra seus lábios e implorar que repita.

– *Día de los Muertos* – diz, as palavras um sussurro rouco.

– Dia dos Mortos, sim... o que tem? – Peço, meu tom frenético, ansioso. Ela está sumindo, mergulhando em um lugar indolor de sono e, ainda que não possa culpá-la, tampouco posso deixá-la ir. Não por enquanto.

Coloco a mão em seu rosto, pressiono minha orelha diretamente em seus lábios. Luto para juntar os pedaços das palavras quando ela diz:

– Ele os está preparando... Os objetos brilhantes... As esferas brancas...

– Sim? Paloma, por favor, o que é isso? – Imploro, segurando a respiração.

Ela procura a suave algibeira de camurça que leva no pescoço. Seus dedos seguram a bolsinha em busca de um pouco de força – e recebem, ao dizer:

– São almas, *nieta.* Ele os está alimentando com almas. Almas humanas. Ele os está preparando para invadir o Mundo Inferior, e usará a mágica desse dia para fazer isso. O que acontece em uma dimensão acaba afetando todas as outras. É um equilíbrio sagrado que os Richter começarão a corromper no momento em que conseguirem acesso... permitindo que o caos governe o Mundo Inferior, o Mundo Superior e o Mundo Mediano também. Se conseguir, será apenas questão de tempo até espalhar sua influência e, quando isso acontecer, será o fim do mundo como o conhecemos.

quarenta

Quando saio do quarto de Paloma, Jennika dá uma olhada em meu rosto e diz:

– Escute, Daire, sei que está preocupada com ela, mas tenho certeza de que ela ficará bem, e realmente precisamos ir embora daqui, então...

– Não vou embora. – Passo por ela, mal parando tempo suficiente para olhá-la quando acrescento: – Vou ficar em Encantamento e não há nada que possa fazer sobre isso.

– Como é que é? – Ela segura meu braço e o torce até que a encaro novamente. Sua sobrancelha está quase no meio da testa, interpretando mal minhas palavras como desafio, mesmo que eu tenha querido dizer o que disse.

Vou ficar. Não tenho planos de partir. É simples assim.

E, ainda assim, não adianta discutir. Isso só a deixará mais teimosa, a fará fincar pé de uma vez por todas. Então, suavizo meu tom e respondo:

– Pelo menos não até ela melhorar. Quando tiver certeza de que ela está bem, então não tem problema. Mas não antes disso. – Meu olhar encontra o dela, e espero que não possa ver a mentira por trás das minhas palavras. As coisas que Paloma me contou me abalaram até a alma, mas não há como explicar isso para Jennika.

Quando Paloma melhorar – e vai melhorar, tem que melhorar, não posso fazer isso sem ela –, quando esse dia chegar, Jennika e eu negociaremos novamente.

Me jogo na cadeira que o curandeiro liberou quando foi ver Paloma com seu assistente e Chepi a reboque. Estou completamente determinada a esperá-los aqui, a não sair deste lugar até ter certeza de que ela vai ficar bem. Mas não demora até que Chay coloque uma mão em meu ombro e insista para que eu vá para casa.

– Tente dormir – diz. – Significou muito para ela vê-la, mas agora que já viu, não há mais nada que você possa fazer. Pé Esquerdo, o curandeiro, está fazendo tudo o que pode. É mais importante que você descanse antes de ir para a escola.

O jeito como ele diz *escola* – bem, sei que está pensando o mesmo que eu: escola é igual a Cade, e preciso ficar de olho nele.

Escola também é igual a Dace – embora isso seja uma coisa na qual não posso pensar agora.

Não demora muito até que leve Jennika e eu de volta ao carro alugado, prometendo ligar ao primeiro sinal de mudança. Jennika dá um longo e ruidoso suspiro enquanto se afasta do meio-fio. Continua o coro de suspiros durante todo o percurso até a casa de Paloma, mas faço o melhor possível para ignorá-la.

Só espero ela entrar na garagem, então dou um rápido boa-noite e vou para meu quarto. Só para encontrar um belo baú de madeira entalhada perto da minha cama, deixado ali por Paloma antes de passar mal.

Passo as mãos pela tampa, minha garganta fica apertada quando olho dentro e encontro-o cheio das mesmas coisas que ela mantém em seu escritório. Há um pequeno chocalho de couro cru, preto e branco, pintado a mão em uma longa vareta de madeira; um grande tambor com o desenho do rosto de um corvo de olhos púrpura esticado em uma moldura redonda de madeira; três belas penas com etiquetas que as identificam como sendo de cisne (para ser usada por seus poderes transformadores), uma de corvo (para poderes mágicos) e uma de águia, usada para enviar orações; juntamente com o que parece ser um pêndulo com um pedaço de ametista fixado na ponta – tudo isso em um suave lençol tecido a mão, que inclui um pequeno cartão branco de Paloma, onde leio:

Nieta,

Aqui estão apenas algumas das ferramentas que você usará em sua jornada como Buscadora. Logo a ensinarei a usar todas elas – o poder delas a encantará!

Estou muito orgulhosa de você.

Paloma

Olho tudo aquilo, os olhos ardendo com lágrimas não derramadas, e me pergunto se Paloma durará o suficiente para me ensinar. Sem contar o chocalho, não tenho ideia do que fazer com nada daquilo. Para alguém que supostamente devia ser repleta de potencial inexplorado, sinto o exato oposto. Sem poder. Inútil. Sem ideia de como acessar os dons do meu legado ancestral. Incapaz de fazer outra coisa que não cair na minha cama.

Jennika estava certa.

Estava certa o tempo todo.

Se é assim que se sente uma perda, então preferia nunca ter passado por isso.

Preferia nunca ter vindo a este lugar – nunca ter sido tola o suficiente para me permitir me importar tanto quanto me importo.

Esse sentimento horrível vai além da dor – muito além do debilitante.

Me reduziu a uma casca entorpecida e congelada, encolhida em minha cama – forçada a me lembrar a inspirar e expirar.

Fico em posição fetal, tentando silenciar minha mente e calar meu coração. Puxo o cobertor por sobre a cabeça, desesperada para bloquear a visão do quarto, já que tudo aqui me lembra Paloma. Mas não funciona. Acontece que o cheiro do sabão de lilás que sai dos lençóis é tão culpado quanto o apanhador de sonhos que balança sobre o parapeito da janela. Os dois são o suficiente para trazer a imagem dela de volta à minha mente – gentil, amável, confiando em mim para que eu possa viver meu direito de nascimento. Mas não sei por onde começar.

Segundo Paloma, cada vez que El Coyote conseguiu invadir o Mundo Inferior, o caos reinou no Mundo Mediano. E, agora que estão planejando convocar o poder e o caos do *Día de los Muertos* para usar todos aqueles ancestrais regenerados para penetrar no Mundo Inferior – com mais poder do que nunca antes visto –, não tenho ideia de como impedi-los.

Tenho que fazer algo, mas não tenho ideia do quê. Não tenho ideia de como devo enfrentar Cade e seu exército de ancestrais mortos-vivos.

Não tenho como encará-los. Que inferno, nem mesmo completei minha iniciação como Buscadora. Ainda assim, tenho que encontrar um meio de lutar contra eles. Não posso deixá-los vencer.

Olho para a foto do meu pai, lembrando o que Paloma disse sobre ele estar em todos os lugares – que eu poderia falar com ele a qualquer momento. Mas, sem a orientação de Paloma, sem ela ao meu lado, não sei como invocar a presença dele.

Sem ela, essa casa parece tão solitária, tão vazia... Um espaço vazio e frio que só destaca minha incapacidade de lidar com tudo isso.

Ferida demais para dormir, ferida demais para fazer qualquer coisa, me visto e saio. Vou até o estábulo de Kachina e me sinto um pouco melhor quando ela levanta a cabeça, bate a pata no chão e solta um ronco suave de cumprimento ao ver que estou me aproximando. A recepção dela é muito mais entusiasmada do que a do meu gato recém-adotado, que estava bem contente passando um tempo com Kachina até me ver e decidir sumir.

Entro no estábulo, me ocupando em encher o coche com comida e em reabastecer sua água, então fico ao lado dela enquanto come, dizendo-lhe todas as coisas que me preocupam demais para vocalizar para mim mesma.

Minha longa lista de preocupações se multiplica até que perco a noção do tempo. Logo o céu está cheio de faixas laranja e rosa, o sol está muito mais alto do que quando cheguei e Jennika está me procurando. Seus olhos vão de Kachina para mim quando diz:

– Não fique muito ligada a ela.

Finjo não escutar. Não quero começar com isso novamente. Mas, apesar das bochechas magras e das meias-luas escuras sob seus olhos – resultado de noites demais sem dormir –, Jennika claramente não perdeu o pique.

Me dá uma caneca de café recém-coado, que aceito rapidamente. Desfruto o rico odor de *piñon*, quando ela diz:

– Estou falando sério, Daire. Sei que acha que pode me enrolar. Sei exatamente o que está tentando fazer. Mas, assim que Paloma estiver melhor, quero dizer, no exato segundo em que recebermos a notícia, você e eu caímos fora daqui. O que quer dizer que terá que dizer adeus ao seu cavalo, a esta casa, ao garoto e a tudo o mais. Isso sempre foi para ser temporário... Pensei que soubesse.

Dou um gole no café, olho para o céu e me recuso a responder.

– Quero dizer, não entendo. Exatamente o que você vê neste lugar? Qual é a atração? É algo que não vejo? Porque, pelo que vejo, essa cidade é um lixo.

Viro o rosto para ela, vejo seu rosto pálido e o suéter volumoso, grande demais em seu corpo, que pende em seus ombros de maneira casual, deixando-a tão pequena e vulnerável quanto atualmente a vejo.

– Aqui pode ser um lixo – digo, segurando com força minha caneca enquanto me afasto dela e vou para o quintal. Sou incapaz de ver outra coisa além do amor, cuidado e devoção com que Paloma supriu o lugar para deixá-lo como está: um oásis privado escondido no meio do deserto. Mas Jennika não enxerga nada disso. Ela só vê um cavalo, um monte de plantas, uma borda estranha de sal dentro de uma estranha cerca de madeira, dentro de um grosso muro de adobe. Não enxerga a magia. Mas não quer dizer que não posso tentar fazê-la entender por que isso é importante para mim. – Não vou negar isso. Mas também é o primeiro lugar ao qual já senti pertencer. É a primeira vez que sinto como se tivesse um lar verdadeiro e estável.

Ela começa a falar, provavelmente querendo se defender e a todas as escolhas que fez nos últimos dezesseis anos, mas há tempo para isso mais tarde. Preciso que me escute enquanto as palavras ainda estão comigo.

– E sei que você passou a vida toda tentando me proteger da impressionante dor do luto que vem quando perdemos as coisas, as pessoas e os lugares com os quais você se permitiu se importar... Mas, sabe o quê, Jennika? Isso não é jeito de viver. Por mais que doa perder alguém que você ama, há muito mais alegria em viver isso o quanto durar. – Respiro fundo, meus olhos encontram os dela. É o contrário de tudo o que eu pensava acreditar, mas agora percebo que é verdade. – E sei que você me entende bem. Sei que estava apenas tentando me poupar dos sentimentos que tomaram conta de você. E, quem sabe, talvez tenha me poupado de um monte de arrependimentos e mágoas? O que realmente sei é que gosto de fazer parte de alguma coisa. Gosto de ser membro de uma família, de uma comunidade, que inferno, até de uma escola. Não me importa se é por pouco tempo... não me importa se não tem excitação e encanto... este é o lugar onde minha *abuela* vive. Uma mulher que me deu um lar... um propósito. E, pela primeira vez na vida, eu...

– Um propósito? – Jennika aperta os olhos, enquanto levanta a cabeça e se aproxima. – E qual seria ele, exatamente? Está planejando cuidar do jardim dela? Ser aprendiz de uma curandeira? Tinha esperanças muito maiores para você, Daire.

O jeito como o olhar dela encontra o meu – indignado e incrédulo... bem, sei que fui longe demais. Nunca devia ter dito aquilo, devia ter parado um pouco antes.

– Esqueça – digo. – Esqueça tudo o que disse. – Dou um último tapinha em Kachina e me dirijo para a casa. Evito cuidadosamente o olhar de Jennika quando acrescento: – Você provavelmente deve querer me levar para a escola. O primeiro sinal é às oito.

quarenta e um

No mesmo segundo em que passo pelo grande portão de ferro, começo a procurar por Cade. Mas só na hora do almoço, quando encontro Xotichl no corredor, é que descubro por que fui incapaz de encontrá-lo.

– Então, você participa do *Día de los Muertos*? – ela pergunta, empregando sua estranha habilidade de saber que sou eu antes mesmo que eu possa me anunciar.

– Não me diga que ainda estou com a tal energia de novata? – digo, enquanto ela fecha seu armário e bate a bengala no chão, medindo o espaço entre minhas botas e as dela.

– Agora é mais uma energia nervosa, paranoica... Quais as novidades?

Meus olhos varrem o corredor, sabendo que devo mencionar o que aconteceu com Paloma, mas, sem querer aborrecê-la, digo:

– Acho que estou à procura de Cade, Lita e a Horda Cruel. Prefiro localizá-los antes que eles me localizem.

– Não se preocupe. – Ela sorri. – Cade não veio e, quanto ao resto... tenho quase certeza de que estão chocadas demais para se aproximar de você. Mas isso ainda não responde minha pergunta. O Dia dos Mortos... você está dentro?

– Dentro do quê? – Olho seu belo suéter azul e o jeans, impressionada mais uma vez em ver o quanto ela é bonita. Sei que certamente estou dentro para observar o *Día de los Muertos*, mas não provavelmente do jeito que ela pensa.

– Você provavelmente percebeu que quase pulamos o Halloween e vamos direto para o Dia dos Mortos. Toma conta de toda a cidade, então a única maneira de evitar isso é partir. Alguns lugares celebram toda a semana, mas aqui em Encantamento esperamos até o último dia, dois de novembro, quando todos se fantasiam, comem, bebem e festejam a noite toda. Ainda que muita gente passe a noite no cemitério, curtindo com os espíritos de seus antepassados, muitos vão para a Toca do Coelho, desde que os Richter passaram a organizar uma imensa e louca festa em que a cidade inteira vai comer, beber e ouvir música de graça. O que, como provavelmente já adivinhou, torna a festa uma grande atração.

– Parece divertido – digo, sabendo que divertido não é a palavra adequada, ainda que seja a mais apropriada, considerando as circunstâncias. – Eu não perderia – acrescento, suspeitando que a celebração desse ano proporcionará uma experiência como nenhuma outra festa. Especialmente se El Coyote conseguir o que quer.

– Legal. – Ela concorda com a cabeça. – O Epitáfio está entre as atrações, então você terá outra oportunidade de ouvi-los, já que desapareceu completamente na noite passada. O que aconteceu? Procuramos você por toda parte... Como voltou para casa?

Procuro uma desculpa, sabendo que é quase impossível mentir para ela, o que não me impede de tentar:

– Não estava me sentindo bem, então...

Ela vai para o corredor norte, o lugar em que Dace come seu almoço sozinho. Mas, depois da noite passada e de toda a situação com Jennika, estou envergonhada demais para encará-lo.

Tento voltar, procurando um desvio, quando percebo que não há sinal de seus sapatos – nenhum sinal dele em lugar algum. O corredor está vazio. E, apesar da minha relutância inicial em encará-lo, sua ausência faz que me sinta ainda pior.

Xotichl para e inclina a cabeça na minha direção, os lábios se erguendo nos lados, enquanto encaro o espaço vazio onde Dace estaria normalmente.

– O que está acontecendo com você? – ela pergunta. – Não adianta mentir. Posso sentir, sabe?

Ela para diante de mim – uma pequena força da natureza que não será enganada pelas minhas histórias ficcionais. Não me deixa escolha senão rir quando digo:

– Eu sei. Você é muito intuitiva para seu próprio bem, mas ainda não estou pronta para me abrir, então tem que lidar apenas comigo.

Ela aperta os lábios enquanto considera minhas palavras; sua bengala balança no espaço diante de si novamente, quando concorda:

– É justo.

Depois, me leva até a cantina com mais confiança e autoridade do que eu jamais teria. Vamos para uma mesa no fundo, onde desliza no banco, acena para o garoto à sua esquerda e diz:

– Daire, Dace... Dace, Daire. – Me dá um sorriso cúmplice quando acrescenta. – Ou talvez já tenham se conhecido.

Ela inclina a cabeça para o lado e remexe em seu saco de almoço, e tudo o que posso pensar é que há mais dessa coisa de sexto sentido do que eu jamais imaginaria.

Murmuro um "Oi" rápido e me sento do lado oposto ao dele. Me sinto estranha e envergonhada, incapaz de me livrar da imagem do flagrante do rosto de Jennika espiando pela janela – e das coisas horríveis que ela disse. Sem mencionar o quão idiota devo ter parecido, com os olhos fechados – lábios entreabertos e prontos –, me inclinando para um beijo que ele provavelmente nunca pretendeu me dar.

– Você está bem? – Seu olhar me percorre, a voz marcada com preocupação. – Sua mãe parecia aborrecida.

– Ela estava. – Espio dentro da minha sacola de almoço, evitando seus olhos. Não quero ver meu rosto vermelho de vergonha refletido milhares de vezes. – Ela fica assim de vez em quando, mas no fundo, quer meu bem. – Levanto os ombros, decidindo deixar assim. Não estou com vontade de explicar como a história de Jennika tem o hábito de se misturar com meu presente. De explicar como o desejo irracional e bem intencionado dela de me salvar de coisas como um coração partido e uma gravidez não planejada, juntamente com todos os outros desvios que a vida oferece, algumas vezes fica no meio do meu caminho.

– Não tenho certeza se lidei bem com a situação – ele diz, o rosto tão aberto, o olhar tão cheio de remorso que meu coração dói em solidariedade.

– Considerando as circunstâncias, você se saiu bem. Além disso, não teve exatamente nenhuma chance; ela já estava com todas as ideias pré-concebidas no momento em que viu você.

Dace se recostou, a expressão confusa, a voz insegura:

– Não entendo...

Mexo no meu pacote de almoço, me perguntando por que nunca digo a coisa certa perto dele. Não vejo como explicar de modo que não soe completamente embaraçoso, quando Xotichl interrompe.

– O que não entende? Você é lindo... Daire é linda... É um receita para aflição materna, se é que já houve uma. Então isso significa que ela pegou uma carona com você, já que Auden e eu não conseguimos encontrá-la?

Dace e eu trocamos um olhar, o meu envergonhado e em pânico, o dele divertido e reconfortante. Ele responde:

– Ela não estava se sentindo bem, e eu estava indo embora...

Sua voz se perde, juntamente com seu olhar, enquanto o pé de Xotichl encontra o meu, dando-me um rápido chute quando diz:

– Está chegando...

E um segundo depois Lita aparece na ponta da nossa mesa.

Ela olha para mim, parecendo surpreendentemente tímida quando diz:

– Oi.

Olho de relance para seus dois lados, contente em descobrir que veio sozinha. Fico me perguntando se realmente está cansada de andar com puxa-sacos, como deixou implícito no banheiro.

– Ouça – ela diz. – Quero pedir desculpas pelo outro dia. – Engole em seco e se força a manter seu olhar no meu.

– Por *outro dia*, quer dizer ontem? Ou o primeiro dia, quando a vi na trilha? – pergunto, imaginando que não há sentido em negar o fato de que ela teve duas ocasiões para ser gentil comigo, e nas duas vezes preferiu não ser.

– Hum, ambas, acho. Eu só... – Ela tenta encontrar a palavra correta, mas logo abandona a busca e começa novamente. – Sei que não fui legal, e só queria...

Mas, antes que possa prosseguir, levanto a palma da mão e digo:

– Está tudo bem. Como seja. Desculpas aceitas. – Noto o jeito como os ombros dela relaxam, sua mandíbula se solta, efeito de curta duração, quando acrescento – mas, só para que saiba, antes que comece a gastar toda a sua energia sendo gentil comigo, minhas conexões em Hollywood não são tudo o que você pensa.

Xotichl prende a respiração, enquanto me preparo para um ataque de negações e raiva que não aparece.

– Uau – ela diz, os olhos pesadamente maquiados me inspecionando com um quê de aprovação. – Você não leva desaforo para casa, não é?

Olho de relance para Dace, que está me observando atentamente e, sabendo que é verdade e que tenho a influência de Jennika para agradecer, digo:

– Não. Não levo. – Encontro seu olhar mais uma vez.

– Então, tudo bem entre nós? – ela pergunta com uma voz ridiculamente esperançosa. Tão esperançosa que tenho quase certeza de que não acreditou em mim. Ainda pensa que tenho acesso ilimitado a Vane Wick ou a quem quer que tenha em mente.

Mas não quero começar de novo, e digo:

– Sim. Claro. Tudo bem.

Ela assente. Sorri. Começa a se afastar, então se volta como se um pensamento tivesse acabado de lhe ocorrer:

– Vou procurar por você na Toca do Coelho. Você sabe, amanhã à noite, para o Dia dos Mortos... Você estará lá, certo? – Seus olhos passam por mim, indo para Xotichl e Dace, reconhecendo-os como se não tivesse percebido até agora que estavam sentados lá o tempo todo. – Achei que pudéssemos nos encontrar, que tal?

Fico de boca aberta, totalmente estupefata pela oferta. Mas reúno raciocínio suficiente para responder:

– Claro. Que seja.

Observo-a ir embora e penso como minhas perspectivas para amanhã à noite se tornam mais estranhas.

Xotichl assobia baixinho, dizendo:

– Não sou alguém que se espanta com facilidade, mas isso foi... – ela torce a boca para o lado e tamborila as unhas contra a lateral de sua garrafa de água, procurando a palavra certa.

– Estranhamente sincero – Dace completa, seu olhar encontrando o meu.

Levanto os ombros, sem ter ideia se ele está certo, mas nada nessa cidade é o que aparenta ser.

O momento é interrompido pelo soar da campainha, dizendo-nos que é hora de encerrar o almoço e seguir em frente.

quarenta e dois

Quando chega a última aula, estudos independentes, aquela que compartilho com Dace, não dá para negar a excitação que sinto pela perspectiva de vê-lo novamente. Mas minha excitação logo se transforma em desapontamento, quando vejo sua cadeira vazia. Por alguma razão, estudos independentes não está em seu calendário hoje.

Vou para a mesa do fundo e tiro meu livro da mochila. Estou determinada a me acomodar para uma bela e longa leitura, mas não demora até que minha mente vague de volta para Paloma.

Tenho que ajudá-la.

Como sua neta – como uma Buscadora – deve haver algo que eu possa fazer.

Algo mais útil do que ficar sentada nesta sala, vigiada por um monitor de vídeo.

Jogo a mochila no ombro e me dirijo para a porta. Meus colegas de classe me encaram, chocados, enquanto a vigilância restrita da câmera-que-tudo-vê acompanha minha fuga. Atravesso uma série de corredores e irrompo pelas portas duplas, dirigindo-me para o segurança, enquanto tento pensar em algum tipo de plano.

Mesmo que não saiba como impedir os Richter de invadir o Mundo Inferior, ainda tenho um dia até que sejam capazes disso. E, já que o Mundo Inferior é onde o Corvo vive, e já que é tarefa dele me guiar, imagino que seja um lugar tão bom para começar quanto qualquer outro.

Só que não tenho ideia de como chegar lá.

Minha única visita foi na jornada da alma, quando bebi o chá de Paloma.

Sabendo de um único jeito de descobrir isso, volto para casa, me esgueiro pelo portão sem que Jennika perceba e vou direto para o estábulo de Kachina, onde pego uma sela e jogo em suas costas. Passo a mão pela sua crina castanha e branca, pressiono a boca em seu ouvido e digo:

– Leve-me até lá. Leve-me para a caverna da minha busca da visão para que eu possa consultar meus ancestrais.

No instante em que chego à caverna, pulo a borda branca granulada e vou direto até a parede que mostra minha longa lista de ancestrais e seus espíritos animais alinhados ao lado deles. Meus olhos passam por Valentina, Esperanto, Piann, Mayra, Maria, Diego e Gabriella, descendo até Paloma, Django e eu. Seguro a algibeira em meu pescoço com uma mão e balanço o chocalho com a outra. Eu os invoco – deixando-os saber que preciso da ajuda deles. Preciso que me mostrem como posso ir ao Mundo Inferior.

Me sento ao lado deles, as costas encostadas na parede, as pernas espichadas diante de mim. Forço minha mente a ficar quieta e tranquila – expulso a inquietação que com frequência me atormenta e fico aberta a algum tipo de sinal. Sou imediatamente alertada por uma suave corrente de vento que entra na caverna. Rodopia e paira ao meu redor, assegurando-se de que foi notada, antes de seguir em frente, até o fundo da caverna, onde o teto encontra o chão.

O vento é meu elemento. Segundo Paloma, isso me torna uma filha do vento – algo que a deixou bastante excitada. Mas um olhar para aquela parede sólida de pedra – tão densa e proibitiva – é o suficiente para encher minha mente de dúvidas.

Não tem como isso se mover.

Não tem como me levar a uma terra mística escondida profundamente sob a terra.

Não é como se eu nunca a tivesse tocado antes. Na última vez em que estive aqui, fiz a volta toda, corri minhas mãos sobre cada centímetro quadrado, na tentativa de ver o quão grande era a caverna. Mesmo assim, isso foi antes que eu conhecesse a verdade completa de como o mundo funciona. Antes que aprendesse como focar no invisível, no desconhecido – como trazê-lo até meu campo imediato de consciência, até que se apresente.

E não demora muito até que a parede de pedra aparentemente impenetrável oscile diante de mim, enquanto minha algibeira de camurça pulsa como um coração. Uma recordação sólida de que preciso parar de ver com os olhos. Parar de lidar com tudo com meu raciocínio lógico e começar a acreditar no que sei no meu coração – não importando o quão improvável pareça ser.

Abaixo a cabeça, levanto os braços na minha frente e avanço. Minhas palmas encontram a pedra, chocando-se por um momento – apenas para atravessar a rocha enquanto a superfície se suaviza e some. A parede se desfaz em um pó moído bem fino que gira sob meus pés, enquanto o chão embaixo desaparece. Começo a cair, girando, rodando em um túnel longo e íngreme que mergulha direto para o centro da terra. Meus braços se debatem, meu corpo dá cambalhotas – sou incapaz de parar ou de reduzir a velocidade, incapaz de me controlar.

Mas, ao contrário da última vez, não tento impedir a queda. Apenas acredito que pararei de algum modo na entrada do Mundo Inferior.

O túnel termina sem aviso – cuspindo-me direto em um feixe de luz brilhante, onde caio sentada. Apenas para encontrar o Corvo empoleirado em uma rocha próxima, com os olhos púrpura brilhantes, esperando por mim.

Fico em pé. Passo a mão na traseira do meu jeans. Olho atentamente para o Corvo enquanto me aproximo dele e digo:

– Preciso de ajuda. Paloma está doente e não sei o que fazer. Você me guiará?

Minhas palavras são interrompidas pela visão dele se preparando para voar. Levanta as asas, abrindo-as totalmente, enquanto se lança para a frente, se ergue de seu poleiro e executa um perfeito e amplo círculo sobre minha cabeça, antes de voar com o vento. Vou atrás dele. Fico grata pela maneira como ele para de tempos em tempos, dando-me a oportunidade de alcançá-lo, antes que alce voo novamente – guiando-me por todo o caminho até a bela clareira que conheço dos meus sonhos, e de quando bebi o chá de Paloma.

Olho ao redor, notando as altas árvores balançantes, o jeito como cada folha de grama parece dançar aos meus pés. Não estou certa de como me sinto por ele ter me trazido aqui – definitivamente um tanto desconfortável, na melhor das hipóteses. Mas então o Corvo desce até mim, pousa em meu ombro e me cutuca com o bico, me incentivando a seguir em frente, a percorrer todo o caminho até o outro lado da floresta, onde me deparo com a fonte de águas termais que vi em meus sonhos.

E, exatamente como no sonho, Dace está aqui também.

quarenta e três

Fico parada diante dele, quieta e tranquila. Espero observá-lo sem ser notada, prolongando o momento antes que ele sinta minha presença.

Seu cabelo está molhado, jogado para trás da testa – a luz atravessa as árvores de um jeito que lança uma série de sombras sobre seu rosto. Quando o Corvo voa do meu ombro até um galho próximo, de onde olha para nós, a batida de suas asas faz com que Dace olhe para cima, não parecendo nem um pouco surpreso ao me ver vagando em uma dimensão mística que permanece oculta de todos os demais.

– No momento em que vi você, soube que era diferente. – Sua cabeça se inclina de um jeito que escurece seu rosto, enquanto meus punhos se fecham, meu corpo preparado para qualquer coisa. Da última vez em que estivemos aqui, não acabou bem. E não há como provar que desta vez não será assim, que não serei obrigada a reviver meu pesadelo.

– É mesmo? – Minha voz é seca, mais nervosa do que planejei. – E por que isso? O que me entregou? – Olho firme em seus olhos, vendo milhares de imagens de mim mesma brilhando de volta. Uma longa fila de garotas de cabelos escuros e soltos.

Ele encolhe os ombros, levantando-os e baixando-os como se estivesse realmente perplexo.

– Acho que meus instintos são bons. Algumas coisas você simplesmente sabe, sem questionar – responde.

– Foram seus instintos que o trouxeram aqui? – Vou na direção dele, as pontas das minhas botas na beira da fonte. – Ou viu isso em um sonho? – Minha pulsação triplica no momento em que as palavras saem da minha boca. Mas tenho que saber, e não há como perguntar mais discretamente, nenhuma outra maneira de enunciar tal coisa.

Ele estaria realmente ali – ou era tudo fruto das minhas mais ousadas imaginações?

– Vida desperta, vida em sonhos... Quem diz onde está a realidade? – Sorri, um clarão glorioso de olhos e dentes brilhantes, antes de acrescentar: – Este lugar é como um sonho, mas tenho quase certeza de que estamos acordados. – Leva os dedos até o braço e se dá um rápido beliscão. – Sim, estou acordado... E você?

Meus olhos o percorrem de cima a baixo – embevecida pelos ombros fortes, pelo suave peito nu, parando onde a água começa, abaixo de seus quadris. Fico tão distraída com a visão que quase não percebo quando ele diz:

– Mas, para responder à sua questão, foi minha mãe quem me mostrou este lugar quando eu era criança, e tem sido meu favorito desde essa época.

Engulo em seco, notando o jeito gracioso com que evitou minha pergunta, mas decido deixar para lá, não há motivo para pressionar.

– E então, você vem? – Indica o espaço borbulhante ao seu lado, enquanto olho para o Corvo, buscando orientação. Mas ele apenas voa da árvore até o dorso de um belo cavalo negro que eu não havia notado até agora. Ele me trouxe até onde quer que eu esteja. Cabe a mim decidir o que fazer.

– Não estou exatamente vestida para isso. – Passo a mão pelo meu jeans, aponto para as botas. Não são as roupas que eu usava no sonho, e espero que isso seja um bom agouro.

Dace ergue os ombros, fazendo que gotículas de água deslizem para os lados.

– E vai deixar isso impedi-la? – Olha para mim, passa a mão pelo cabelo, enquanto ranjo os dentes, sem saber o que fazer. Sua voz é quente e persuasiva quando diz: – Vamos, a água está ótima. Além disso, prometo não espiar.

Faz uma cena, virando-se e colocando as mãos sobre o rosto, enquanto fico parada onde estou – pesando minhas opções.

Devo fazer o que o Corvo quer e me juntar a Dace na fonte termal, o que pode acabar tão mal quanto no sonho?

Ou devo ignorar os dois – Dace e o Corvo – e seguir meu caminho, ainda que não saiba bem para onde vou?

Lembro-me do que Paloma me disse, sobre o Corvo ser mais sábio do que eu, que nem sempre pode fazer sentido, mas que tenho que aprender a confiar nele. Tiro a jaqueta e os sapatos, depois a calça jeans, puxo a regata até o início das coxas e entro. Sem perceber, prendo a respiração até chegar onde Dace aguarda – tomando meu lugar ao lado dele, como fiz no sonho.

Ele abaixa as mãos, revelando um rosto tão gentil e cativante que fico tentada a acreditar que isso não pode terminar mal. Mas, sabendo que é melhor não acreditar no que vejo, levo um momento para agarrar uma grande rocha afiada que está na minha frente. Aperto-a com força entre os dedos, enquanto a deposito no colo. Se o irmão dele aparecer, não terá chance. Estou mais do que pronta para acertar sua cabeça feia de demônio assim que olhar para ela.

– Na primeira vez que minha mãe me trouxe aqui, ela disse que falta de dinheiro não era desculpa para não viajar até lugares encantadores. – Seu olhar vaga por um passado distante. – Mas não me trazia com muita frequência, preferia deixar para ocasiões especiais. Não queria que crescesse e enjoasse daqui... ainda que eu não consiga imaginar uma coisa dessas.

– Você vem muito aqui agora? – pergunto, observando o momento exato em que ele retorna ao presente.

– Sempre que posso. – Sua voz fica suave e melancólica quando acrescenta: – Mas, entre o trabalho e a escola, é difícil conseguir tempo.

– Mesmo assim, encontrou um tempo hoje. – Olho ao redor, enquanto bato com a pedra no colo, tranquilizada por suas bordas afiadas e seu peso.

Ele se encosta na borda de pedra e abre os braços. Seus dedos resvalam timidamente em meu ombro, e ele diz:

– Tive uma vontade irresistível de vir para cá, então segui meus instintos e agora sei por quê.

Ele sorri de um jeito tão esperançoso que não posso deixar de sorrir em resposta. Embora a aparência seja ilusória, internamente meu coração bate em frenesi: estou preocupada que esse impulso que ele sentiu seja menos para chegar até mim e mais para reviver o sonho.

Ele mantém o olhar por um momento, então inspira profundamente e desaparece sob um cobertor de bolhas, apenas para emergir alguns segundos mais tarde, tão resplandecente e lindo que tira meu fôlego. Nós dois sentamos em silêncio – ele de olhos fechados, o rosto tranquilo e sonhador, enquanto fico ao seu lado, tensa e alerta, dedos agarrando a rocha que tenho a intenção de usar se seu irmão aparecer.

O silêncio é quebrado quando ele arregala um olho e diz:

– Me diga... como encontrou esse lugar? – Então abre o outro e acrescenta: – Como chegou à Fonte Encantada?

Esfrego os lábios, insegura do que responder.

– Você é a primeira pessoa que encontro aqui – Dace completa. Seu rosto é pensativo, o olhar, avaliador.

– Então quer dizer que nunca veio aqui com Cade? Nunca falou para ele sobre esse lugar?

As palavras saem dos meus lábios antes que consiga detê-las.

Dace franze o cenho, o rosto carregado como se minhas palavras tivessem deixado um gosto ruim.

– Por que eu faria isso? – pergunta. – Caso não tenha notado, não somos exatamente próximos.

Viro a rocha na mão, desviando de sua pergunta original, quando digo:

– Esse cavalo é seu? – gesticulo na direção do belo garanhão negro que pasta ali perto.

Dace assente.

– É seu corvo?

Aperto os lábios. Tento focar nas bolhas, no calor da água, nas trepadeiras floridas que descem das árvores e se espalham entre as rochas, mas é impossível. Estou muito tensa. Preparada para uma batalha épica ou para um embaraço épico – pode ser dos dois jeitos.

– Então, você não vai reivindicar aquele corvo, e não vai me dizer como encontrou a Fonte Encantada? – Ele inclina a cabeça, me observa de perto, mas apenas desvio o olhar. Seus olhos são um vórtice que leva a um lugar sem escapatória. Ainda que não tenha que olhar para ele para me sentir irresistivelmente atraída. Só a sua presença é suficiente.

Ele se afasta da rocha até ficar de frente para mim. Seu cabelo brilhante e liso revela uma feição tão adorável e bem desenhada que parece ter sido esculpida por uma mão talentosa. Seus olhos brilham mais escuros do que o normal, menos como azul-esverdeado e mais como o tom profundo de turquesa encontrado nas joias de sua mãe. Diz:

– Como quer que tenha conseguido, estou contente que encontrou. Desde o primeiro dia que se chocou comigo no clube, soube que não era como as outras garotas daqui. Soube naquele instante que era diferente.

– Como pode ter certeza? – pergunto, minha voz rouca, grossa, afetada por sua proximidade. Ele está a menos de um palmo de distância. Lembro o que vi quando o espionei como corvo, do jeito como usou telecinese para depositar os sacos de lixo na lixeira. Sei que não sou a única diferente por aqui.

Ele joga a cabeça para trás e gargalha, uma visão tão bonita que eu gostaria de que durasse mais. Olha para mim e diz:

– Acho que voltamos aos instintos novamente... Até agora, me guiaram bem.

– E o que seus instintos estão dizendo agora? – sussurro, sabendo que não posso mais confiar nos meus. Ele me tirou tanto do eixo que não sei o que esperar, o que fazer em seguida, além de agarrar a pedra com força e esperar que seu irmão gêmeo apareça.

Ele engole em seco. Inspira profundamente, como se estivesse prestes a mergulhar novamente, mas, em vez disso, responde:

– Estão me dizendo para beijar você.

Inclina-se para a frente, o olhar ganhando intensidade. Quando sua mão encontra meu rosto – quando as pontas de seus dedos roçam minha pele –, quando seu olhar passeia por mim, devorando tudo o que vê... bem, não posso deixar de notar que agora está acontecendo exatamente como no sonho.

Aperto a pedra com força, mantendo-a no colo – determinada a seguir em frente, ver como isso vai acabar. O Corvo me trouxe aqui por uma razão, e claramente vou descobrir agora.

Seu rosto se aproxima do meu, os lábios buscando os meus. Fecho os olhos e minha boca encontra a dele – digo a mim mesma que é apenas parte da progressão, é como o sonho segue. O beijo é tão doce, morno e familiar – ainda mais emotivo do que eu me lembrava.

– Daire... – ele sussurra, sua voz rouca e profunda, as mãos explorando meu corpo. Passam por minha regata, descobrindo cada vão e curva. E estou tão perdida no beijo, na proximidade inebriante dele, que mal noto quando ele entrelaça meus dedos nos dele, fazendo-me soltar a pedra, que cai do meu colo e corre para baixo dos meus pés.

Deslizo as palmas das mãos sobre seu peito duro e suave, e prendo os braços ao redor de seu pescoço. Enrosco minhas pernas ao redor dele, puxo-o para mais perto, ansiando por prová-lo ainda mais profundamente, quando ele enrola um dedo na alça da minha regata, puxa-a pelo meu ombro, abrindo caminho para seus lábios enquanto ele inclina a cabeça na direção dos meus seios... E então me lembro... foi assim que aconteceu.

Este é o momento em que ele é substituído pelo seu irmão gêmeo demônio, com uma serpente saindo de sua boca.

E, agora que me fez perder a pedra, não tenho meio de nos defender.

Me afasto – o movimento abrupto, inesperado –, a tira da minha algibeira arrebenta e ela cai na água.

Meus olhos procuram os dele, fico ofegante de pânico quando ele se abaixa para pegar a bolsinha antes que eu possa me mexer.

Inspiro rapidamente e submerjo também. Procuro a algibeira, vejo-a bem abaixo de nós, repousando em uma rocha, empurro-o para o lado, tento agarrá-la, mas ele é mais rápido, seu braço é mais comprido e ele a agarra antes que possa chegar até lá.

Voltando à superfície, respiro livre da água, apenas para encontrar seu rosto brilhando em triunfo, enquanto ele para um momento para amarrar as pontas que se romperam. A voz de Paloma enche minha cabeça, avisando-me para nunca permitir que ninguém a use ou olhe dentro dela, nem mesmo brevemente, ou o poder será perdido. E, ainda que ele não faça nenhum movimento que indique nenhuma dessas coisas, não posso dar a oportunidade para que sua curiosidade o vença.

– Eu fico com isso – digo, arrancando a algibeira de suas mãos e prendendo-a ao redor do meu pescoço, de onde ela pende até meu peito.

Ele inclina a sobrancelha, sua boca se entristece, as mãos desajeitadas e impotentes em seu colo, quando diz:

– Eu jamais olharia dentro, se é isso que a preocupa. Acredite em mim, sei bem como é isso.

Agarro a algibeira em meu peito, meus dedos buscando a forma do Corvo e da pena. Fico aliviada em descobrir que está tudo bem, mas ainda mais aliviada quando percebo repentinamente:

Não foi isso que aconteceu no sonho.

A percepção vem tarde demais, de repente Dace está fora da água, pegando uma toalha que deixara pendurada em uma pedra. Passa-a pelo cabelo, pelo corpo, antes de pendurá-la no ombro e dizer:

– Escute, realmente sinto muito. Não ia ficar com ela e nunca olharia dentro. Só espero não tê-la afastado deste lugar. Você é livre para visitá-lo o tempo que quiser, sempre que quiser. Se isso a faz se sentir melhor, eu me afastarei.

Ele se vira e começa a caminhar na direção do Cavalo. A visão disso me faz sair correndo da água, minha respiração superficial e rápida, minha regata agarrada ao corpo do jeito mais embaraçoso possível, quando paro atrás dele e digo:

– Então, está me dando a custódia da Fonte Encantada?

Ele se vira, sua expressão mudando de perturbada para confusa.

– Ou está só me garantindo direitos de visita? Você sabe, do tipo um final de semana para cada um?

Fico parada diante dele – uma coisa desarrumada, molhada e encharcada, com um sorriso esperançoso que, ainda bem, ele devolve rapidamente. Seu olhar passeia sobre mim, tão quente e intenso, que não posso deixar de me encolher. Então, lembrando-se da toalha pendurada em volta de seu pescoço, ele enrubesce de vergonha e a entrega para mim.

Nos vestimos rapidamente e, com minha regata tão molhada, decido deixá-la de lado e vestir apenas a jaqueta abotoada na frente.

– Preciso ir. – Dou um olhar aguçado para o Corvo, mas ele fica parado no lugar, recusando-se a sair de cima do Cavalo, não importa o quão duro eu o olhe.

– Os espíritos animais têm sua própria agenda – Dace diz, olhando para o Corvo e para mim. Responde ao choque em meu rosto quando acrescenta: – Cresci na reserva e, como costuma acontecer, descendo de uma longa linhagem de curandeiros e curadores. Você tende a pegar essas coisas. Cavalo tem estado comigo desde que nasci, e me ajudou a atravessar tempos difíceis.

Eu o estudo cuidadosamente, sentindo que há mais coisas.

– Com exceção das viagens ocasionais a este lugar, minha mãe fez o melhor para me afastar do lado mais místico da vida, apesar da longa linhagem de Trabalhadores da Luz em nossa família. Mas sempre fui atraído por isso. Nunca fui uma criança normal. Preferia passar o tempo com os anciãos em vez das crianças da minha idade e, por causa disso, as outras crianças me evitavam, zombavam de mim. Minha mãe tentou me colocar na linha por uma longa e estranha época. Mas o tempo que passava com os anciãos, ouvindo suas histórias e aprendendo sua magia... era quando eu era mais feliz. Foram eles que me apresentaram ao Cavalo. Também me convenceram de que eu tinha um dom natural que não devia ser desperdiçado. Que era meu legado e não havia vergonha em nutrir isso. Essa foi outra razão pela qual deixei a reserva. Queria uma chance de desenvolver meus dons, sem a constante interferência da minha mãe. Sei que parece loucura... mas esse mundo é cheio de possibilidades inexploradas, o potencial é ilimitado. Você não acreditaria em algumas das magias que já vi. – Balança a cabeça, e seu foco retorna para mim. Seu rosto está corado de vergonha quando diz: – E agora provavelmente você pensa que sou um lunático. – Seu corpo fica tenso, se preparando para o golpe emocional que não tenho nenhuma intenção de dar.

Balanço a cabeça e caminho na direção dele. Coloco minha mão em seu rosto e sussurro:

– Nem um pouco. – Meus lábios encontram os dele, suaves, mornos, afastando-se somente quando o Corvo emite um crocitar baixo, dizendo-me que é hora de ir.

– Você cavalga? – Dace segura minha mão, e me leva na direção do Cavalo.

– Chay me deu um cavalo, para que eu cuidasse dele, mas não sou muito boa, ainda estou aprendendo. Ainda que Kachina, o cavalo, seja muito paciente.

– Devíamos cavalgar um dia desses. – Ele sorri, então, convidando o Corvo para subir em seu dedo, e diz: – Na verdade, por que não monta comigo agora... Há algo que gostaria que visse.

Olho para o Corvo, notando a rapidez com que ele salta do dedo de Dace para o alto do pescoço do Cavalo. Seus olhos brilhantes me incentivam a pegar a mão que Dace me oferece e subir atrás dele. Voltamos pela floresta, passamos novamente pela clareira e vamos para uma área densamente arborizada, onde Cavalo para ao lado de uma espessa moita de arbustos e Dace diz:

– É aqui.

Me ajuda a descer, entrelaça seus dedos nos meus e me leva até uma área cercada de árvores e arbustos baixos. Empurrando um dos arbustos para o lado, fica parado atrás de mim enquanto me curvo para ver melhor. Meus olhos se arregalam, minha garganta fica apertada – largo a mão de Dace tão rapidamente quanto a peguei, enquanto encaro um lobo branco de olhos azuis, moribundo.

quarenta e quatro

Caio de joelhos, coloco as mãos na cabeça do lobo, sem nenhuma hesitação ou medo de qualquer espécie. Pelo que vi, os animais do Mundo Inferior não têm medo de nós, o que significa que não são nem um pouco perversos. Além disso, este é o Lobo de Paloma – seu espírito animal; sei disso em meu coração – e ele está doente demais para representar qualquer ameaça.

– O que aconteceu? – olho para Dace sobre o ombro, e a expressão dele se transforma de confusão em dor quando interpreta tudo errado e acha que o culpo.

– Eu o encontrei assim – diz, rápido em se explicar. – Tentei de tudo para cuidar dele e deixá-lo saudável, mas não consegui. Está morrendo... o que significa que seu elo humano está morrendo também.

– Você não sabe o que diz! – Fico brava, minha voz mal-humorada, nervosa, ainda que ele mal reaja.

Dace se aproxima, coloca uma mão hesitante em meu ombro. Seu olhar é tão triste quanto sua voz:

– Concordo que seja estranho... Os espíritos animais não deviam morrer. Por tudo o que aprendi, isso não devia estar acontecendo. Mesmo assim, não há dúvidas de que está desvanecendo. Se ele morrer, tenho quase certeza de que seu elo humano também morrerá... e, se isso acontecer, temo pelo que acontecerá com essa alma humana.

Engulo em seco, levanto-me e olho ao redor, enquanto digo:

– Não podemos deixá-lo aqui. Se me ajudar a erguê-lo, então podemos...

Me inclino para a frente, movendo os dedos para baixo do pobre lobo moribundo que está fraco demais para se mover, ignorando o aviso de Dace, que diz:

– Daire, não pode fazer isso. Isso só o fará sofrer ainda mais do que já está sofrendo.

Reclamo em voz baixa, fazendo o melhor para segurar o lobo nos braços. Luto para manter meus movimentos gentis e lentos – não quero feri-lo ou fazê-lo se sentir pior. Ainda assim, o lobo é muito mais pesado do que eu imaginava.

– Tenho que levá-lo de volta a Encantamento – digo, minha voz frenética, traindo a profundidade da minha ansiedade. – Chay é veterinário... pode curá-lo. Tenho certeza disso. Então, por favor, ou me ajude a movê-lo ou saia da frente.

Dace fica parado atrás de mim, dividido entre fazer o que acha que é certo ou me aborrecer ainda mais. Então desliza os braços sob o Lobo até que ficam pressionados perto dos meus. Seu rosto está a centímetros de distância, sua respiração aquece minhas bochechas, ele olha para o pobre animal moribundo e para mim e diz:

– Daire, sabe de quem é esse espírito animal?

Lembrando como Paloma reforçou certa vez a importância de manter o espírito animal de alguém em segredo, olho para o Corvo, em busca de orientação. Fico chocada ao ver que ele está empoleirado ali perto, juntamente com o Cavalo de Dace, o Urso de Django, a Onça do meu avô e uma Águia de olhos dourados que me lembra muito o anel de Chay – imagino que deva pertencer a ele. A visão deles reunidos faz meus olhos se encherem de lágrimas.

Parece o fim, como se fosse um memorial de algum tipo – mas não pode ser. Não enquanto o Lobo ainda vive.

– Você os conhece? – Dace segue meu olhar até a estranha reunião de animais. Observa o jeito como circulam e caminham, a Onça e o Urso rosnando ansiosos.

– Sim. – Me viro para ele, tentando não revelar demais. – Eles se importam com o Lobo e seu elo humano tanto quanto eu.

Dace olha para mim, seus olhos refletindo minha tristeza vezes demais.

– Bem, essa pessoa é muito sortuda em ter tantos seres que se importam ao seu lado – diz, a voz cheia de desgosto quando acrescenta: – mas ainda não pode movê-lo. – Olha para o Lobo, franzindo o cenho quando vê que seus olhos agora estão fechados e que sua cabeça pende em meu peito. – Se tentar levá-lo de volta, ele morrerá. Está muito fraco para sobreviver à jornada. Daire, sinto muito, mas, se insistir em fazer isso, só vai conseguir colocar os dois em um risco maior.

– Então, o que devo fazer? – pergunto, as palavras cheias de raiva, ainda que mais direcionadas à situação do que ao mensageiro.

– Aceitar o curso natural das coisas – ele diz, a voz suave e baixa.

– Isso não. – Balanço a cabeça. – Sem chance. Além disso, você mesmo disse que isso é estranho... que não há nada de natural.

Ele suspira, mais de tristeza do que de frustração, e pergunta:

– Daire... Paloma tem algo a ver com isso? Ela está em algum tipo de encrenca?

Engulo em seco, enterro o rosto nos grossos pelos brancos do lobo, minhas lágrimas deixando-os grudados e úmidos.

Tomando meu silêncio como um *sim*, ele diz:

– Ok. Faremos o seguinte: você vai voltar e procurar Pé Esquerdo, e contará para ele que encontrou o Lobo de Paloma. Vai descrever o lugar, as condições do Lobo e vai contar para ele que eu, juntamente com o Urso, a Onça, a Águia e o Corvo estamos cuidando dele. Ele será capaz de ajudar. Mas, Daire, precisa saber... não há garantias.

– Como conhece Pé Esquerdo? – pergunto, me questionando o que mais ele poderia saber sobre esse estranho novo mundo no qual estou apenas começando a aprender a navegar.

– Ele é meu tio-avô. Irmão do meu avô, Jolon. É o único em quem Chay confiaria para cuidar de Paloma, além da minha mãe. Mas Chepi não faz mais curas. Não desde que ficou grávida de Cade e de mim.

Estou prestes a contar para ele o que vi mais cedo, Chepi saindo de sua aposentadoria, ao menos temporariamente. Mas, antes que possa falar algo, ele acrescenta:

– Paloma tem sido boa para minha família. Tem sido um grande apoio para minha mãe. Venceremos isso, ok? Prometo ajudar em tudo o que puder.

Minha garganta está apertada demais para responder, então apenas concordo com a cabeça. Deixo suas mãos fortes e seguras me colocarem no dorso do Cavalo, e ele diz:

– Há maneiras mais rápidas de chegar onde precisa ir, mas é melhor que saia pelo mesmo caminho por que entrou. O Cavalo saberá onde levar você, então não se preocupe.

Seguro a crina do Cavalo, meus olhos encontrando os de Dace quando ele diz:

– Daire...

Luto para conter as lágrimas, sinto o nó em minha garganta e vejo toda a gama de sentimentos exibida em seu olhar, todas as coisas que ele gostaria de me falar – mas, em vez disso, apenas diz:

– Boa sorte.

Então dá um tapa na traseira do Cavalo, e eu cavalgo como o vento.

quarenta e cinco

Quando chego à reserva, irrompo pela porta da pequena casa de adobe, confrontando Chay com uma torrente de palavras tão atropeladas que ele é obrigado a colocar uma mão em meu ombro e me levar até a cadeira mais próxima, até que me acalmo o suficiente para começar de novo.

– Encontrei o Lobo de Paloma – digo, minha respiração ficando mais lenta enquanto meus olhos se arregalam. – Ele está em péssimo estado, mas está sendo cuidado por Dace, junto com alguns outros espíritos animais, incluindo sua Águia.

Ao ouvir o nome do filho, Chepi espia pela quina da parede, seu olhar encontrando o meu, segurando-o até que Chay traz Pé Esquerdo para a sala e me diz para repetir tudo o que falei. Depois de descrever o local o melhor que posso, Pé Esquerdo parte, deixando instruções específicas para seu aprendiz, Chay e Chepi sobre como cuidar de Paloma, enquanto fico parada na porta de seu quarto, meu coração apertado quando vejo como ela parece ainda menor do que antes. Mesmo sob o brilho fraco e vacilante das velas colocadas ao redor dela, ela parece ainda mais pálida, mais fraca. Sua respiração é superficial, lenta, reduzida a um horrível barulho que emana do fundo de seu peito.

Me deixo cair ao seu lado, seguro sua mão entre as minhas. Minha garganta está tão embargada e apertada que não consigo falar. Minha visão, tão frenética e embaçada que o quarto some diante de mim.

– Ela estava melhorando. Tínhamos certeza de que sairia dessa, mas então... – Chay olha para mim, seus olhos cheios de pesar. – Temo que não pertença mais a este mundo.

Balanço a cabeça. Me recuso a acreditar nisso. Olho fixamente para ele quando digo:

– Não. Não! Não a deixarei ir. Ela não pode... não agora... não quando acabei de conhecê-la! Pé Esquerdo vai curar Lobo e Paloma ficará bem... Você vai ver!

Ele aperta meu ombro, a voz triste, mas tranquila.

– Sinto muito, Daire. Mas, pelo que me falou das condições do Lobo, temo que ele não viva muito tempo.

Seus olhos encontram os meus, revelando a total amplitude de sua perda, a verdade por trás das palavras, mas não posso, não vou aceitar isso.

– Por que não podem curá-la? Por que ela não pode se curar? Por que ninguém faz algum feitiço para curá-la ou algo assim? – Meus olhos percorrem o quarto, acusando todo mundo que está nele. O aprendiz do curandeiro gira um pêndulo, passando por todo o corpo de Paloma, parando em cada um dos chacras; sua testa enruga quando se vira de vez em quando e faz pequenos e estranhos ruídos, como se estivesse cuspindo. Mesmo Chepi, sentada em seu canto, os olhos fechados com força, mexe as mãos diante de si, seus lábios se movendo em comunhão silenciosa. Cada um deles emprega os mesmos rituais que já vi Paloma usar para ajudar os outros. Então, por que nada disso a está ajudando? Volto para Chay e acrescento: – Ela é uma curandeira. Uma Buscadora. Como isso aconteceu? Como ficou doente, para começo de conversa?

Ele dá um suspiro profundo, assentindo de modo a me encorajar a me abrandar, a me acalmar, a respirar também. Quando minha energia se restabelece, ele diz:

– Curandeiros fazem tudo o que podem para se manterem fortes, saudáveis e bem. A boa saúde os ajuda a fazer o que fazem. Mas, quando ficam doentes, são obrigados a buscar ajuda como qualquer outro. Pé Esquerdo vai cuidar do Lobo o melhor que puder, mas algumas coisas estão fora do nosso poder de decisão. O golpe de perder Django... ou ter que manter seus poderes em ação por muito mais tempo que o normal... cobraram um preço. Ela sofreu uma significativa perda de alma. Temo que não haja muito mais o que fazer, além de deixá-la fazer a transição para o outro mundo o mais confortável e facilmente possível.

Me viro, o rosto contorcido em confusão.

– No final, é o que a doença faz – ele diz –, uma perda de poder. Uma perda da alma.

Alma perdida.

A perda da alma.

As palavras ecoam tão alto em meus ouvidos que fico quase surda – enquanto visões de Richter mortos há muito tempo, devorando esferas brancas e brilhantes, povoam minha mente.

– Então... traga a alma dela de volta! – Sigo, ciente de que não faz o mínimo sentido. *Alguém poderia fazer uma coisa dessas?*

– Temo que seja tarde demais para um resgate da alma. – Chay olha para mim, já tendo aceitado o que estou determinada a negar. – Chegou a hora. Os sinais estão todos presentes. Então, por favor, se despeça dela para que ela fique livre para seguir adiante.

– Não. – Meu olhar se alterna entre Chay e Paloma. Repito. – Não. Não ainda. Sem chance. Isso não é por acaso... Os Richter fizeram isso... Cade em particular.

Chay olha para mim, estreitando os olhos de modo que percebo que sua surpresa não vem do sentimento, mas de me ouvir vocalizá-lo.

– Como alguém perde uma alma? – Travo a mandíbula e foco nele, precisando aprender tudo o que posso se quero ter alguma esperança de salvar minha *abuela*. – E, uma vez que está perdida, como alguém a traz de volta?

Chay gira o anel no dedo, os olhos dourados da águia brilhando quando ela vem para a frente e para trás.

– Uma perda de alma pode ocorrer de diversas maneiras. Alguns vendem seu poder a seres maléficos, em troca de fama, fortuna e até amor. Algumas vezes, é resultado de um trauma... a morte de um ente querido, um evento violento... algo que deixa a pessoa em um estado tão enfraquecido que ela perde o desejo de viver, o que inadvertidamente permite que a alma fique vulnerável a esses seres maléficos que anseiam em reivindicá-la. E, em outros casos...

Olha para mim, inseguro se deve dizer, mas aceno com a cabeça para que continue – poupar-me da verdade não a tornará menos real.

– Em outros casos, a alma inteira, ou mesmo pedaços da alma, são tomados abertamente... como resultado de ser atacada por um feiticeiro muito poderoso, com más intenções. E temo que, uma vez que alguém seja atacado, é quase impossível desfazer sem a ajuda de um Buscador ou um xamã... um Trabalhador da Luz... igualmente poderoso.

– Bem, sou uma Buscadora... Por onde devo começar?

Meu tom de voz é frenético e meu olhar percorre o lugar todo. Nada em mim inspira o mínimo de confiança, então Chay dificilmente pode ser culpado quando diz:

– O resgate de alma é um trabalho perigoso. Requer que alguém viaje até o lugar onde a alma está sendo mantida e confronte o ser maléfico que a roubou, o que em geral envolve negociações longas e extremamente caras para trazê-la de volta.

Apenas os xamãs e Buscadores mais talentosos são capazes de fazer isso... aqueles com anos de experiência. – Olha para mim com dureza. – Você não está pronta nem de longe. Não posso deixar que se arrisque. Paloma jamais permitiria.

Ao som de seu nome, minha avó se agita:

– Daire... – sussurra, fazendo que o aprendiz de Pé Esquerdo se afaste para o lado, enquanto minha avó, minha *abuela*, luta para abrir os olhos.

– Doce *nieta*... – Luta para focar em mim. Sua voz sai com tanta dificuldade, tão forçada, que o som me faz tremer. – Não se preocupe por mim. Vivi uma boa vida. Se concentre neles. Você deve deter El Coyote, não importa quanto custe. Não lhe ensinei tudo, mas a ensinei bem. E agora tem que me deixar partir, *nieta*...

– Não, Paloma... Não, não diga isso! Não posso fazer isso... não sem você! Não sei nem por onde começar!

Minha voz falha, meus olhos se enchem de lágrimas, enquanto olho para minha avó, sua essência se desvanecendo quando diz:

– Não pode, não deve, me salvar. Entende? Hoje é o dia, *nieta*. Por favor, vá... Deve se apressar...

Seus olhos já estão se fechando, me deixando para fora, quando me viro para Chay e digo:

– Que dia é hoje? – Me pergunto quanto tempo fiquei no Mundo Inferior com Dace.

– Dois de novembro, *Día de los Muertos* – ele responde, a mão se levantando em direção ao meu ombro, numa tentativa de me confortar, mas já estou fora de seu alcance, correndo para a porta.

colheita sombria

quarenta e seis

Salto sobre Kachina e vamos para a Toca do Coelho. Meu cavalo percorre a estrada a toda velocidade – sua crina ao vento, as orelhas imóveis, enquanto o vento acerta meu rosto com força.

Posso não saber o que estou fazendo; posso não estar devidamente treinada; posso não ter ideia de como impedir que os Richter invadam o Mundo Inferior – mas Paloma conta comigo para detê-los, e não vou decepcioná-la.

Ela sempre disse que eu era muito promissora, que algum dia iria além de todos os meus ancestrais... Bem, talvez esse dia comece agora. Me inclino para a frente. Enterro o rosto no pescoço de Kachina. Me concentro na batida constante de seus cascos contra o chão – uma lembrança que a cada passo nos deixa mais próximas –, quando o céu arrebenta ruidosamente sobre nossas cabeças, lançando um trovão tão estrondoso que a terra vibra embaixo de nós, fazendo-me encolher e apertar as rédeas com mais força. Fico ansiosa em chegar antes que a chuva comece, sem querer ser pega em campo aberto em uma tempestade do Novo México.

O trovão irrompe novamente, mais barulhento que o anterior – o som assusta Kachina o suficiente para fazê-la levantar a cabeça e cheirar o perigo, enquanto aperto minhas pernas com mais força, lutando para ficar em suas costas e mantê-la no caminho. Sussurro com suavidade em seu pescoço, dizendo que não há necessidade de se preocupar, para manter-se firme, que tudo ficará bem – quando um raio maciço desce do céu, bate na terra e castiga uma ampla faixa de chão não muito distante de seus cascos.

O céu escurece, tornando-se cada vez mais ameaçador, enquanto o vento sopra supreendentemente quente. Quando ergo a cabeça do pescoço de Kachina e dou uma boa olhada ao meu redor, fico horrorizada ao ver uma enxurrada de grandes corvos negros despencando no ar.

Eles mergulham do céu.

Se espatifam por todos os lados.

Emitem gritos horríveis e agudos segundos antes de se esmagarem de encontro ao solo. A quantidade é tão grande que o céu parece estar vomitando pedaços maciços de granizo negro.

Abaixo a cabeça – murmurando palavras suaves e calmantes para meu cavalo, mas não adianta, ele está tão assustado quanto eu. Seus olhos se reviram loucamente, ele bufa, relincha e cambaleia sem parar em uma tentativa vã de evitar a torrente de corvos.

Eles se chocam com força em meus ombros. Golpeiam minhas costas. Apenas para rolar ao lado de Kachina e se transformar em uma confusão grudenta de penas, sangue e tripas sob suas patas.

Meu cavalo está tão apavorado, tão aterrorizado, que começo a cantar a canção da montanha, em um esforço para acalmá-lo. Lembro o poder que cada canção possui, e canto a canção do vento também. As duas se tornam uma só, até que minha voz fica cansada e rouca, forçando-me a parar um momento antes de continuar com uma explosão de energia renovada.

Ainda que não impeça os corvos de cair, eles não caem mais perto de nós. Um caminho se abre, permitindo uma passagem segura para Kachina galopar pela estrada.

O céu finalmente se abre enquanto seguimos para a cidade. Pelo menos, a tempestade de corvos parou – ainda que a lembrança permaneça.

Como um cartão-postal dos Richter – fazendo-me saber que a ampulheta foi virada.

O tempo escorre por entre meus dedos como areia.

quarenta e sete

Desço de Kachina, dou um tapinha em sua traseira e lhe digo que volte para a casa de Paloma, onde é seguro. Então fico parada diante da Toca do Coelho, observando a cena de caos organizado, enquanto luto para me orientar e tentar bolar algum tipo de plano.

Eles triplicaram o número de seguranças na porta, fazendo um grande espetáculo de carimbar todos aqueles com menos de vinte e um anos com os coiotes de tinta vermelha, até o momento em que entro e vejo que é praticamente uma boca-livre – todo mundo está bebendo, ninguém está checando.

Olho ao redor, nem um pouco surpresa em encontrar a maior parte da multidão já embriagada. Encorajar todo mundo a se embebedar até o estupor é uma estratégia bem planejada da festa dos Richter. Quanto mais comprometida a consciência, mais fácil é alterar a percepção – dando-lhes carta branca para o que desejarem fazer.

A banda está no palco, tocando uma música de abertura realmente barulhenta que faz a pista de dança lotar com corpos se contorcendo – todos usando máscaras com caveiras pintadas, juntamente com uma ampla variedade de fantasias. O clube inteiro está decorado do jeito que Paloma descreveu – com miçangas coloridas e máscaras de crânios penduradas nas paredes, mesas cedendo sob montes de velas de cera de abelha, cravos-de-defunto e grandes travessas cheias de crânios feitos de açúcar e pão caseiro com pedaços de massa em forma de ossos arrumados em cima, o que acho que ela chamou de *pan de muerto*.

Mas, não importa o quanto procure, não consigo encontrar Cade, o que me enche de preocupação de que seja tarde demais – que ele já esteja no vórtice, começando as festividades sem mim.

– Trouxe isso para você.

Me viro para ver Xotichl empurrando para minhas mãos uma máscara colorida de crânio, com grandes dentes desenhados, pétalas de cravo-de-defunto circundando o buraco dos olhos e um fundo lavanda – uma réplica quase exata da que ela usa, só que a dela tem fundo azul.

– Imaginei que não teria uma, e isso a ajudará a se misturar – ela diz. – Embora ainda tema que isso não a salve de Lita e da Horda Cruel. Pelo que posso sentir... – ela levanta o queixo, torce o nariz e se volta para mim –, você foi localizada, estão vindo para cá agora.

– Fico admirada em como você pode fazer isso – digo, com quase certeza de que ela sorri, pelo jeito como sua máscara se move em resposta.

– Ainda que possa sentir a presença dela, o que não posso saber é se está ou não usando a máscara de crânio da Marilyn Monroe novamente – ela diz, balançando a cabeça quando olho na direção de Lita e confirmo que está, juntamente com um vestido de noiva esfarrapado curto, decotado e pelo menos um número menor. – É o jeito dela de homenagear Marilyn, enquanto tenta comungar com seu espírito, e até agora não sei dizer se é mórbido, assustador, patético ou os três juntos.

Observo enquanto Lita vem na nossa direção. Sua máscara de Marilyn é complementada por uma peruca loura que passou tempo demais no babyliss.

– Acho que aparentemente ela estava falando sério sobre vocês se divertirem juntas – Xotichl diz. – A pergunta é... o que vai fazer a esse respeito?

– Vou levar a sério e me divertir com ela também – respondo, sem me incomodar em explicar que estou menos interessada em conversinhas sem sentido e mais interessada em localizar Cade. Se alguém sabe onde ele está, é Lita. Ela nunca o deixaria longe de sua vista por muito tempo.

Lita para na nossa frente com as amigas logo atrás. Todas me examinam de alto a baixo, lutando para dizer algo gentil quando está bastante claro que minha aparência não é das melhores.

– Máscara legal... e belas botas – ela finalmente diz. – Não é exatamente uma fantasia, mas ainda assim é legal.

Ainda que esteja tentada a rir, lembrando a cena que minhas botas inspiraram no banheiro quando eu era uma modesta barata escondida no canto, espiando as três, decido agradecer em vez disso.

– Acho que não conhece todo mundo – Lita diz, assumindo as tarefas de anfitriã. – Esta é Jacy... – Aponta para uma garota usando uma máscara de crânio com os mesmos lábios rosados chamativos que usa na vida real, e uma fantasia de coelhinha sexy. – E esta é Crickett... – Gesticula para uma garota com as melhores luzes do grupo, cuja máscara é quase idêntica à de Jacy, exceto que os lábios são mais vermelhos do que rosa, e sua fantasia é de empregada francesa safada. Então, virando-se para Xotichl, Lita diz: – Quando o Epitáfio toca? – E me pergunto se está sendo sincera, apesar de tudo.

– Eles vêm na sequência – Xotichl diz, a notícia causando tanta euforia e comentários entre Lita e suas companheiras que se podia imaginar que a novidade era bem mais fascinante do que é.

Mas, ainda que eu acene com a cabeça e ria quando devo rir, não estou realmente presente – não presto atenção de verdade. Estou ocupada demais procurando Cade, sabendo que preciso escapar rapidamente, encontrar um jeito de me livrar delas, para que possa procurar por ele.

– Quem você está procurando? – Os olhos de Lita brilham atrás da máscara.

Dou de ombros em resposta, mas, do jeito como ela inclina a cabeça e cruza os braços diante do vestido nupcial, é claro que não foi enganada nem por um segundo.

– Vi o jeito como ele olha para você – diz, o tom tranquilo, as palavras inegavelmente acusatórias.

Engulo em seco, balanço a cabeça e digo:

– Quem? – Espero que soe mais convincente para ela do que soou para mim.

– Por favor. – Faz um sinal de desprezo. – Posso não ser muito vivida e de Hollywood, como você... posso ter vindo de uma cidadezinha de quinta... mas não sou estúpida. Sei quando uma garota está atrás do meu homem. E sei quando meu homem está intrigado por uma garota.

Fico parada diante dela, percebendo que ela fez um trabalho tão bom em convencer a si mesma que não sei se consigo fazê-la mudar de ideia.

– Eu entendo, ok? Realmente entendo. Ele é gostoso. É o cara mais gostoso daqui... o cara mais gostoso de qualquer lugar. Ele é mais gostoso até do que Vane Wick... e não adianta fingir que não notou. Mas, como costuma acontecer, ele já tem dona. E, ainda que eu seja sincera sobre sermos amigas, tenho que avisar você, Daire. Se decidir ir atrás dele, apesar do que lhe disse... bem, você devia me dizer agora mesmo e isso não vai acabar bem entre nós.

Eu o imagino saboreado os pedaços sangrentos e gosmentos, e apreciando a ponto de lamber os dedos, e não posso deixar de sentir pena dela. Por mais longe que o horripilante chegue, Cade está no pináculo. Mas sei que ela não acreditaria em mim se lhe contasse, então respondo:

– Devidamente anotado.

Ela assente, o movimento curto, desdenhoso, e levanta a máscara até a peruca, para que eu possa ver que está falando sério:

– Sei que não acredita em mim. Sei que está desconfiada do por que passei a agir tão amigavelmente de repente. Mas a questão é que não temos muitos recém-chegados em Encantamento, muito menos em Milagro. Conheço a maior parte dessas pessoas minha vida toda, e por causa disso acho que não sou muito boa em me adaptar a mudanças. – Ergue os ombros, repuxando as costuras do vestido. – Então, quando você apareceu com suas botas legais e sua atitude de "não dou a mínima"... bem, parecia o tipo de garota que poderia facilmente desequilibrar tudo o que lutei muito para ter, e não podia permitir que isso acontecesse. Então, quando vi o jeito que Cade olhava para você, e os outros garotos também...

– Então o que mudou? Me viu na capa de uma revista de fofocas e resolveu me dar uma chance? – Pergunto, sem ter ideia do que ela pretende, mas desejando que isso acabe logo. Tenho um trabalho a fazer.

– Sim. – Ela confirma. – Só que não pela razão que você pensa. Quer dizer, mesmo que a capa não tenha sido muito lisonjeira, me fez perceber como meu mundo é pequeno. Tão pequeno que percebo tudo o que é novo como uma ameaça. – Balança a cabeça. – Não quero ser assim. Eu preferiria que tentássemos ser amigas.

– Eu também – digo, surpresa em perceber o quanto é verdade. Nunca tive um amigo antes. Não um que durasse mais do que alguns meses. E agora, contando Dace, Xotichl, Auden e possivelmente Lita e companhia... bem, isso é quase um recorde. Imagino que isso exigirá tolerância, compreensão e, especialmente no caso de Lita, um tanto de paciência, mas estou disposta a tentar se ela estiver. – Mas, se vamos ser amigas, então você tem que acreditar em mim quando falo que não estou a fim de Cade – digo. Dou um passo adiante quando asseguro: – Na verdade, não suporto ficar perto dele.

Ela sacode a cabeça e ri, cachos loiros de poliéster balançando em seus ombros, presumindo que é uma piada – não posso estar falando sério.

Sua risada acaba quando digo:

– Mas está certa sobre uma coisa... estou procurando por ele. Só que não pela razão que você pensa.

Seu rosto fica sombrio, sua voz desconfiada quando diz:

– Ah, é? E que razão pode ser essa?

– O irmão dele.

– Dace? – Ela arregala os olhos e fala o nome tão alto que Xotichl se vira e Crickett e Jacy a encaram, enquanto Lita bate uma mão na boca, balança a cabeça e diz: – Quero dizer, acho que ele é gostoso também... mas sempre pensei nele como um Cade falso. Como uma falsificação, uma versão mais pobre da coisa real, sabe? Mas, sério... está falando sério? – Ela me encara com firmeza, esperando o final da piada que nunca vem. Ainda descrente, cede. – Ok. Como queira. Eu lhe darei o benefício da dúvida nesse caso. Cade está no escritório. Quanto ao irmão gêmeo dele... nunca me ocorreu mantê-lo sob minha vista.

Me viro, lembrando a mim mesma para não ficar aborrecida. Como todos nessa cidade – bem, todos menos Dace, Xotichl, Auden e alguns outros poucos –, ela passou por uma completa lavagem cerebral quando se trata dos Richter.

– Ah, e Daire... – Ela segura meu braço, seus olhos encontrando os meus, seus dedos em volta do meu cotovelo. – Se estiver me fazendo de idiota, vou atrás de você.

– Eu não faria isso. – Solto o braço. Meu tom de voz se suaviza quando acrescento: – Acredite em mim, não tem com o que se preocupar.

– Não acredito em ninguém – ela diz, seu olhar mudando até ficar completamente vazio e ausente, fazendo que me pergunte se Cade está colhendo pedaços da alma dela também.

Me volto para Xotichl, para lhe dizer que vou dar uma volta, quando ela diz:

– Onde quer que você vá, vou com você. Mas é melhor nos apressarmos; caso não tenha notado, sua mãe está aqui, e tenho a sensação de que você prefere evitá-la.

quarenta e oito

Sigo Xotichl, e sua roupa de esqueleto que brilha no escuro faz seus movimentos parecerem estranhos, quase assustadores. E, de fato, não demora nem um segundo até que eu espie Jennika do outro lado do salão lotado. Como é a única que não usa máscara de caveira e fantasia, é fácil detectá-la.

– Este é o único show na cidade – Xotichl diz, arrastando-se para meu lado, quando viro uma esquina e paro. – Era apenas questão de tempo até que ela aparecesse. – Finge que está farejando o ar, enquanto leva a mão até o bolso da frente da minha jaqueta e remexe até encontrar o maço de cigarros que furtei de Pé Esquerdo, quando cruzei com ele na porta, e o balança diante de mim.

Pego o maço de volta, dizendo que não é o que ela pensa, quando ela ergue a máscara para o alto da cabeça, seus olhos azul-acinzentados parecendo encontrar os meus, e diz:

– Ah, então não vai usá-los como uma oferenda aos demônios que guardam o vórtice da Toca do Coelho?

Fico de boca aberta, sem saber o que dizer.

– Leio energia, Daire. Sei tudo sobre o vórtice. – Balança a cabeça e franze o cenho. – Sei sobre todos os vórtices dessa cidade. Também sei que há alguns seres extremamente não naturais que se escondem nesses lugares, e não estou me referindo apenas aos Richter. – Ela sorri. – A magia deles não funciona com todo mundo, você sabe. Eles atacam os mais fracos... aqueles que são fracos de vontade, que têm personalidades fracas, um sentido fraco de si mesmos... os alvos usuais. Mas nunca puderam me tocar. Precisam da sua visão para que possam mudar sua percepção. Ficam sem poder quando se deparam com o sexto sentido. Além disso, todo mundo sabe que demônios adoram tabaco.

Solto a respiração lenta e profundamente, aliviada em partilhar a carga da verdade com outra pessoa além de Paloma e Chay.

– Não tinha ideia que você sabia – digo, vendo-a assentir em resposta.

– Também posso localizar Cade, se me deixar. O vórtice também. É complicado; a maior parte das pessoas não consegue encontrá-lo. E, não importa quantas vezes tenha oferecido ajuda, Paloma sempre se recusou a aceitar.

Começo a falar, querendo contar sobre Paloma, mas Xotichl ergue uma mão, alertada por algo sentido apenas por ela. Puxa meu braço com força e diz:

– Rápido... por aqui!

Entra no escritório, me esgueiro logo atrás dela. Nós duas seguramos a respiração, pressionando os corpos contra a parede, enquanto alguém passa pelo corredor.

Quando Xotichl tem certeza de que ele se foi, procura por algo atrás de si, pega o bastão de beisebol de Cade e o coloca em minhas mãos, dizendo:

– Pode precisar disso para se defender, caso os cigarros não funcionem.

Passo a mão pelo comprimento do bastão e testo seu peso, enquanto saímos do escritório e ela me leva por uma série de corredores, buscando sinais do vórtice ou de Cade – o que acontecer primeiro. Sigo os mesmos marcos da última vez que estive aqui: o papel de chiclete amassado, a porta em que falta tinta em forma de coração, as bolhas causadas pela água, as pontas de cigarro amassadas de Cade. Tento me concentrar nas coisas invisíveis, na esperança de fazê-las saltar à vista.

Mas, ao contrário da última vez, há um estranho cheiro de produto químico no ar, que parece se intensificar conforme avançamos. E não demora até que Xotichl pare, incline a cabeça na minha direção e sussurre:

– É aqui.

Encaro a parede, notando que ainda parece macia, maleável, recentemente violada, sem sinal dos demônios, o que não significa que não estejam esperando lá dentro.

– Sabe que não pode vir comigo – digo, cheia de culpa por permitir que tenha vindo tão longe e esperando que consiga voltar incólume.

– Não se preocupe comigo, sou mais forte do que pareço. Vou cuidar de sua mãe, enquanto você cuida de Cade. E, Daire... – Olho para ela. Vejo como seus lábios tremem e me surpreendo quando diz: – Chute o traseiro de alguns Richter!

Avanço na direção da parede que já está se fechando. Entro nela, primeiro o bastão, empurrando com tanta força que é como se entrasse em uma parede sólida de caramelo – pegajosa, grudenta, moldando-se em torno de mim –, até que finalmente abre passagem e irrompo do outro lado, trombando com um dos demônios – o grandão que vigia o vórtice.

Olhamos fixamente um para o outro, os dois momentaneamente atordoados, até que ele rosna tão alto que alerta os outros a se juntarem a ele.

Eles me cercam, suas patas imensas e unhas afiadas agitando-se na minha direção, sem me deixar outra alternativa além de sacudir os cigarros do maço, jogá-los atrás de mim e sair em disparada.

Olho por sobre o ombro para ver os demônios mergulhando atrás deles, rosnando e assobiando no esforço de alcançá-los primeiro. Corro até o túnel que me leva à caverna. O som das minhas botas batendo contra o metal ecoa alto demais e não tenho escolha senão abandoná-las e seguir na ponta dos pés o resto do caminho. Tomo cuidado para manter minha respiração leve, superficial – me permito apenas um alívio breve quando alcanço o final do túnel sem ser detectada e me arrasto pela entrada até a sala iluminada por brilhantes tochas acesas. O lamber frenético das chamas faísca e queima de um jeito que ilumina as faixas de cravo-de-defunto e contas penduradas nas paredes, e os esqueletos apoiados entre os móveis com máscaras de crânios pintados à mão colocadas em suas cabeças – a decoração típica do Dia dos Mortos, mas aqui os efeitos são especialmente tenebrosos.

Aquele cheiro forte de produto químico se intensifica conforme avanço pelas salas, obrigando-me a colocar uma mão sobre o rosto para bloqueá-lo, enquanto a outra segura com força o bastão. E é quando o vejo.

Vejo-os.

O grupo todo usa máscaras idênticas de crânios brancos-e-pretos com bocas vermelhas escorrendo – esperam pelo início da festa. O Coiote me vê primeiro. Inclina a cabeça, rosna em protesto, enquanto Cade fica parado diante de um elaborado altar coberto com toalha branca engomada e repleto de velas de cera de abelha acesas, cravos-de-defunto sem os talos, um prato com uma pilha alta de crânios de açúcar decorados, uma garrafa de cristal cheia de algo que lembra vinho tinto, mas que também pode ser sangue, e pelo menos uma centena de fotos em preto e branco de rostos sorridentes espalhados. De costas, ele segura um contêiner de metal brilhante que inunda a sala com uma luz brilhante e espectral.

– Então você veio – diz, sem se incomodar em me encarar. Leva um momento para calar o Coiote e então acrescenta. – Bem na hora. Eu sabia que veria a beleza do meu plano. E, agora, por causa disso, a vitória é nossa, para compartilharmos.

Os Richter mortos-vivos fazem um som horrível de comemoração, enquanto Cade se vira, seus olhos vermelhos e brilhantes atrás de uma máscara de caveira terrível que parece muito com o rosto do demônio que conheço dos meus sonhos.

– Sente isso? – Ele joga a cabeça para trás e finge inalar profundamente. – É o doce odor de inseticida. Tive que borrifar por todo lado. Parece que uma barata conseguiu se esgueirar aqui para dentro noutro dia. – Seus olhos alcançam os meus, ardendo de divertimento quando acrescenta: – Não era você, era?

Não respondo. Nem recuo. Apenas seguro o bastão fora de sua vista e o aperto com força. Estou determinada ao menos a dar a aparência de estar no controle, ainda que no fundo esteja tremendo da cabeça à ponta dos dedos dos pés.

– Não posso dizer o quão feliz estou que tenha vindo. Que tenha decidido se juntar a mim em um momento tão importante. – Abraça o contêiner próximo do peito. – Assim que terminarmos, iremos direto ao meu pai... embora não me surpreenda se Leandro não aceitá-la inicialmente. Pode até tentar matá-la... mas estarei ao seu lado e não deixarei isso acontecer. Além disso, assim que tivermos uma chance de explicar, assim que ele veja por si mesmo o quanto podemos conseguir se trabalharmos juntos, sei que verá como meu plano é brilhante. – Ergue os ombros de um jeito que faz uma esfera se erguer, subindo tão precariamente em direção ao seu lábio que tudo o que posso fazer é ficar parada no lugar, para não sair correndo e arrebatá-la. – Esse é o final perfeito para um feudo ridículo e primitivo. E é também o maravilhoso começo de uma parceria que vai durar muito tempo. Você vê, Leandro fez tudo errado. Não só falhou ao conjurar acidentalmente aquela aberração de irmão que tenho... mas falhou em entender que a razão pela qual somos incapazes de penetrar no Mundo Inferior é que nossas almas se tornaram sombrias demais para serem admitidas. E a minha, sei que você sabe, é a mais sombria de todas. – Seus olhos resplandecem de orgulho. – Mas, então, a pureza negra da minha alma me levou a eles... à solução.

Acena com a cabeça na direção do grupo de Richter mortos-vivos – todos grunhindo e gemendo de excitação pela refeição que vem. O entusiasmo deles faz Cade gritar:

– Silêncio! Não veem que estou falando? Chhh! – Balança a cabeça e se volta para mim, dizendo: – Então, onde estávamos?

– Na sua alma sombria e desolada. – Bato o bastão contra a parte de trás da minha panturrilha, preparada para usá-lo ao primeiro sinal de problemas.

Ele concorda com a cabeça novamente.

– Leandro não sabe, mas durante o último *Día de los Muertos*, eu os trouxe de volta. E não apenas a essência deles. Eu realmente os *ergui*. São todos Richter... Richter ressuscitados! Comecei a alimentá-los com pedaços de almas de animais.

Estou lhe dizendo, não há escassez de animais de estimação inúteis nessa cidade. – Balança a cabeça, como se mal acreditasse no incômodo, na loucura. – Mas então, durante o último ano, comecei a alimentá-los com almas humanas. Algumas vezes eu pegava almas inteiras... em outras arrancava apenas pequenos pedaços. É incrível como é fácil obtê-las. Algumas pessoas simplesmente as entregam, não têm apreço pela própria vida. Ainda que a maioria não tenha ideia de que está sendo roubada. Mesmo quando suspeitam, são igualmente rápidos em se convencerem de que tudo não passa de um pesadelo. – Seus olhos se fixam nos meus, e não posso deixar de me perguntar se está se referindo ao meu próprio sonho-tornado-pesadelo. – De qualquer modo, só para registro, aprendi como fazer por conta própria. Leandro se recusou a me ensinar a fina arte de roubar almas... afirmava que eu não estava pronto, mas acho que provei o contrário. – Faz uma pausa, como se esperasse minhas saudações, que não aparecem, e ele prossegue. – Ah, não fique tão triste. Não que alguma dessas pessoas estivesse usando sua alma para algo realmente valoroso ou bom. Nossa causa é muito mais importante. E agora, com você a bordo, não demorará até que governemos o Mundo Mediano, o Mundo Inferior e, por fim, o Mundo Superior também. Meu pai ficará realmente orgulhoso de mim então. – Seus olhos brilham com a ideia, provando-me mais uma vez que ele é um psicopata. – Tire sua máscara e se junte a mim. – Diz. – É hora.

Balanço a cabeça. Não aceitarei ordens dele.

– Tire essa máscara ridícula e largue esse bastão que você acha que não posso ver. Somos uma equipe agora. Temos que aprender a confiar um no outro se vamos trabalhar juntos, não é?

Seguro o bastão com mais força, pronta para tudo. Observo-o dar de ombros e dizer:

– Tudo bem. Faça do seu jeito. – Então, acenando com a cabeça para o contêiner de metal, acrescenta: – Já viu algo mais bonito?

Olho para a esfera, vendo o jeito como ilumina a sala com um caleidoscópio de cores – como um belo prisma refratando a luz.

– Vê quanto poder ela tem? – Os olhos dele ardem como se estivessem hipnotizados pela visão da esfera, por pensar nela. – Nota o jeito como brilha mais do que todas as outras almas que viu da última vez em que esteve aqui?

Meus dedos começam a coçar, meu corpo se enche de pavor.

– Sabe por que isso acontece? – Me provoca, querendo que eu diga.

Mas não direi.

Não posso.

Sem chance.

– Vamos, Daire, você é uma garota esperta! Pense! Quem conhece pessoalmente cuja alma brilharia mais do que qualquer outra? Quem conhece que é tão cheia de magia, bondade, pureza e luz... alguém cuja alma irradiaria exatamente assim?

Vou na direção dele, meus dedos tremem tanto que o bastão bate contra eles.

– Temo que sua querida Paloma não esteja mais neste mundo. A morte de Django veio com um preço e, quando você chegou, já era quase tarde demais. Estive colhendo pequenos pedaços o ano todo, e agora tenho a alma completa. Mas já sabia disso, não sabia? Você a tem observado desvanecer desde o momento em que chegou. É tarde demais para salvá-la... então é bom ficar em paz e aproveitar este momento para se juntar a mim. Porque eu prometo, Daire: se decidir lutar contra mim, não terei outra escolha senão roubar sua alma também.

Ele mergulha os dedos no contêiner, então se vira para sua família de mortos-vivos, apresentando a alma brilhante e reluzente de Paloma na mão espalmada diante deles. A visão os faz se adiantarem, dentes à mostra, corpos se lançando, incapazes de conter sua fome – ou a si mesmos. Babam em frenesi absoluto, quando Cade olha sobre o ombro, para se assegurar de que estou vendo aquilo.

Meus pés estão fincados no chão, e seguro o bastão com mais força. Sei que tenho um segundo para agir. Um segundo para detê-lo.

Não há segundas chances aqui.

– Ainda há tempo de se juntar a mim – ele diz, faíscas saem dos buracos dos olhos cercados por brilhantes cravos-de-defunto amarelos.

Corro na direção dele, segurando o bastão no alto, as palavras de Paloma rodopiando em minha mente:

Não se preocupe comigo. Concentre-se nele – você deve parar El Coyote, não importa o quanto custe. Não lhe ensinei tudo – mas a ensinei bem – e agora você deve me deixar partir, nieta. *Não pode, não deve me salvar – entende?*

Ela quer que eu esmague a esfera.

Sabia que chegaria a este ponto e quer que eu faça o que for preciso para detê-lo. Está disposta a sacrificar sua própria eternidade a fim de poupar a humanidade do horror dos Richter invadindo o Mundo Inferior novamente.

É o que um Buscador faz.

Ele sorri quando me vê – olhos flamejantes, dentes brilhantes –, enquanto respiro fundo e balanço o bastão com toda a minha força. Meu olhar não abandona a esfera, enquanto o arremesso com a maior força que posso – implorando para Paloma me perdoar. As despedidas eram muito mais fáceis quando eu me importava só comigo.

O bastão cai com força, fazendo cacos de vidro, voarem pelo salão, enquanto salta pelo altar, mandando a mesa, as velas, os doces, as fotos e a garrafa com a estranha substância vermelha direto para o chão – enquanto encaro Cade, sem fôlego e horrorizada, ambos sabendo que eu simplesmente não podia fazer isso.

Seus olhos encontram os meus quando ele lança a esfera branca brilhante – a alma de minha *abuela* – para a multidão de Richter mortos-vivos. Grita em triunfo quando o maior do grupo a agarra no ar e a engole inteira.

quarenta e nove

O rosto de Cade está exultante, vitorioso – ele entendeu errado a situação toda: acha que enlouqueci e decidi me juntar a ele.

O momento dura até que arranco a máscara, olho para meus pés e vejo o tapete queimando sob mim. Os cantos daquelas fotos sem nome ardendo e se encolhendo – reconheço primeiro um rosto, então outro e, repentinamente, percebo que não são o que eu pensava.

Não são retratos dos Richter mortos há muito tempo – são retratos daqueles cujas almas vêm sendo roubadas para a horrível causa de Cade.

Ele fica parado diante de mim, a mão esticada na minha direção, enquanto chamas quentes e brancas lambem seus sapatos e dançam pelas laterais de seu corpo. A enormidade do que acabei de fazer cai sobre mim, enquanto me viro para o exército de Richter mortos-vivos, perseguindo a besta que comeu a alma de minha avó. Noto como ele cresce e se transforma, enquanto um halo maravilhoso de luz se infiltra nele. Não tenho ideia se é tarde demais para salvar Paloma, mas sei que tenho que tentar, tenho que impedi-los de invadir o Mundo Inferior, senão o mundo inteiro sofrerá as consequências.

Minhas pernas disparam, levando-me mais rápido do que jamais pensei ser possível. Minha disparada é acompanhada pelo rastro assustador da risada de Cade, juntamente com seu horrível Coiote nos meus calcanhares. Corro através de uma longa série de salas – o coração batendo muito forte, os pulmões prestes a explodir no peito. Apenas alguns passos estão entre mim e os mortos-vivos, quando eles irrompem pela parede que leva ao deserto e o Coiote salta e afunda as mandíbulas no meu jeans.

Giro na direção dele, encaro seus brilhantes olhos vermelhos e lhe dou um chute forte no focinho antes que possa me atacar novamente. O movimento o atordoa tempo suficiente para que eu possa mergulhar pela parede antes de ouvir o estalido da passagem se fechando.

Areia.

Esqueci a areia.

Espalha-se por quilômetros. Ainda que esteja bem compactada, o que facilita a corrida, com tantos Richter mortos-vivos na minha frente não demora até que eu seja coberta pela areia levantada pelo rastro deles.

Sigo em frente, os olhos apertados contra a nuvem de areia, tentando manter o foco no grandão, quando eles disparam para cima de um morro, escalam e simplesmente somem de vista – desaparecendo tão rapidamente que meu coração pula no peito, certa de que os perdi. Mas, logo em seguida, começo a cair também – engolida por um túnel de areia que me ingere cada vez mais fundo na terra.

O Mundo Inferior.

É para onde estou indo. É para onde eles estão indo também, com a intenção de causar danos inimagináveis – cheios do poder da alma da minha avó.

Mas estão muito distantes, não há como pegá-los – não posso impedi-los de entrar.

Tudo o que posso fazer é continuar caindo – meu corpo trombando, rolando, sendo sugado para tão fundo que não posso mais ver. Meus olhos estão fechados, meus lábios apertados e, mesmo assim, ainda sou inundada por grandes bocados de areia que entram em meus ouvidos, se grudam entre meus lábios e se espalham entre meus dentes.

É horrível.

Insuportável.

Não posso respirar, não posso sobreviver a isso por muito tempo.

O som deles despencando diante de mim é a única coisa que me mantém firme – lembrando-me de meu propósito, dando-me o incentivo para continuar.

Meus ouvidos se enchem com o som deles uivando e berrando, tão perigosamente perto e ainda assim tão distante. De súbito estou fora. Caio com força no chão, cercada por Richter mortos-vivos que se espalham ao meu redor.

Pisco. Cuspo. Fico em pé rapidamente e vou atrás do grandão, determinada a pegá-lo, a detê-lo ao menos. Mas a alma de Paloma lhe deu poderes, e ele se move rápido demais.

Eles andam de um lado para o outro e se espalham – ziguezagueando ao meu redor, em um esforço para me confundir. E, assim que começo a ganhar terreno, eles se espalham em vários grupos menores que vão para lados distintos. Não me deixam outra escolha senão deixar a maioria deles de lado e ir atrás do que me interessa.

Tento não pensar em todos aqueles Richter que estão soltos agora no Mundo Inferior.

Tento não pensar em como falhei com Paloma, falhei como uma Buscadora em todos os modos possíveis.

Tudo o que posso fazer é ficar de olho no meu prêmio – correr atrás dele enquanto se encaminha para um espesso bosque, fazendo os espíritos animais disparem para longe do nosso caminho. Estão tão desacostumados de qualquer agitação, e menos ainda da invasão do mal, que se escondem, inseguros do que fazer a respeito, enquanto o morto-vivo continua a se mover pelos arbustos tão rapidamente que sei que não posso fazer isso sozinha. Ou tomo uma atitude séria, algo para detê-lo, ou estarei a segundos da derrota.

Invoco os elementos.

Invoco o Corvo.

Meus ancestrais também.

Se o que Paloma disse é verdade – que eles estão em toda parte, que são parte de tudo – então me encontrarão aqui também.

O vento é o primeiro a aparecer, soprando e rodopiando, levantando grandes nuvens de poeira que cortam toda visibilidade. Quando o solo começa a se agitar, fazendo a aberração perder o equilíbrio, é apenas o impulso de que preciso para jogá-lo no chão, prender minhas pernas em cada um de seus lados e bater seu rosto na terra.

Grito vitória enquanto aperto com força – mas meu triunfo tem vida curta, pois percebo que não tenho ideia do que fazer em seguida.

cinquenta

A criatura se debate, luta para se libertar, mas uso toda a minha força para permanecer nas costas dela e mantê-la presa. Com uma mão agarro um punhado de cabelo negro gorduroso e puxo sua cabeça para trás. Enfio a mão livre em sua boca. Não tenho ideia se estou no caminho certo, mas sei que de um jeito ou de outro tenho que arrancar a esfera desta coisa.

A alma não está mais perdida, é hora de resgatá-la – hora de arrancá-la dele para que possa devolvê-la a Paloma. Mas, sem saber como fazer isso, grito:

– Me dá!

Meus dedos passam por sua língua, chegam à sua garganta, quando ele me morde com tanta força que ameaça romper minha pele.

Puxo a mão para fora, gritando de frustração e dor, enquanto agarro seu cabelo mais apertado e bato seu rosto com tanta força no chão que pedaços da máscara se soltam e entram em sua carne – repito o movimento tantas vezes que perco o controle.

Paro somente quando uma voz surge atrás de mim e diz:

– Não posso censurá-la, mas precisamos muito mantê-lo vivo.

Dace!

Ele se ajoelha ao meu lado, respondendo à pergunta em meu olhar quando diz:

– Ouvi seu chamado. Cavalo me trouxe aqui o mais rápido que pôde... o Corvo nos guiou.

Ele ouviu o chamado?

Junto com o vento, a terra e meu espírito animal?

Talvez realmente haja mais no sonho do que penso – uma razão para nos encontrarmos antes de nos conhecermos?

Talvez realmente estejamos ligados de alguma forma?

Olho para a sua direita, vendo o Corvo empoleirado no alto de uma árvore, enquanto o Cavalo fica parado ao lado. Os dois mantêm um olhar protetor sobre nós e um olhar atento sobre o Richter morto-vivo, incertos do que fazer com ele.

– É esta a aberração que roubou a alma de Paloma? – Dace pergunta.

Engulo em seco e confirmo com a cabeça. Não quero contar para ele que a aberração apenas a comeu – e que foi seu irmão quem a roubou e a serviu para ele.

Dace se vira. Olha ao redor. Foca em um cipó pendurado em uma árvore próxima, sua respiração diminui, suas pálpebras se estreitam e de repente o cipó vai até sua mão. Ele o usa para amarrar as mãos e os pés da aberração.

Então olha para mim. Sorrio para ele e, sem nada que o justifique, ele diz:

– O Lobo está estabilizado agora. – Sua testa se enruga de preocupação. – Mesmo assim, não temos muito tempo.

– O que faremos? – Largo a aberração, agora que Dace a tem subjugada.

– Não sei – ele admite. – Extração da alma requer anos de treinamento. Embora eu saiba que, se não pode simplesmente agarrá-la, é necessário saber lidar com ela. Um movimento em falso e pode-se perdê-la para sempre. Quando eu era criança, os anciãos costumavam falar sobre uma certa... – ele para, procurando a melhor palavra. – Uma certa habitante do Mundo Inferior a quem algumas vezes recorriam em busca de ajuda. É considerada um tanto perigosa e, no nosso caso, não tem motivo para cooperar. Mas, se a permuta for certa, ela pode considerar... – Sua voz se desvanece, sem querer dizer mais nada, com medo de ter ido longe demais.

– Sabe onde podemos encontrá-la? – pergunto, determinada a falar com ela de um jeito ou de outro.

Ele balança a cabeça.

– Tudo o que sei é que ela vive no nível mais inferior. Mesmo que nossos espíritos animais não queiram se juntar a nós, eles provavelmente podem ao menos nos dar um bom começo.

Fico em pé, encaro o Corvo e o Cavalo e digo:

– Mostrem-nos o caminho.

Seguimos por um riacho raso, o Corvo e o Cavalo na frente, enquanto Dace e eu arrastamos o Richter morto-vivo atrás de nós. Paramos em um lugar em que a água encontra a areia. O Corvo e o Cavalo se recusam a seguir em frente, enquanto nós três continuamos a marchar pelo caminho.

A água encharca meu jeans, as pedras rasgam suas barras e, quando Dace olha para baixo e pergunta o que aconteceu com meus sapatos, apenas balanço a cabeça, seguro a aberração com mais firmeza, e sigo adiante. Nós três fazemos um bom progresso, até que o rio fica mais fundo e a correnteza ganha velocidade, e somos arrastados corrente abaixo e abandonados a uma série de quedas que nos arremessam mais e mais fundo dentro da terra. Lembro o que Paloma disse sobre o Mundo Inferior ser composto de muitas dimensões e sinto que somos jogados de uma para a outra, e depois para a seguinte, tão fundo que vamos. Encontramos nosso caminho para o nível mais baixo.

A torrente aumenta de intensidade, tornando-se tão feroz que soltamos o Richter morto-vivo, que se liberta das cordas e cai aos trambolhões na nossa frente. Até que a queda termina abruptamente em uma correnteza rápida que nos leva até uma estreita margem de pedras afiadas. Dace e eu nos levantamos e corremos na direção da aberração.

Dace se adianta, ganhando velocidade, os dedos apenas roçando timidamente no alvo quando uma figura assoma diante de nós, pega o morto-vivo com uma mão e diz:

– Eu me encarrego a partir daqui.

Meus olhos se arregalam. Dace para no meio do caminho. Nós dois, ofegantes e encharcados, parados diante de uma linda mulher com olhos tão negros quanto ônix – uma boca exuberante e generosa, cabelos que caem por suas costas, em ondas de âmbar tão brilhante que imitam perfeitamente os tons do pôr do sol flamejante do Novo México, e uma pele tão clara e translúcida que é quase sobrenatural.

– Este aqui é meu. São todos meus. – Seus braços se abrem, revelando o que não havíamos notado antes: um grupo de Richter mortos-vivos amarrados pelos pés, pendurados, balançando em um bosque de árvores altas. Suas horríveis máscaras de caveiras preto e brancas parecem zombar da situação em que se encontram. O olhar dela passa rapidamente por Dace e por mim quando acrescenta:

– E, agora, parece que vocês são meus também.

Noto sua saia negra esfarrapada, suas botas de amarrar, o espartilho de pele de cobra e então olho além dela – olho por toda a sua volta. Repentinamente entendo o que perdi à primeira vista.

A correnteza não termina em uma margem de pedras como eu pensei.

Termina em um leito de lascas de ossos.

Há ossos em todos os lugares que olho. Estamos completamente cercados por eles.

Há até mesmo uma casa feita de ossos – um palácio branco, grande, desengonçado e sem graça, com punhos e juntas nos cantos, dentes decorando as janelas e portas. A cerca é feita de ossos também, em geral fêmures e espinhas, com um cotovelo ocasional jogado por aí.

E é quando vejo que o que tomei inicialmente por árvores não são nada disso – ao menos não árvores vivas. Nada mais de folhas brotando, nada mais de fornecer oxigênio ou sombra, nada mais de funcionar do jeito normal. Morreram há muito tempo, suas carcaças queimadas e ósseas são tudo o que resta.

A mulher abre os braços e olha para o céu. O movimento faz o céu escurecer, como um dossel cintilante de veludo negro, enquanto seu rosto se transforma em uma caveira, sua saia torna-se um turbilhão de serpentes que se contorcem dando voltas em suas pernas e na cintura, e seus olhos viram horríveis órbitas vazias que apontam para mim.

Sua mandíbula se abre, emitindo um som horrível de osso raspando em osso, enquanto ela joga a cabeça para trás e se alimenta de uma longa fileira de estrelas que se encaminha para sua boca.

A visão não me deixa dúvidas de que Dace me trouxe para a casa da Guardiã de Ossos.

cinquenta e um

– Não pode ficar com ele. – Olho fixamente para ela, enquanto Dace encontra minha mão. A pressão de seus dedos me avisa que essa não é a melhor maneira de agir, mas isso não vai me deter. – Pode ficar com todos os outros. Não me importa o que fará com eles... mas este aí é meu.

– Nenhum deles é seu! – Ela grita, as órbitas oculares me olhando furiosamente, a saia se debatendo e se mexendo. – Como ousa pensar isso! Não sabe quem sou?

Concordo com a cabeça. Não sou a única que sabe, pois o Richter pelo qual lutamos finalmente percebe também, julgando pelo jeito que rosna, grita e luta como o diabo para se libertar. Mas não adianta. Com um único toque do pulso da Guardiã, um bando de cobras salta nele, prendendo sua garganta, seus braços e suas pernas – mantendo-o cativo como o cipó fizera antes.

– Então sabe que esses ossos me pertencem. Todos os ossos me pertencem. E esses ossos em particular me foram negados por muitos anos. – Ela olha furiosa para o Richter morto-vivo ao seu lado. – Hoje é o *Día de los Muertos*... o dia em que os mortos me trazem seus ossos. Não é uma cortesia. Não é uma oferenda para me agradar. É o preço que deve ser pago para a admissão final no pós-vida. Essa família de Coiotes me evitou por séculos, mas não mais. Os ossos deles são meus e, já que vocês vieram até aqui, seus ossos são meus também.

Dace aperta minha mão, mas estou muito impressionada pelas palavras dela para medir as minhas.

– Não pode ficar com meus ossos! – grito. – Nem mesmo estou morta!

Dace entra na minha frente, tenta me dominar, mas não adianta. Vim aqui conseguir a alma de Paloma e nada vai me impedir.

A Guardiã de Ossos me encara, ponderando minhas palavras, enquanto seus dedos mexem em sua saia de cobras que assobiam, deslizam e se contorcem.

– Isso é fácil de remediar – decide, suas brilhantes botas negras deslizando pela terra até que fica diante de mim. Sua pele é tão translúcida que parece um papel de seda esticado sobre uma moldura fina e óssea, a face do crânio brilhando por todas as estrelas que acabou de comer.

Seus dedos me alcançam, prontos para me colocar junto do Richter morto-vivo ao lado dela, quando Dace se interpõe entre nós e diz:

– Não estamos interessados em ossos. Tudo o que queremos manter são os nossos. Estamos aqui por outra razão... Sei que é conhecida por ajudar os Trabalhadores da Luz de tempos em tempos... ajudando-os a resgatar almas roubadas. Este aqui... – aponta para a aberração mantida refém pelas serpentes – roubou uma alma de que precisamos desesperadamente. Se nos ajudar a resgatá-la, deixaremos os ossos para você.

Sua saia de serpentes salta ao redor de Dace e chicoteia em minhas pernas, suas línguas trêmulas encontram todos os pontos em que meu jeans foi rasgado, picando e fustigando minha pele quando ela diz:

– Não faço acordos.

Os olhos dela escurecem em despedida, como se fosse o fim do assunto. Mas não viemos até aqui para desistir com tanta facilidade. Golpeio as serpentes com força, observando-as disparar de volta para a proteção dos quadris da Guardiã, enquanto fico ao lado de Dace e digo:

– Preciso daquela alma, e preciso dela agora. Uma boa mulher está morrendo, e não posso deixar que isso aconteça. Ainda que não se importe com isso, pode querer saber que esses mortos-vivos ladrões de almas e o feiticeiro que os criou têm planos terríveis para este lugar. Querem destruir o Mundo Inferior como você o conhece, e todos os outros mundos também. Mas pode ajudar a impedir isso. É só devolver esta alma para mim, então...

– Não me importo com os planos deles! – ela grita, sua voz tão indignada quanto seu rosto de crânio. – É nos ossos que estou interessada. Cada vez que o Coiote invade o Mundo Inferior, isso resulta em milhões de mortes no Mundo Mediano... uma recompensa para mim!

– Mas você terá esses ossos em algum momento! – Eu praticamente cuspo de frustração. – Não entende? Ao nem tentar lutar contra eles, você os está deixando ganhar o jogo. Afirma que os odeia por evitarem você por todos esses anos... e, mesmo assim, os ajuda a prosseguir com seus planos! Isso não faz nenhum sentido.

Ainda que ela não ceda instantaneamente como eu esperava, é claro que minhas palavras tiveram impacto. Fica quieta, pensativa, sem fazer nenhum movimento na minha direção ou para longe de mim. Seu rosto se transforma, voltando à beleza que tinha quando veio inicialmente até nós, ainda que a saia de serpentes permaneça. Ela se vira para mim e diz:

– Paloma está na minha lista.

Engulo em seco. Me pergunto o que isso significa, mas estou assustada demais para perguntar, então Dace faz isso por mim.

– A lista dos mortos – ela diz. – Ou dos que logo morrerão. Ela está na lista de hoje. Está feito. Não há retorno.

– Mas ela ainda não se foi. – Dace se esforça para manter a calma, embora o jeito como aperta meus dedos me diga que está tão preocupado quanto eu. – Não tem que ser assim. Você tem ossos bastantes para mantê-la ocupada. Tem os deles. – Ele aponta para as aberrações penduradas nas árvores. – E ainda tem os dele. – Gesticula na direção do Richter preso pelas serpentes. – São vários esqueletos frescos em troca de uma única alma. Parece uma troca muito boa, não é?

Ela joga o cabelo por cima do ombro, um arco-íris brilhante de vermelhos que momentaneamente rouba minha atenção. Acenando com a cabeça para o Richter morto-vivo, diz:

– Está disposto a sacrificar Coiotes por Buscadores?

Dace franze o cenho, o rosto confuso quando diz:

– Por que não?

Ele não tem ideia do que isso significa. Mas eu tenho, e as palavras me deixam gelada.

– Acho isso muito intrigante. – Ela dá um passo na direção dele, seus olhos ônix passeando sobre ele, bebendo sua forma molhada, o jeito como a camiseta e o jeans se moldam em seu corpo. Passa a língua pelos lábios lascivamente e diz: – Na verdade, acho você muito intrigante.

Dace congela, olhos fixos nela, a mão segurando a minha, enquanto ela passa um dedo por sua bochecha e ao redor da curva de sua orelha. Segura seu olhar por muito tempo. Repentinamente compreendo algo que não percebera antes: ela não só guarda os ossos, ela conhece os ossos.

Sabe de onde vieram.

Conhece toda a sua história – como chegaram até lá. A Guardiã tira a mão da carne dele e volta ao seu lugar.

Ela continua a olhar para ele com uma expressão que não consigo decifrar, e diz:

– Por que não sacrificaria um Coiote por um Buscador? – Ela balança a cabeça, olhos resplandecentes, dentes brilhantes quando acrescenta: – Porque você é o Eco, é por isso. – Joga a cabeça para trás, permitindo que sua gargalhada se amplifique no céu, uma cacofonia zombeteira que cresce ao nosso redor. Ela o olha novamente quando afirma: – Então, novamente, como Eco, seu destino não é apenas estranho, mas compartilhado. – E olha para mim.

– Não sei o que quer dizer. – Dace busca seu rosto, sua voz impregnada de preocupação. – Que diabos é um Eco? Aonde quer chegar?

Ela sorri, o rosto tão bonito, tão sedutor que é impossível afastar o olhar. Avançando novamente, segura o rosto dele entre as mãos, pressionando a testa na dele quando diz:

– Ah, mas isso cabe a vocês dois descobrir. Só para que saibam, quando descobrirem, estarei observando. Estive esperando por algo assim... Isso será divertido, na verdade! – Afasta-se de Dace e se vira para os Richter ainda pendurados pelos pés. – E de quem são as almas que eles roubaram? – pergunta.

– Não sei. – Meu olhar passa por cada um deles. – Tudo o que sei é que não pertencem a este lugar. E, se as almas não estão reunidas com seus seres, como seus ossos virão até você se não há pós-vida para aspirar?

Nossos olhos se encontram e é como se houvesse um estalo, como se eu finalmente a tivesse convencido do que sei ser verdade. Mas talvez seja apenas uma ilusão. O rosto dela é tão vago e ilegível, seu humor tão volátil, que estou pronta para qualquer coisa quando ela se afasta de mim, se concentra em suas serpentes e grita:

– Extraiam deles... Libertem as almas e deixem os ossos para mim!

As serpentes disparam de suas pernas, deslizando pelo chão em velocidade atordoante. Percorrem o caminho até a fileira de Richter mortos-vivos, alcançam suas bocas e mergulham direto em suas gargantas, antes de emergirem com numerosas esferas brancas e brilhantes que cospem rapidamente. As almas saltam, sobem e somem de vista para ir em busca de seus donos – todas aquelas pobres pessoas que vi nas fotos. A súbita perda de energia faz os corpos perderem a forma, se dissolvendo em montes de ossos velhos e pó.

Sobra apenas um Richter. A Guardiã olha para mim e diz:

– Talvez queira ter a honra?

Concordo com a cabeça, observando-a tirar uma serpente da saia e entregar para mim. Os olhos do animal ardem, sua língua impressiona. Lembro-me da serpente do meu sonho, aquela que roubou a alma de Dace – só que esta extração de alma não falhará. Não deixarei que isso aconteça.

Ela segura a aberração, os dedos ósseos agarrando seus cabelos e puxando-os para trás, enquanto Dace abre as mandíbulas da criatura e coloco a serpente lá dento. Meu peito está apertado, minha respiração é rápida e rezo para que a alma de Paloma saia intacta, entregue em segurança para mim.

Arquejo quando a serpente retorna com uma esfera branca e brilhante, presa delicadamente entre suas mandíbulas, e fico impressionada pelo quão leve e delicada é quando pousa na palma da minha mão.

A voz da Guardiã de Ossos sibila em meu ouvido:

– Vocês têm o que queriam... Agora vão! Deixem-nos para mim! – Seu rosto se transforma novamente em um crânio quando se volta para o monte de ossos a seus pés.

Faço o que diz, ansiosa para ficar o mais longe possível dela. Olho por sobre o ombro e digo:

– Há mais. Não tenho ideia de onde estão agora. Mas estão por aí, em algum lugar, disso tenho certeza.

Ela se ajoelha diante dos ossos, organizando-os, separando-os, aparentemente me ignorando, até que nos afastamos e ela diz:

– Não importa. Vou observá-los como observarei vocês dois. Será um bom espetáculo, disso tenho certeza. O Eco e a Buscadora. – Ela ri entre seus tesouros. – Quem teria imaginado?

cinquenta e dois

Com a orientação do Corvo, encontramos o caminho de volta ao Lobo. Minha excitação desaparece quando vejo que ele mal se aguenta.

– Pé Esquerdo fez o que podia – Dace diz. – Mas, sem a alma, não dava para fazer muito. O que quer que aconteça agora, depende de você. Já fez isso antes?

Balanço a cabeça. Ranjo os dentes. Estou ciente demais do grande risco que isso representa. Falhar significa perder Paloma – uma opção que não posso aceitar.

– Você já? – Olho para ele, minha voz soando pequena demais para a aposta que encaro agora.

– Não – ele admite. – Isso está fora do meu alcance.

– O que devo fazer? – Foco alternadamente na esfera e no Lobo.

– Acho que devia seguir seus instintos – Dace diz, a voz tranquila e segura. No momento em que nossos olhos se encontram, não tenho dúvidas de que ele está certo.

É como Paloma disse: isso é parte do meu legado ancestral, da minha linhagem. O conhecimento vive dentro de mim – tudo o que tenho que fazer é encontrar um jeito de descobri-lo.

– Abra a boca dele – digo, as palavras repentinamente seguras. Lembro como os Richter engoliram as almas, como as almas pareceram sobreviver sem ser danificadas, inclusive esta. Além disso, o Lobo jamais faria nada com a intenção de danificá-la. E, quem sabe, talvez a infusão de energia ajude a salvá-lo também? Uma rápida olhada para os olhos púrpura brilhantes do Corvo confirmam que estou no caminho certo.

– Depressa! – digo, observando Dace abrir as mandíbulas do Lobo. Ele sai cuidadosamente do caminho quando levo as mãos até a boca do Lobo e solto a alma nela. O braço de Dace escorrega ao redor do meu, enquanto buscamos algum sinal de mudança, algum sinal de vida que não estava ali antes. Somos tomados de alívio quando as orelhas do Lobo se animam, seus olhos se abrem, sua cauda bate com força no chão e ele solta um longo e lamentoso uivo enquanto luta para ficar em pé.

– Posso? – Dace vai até ele, pronto para erguê-lo, uma questão muito maior do que parece.

Está perguntando se confio nele o bastante para fazer isso.

Se confio nele o suficiente para deixá-lo ir fundo em minha vida.

Se confio nele o suficiente para lhe dar meu coração.

Fecho os olhos por um momento, bloqueando tudo o que posso ver com meus olhos, a fim de ver no escuro – ver com meu coração –, que é o que um Buscador faz.

Sou tomada novamente pela mesma impressão que tive no início: bondade, compaixão e amor incondicional – e tudo isso direcionado a mim.

Concordo com a cabeça. Não há necessidade de questioná-lo ou de afastá-lo.

Ele é uma alma pura e bonita – um Penabranca. O pedaço Richter é um mero detalhe técnico.

Com o Lobo em seus braços, ele me leva pelos arbustos até a clareira. Olha para mim quando diz:

– Já que confiou em mim, vou confiar em você também. Vamos retornar do jeito como entrei. É um vórtice sagrado, que leva direto para a reserva. Vai nos permitir chegar a Paloma muito mais rapidamente, mas não pode contar para ninguém sobre a existência dele.

Concordo rapidamente, observando-o fascinada enquanto ele me leva até uma área onde a energia parece palpavelmente mais iluminada – onde a luz brilha apenas um pouco mais forte. Em seguida somos arrastados em um turbilhão de energia ascendente, girando até que somos depositados em um campo de junípero profundamente retorcidos.

Os mesmos juníperos que vi na cavalgada com Chay e que o fizeram interromper o passeio e voltar. Eu podia não estar pronta na ocasião, como ele afirmou, mas parece que estou agora.

Disparamos para a pequena casa de adobe onde Paloma está morrendo. Ao nos ver irromper porta adentro com o Lobo a reboque, Chepi arqueja – leva a mão ao coração –, enquanto Chay enverga de alívio e Pé Esquerdo e seu aprendiz nos levam rapidamente ao quarto onde Paloma está prostrada na cama.

Pegando o Lobo de Dace, Pé Esquerdo coloca o animal perto de Paloma, observando-o lamber seu rosto em um gesto tão terno e cuidadoso que mexe com Paloma, qualquer que seja o estado de profunda inconsciência em que ela se encontra. Seus dedos buscam o focinho do animal, acariciando-o suavemente. Ela usa a minúscula força que lhe resta para murmurar várias palavras que não consigo compreender, enquanto o Lobo joga a cabeça para trás e solta um terrível uivo que me causa arrepios.

E é quando vejo.

É quando observo a alma deixar o corpo do Lobo – pairando por um momento, brilhante e reluzente, antes de retornar a Paloma, ao local ao qual pertence.

Suas bochechas ganham cor imediatamente, suas pálpebras se abrem, o olhar buscando o meu quando diz:

– *Nieta. Nieta*, você conseguiu! – Nossa alegria compartilhada dura apenas um segundo antes que eu perceba que não é tudo o que ela pensa.

– Não, *abuela*. – Murmuro, meus lábios próximos da orelha dela, sem querer que Dace ou Chepi escutem. – Eu não consegui. Só consegui salvar sua alma e algumas outras... Muitas outras, na verdade... E, acredite ou não, foi a Guardiã de Ossos quem me ajudou. Mesmo assim, apesar de todos os meus esforços, há muitas almas que se perderam. Sinto muito... não consegui fazer. Não podia suportar perder você. Não pude fazer o que me pediu. Ainda que tenha tentado impedi-los, eu falhei.

Os olhos de Paloma encontram os meus, cheios de compaixão, embora seus lábios contem uma história diferente ao ficarem pálidos de preocupação.

– E como você a encontrou, *nieta*? A Guardiã de Ossos?

– O Corvo me levou até lá. – Sorrio. – Com uma pequena ajuda do Cavalo e de Dace.

À menção do nome dele, o olhar de Paloma vai até o lugar em que Dace está parado ao lado de Chepi. Estuda-o com cuidado, sua atenção presa por tanto tempo que estou prestes a falar quando ela se vira para mim e diz:

– Agora que encontraram um ao outro, é hora de concretizarem seus destinos. Está tudo em movimento, não há como voltar atrás. Os corvos anunciaram a profecia, e a profecia está aqui. Vocês dois são predestinados, *nieta*.

– Eu... eu não entendo – digo, me perguntando por que seu olhar é tão consolador quando as notícias que dá são tão boas.

– A vida de um Buscador exige grandes sacrifícios – Paloma diz. – E sinto por isso. Mas deve deter o Coiote não importa o preço. Não tem ideia do dano que apenas alguns deles podem causar.

– Eu deterei. – Confirmo com a cabeça, desesperada em fazê-la acreditar em mim. – Farei o que for preciso, só me indique o caminho.

– Perdi muito da minha magia. – Suas pálpebras se fecham, a voz desaparece de cansaço. – Eu a entreguei a você. Então por enquanto posso guiá-la, doce *nieta*, mas a tarefa pertence a vocês dois. Devem trabalhar juntos... devem fazer o que for possível...

Sua voz se acalma, enquanto sua respiração fica trêmula e mais lenta, mas ainda não terminei. Ainda tenho mais uma pergunta a fazer, e ela é a única que pode saber a resposta.

Me inclino mais perto, meus lábios sussuram em seus ouvidos:

– Paloma, o que é o Eco? O que significa? – Aperto sua mão, esperando uma resposta que acalmará esse temor profundo que me consome.

Mas minhas palavras encontram apenas o silêncio – ela já está adormecida novamente.

cinquenta e três

Pé Esquerdo nos leva para fora do quarto, insiste em que Paloma precisa descansar. Ainda que não discorde, não estou completamente pronta para partir. Não até que ela acorde e eu tenha certeza de que está se recuperando.

– Ela passou por uma experiência traumática – ele diz. – É raro que alguém sobreviva à perda completa da alma... É mais normal que a perda seja parcial. Mas, como você sabe, Paloma não é como a maioria das pessoas. É mais forte, mais resiliente e, graças aos seus esforços, ficará bem. Mas, por enquanto, precisa deixá-la dormir. E deve permitir que eu leve o Lobo de volta ao Mundo Inferior. Não é bom para ele permanecer aqui. Vocês dois fizeram o suficiente por hoje.

– Sim, certamente fizeram – Chepi diz, seus olhos me percorrendo de cima a baixo, desde meu cabelo emaranhado, passando pelo meu jeans rasgado e chegando aos meus pés descalços, indicando-me que pareço pior do que penso.

Sua raiva se dissolve no instante em que Dace desliza um braço ao redor dela, murmurando na língua nativa deles. Então ele nos leva para fora, onde nós três paramos perto da estrada, em silêncio e em um clima estranho, até que Chepi diz:

– Me lembro de seu pai.

Seus olhos encontram os meus, enquanto fico parada, imóvel, incerta de como reagir.

– Você é exatamente como ele – acrescenta, confundindo-me ainda mais.

Será que quer dizer que sou impulsiva e irresponsável?

Será que quer dizer que estou destinada a partir o coração de seu filho como Django partiu o de Jennika – ainda que não tenha sido culpa dele?

Será que quer dizer que sou parte de um mundo do qual ela jurou se afastar, em um esforço para proteger a si mesma – proteger seu filho – e que se ressente que eu o esteja arrastando de volta para tudo isso?

Será que quer dizer todas essas coisas e várias outras que nem sei?

Abaixo minhas pálpebras, afastando-a da vista em um esforço de enxergá-la com o coração, mas tudo o que recebo de volta é uma mulher profundamente preocupada com o filho.

Dace se move para intervir, desesperado para suavizar a situação, mas é logo interrompido por sua mãe, que diz:

– Paloma esteve ao meu lado quando precisei dela, e então passei os últimos dias fazendo o que podia para retribuir o favor. Mas nunca imaginei que meu filho, junto com você, se envolveria nessa história.

Abaixo a cabeça e encaro meus pés, incapaz de chegar a uma resposta adequada. O sentimento era simples, beirando ao gentil, mas o tom de voz dela parecia acusatório, na melhor das hipóteses. Ou então talvez eu esteja apenas cansada, e talvez minha fadiga esteja me deixando paranoica.

– Já faz muitos anos desde que celebrei o *Día de los Muertos*... mas talvez hoje eu devesse. – Seu olhar pousa no meu de um jeito que me faz recordar de todas as coisas horríveis e impensáveis que aconteceram com ela naquele dia, quando era apenas uma jovem garota da minha idade.

Ela se vira para seu filho e convida-o a voltar para casa, mas, quando ele balança a cabeça em resposta, ela se volta rapidamente e segue seu caminho.

– Tome cuidado lá fora – diz, as palavras lançadas por sobre o ombro, mais carregadas do que parecem.

Segue pela estrada, parecendo diminuir conforme se afasta. Quando tenho certeza de que está fora do alcance da minha voz, me viro para Dace e digo:

– Sua mãe me odeia.

Ele ri, envolve um braço ao redor do meu corpo e me abraça – o calor de seu corpo imediatamente emanando para o meu.

– Ela não odeia você – ele responde. – Tem só que se acostumar com a ideia, é só isso.

Olho para ele de soslaio, encontrando um rosto tão bonito que é quase difícil de encarar.

– Se acostumar com que ideia? – pergunto, sem ter ideia do que pretende com isso.

Noto o jeito como ele enrubesce, desvia o olhar, para ao lado de uma caminhonete branca surrada e diz:

– De que eu tenho uma namorada.

Me encosto contra a porta do passageiro, tentando me acostumar com a ideia. Nunca fui namorada de ninguém. A palavra sozinha implica em permanência, estabilidade, longevidade – todas as coisas que por muito tempo me foram negadas.

Entendendo mal meu silêncio, juntamente com o olhar contemplativo em meu rosto, ele diz:

– Que bom. Agora assustei você. – Passa uma mão pelo cabelo, olha fixo para o chão, mas alcanço a manga de sua camisa e o puxo de volta para mim.

– Depois de tudo o que passamos, acha que pode me assustar tão facilmente?

Ele olha para mim, o rosto inundado de alívio quando diz:

– Talvez devêssemos começar com um desjejum? Conheço um lugarzinho escondido que serve a melhor panqueca de milho azul do estado... ainda que possa parecer um pouco normal se comparada com um resgate de alma.

Olho além de seu ombro, espiando os primeiros raios de sol irrompendo pela cadeia de montanhas bem atrás dele. Se inclino minha cabeça para a direita, a luz o transforma em uma silhueta escura cercada por um halo de luz dourada brilhante que combina com a luz de seus olhos.

– Acredite em mim – sorrio. – *Normal* parece especialmente bom nesse momento.

– Então isso é um sim?

– Para as panquecas de milho azul ou para ser sua namorada? – brinco, adorando o jeito como suas bochechas coram.

– Seria bom se fosse para ambos, mas deixo por sua conta.

Mordo meu lábio e percebo que nunca estive nessa posição antes. Sempre fora: *Ei, encontro você na Pont Neuf, às oito*. Ou, no caso de Vane: *Encontro você no encantador de serpentes ao entardecer.* Quando o filme estava pronto e a *première* chegava, eu sempre ficava sentada com Jennika. Nunca tive um encontro de verdade, muito menos um namorado. Nunca nem tive a perspectiva de um até agora.

Percebendo que ele ainda espera por uma resposta, digo:

– Ok.

– Ok para o desjejum... – Ele inclina a cabeça e me estuda de perto.

Inspiro profundamente, meu coração batendo três vezes mais rápido pelo que estou prestes a fazer.

– Ok para ambos. – Solto a respiração lentamente. – Ah, e se ainda não disse... *obrigada*.

– Pelo quê? – Sua testa se enruga e ele me observa.

– Por me ajudar. Por me entender. Por não me forçar a explicar coisas que ainda não estou pronta para responder. E por ser tão gentil.

Dace inclina a cabeça para trás, de uma maneira que o deixa me olhando de cima.

– Você não ouviu? – Ele sorri. – Sou o gêmeo bom.

Congelo, me perguntando o quanto ele sabe.

– Você sabe... gêmeo bom, gêmeo mal? Piada besta, eu sei. E, segundo a Guardiã de Ossos, sou o Eco... Sabe o que ela quis dizer com isso?

Dou de ombros, observando-o balançar a cabeça e se mexer para abrir a porta da caminhonete para mim. Mas, quando passa ao meu lado, eu o detenho. Meus dedos se enroscam em seu bíceps, puxo-o para mais perto e digo:

– Não tenho ideia do que é um Eco, mas não tenho dúvidas que você é o gêmeo bom. – E o beijo sob o sol nascente.

cinquenta e quatro

Dirigimos até a Toca do Coelho, e à primeira vista não posso deixar de pensar que parece o retrato de um miniapocalipse. As portas estão abertas, os seguranças se foram e, quando Dace estaciona no beco e espia lá dentro, fica claro que o lugar está abandonado – não há ninguém ali.

– Não imaginei que a festa terminaria tão cedo – ele diz. – Em geral vai até o meio-dia, se não até mais tarde.

Me inclino além dele para ver melhor, me perguntando se poderíamos ter algo a ver com aquilo. Se interferimos mais nos planos de Cade do que imaginei. Pode haver alguns Richter no Mundo Inferior –, pode não ter sido uma vitória completa – mas resgatamos a alma de Paloma, juntamente com um monte de outras que foram devolvidas aos cidadãos de Encantamento. Não me admira que não queiram mais estar aqui – finalmente recuperaram seus espíritos.

– Acha que alguém percebeu que não vim trabalhar? – Dace olha para mim e dou de ombros em resposta. – Parece que a única coisa que resta é fazer as pazes com Jennika.

Ele confere os dois espelhos e entra na estrada, enquanto olho pela janela, vendo as ruas repletas de máscaras de crânio e cravos-de-defunto – pedaços irregulares de dentes sorridentes e buracos de olhos floridos que espiam do asfalto, encarando vagamente o espaço, como se zombassem das pessoas que as perderam.

– Boa sorte com isso. – Viro o rosto para ele. – Ela está predisposta a odiar você. Está convencida de que você será minha perdição. Disse que você tem *destruidor de corações* escrito na testa.

Dace segura o volante com força, sobrancelhas contorcidas, o olhar ferido de um jeito que me faz sentir mal por dizer isso, mas no momento seguinte ri e diz:

– Engraçado, é a mesma coisa que Chepi disse sobre você. – Vendo que fiquei confusa, acrescenta: – Naquele dia, no posto de gasolina, quando vi você sentada no meio-fio, falando ao telefone... Chepi viu que eu estava olhando e me avisou ali mesmo para manter distância, para não me envolver.

– Por que acha que ela disse isso? – pergunto. – É uma coisa estranha para se dizer sobre alguém que não se conhece.

Será que ela teve uma impressão de mim como tive dela? É por isso que me odeia?

Dace estica o braço na minha direção e coloca a mão sobre a minha, dando-me um aperto tranquilizador quando diz:

– É isso o que as mães fazem.

Me recosto no assento do carro, determinada a tirar isso da mente. Olho fixamente para fora enquanto a caminhonete sacode pela estrada de terra antes de entrar na rua de Paloma, que está lotada de carros, um em particular que não posso deixar de notar.

Quase não dou tempo para Dace estacionar antes de saltar da caminhonete e correr pelo quintal. Com o coração preso na garganta, destranco a porta, horrorizada com a ideia do que posso encontrar, apenas para ver Jennika sentada à mesa da cozinha, com Marliz bem ao seu lado. As duas estão cercadas por um grupo de garotas que reconheço da escola – todas esperando sua vez com uma maquiadora profissional de Hollywood.

– Daire. – O olhar de Jennika se volta na minha direção enquanto aplica rímel nos cílios superiores de Lita. – Estive procurando você. – Então, vê Dace ao meu lado e acrescenta: – E por que não estou surpresa em encontrar vocês juntos? Estão com uma aparência horrível. Onde diabos estiveram?

Ignoro a pergunta com um movimento de mão. Meus olhos analisam freneticamente o ambiente, procurando por Xotichl. Fico aliviada ao encontrá-la encurvada no sofá perto de Auden – levantando os dois polegares no segundo em que sente minha presença. Jacy e Crickett estão ali também, rindo e conversando com alguns dos amigos de Cade – todos sentados em tapetes de lã e cadeiras. Ninguém parecendo notar que Cade Richter desapareceu.

Minha atenção se volta para Jennika. Noto seu olhar de desaprovação e sei que é tempo de arrumarmos essa bagunça e encontrarmos um jeito de nos entender.

– Precisamos conversar. – Ela afasta a cadeira da mesa, a expressão sombria.

Sua saída é interrompida por Lita, o rosto apenas meio maquiado, que exclama:

– Mas você vai terminar minha maquiagem primeiro, certo?

Jennika balança a cabeça e faz sinal para que Marliz assuma.

– Acho que ela pode seguir daqui – diz, acenando para que a siga até o escritório de Paloma.

Dace parece inseguro, mas eu o arrasto comigo. Nós dois estamos unidos contra a raiva de Jennika, quando ele diz:

– Você pode me culpar. Assumo toda a responsabilidade. – O que é provavelmente uma das piores coisas que poderia ter dito. É uma tentativa honrada, mas definitivamente não é a melhor maneira de conquistá-la, e, quando vejo sua expressão sarcástica, não posso deixar de estremecer. – Ela estava preocupada com Paloma – ele prossegue, desesperado para acertar as coisas. – Então a levei até a reserva para vê-la, e deve ter ajudado, pois Paloma está melhor.

Jennika sorri e foca em mim quando diz:

– Então acho que isso resolve tudo. – Ela se afasta do balcão, como se tudo tivesse sido facilmente resolvido. Faz sinal para que eu a siga e, quando não faço isso, quando permaneço ao lado de Dace, diz: – Tínhamos um acordo, Daire. Agora que Paloma está melhor, é hora de dizer adeus aos seus amigos e voltar para Los Angeles.

Fico parada, imóvel. Meus olhos passam pelas ervas, pelo tambor, pelas pilhas de livros nos nichos – este é meu lar, não vou a lugar algum. Não quando Paloma ainda tem mais para me ensinar. Não antes de encontrar um jeito de expulsar aqueles Richter do Mundo Inferior, não antes de impedir Cade em sua busca insana de poder – e talvez nem depois disso.

Jennika coloca as mãos no quadril, sua voz se eleva com raiva quando diz:

– Daire! – Olha para mim e para Dace, como se perguntasse silenciosamente se eu realmente quero fazer isso na frente dele. Ainda que eu preferisse não fazer, agora que já começou não acho que tenha muita escolha.

– Não vou embora – digo, notando o olhar de indignação claramente visível em seu rosto. – Sei que acha que isso é loucura, mas gosto daqui e não quero partir. É simples assim.

Dace aperta minha mão, sua palma quente e tranquilizadora. Mas, quando meu olhar encontra o dele, fica claro que está muito longe de sua zona de conforto, então peço para esperar na sala.

Ele mal desce a rampa quando Jennika diz:

– Ele vai esperar por muito tempo, porque você vem comigo.

Dou um suspiro longo e profundo. Olho para meus pés. Discutir não vai levar a lugar algum. Se quero ser ouvida, tenho que ir com suavidade. Mantendo a voz cuidadosamente tranquila, digo:

– Jennika, o que tem contra este lugar?

Ela faz cara feia, gesticula com os braços abarcando todo o redor, e diz:

– Não é óbvio? Quero algo melhor para você do que uma cidade perdida no meio do nada e um garoto bonito sem futuro. – Coloca a mão no quadril, trava a mandíbula, e luto para recordar a mim mesma que, na verdade, ela quer meu bem, só quer o melhor para mim, embora nem sempre tenha certeza do que é realmente melhor.

– Mas e se gosto daqui? – Levanto os ombros, mexo na bainha rasgada da minha jaqueta. – E se essa cidade perdida no meio do nada faz que me sinta em casa? E se não estou nem pensando que aquele menino bonito possa me prover no futuro... e se sou perfeitamente capaz de prover a mim mesma? E se só quero saber como é ter um lar de verdade, uma família de verdade, amigos de verdade e, sim, até um namorado? E se esse lugar pode me dar todas essas coisas... realmente negaria isso para mim? Realmente insistiria em me levar para Los Angeles só porque parece o melhor para você? – Respiro fundo, confiante de ter um bom argumento, ainda que Jennika não seja facilmente influenciável.

– Você pode ter todas essas coisas em Los Angeles! E, acredite em mim, é um ambiente muito mais enriquecedor, muito melhor do que esse lugar jamais será. Só precisa dar uma chance, só isso.

– Ou talvez *você* tenha que *me* dar uma chance – digo, minhas palavras silenciando-a. – Por que não pode me dar isso? Um ano do ensino médio. Se eu estragar tudo, se fracassar ou entrar em apuros, você terá todo o direito de me arrancar daqui, e não haverá nada que eu possa fazer a respeito. Mas, primeiro, por que não me dá uma chance para ver como me saio?

– Porque você não é responsabilidade de Paloma, você é *minha* responsabilidade! – ela exclama.

– Mas você pode me visitar sempre que quiser... Não é tão longe. Um ano, Jennika. Por favor. Dê uma chance. Me dê uma chance para ver como me saio.

Ela suspira, olhando ao redor. Concentra-se na vizinhança geral da sala e diz:

– Tome cuidado com ele. E não diga que não avisei, porque avisei... mais de uma vez.

Concordo com a cabeça. Meus ombros relaxam de alívio, sabendo que esse é o jeito de Jennika desistir.

– Obrigada – digo, surpreendendo-a quando corro na direção dela e a abraço apertado. Me afasto e pisco os olhos para evitar as lágrimas, finalmente percebendo o quanto sentirei falta dela, não importa o quanto me irrite algumas vezes.

O pensamento me faz perceber outra coisa – o quanto Jennika provavelmente sente minha falta. Sou tudo o que ela tem. Por dezesseis anos, fomos um time.

Ela propositalmente evitou se aproximar de qualquer outra pessoa. Mesmo com Harlan, foi cuidadosa em manter distância. E, ainda que eu saiba que isso o frustrava, ele decidiu aceitá-la com seus termos limitantes. Mas, por mais que tente evitar, não há dúvida de que Jennika precisa de um lar tanto quanto eu. Precisa de amigos – uma vida além do trabalho. Precisa de todas as coisas que tenho agora – só que em Los Angeles, não aqui.

– E agora? – pergunto, uma ideia nova se formando em minha cabeça.

Ela suspira e cruza os braços, parecendo cansada quando diz:

– Bem, agora que você está aqui, acho que vou tirar uma soneca, ver como está Paloma e seguir meu caminho.

– E as maquiagens? – Faço um gesto na direção da cozinha. – Parece que conseguiu um fã-clube.

Jennika ri, o som suave e cansado, enquanto desce pela rampa. Decido falar, arriscar e ver onde a coisa vai dar.

– Se estiver procurando alguém para dividir o apartamento em Los Angeles...

Ela para, incerta sobre onde quero chegar.

– Bem, podia pensar em Marliz. Quero dizer, sei que ela está noiva e tal... mas ele é um tipo idiota, e...

Minhas palavras são interrompidas quando ela diz:

– Eles romperam.

Eu a encaro, sem palavras.

– Foi uma noite louca. – Ela levanta os ombros, o olhar distante quando relembra. – As coisas que vi... – Sacode a cabeça, fazendo uma mecha de cabelo cair em seus olhos. – Bem, estou claramente com um sério déficit de sono.

– Então vai pensar nisso? Em convidá-la, quero dizer? – Jennika dá de ombros, passando por mim quando acrescento: – Escute, preciso dar um pulo lá fora... Você diz para Dace que volto em um minuto?

Sem dar tempo para que responda, escapo pela porta de trás, passo pela garagem, saio pelo portão e vou até a estrada de terra, onde uma picape negra, com tração nas quatro rodas, está estacionada no acostamento.

Mal chego na janela do lado do motorista quando Cade diz:

– Você feriu meus sentimentos. – Me dá um olhar magoado.

– Não sabia que tinha sentimentos. – Fico parada diante dele, olhando aqueles olhos frios e vazios.

– O jeito como fugiu... Nem ficou por perto para celebrar. – Balança a cabeça tristemente. – Não foi a mesma coisa sem você. Sabe que eu tinha aqueles crânios de açúcar especialmente para você e, em vez disso, acabei alimentando o Coiote com eles.

– Sinto muito – digo, mas minha expressão mostra o contrário. – Tinha uma alma para resgatar.

Ele concorda com a cabeça, o rosto pensativo quando diz:

– Ouvi dizer que Paloma se recuperou.

Levanto os ombros, meu olhar preso no dele.

– Engraçado, ouvi dizer a mesma coisa.

– Você deve se sentir bem consigo mesma. – Ele aperta os olhos, passa os dedos pelos cabelos, checa seu reflexo no espelho retrovisor e, ainda que eu o tenha deixado em chamas, não parece nem um pouco ferido.

– Na verdade, acho que está subestimando. Me sinto incrível.

Seus olhos azuis-gelo encontram os meus, se esforçando para absorver minha energia, minha essência – tentando mudar minha percepção, para que eu veja as coisas do modo dele –, mas não funciona. Estou totalmente acima dele.

– Sabe que Lita está lá dentro? De fato, todos os seus amigos estão lá dentro. E nenhum deles parece sentir sua falta.

Ele analisa as mãos, inspeciona as cutículas, sem dizer uma palavra.

– Qual o problema? – Provoco. – El Coyote não consegue passar pela cerca de Paloma? É por isso que está esperando aqui, na esperança de que venham até você? Porque vou lhe dizer, Richter, pelo que sei, não estão nem pensando em você. Longe dos olhos, longe do coração, como dizem.

– Então por que não me convida para entrar, para que possam se lembrar de mim? – Ele sorri, o rosto iluminado pela possibilidade.

– Nunca – digo, mas ele sorri ao ouvir a palavra.

– Vi você com meu irmão. – Seu olhar me percorre. – Acho que explica sua atração por mim... Ele é exatamente como eu.

Seu sorriso presunçoso desaparece quando reviro os olhos em resposta.

– Bem, você certamente passou muito tempo pensando em mim... procurando por mim... não é, Santos? – ele diz, determinado a me fazer admitir o ridículo.

– Não se gabe, Coiote. É apenas risco ocupacional. Puramente relacionado ao trabalho – digo, vendo o jeito como ele tamborila os dedos contra o volante, com um sorriso tão presunçoso e arrogante que desejo ardentemente arrancar de seu rosto.

– Você é realmente talentosa, Santos. Vi isso esta noite. Um pouco mole de coração, mas não há razão para não remediarmos isso. Uma pena ver você desperdiçar seus talentos com meu irmão.

– Preferia que eu os desperdiçasse com você?

– Sim – ele responde, sem nem um pingo de ironia na voz. – Só fui gentil com você e, mesmo assim, veja como me trata. Não sei o que lhe contaram, mas você me entendeu mal.

– Você roubou a alma da minha avó! – digo, a voz indignada. – Chama isso de ser gentil?

Ele dá de ombros e esfrega o polegar sobre o mostrador de seu relógio.

– Talvez isso não tenha sido gentil, mas tinha que ser feito. E, mesmo assim, olhe como conseguiu salvá-la... Mas, ao mesmo tempo, permitiu que vários do meu povo permanecessem no Mundo Inferior. É quase um empate, não acha? Vê como trabalhamos bem juntos?

Balanço a cabeça em frustração, prestes a ir embora, quando ele vira a chave, liga o motor do carro e diz:

– Não sei o quanto você sabe sobre os Coiotes, mas vou lhe dizer uma coisa... eles percorrem grandes distâncias para encontrar a família. É a família o que importa, Santos, não se esqueça disso. Os laços familiares nunca podem ser quebrados. E, quer perceba quer não, você tem trabalhado para mim desde o dia em que começou a ter aqueles sonhos.

Engulo em seco. Minha respiração acelera, minhas mãos ficam úmidas, suas palavras reverberam por meu corpo.

– Você sabe, aquela hora em que você está toda quente e molhada com meu irmão? – Ele ri e passa a língua pelos dentes, sorrindo de um modo que é ao mesmo tempo lúgubre e obsceno.

– É isso? – Cruzo os braços, tentando aparentar calma, tranquilidade, nem um pouco incomodada, embora tenha quase certeza de que ele não está enganado. Suas palavras me sacudiram no fundo da alma. – Isso é tudo o que consegue?

– Dificilmente. – Ele sorri. – Você e eu estamos apenas começando, você verá. Mas, enquanto isso, desfrute seu tempo com meu irmão... você sabe, o Eco. – Ele ri, afastando-se do meio-fio bem quando me viro e vejo Dace espreitando no portão azul de Paloma, procurando por mim.

– Vamos todos tomar desjejum – ele diz, no segundo em que me localiza. – Todo mundo vai, não seremos apenas nós. Tudo bem?

Corro na direção dele, ansiosa por me livrar da energia de seu irmão e substituí-la pela dele. Me jogo em seus braços, inspiro seu cheiro quente e terroso e digo:

– Parece bom para mim. Estou faminta.

Ele me aperta com força de encontro ao peito e olha por cima do meu ombro, vendo de relance a picape de seu irmão. Me afasta e diz:

– Aquele é Cade? – Aperta os olhos para ver melhor a distância.

Confirmo com a cabeça, desejando que não pense algo estranho, porque não há uma boa maneira de explicar a conversa que tivemos.

– O que ele queria? – pergunta, sua voz tão confusa quanto seu olhar.

Suspiro, caminhando sobre o leito de pedras enquanto voltamos para o portão.

– Queria me avisar – digo.

– Sobre mim? – Sua testa se enruga de preocupação.

– Não. Sobre ele. Queria que eu soubesse que é o gêmeo mal. – Respiro profundamente, sabendo que isso é o mais perto da verdade que desejo chegar.

Solto o ar suavemente quando ele passa o braço ao redor da minha cintura e diz:

– Ele provavelmente está chateado por causa de Lita. Ela terminou com ele. Ele não é exatamente acostumado à rejeição. É uma experiência completamente nova para ele.

– Parece que Lita conseguiu sua alma de volta – digo, dando um último olhar para a rua, para ter certeza de que Cade se foi... pelo menos, por enquanto. Então passo pelo portão, com Dace ao meu lado, e vamos para a casa de adobe de Paloma, onde todos os nossos amigos esperam.

Este livro foi composto em Adobe Garamond Pro e Stonehenge
para a Texto Editores Ltda. em julho de 2012.